建党百年百篇文学短经典

第二卷

崛起东方 新中国

贺绍俊
李云雷
丛治辰
主编

人民文学出版社

图书在版编目(CIP)数据

建党百年百篇文学短经典. 第二卷,崛起东方新中国/贺绍俊,李云雷,丛治辰主编. —北京:人民文学出版社,2021
ISBN 978-7-02-015979-6

Ⅰ. ①建… Ⅱ. ①贺… ②李… ③丛… Ⅲ. ①中国文学—当代文学—作品综合集 Ⅳ. ①I217.1

中国版本图书馆 CIP 数据核字(2021)第 104609 号

责任编辑 徐晨亮 谢 欣
装帧设计 刘 远
责任印制 宋佳月

出版发行 人民文学出版社
社　　址 北京市朝内大街 166 号
邮政编码 100705

印　　刷 三河市宏盛印务有限公司
经　　销 全国新华书店等

字　　数 379 千字
开　　本 680 毫米×960 毫米 1/16
印　　张 28.25 插页 3
版　　次 2021 年 6 月北京第 1 版
印　　次 2021 年 6 月第 1 次印刷

书　　号 978-7-02-015979-6
定　　价 78.00 元

出版说明

为庆祝中国共产党成立一百周年，以符合广大读者欣赏习惯的内容和形式，弘扬红色传统，传承红色基因，凝聚爱党爱国之情，砥砺强国兴邦之志，我社策划推出了这套“建党百年百篇文学短经典”，邀请密切关注和深刻了解现当代文学发展的专家，经反复讨论，从反映建党百年光辉历程的优秀文学作品中，精选出思想精深、艺术精湛、篇幅精悍的中短篇小说与散文纪实类作品共一百篇。

“建党百年百篇文学短经典”按作品发表时间分为四卷：第一卷《开天辟地新航船》，收入中华人民共和国成立之前作品；第二卷《崛起东方新中国》，收入中华人民共和国成立至改革开放之前作品；第三卷《劈波斩浪新征程》、第四卷《走进辉煌新时代》，收入改革开放以来作品。这些作品政治性、思想性和艺术性高度统一，其中既有经过时间考验、读者广为传诵的“红色经典”，也有以饱满的热情书写“十八大”以来党领导下各项事业历史性成就的新篇，既有以艺术手法刻画革命战争时期和社会主义建设阶段英烈楷模形象的精品，也有聚焦普通党员群众生活、展现社会全方位变革的佳作，从不同角度反映了百年来中国共产党团结带领全国各族人民不懈奋斗，争取民族独立、人民解放，实现国家富强、人民富裕这一波澜壮阔进程，也代表了中国现当代文学创作的高度与成就。

编者简介：

贺绍俊，1951年生于湖南长沙。毕业于北京大学中文系。现为沈阳师范大学特聘教授，中国当代文学研究会副会长。著有《文学的尊严》《重构宏大叙述》《铁凝评传》《建设性姿态下的精神重建》《当代文学新空间》等。曾获鲁迅文学奖等多种奖项。

李云雷，1976年生于山东冠县。北京大学中文系博士。现为《小说选刊》副主编。著有评论集《如何讲述新中国的故事》《重申"新文学"的理想》，小说集《父亲与果园》《再见，牛魔王》《到姐姐家去》等。曾获冯牧文学奖等多种奖项。

丛治辰，1983年生于山东威海。北京大学中文系博士。现为北京大学中文系副教授，中国当代文学研究会副秘书长。著有《世界两侧：想象与真实》，译有《电脑游戏：文本、叙事与游戏》等。曾获唐弢青年文学研究奖等多种奖项。

目　录

小　说

散文纪实

小说

柳堡的故事

石　言

一

四班长向我汇报他班里的工作。汇报完了,他面色忧愁,望着我慢吞吞地说:“指导员,我们那个副班长思想有点不大正确哩!……可能,他企图腐化,跟我们班驻地的那个姑娘。”我不由得小吃一惊说:“喔?这小鬼!”

我一向把四班副当小鬼看待的。我看他长大起来。“成分统计表”上有一种出身叫“革命士兵”:十六岁以前参军,没有在社会上干过任何职业的。四班副就是这么一个。一九四一年,他从晚娘的拳头底下偷跑来参军的时候,才十五岁,同志们瞧见了都笑:“哈!一个大兵!好大个子!”我当时在这个连里当文化教员,他的名字叫李进,便是我替他改的。那时他总是满身灰尘,滚圆的红脸,背着根小马拐子。人小心不小,他逞强好胜,越说他小他越装大,他的小马枪照样能叫二黄下跪缴枪,他的手榴弹也能打三十多米远,把鬼子打翻到河里……现在,不管他已经长得跟我差不多高,不管他唱起歌来喉咙已经有点沙,可我总还认定他是小鬼。所以四班长这么一说,真出我意外。但再一想:今年……一九四四年,他十八岁了哩！也难怪。

我这些想头,只不过喊一个“向右看齐,向前看!”的时间,便闪过去了。四班长又说:“我们部队刚一到,那姑娘便不住在家里了。过了几天又回来了。估计情况:是她家爹爹叫她‘打埋伏’到亲戚家去,避避我们的,后来看看我们不错又回来啦！……年纪很轻,看样子跟副班长差不多!”他轻悠悠地笑了笑。

我想起来了！四班长住的那家只前后两个草屋子,前屋门向北,后屋门向南,两个屋子门对门,只隔几步天井,是个穷苦人家。宿营房子就是我分配的。那天我是看见有个小姑娘,相当漂亮。我虽然是指导员,看到好看的女人也会注意一下的。而且我当时还想过:四班住在里头不要出纰漏！但也没有牵连到李进头上去。后来想想腐化的事情在我们部队里究竟太少,何必多疑,也就忘记了,我好糊涂！

这么就是我指导员的麻烦事情来了,我问:“有没有真腐化呢?”四班长说:“看样子还不会,发展下去就难说……本来我也没有注意,只不过看到李进他这两天的装扮,就像要出去表演秧歌舞似的……”

喔！我又想到了。前天,李进和一些人挨在我身边读报,我闻到有一股香气。正想查问,营部通信员来催我开总结会去了,这几天真忙。不过爱漂亮也不一定就是企图腐化啥！我问:“就这些吗?”四班长很发愁的样子说:“哪里？给马小宝撞破了！星期一上午,我们不都出去打野外嘛,副班长说肚子痛,我叫他在家里睡睡吧。后来不是练习攻碉堡叫回去拿木头手榴弹嘛,我们班是马小宝回去的,他莽莽撞撞一家伙奔进南屋里,却看见我们副班长躺在铺上,那个姑娘坐在他旁边,一见马小宝冲进去,那姑娘刷地站起来,两个人面孔都涨得像红柿子。马小宝跟李进一贯来顶要好,站在那里倒呆了。那姑娘一低头溜出去了,李进看样子心定了些,对马小宝连连摇手说:‘不要讲,不要讲。’马小宝开玩笑地问:‘你吃到了吗?’李进说:‘瞎讲!没有这个道理,你不要广播!’马小宝答应不广播,不过他向我汇报了。”

我问:“那姑娘家里发觉没有呢?”我很担心影响问题,这里是新区,游击区,群众对我们新四军不算了解的。四班长倒放心地说:“不会发觉,那天她家那个老爹爹一早就出外给粮户家浇场去了,不在家。她妈妈是个半聋子,又有点什么鬼病,一天到晚躺在房里哼哼唧唧的,剩下个十一二岁的小弟弟,正跟我们一块儿打野外呢!”

我又问:“那么班里其他同志也都不知道啰?”

四班长说:“真怪,不知怎么搞的,到昨天全都知道了,昨天晚上便扯起这个乱谈来。”

“他们反映怎样呢?”

四班长想了想说:“反映?反映倒没有什么,大家多半是说着有趣的,也知道他不曾腐化。总是说人长得漂亮到底好,像我们副班长多得力,不过这么一来,副班长今后讲话的威信方面是有点成问题。平时顶好抬杠的何金标,这回二话不说,光是笑。”我问:“那么李进自己怎么样?”四班长说:“他还蒙在鼓里呢!大家知道他顶爱面子,没有当面揭穿。不过星期一到现在,唉!五天啦,我有心注意着,李进他们两个,的确有点子两样。”我问怎么两样法。四班长笑起来说:“就是跟平常不同啰,我也装不来这眉眼。”我知道,四班长是个“老好人”,讲话怪有趣,人却顶忠实。我说:“那么你这个班长的意见怎样处理好呢?”他说:“我想最好你找他谈一谈,还有……”他忽然犹豫起来，试探着说：“我们四班跟连部房子调一调防好不好？”

我完全理会他的意思，李进是他班里的战士提升当班副的，四班长疼爱他的副班长，就像父亲疼儿子一样。他内心一定在同情这个十八岁的青年，他舍不得熊他。而且李进个性强，不容易转弯。他没有办法了。我便说：“我先找他谈谈吧！调房子的问题要跟连长商量。”

四班长临走，微微地叹口气，自言自语说：“要都是老百姓，倒是很好的一对呢！”

我就去找李进。

李进确实有些花花绿绿。这几天我忙着开会总结五个月的政治工作，跟战士个别谈得很少，上课，点名，副班长总是在并列纵队的后面，我没有专心去看他。唉！他确实是变得格外漂亮了！

我一眼从他头上看到脚上：他戴着顶士林布天蓝色的军帽，不消说是自己找洋机“踏”的，新发的钢青色军装又挺又干净；皮子弹带的钮子底下衬着红绸子，还束上条黄铜头闪亮的鬼子皮带挂着刺刀；腿上是他在夏家渡战斗缴到的鬼子黄呢绑腿，用什么蓝色染过了，成了墨绿色，打得滚圆挺直；脚上穿着自己做的两截头鞋子，白色的，用天蓝布镶着皮鞋式的边……我走近时，闻到有一些香气，据说：营部有一个通信员打仗捡来一瓶什么“滴滴娇”，保存着，李进必然是走这条路线搞来的。我顿时一阵子火冒心头，我最见不得“屁精”！

李进发觉我在研究他，不免心虚，笑眯眯地叫了声指导员。我说：“来！我跟你谈谈！”我们沿着小河边的柳树行走去。

走到一棵大柳树荫下，我转身停步，一手撑住树干，劈面问：

“李进！你近来在动什么脑筋?”我知道，这小鬼非常机灵，明人不必细说。果然，他连头颈都通红了，低下头一阵子，又忽地抬起头来，黑眼珠射出顽皮的光，照旧活泼胆壮。他旁若无人地说：“我晓得秘密暴露了！排副上午看到我，点点头说：‘你要犯错误了！’指导员，我并没有犯错误！”

我两眼盯着他，说：“那么你为什么打扮成这副屁精架子，花花绿绿的不害羞?”

他好像浑身钻进了大麦芒，他低下头说：“我承认，思想不正确。”

“你有没有跟那姑娘腐化呢?”

“没有！”

我虽然已有九分相信，还得追一句：“坦白一点讲，有没有?”

他摊开手说：“真的没有！指导员，我对你还会说假话吗？没有就是没有！”

我索性在树根旁坐下来，拍拍青草叫他也坐下。我说：“你把那天假装肚子痛的事情一五一十地告诉我。”

他闭起眼睛咬咬嘴唇，看来在组织他的发言。这小家伙向来伶牙俐齿，喜欢把话说得很周到的。一会儿，他开始了：“我当时倒真是有点肚子痛，没有什么大不了，就是赖在屋里，我自然是想找她讲几句话。我躺在那里，想空头心思，想怎么样子同她攀谈法呢？我还在订计划，她倒先来了，端了碗开水，放在我旁边小桌上，叫我喝。”

“她就坐在你旁边?”

“不！她起先还站着的，她问我，我们部队里有没有医官，生病为啥不叫医官看看。我本想说，我肚子痛是假的，是想你。我倒偏偏说不出口，也不懂我为什么反倒假正经起来，客气得很，我说一点点肚子痛不要紧，歇一歇就会好的。她说怕是受凉了，喝点开水吧，拿起碗要来喂我，我一慌一抢，把开水泼了一桌子……”

我忽然闪起个念头，是女特务吗？

“她还要去打开水，我就拉住她，我说肚子痛好了，我们谈谈心吧。她才抹干桌子坐下来，我们一下子心慌得要命，不晓得说啥好。后来我问她年纪、家里情形。她也问问我家里的事情，她说她不高兴蹲在家里，随便到什么地方去都可以。她又问部队的事情，问跑路多不多，打仗怕不怕人？问我们有女兵吗，那批女兵怎么过日子的？”

我问：“她有没有问我们番号，问我们人数武器弹药这些话？”

“没有！”

“后来呢？”

“后来马小宝这家伙就来了！”我想一想，考虑他话的真实性。他倒问：“马小宝汇报了班长吧？”我唔了一下，李进说：“我晓得他总要汇报的，他是党员！”口音里并没埋怨的意思，却有一种“无所谓”的调子，我不满意了，我说：“你难道不是党员吗？同志！”

我就把腐化是破坏群众纪律最严重的道理说给他听，这是很大的错误，军纪党纪都不容许。他却说：“我不是想腐化，随便腐化当然犯错误。谈恋爱不作兴？战士就不作兴谈恋爱？”

“谈恋爱”这三个字他说得有些生硬，我知道他是学来的。我有点好笑，我说：“你这是算在谈恋爱，不算腐化啰！”他说：“当然！我是真的要她，正式的，我不会三心二意！”

啊！这个小家伙，他真的要她！他在转什么念头呢？他倒长期打算了？是的，每一个人都有他自己的梦想，特别是“和平以后怎样怎样”的梦想，有的想回家种田抱儿子，有的想回去找伪乡长报仇。那么他在打什么如意算盘呢？我说：“你是新四军，她是老百姓，你怎么要她呢？休想！”他脸一红说：“我们上级不是说‘今年打垮希特勒，明年打垮日本’吗？”我明白了，我说：“你想先搞好关系，等抗战胜利了跟她结婚吗？”他闷住头说：“你猜到就算了！”但接着又天真地说：“上级要我仍旧在军队里，我就请假一趟，把她接回去。上级分配我到家里地方上去工作，我可以一面种田一面工作。她说她什么生活都会做：车水、耨草、做衣服……就是耕田不会。”这个孩子气的“胜利梦”倒真美满，我说：“你已经跟她讲定当了吗？”他说：“没有，讲了也作不来数的，保不定哪一仗我吃颗花生米‘报销’了呢？害她？”

我想，他的“部署”倒确实很周到。但是不行，军队的纪律不容许！不能批准这个恋爱的“计划”。我向他说明：老百姓还有封建头脑，特别是新区，曹老头子第一个会跳起来反对我们。同时，一个人这样，部队里个个人都可以这样，那还成什么军队？他内心斗争了，吧嗒吧嗒地把子弹带子的揿钮开开又关上，关上了又打开。我又告诉他，他这种行为首先就损害了自己的威信，班里全知道他的事了！

他震了一震，抬起头来说：“噢！这么说他们是看到了！”我问看到什么，他说：“前天晚上，我带哨回来，我们班里三个人也下哨了。我在前面走，走到家门口，看见二妹子在外面等着。噢！她叫二妹子，她等在屋子后面哩！拦上来要同我讲话，我拼命摇手，何金标他们就在后面跟着哩！我回头望望，没有看见他们，我想还好，推她进了屋子，天晓得怎么搞的被他们找到了目标。”我问：“她没有跟你说话？”他说：“没有，没有来得及。”我说：“你知道她要说什么呢?”他说:“我怎么晓得?”停了一下,他对自己说:“哼! 何金标一定要说我鬼话了……好! 由他说去!”我说:“怎么能由他说去呢? 你‘横竖横’了? 决心违反纪律了?”他想了想,说:“我坦白讲,指导员,你的话我哪有不相信的? 在你面前我也想:丢开算账,拖泥带水什么? 不过我一回去,一看见她,思想就霍落地变了,自己也做不来主。你不晓得,她这两天老是望着我,眼睛水光滟滟的,像要哭,我住在她家里,真是不安心!”

这小伙子的心是被人家占领去了,这样搞下去,要他不犯错误真不保险,我于是决心调房子,虽然这是下策。我说:“给你们四班调个家里住住吧?”他很爽快地回答:“好!”唉! 他是会下决心的,这大孩子!

二

我和连长副连长讨论了一番,决定住到四班家里去。

这时是一九四四年五月,部队打了车桥,淮宝地区的局面打开了,便进入这新区来整训练兵。刚开辟的地方,政府人员还没有来到,“群运”“双减”当然谈不到。我们住的庄子离伪军据点蒋桥只十五里,特务活动是准定有的。我找马小宝谈过,他说:“本来我真想不汇报,后来看看他们两个还是继续在‘通无线电’,我想小团体观念到底要不得,万一那女的是特工呢!”

不过我们连住的小柳堡,是个穷庄,大都是佃户,不少帮工的,特工的可能性不大。

星期日上午我们忙了半天,跟四班调防,那家的老头子听说连长要来住,慌了手脚。我看了房子:北屋是他家正屋,虽有锅灶,却没烟囱，一烧饭就不能办公；南屋虽然破些，收拾一下还行，老头子和小男孩本是睡在南屋里的。我同他商议，要他们一家住北屋，南屋腾给我们住，老头子连连点头，小男孩非常起劲地把破被破衣服搬到北屋去。连长副连长住房里，我和通信员们住外间。一直到摊开铺，挂好皮包，也没看见二妹子。司号员在外面吹开饭号了，大家都去集合场吃饭了，我还在找皮带，等我从内房里出来时，却看到二妹子站在北屋门口，正向我们南屋望着发呆，她看到我，一转身进房里去了。

我看清楚了，她有一对水汪汪的大眼睛，长得很俊俏。身体也健康，不过脸色阴凄凄的，像死了什么人。她穿一件灰色的短衫，好像是柳条花的，但旧了，补的不少，而且太小了一点。她转身的时候，那乌黑的辫子撵了个小半圈。我想：她哪里会是特务呢？我放心吃饭去了。

后来我找老头子扯扯乱谈，我了解他姓曹，今年四十五，看来却像五十挂零了，满面风霜皱纹，身上补补挂挂的。他大女儿嫁了，小男孩叫小猪，十一岁，他种了大柳堡郝老掌柜家三亩多田，还给老掌柜帮帮零工。他对我又恭敬又害怕，好像很不愿意我问他的家底，更不愿意我问他田地的问题，只是唉声叹气。我知道这是他怕事，减租减息的风声早从东南天吹过来了！

那么拉倒！我们部队几年来难得大练兵，这次任务很重要，发动群众不是我们的事，不像特工就算。李进也在小组会上检讨过了。我想这件拖拖拉拉的事，总算告一段落了。

我跟小猪却渐渐混熟了。这小孩活像他姊姊。到底是新区儿童，开始还畏畏缩缩的。有一天我独自在家整理材料，发现他在门口侦察我，我对他咧咧嘴，他笑了说："你是指导员吧？"

"是啊!"

"你最好!"

我凭空受了表扬,倒奇怪了,我问:"我怎么最好?"他头一歪说:"李班副告诉我的。"

又一天,我胃痛老毛病发了,正躺在连长床上休息,小猪来了,站在我身边好一会儿没动静,我正想问,他开口了:"指导员,你们住在这里还走呢不走?"

我感到侮辱。一定是这个老头子在嫌我们了,望我们走。我大声地说:"不走!不走了!老住你这块!"小猪脸上没有表示什么,他想走了,准是有人叫他来问的吧!我慌忙叫:"喂喂喂!我们要走的!哪一天走我也知道。就是不给你讲!"

"给我讲,给我讲!"他着急,我欢喜,我说:"你先告诉我谁叫你来问我的,我再告诉你哪一天走。"他说:"不,你先讲哪天走,我再告诉你谁问的。"这小鬼好滑头!不过到底是孩子,至少已经暴露了他是奉命而来的。我决定改变部署打迂回:"哼!你不讲我也能猜到是谁问的!"

"你猜不到!"

"我猜得到!"

"你非猜不到!"

"我非猜得到!我猜到了怎呢?"

"你猜不到怎呢?"

我拿起桌子上的米尺对我左手心扇扇,说:"我给你打十下手板子。我要猜到了呢,你给我打十下吧?"他望望我的尺,又望望他的小手心,他动摇了,我连忙挽回危局说:"不打你,就刮你十个小鼻子吧,轻轻的。"他笑了,说:"你要猜不到,你就给我刮十个大鼻子!”我说:“好! 是你爹爹叫你来问……”

我话未落音,小猪哈哈大笑起来,跳着叫:“十个鼻子! 刮! 十个鼻子!”我假装狼狈不堪,说:“那是谁叫你问的?”

“我二姊! 她还叫我问你……”他突然缩住舌头咽口唾沫。我马上追击:“还问什么呢?”他恢复了活泼,伸手过来说:“不问不问! 十个鼻子!”我把脸伸过去,但用手掌护住,我说:“讲! 你讲了我就给你刮。”他宣布了:“她要我问,你们新四军娶亲不娶亲? ……她想想又叫我不要问了。”包围战胜利结束,我赔了十个鼻子。便一本正经地向他解释:我们要走的,哪天走不知道,上头一有命令就得走。讨老婆这会儿是不行的,要打走鬼子以后再说。小猪忽然问:“你们打鬼子二黄吗?”我说:“打! 怎能不打? 车桥就是我们打的! ……你说鬼子二黄好不好?”

小猪突地皱起鼻子,摇摇头,转身就跑出去。我听见他咬牙切齿的声音:“我恨啊!”我一阵激动,急忙起来工作了。

当天晚上出了一件事情:

我身体不好,睡觉像猫一样容易惊醒。仿佛近半夜,我给一阵吵声搅醒了,那是从北屋房里透出来的。我听:曹老头子咕噜咕噜地骂,又大声喝起来,而且还像在打什么。忽地又听见女孩子的哭声,不敢哭响,声音可非常凄惨。我周身火烧起来,正翻起半个身子,恰巧看见老头子从北屋扑奔出来,跑到屋外场上。接着,我又听见一阵呜呜的号哭,像狗哭一般,这是老头子!

父女俩的哭声,老太婆的哼哼,忽高忽低的好多时候,我脑海里浪头起落:什么鬼事情呀! 这样惊天动地的? 难道李进闯下了祸被发觉了吗? ……不可能! 这小鬼在我面前从来不说谎的,什么内心话都肯翻出来! ……那么又是什么呢? ……我的结论是空想无用，以后再调查吧，我睡着了。

第二天老头子出门了，据小猪说是掌柜家叫去收麦去了。是的，麦熟了，团部已来了指示，叫帮助群众割麦。吃过中饭，全连都在野外帮穷户割麦了。连部帮的就是曹家，二妹子和小猪领着我们，我们才仔仔细细地看见她。她今天换了件天蓝色的短衫，还相当新。乌亮亮的前刘海在风里飘飘，太阳光下，金黄的麦田，衬着她绯红的脸，的确很招惹人。不过眼睛有点红肿，那是昨晚哭多了的缘故。

四班割麦的田地恰巧在我们旁边，我注意着李进，李进却远远避开我们，头也不抬地闷割。

哪知道就在这天夜里问题明朗了。一点钟光景，我到各班去查铺，到四班，好几个铺空着，他们放哨去了。我走了一遍回来，脱衣睡下。过一会儿听见两个人劈里啪啦走来，那一定是五班副老郑和四班副李进来交哨了。我在这连里待老了，晚上从营部开会回来，我们连的哨兵老远叫“哪一个？口令？”我总能听得出是谁的口音。几个班排干部，哪个脚步声都辨得清的。我从眼缝里瞧，果然是他们，在看香交哨。那时我们都用香盘来记放哨钟点，两支香一班哨。五班副很快走了。李进却轻轻地向我走来，他那两截头鞋子是新的，底硬，虽然他蹑手蹑脚，还免不了有些声响。我便装睡觉，还微微打呼。一会儿，又听他走到门口，我一眯眼，见他站在门槛上，靠着门框，外面月光明亮，他托着头，咬着指甲，像在想什么严重的事情。后来，他走出门，咳嗽了几声，走了。我闭起眼睛正式睡觉。

好一会儿我睡不着，燥热得很，我想：起来到外面凉爽一下吧。便披衣出门，走到屋角上……我急忙缩回身，我看见：李进和二妹子面对面站在场心里呢！

我本想大声责问。但是看他们的态度很规矩，我想：还是看明白究竟再说吧。这时皓月当空，如同银片，我分明看见李进简直是虎起了面孔的，他们是在谈话，但是距离二十多米远，我听不清，正好一阵阵风吹来了，我听到二妹子在哭，她的肩头动个不住。李进伸起手来，想扶住她，但好像又不敢。忽然二妹子一把抓住李进，拉住了枪皮带，把头枕在臂弯里哭了。李进像不知道怎样才好了，呆在那里。我想：该我出去给他们当面解决问题了，便急忙套上衣服。正待出去，只见二妹子已面向屋子走来了，我避进南屋，由她回到了北屋，我便赶忙出去找李进。

三

我的群众观念多么薄弱！我竟这样不关心基本群众的苦痛，许多惨痛的现象摆在我眼前，我还如此麻木！当李进把二妹子的事情说给我听了之后，我真是惭愧。我深深地恼恨自己，我那小资产阶级知识分子的成分呀！

李进也非常冲动，他说话时胸口一阵阵发抖，像痛哭过一场似的。故事是这样的：

二妹子的姊姊，六七年前嫁给大柳堡一个姓刘的，外号叫刘胡子。刘胡子不大种田，收鸭子、鸭蛋，腌了跑南京、上海做生意，当然比曹家有钱些，他原是贪图大妹子长得好。这个人跑码头越跑越下流，吃喝嫖赌，债背大了，溜到韩德勤的“遭殃军”去当兵，一当就当了个排长，从此无恶不作，人都说他是毛屎坑里捞起来的砖头，踢到它又痛又臭。三年前，大妹子不明不白地死了。鬼子一

“扫荡”,韩军都变成了二黄,刘胡子一升又升了个中队长,那真是火上加油。今年开春偏偏又驻防到蒋桥来了,这大河的南北,就算是他的天下了。可是他从来不曾照顾过他的穷丈人。不知怎的一来,给他听到风声,说是二妹子长得比大妹子还好看,一天,他自己来了,跟着枪带着狗,他这几年又抽大烟又害疮,面孔一半青一半黄,三分像人七分像鬼。他对曹老头子说:打大妹子死后,他就不曾娶过太太,他要二妹子。老头子推三推四,好孬不肯。刘胡子脸一黑说:他是要二妹子做正房,明媒正娶,不动硬的,他要去请个大媒来说亲,看你肯不肯。就在我们部队来到的前两天,曹老头子的东家郝老掌柜来了。姓郝的原来是北方人,到这里可算当地一霸。曹老头子正是他脚底下的蚂蚁,郝老掌柜拄着手杖说:“刘中队长的话你敢不依,你寻死找不到鬼,碰阎王啦?我们这一方勤皇保驾全靠他!”说好阴历四月十八要过门,刚好我们来了,郝老掌柜连夜逃进淮城,二妹子怕我们一走刘胡子就来,想参加我们部队里来,跟她爹爹说,她爹爹把她打了一顿。她便约李进晚上下哨后讲个明白,一定要参加。

我一时不知说什么好。李进说:“指导员,让她参加吧!”他的脸色非常严肃。我正坐在河边,月光底下,河面一圈圈的波浪像河蚌壳儿一样白亮。李进又说:“我们要一走,她就要寻死投河的!”

问题真是尖锐!我心乱如麻,只找到一个头:要救她,一定要救!

再一想,问题便复杂起来了。让她参加,不要说营连,团部也带不走,编制表上没有的,就不是我能解决的。上级怕也不会同意吧?道理很明显:曹老头子既反对,那么新区老百姓会不会说我们拐带闺女呢?同时:二妹子跟李进的事情,部队里很多人知道,她参加了，这就打开了一个缺口，以后什么人都可以扩大“女兵”了，中国农村里被压迫的妇女正多得很……当然，我个人，老实说觉得这些理由都比不上二妹子的命要紧。但是上级到底会不会同意呢？

我有个习惯：凡是不一定有把握的任务，我总得先把这事情的困难之处说给下级听，免得到头来完成不了他们讲怪话。这时，我便把以上的理由给李进说明。

不料李进大不服气，我第一次碰到他公开反对我，他站起来理直气壮地跟我辩论：“老百姓不会有意见的，这个庄上的老百姓，谁不恨透刘胡子？谁不恨透郝老掌柜？大家都在替二妹子着急！只要我们肯带二妹子走，老百姓哪个不拍手叫好！”

啊！我错了！我又暴露了我的弱点！我所说的老百姓，是模模糊糊的，不分阶级的。李进说的老百姓，是雇工，是农民，是我们的基本群众！……

李进又说像我们旅部那个什么干事，她不是人家的童养媳妇逃出来的吗？那时候听说一字不识，现在不也能工作了吗？他索性挺起胸膛，舞着拳头，像做报告似的说：“我不想要她！我可以在全连全营面前坦白，承认错误！……把她放到后方去！到后方医院去、被服厂去。随便她将来做哪个同志的老婆！只要她不做二黄的老婆！……我一定要救她！同志们会拥护我的！”

我被他感动了。他站在我面前，月亮光把他雄伟的军人姿势照耀得更加沉着刚强，就像一尊青铜像。

我站起来，抚着李进的肩头，我说：“李进同志！我也要救她的，救人民就是我们的责任。不过你要仔细考虑：我们能救出二妹子，我们还能救出姓曹的一家吗？老百姓，小的小，病的病……二妹子自由了，是的，但是刘胡子是什么人？郝老掌柜是什么人？你想：他们会甘休吗？他们会把曹家的地抽了，他们会带了伪军来，把房子烧掉，把小猪挑在刺刀上……”

李进咬着他的嘴唇，我们紧靠在一起。我仿佛觉得也变成受苦的老百姓了，天罗地网死黑沉沉地罩在我们身上，封建老怪树的根，千盘万曲，扭死了一切！

李进却两腿一弹，说：“哼！我们总有办法的！”

什么办法呢？打倒郝家的威势吗？组织民兵自卫吗？那都得发动了“双减”才行，那时我们恐怕要走了。办法？只有打蒋桥！

李进也说了：“指导员，请求上级下命令去打……”

但是蒋桥是个相当大的据点，在主要公路线上，有伪军一个多大队。如果没有打增援的部队，淮城日本鬼子乘汽车一个早上就可以赶到。我们部队靠他这么近，他胆敢不跑，也可见他的猖狂了。不是我们一个营一个连能打的！李进好像也懂得，他说着便住嘴了，狠劲踢踢地上的泥巴，又说：“跟上级商量商量去，指导员！……有任务下来，我第一个完成！”

头鸡已经在啼了，一声，两声……

上午我就到营部去找“顶头上司”教导员，我把前因后果详详细细地汇报了，教导员皱着眉心埋头苦听，营长踱来踱去，边听边骂。我说完，营长便道：“我家里有个堂房姊姊也就是这样给军阀土匪搞去了的！……非揪他龟孙不可！”教导员说：“你说那个刘胡子是不是一定会杀人呢？如果还不至于杀人，那么我们就说服那个老头子，把姑娘交给我们保护吧。抽地什么那是不用怕，政府干部已经来了，再迟吧，几个月后也想必能减租斗争。你最好还是在空的时间找几个老乡调查研究一下……”

我回到小柳堡去调查，但是结果很不妙。穷爷们众口一词都说刘胡子是满天飞，他在蒋桥马刀往人头上砍，还一面笑着唱小曲儿呢！

我垂头丧气回连部，正好曹老头从外面回来，背着个破包袱，神气比我还苦恼得多。他瞧见我，一把揪住我，拉我到草堆背后。他眼睛像赶急了的兔子一样，嘴唇抖抖地说："指导员，求求你，千千万万不要让我家二妹子上名字，你们不能带她走，她要一走，我，我全家都没命啦！……我上蒋桥去过啦！……你不看我的面，看小猪的面上吧！"

我逼紧他说："那你真要把二妹子送给刘胡子吗？"

他忽地蹬了一脚，抖抖地回身就走，我看见他肩背都在抽搐。我咬着牙，记起小猪那天的话："我恨啊！"

我便把这事情告诉连长和副连长，我们大家一起来恨吧！可是我们恨了不多久，教导员来了。我报告了调查的结果，教导员却笑笑说："刚才我上团部开完了会，谈起这事情，政委倒说没有问题，我说你准备把他们一家都搬走吗？政委说搬有什么不可以，现在局面安定得多，派几个侦察员，弄一条船，把他们一家一当都搬到中心区去请政府安置。不过这样做，官司要打到分区政治部，圈子太大，又麻烦地方上，不必要。我问，那你用什么办法呢？政委说自有办法，你放心，我总保险。我再问他，他不肯说，倒是说，叫你们多搜集一些这种材料，教育部队，要你把这个事情详细汇报政治处。还说：叫你们年纪轻轻的不要急。"

这天晚上，我参加四班开班务会，李进检讨思想。

开始，战士们都满心好笑，只当他副班长坦白腐化思想了，有的在开会前还干咳两声。李进过去有个"番号"叫"班指导员"，开会讲话第一名。可今天讲得很轻,豆油灯光头也很暗。可是越讲,大家越严肃了,一个个的脸都沉下去。

李进说完这故事,重重地叹了一口气,说:“想想,我啊,多不要脸!我想,抗战快胜利了,准备个这样的老婆多好……昨天割麦回来,她叫我晚上下了哨等她,我真是转到了坏心思了……想想:老百姓还这样苦,我倒专门替自己打算了,装扮得红红绿绿像个鬼,革命还有得革呢!……人家在河里喊救命,我倒在船上唱山歌……昨天晚上,我存着坏心思去的,听见她这么一讲,啊呀!我真像当头吃了几十个巴掌一样,我不是人,是狗!……填表的时候我怎么写的?为劳苦大众奋斗到底!……我现在也讲不出什么漂亮话,同志们以后看我的好了!我只要求上级,总要想办法救她!就是要我去死也心甘情愿!”

一屋子静默了一阵,便争着说起话来,一条声的要我想办法。何金标拍着胸膛说:“办法?办法就在我们自己身上!打他娘的蒋桥!”大家嗷嗷叫地同意。何金标又说:“副班长!我对不起你!也对不起二妹子!我老何好抬杠,打那天看见你们那腔调,我就到处破坏你的威信,我对不起你!”

最后我发言,向他们保证上级一定有办法,要他们不能瞎估计。我说了很多道理,末了我说:“好好练兵!全中国还有千千万万个二妹子要我们去救呢!”

第二天,燃烧弹落在草堆上似的,这故事传遍全连,同志们传来谈去,很多人说起他眼见耳闻的同类的惨事。到连部来走动的人突然多起来。各班,战士们和穷爷们交换着苦经。等到那个负责在本乡搞群运的陆同志来找我的时候,我觉得,我们连掌握的关于郝老掌柜的材料,怕比他还多呢!

我和他交换了材料，他气愤愤地做结论："两淮地区三十六种超额剥削，姓郝的倒用过三十五种。说得好，小熟不缴租，高利贷一滚剥，还不是两手空空！"

他说，发动群众不难，可就是怕变天，他一板三眼地把蒋桥伪军的情况讲给我们听。蒋桥的二黄大都是本地人，几个头子跟地主恶霸都是亲上加亲。郝老掌柜逃进淮安的那天还说："变天没有好天长，新四军是伏天的阵雨，来得凶，去得快！哪个臂膀向外拐，刘胡子来叫他脑袋向后长……恶龙难斗地头蛇！"我不免替二妹子担心。

二妹子这两天来却变得很安逸了，接连一个星期，她天天高高兴兴地笑着，到田边去车水，割草。

一天下午，营部叫我和连长去，原来部队明天一早就要向东靠靠。营长把拳头在地图上量一量，告诉我们连住西马庄——小柳堡向东十二里。我们连是整个部队的前哨，西到蒋桥二十七里，一条大河直通。所以盘查行人要特别注意。

教导员说："群众纪律好好检查。告诉老百姓不要怕，我们是靠拢些好训练，不会走的。"连长倒抢了我的先，他说："那我们连部那家的事情怎么搞？"营长对教导员笑笑道："怎样？讲了吧！"教导员点点头，营长就放低声音说："你们要保证绝对不能给任何人说，你们负责！……蒋桥上头原来就决定了要打的。我们在蒋桥外面水陆要口上已有侦察班，团部侦察参谋敌工干事亲自带了在那里活动好久了，他们班部设在这里，七里河，离蒋桥七里，人可一直伸到蒋桥街口上。蒋桥街只有一条出路，街上跑出一只狗来，我们都能知道。据点里还有我们的内线……蒋桥就是我们团将来的任务呀！我们向东靠靠，也就是为了麻痹敌人！……你们对别的连干部暂时也不能说！”

回到小柳堡，我们部署了移动。我等曹家父女都在家时，便进去道别，我把教导员的话宣传一遍，还外加一句：“我们在西边还有部队呢！”虽然这话似乎不应该说，但是我怕二妹子真的跳河。

第二天，天不亮就早饭完毕，送还东西。天色微明，吹号集合，全连站队在场上，老百姓拥挤在场边，我向老百姓讲话告别。东方微红了，人面孔渐渐清楚了，我没有看见二妹子。开始走了，战士们向小孩子招着手，老百姓亲热地叫下次再来住。我仍然没有找到二妹子。

部队一条龙出了庄子，向东而去。东方一片桃红，霞光万丈，映着水田稻秧，翠绿鲜红，河边柳丝迎风招展。一个战士在前面唱起来了：“青天呀蓝天，这样蓝蓝的天！这是什么人的队伍上了前线？……”

我走在行列最后，几十把刺刀在我前面闪光。我只注意二排那一段，我想李进该回头望望吧，然而他不。我却禁不住回头张望：我们离庄不远的时候，老乡们还挤在庄边留恋地望着我们，慢慢地都散尽了……过一会儿，我们已走下来快一里路了，我最后回顾一下，却看见庄头绿树丛里，一个人穿着蓝色的短衫！远远的只有很小的一点，但我却认得出她，她脸上前刘海在风里飘着……

四

到西马庄半个月，练兵忙极了，起早摸黑，再没有余空时间想旁的。一天，陆同志忽然托人带来了条子，说：郝老掌柜已经偷偷地从淮城回来了，陆同志自己这几天要到七里河去工作，怕姓郝的会到小柳堡捣鬼，他布置了两三个积极青年，万一有什么三长两短，一定快马报到，请我们帮忙。我回说："再好没有！"可也不曾放在心上，我想他有天大的胆，敢到老虎头上搔痒？

几天以后，好消息！团部召开连以上干部会，正式布置攻击蒋桥了，×团替我们打增援，攻坚的部队本只要一个营，但为了防敌人脱逃，各处的河汊湾港，都得派部队拦阻。

还有两天的准备时间，明天上午应该是全连的军事学习总结，作为攻坚技术的准备。以下，便是动员，讨论，订计划，挑应战……

第二天早饭后，吹过上课号，庄西头的课堂内外正乱哄哄的，却看见小猪呼地撞了进来，嚷道："二姊！二姊！……"他喘不过气来，跳着脚，满头黄汗直流。大家围住他，他咻咻地叫："二姊给人逮走了！快去啊！快去啊！"这时一个战士拖着上刺刀的枪挤进来说："这小鬼怎么了？我在这外面放哨，我问他，他死不理！"我慌忙摇手推他："你快回去站哨去！"我问小猪："给什么人逮走了？二黄？"他蹦蹦跳跳地说："不是，不是，是掌柜的！"连长拉住他说："你说清楚，怎么搞的？"小猪这才定一定神说："郝老掌柜，带了三个人，把我爹爹推在地上，把二姊绑起走了！"

"绑到哪里去了？"

"我不知道，我不知道，我要跑慢了也给逮去了！"小猪忽然脸色一白，眼向上一翻，要倒下来，一个战士忙扶住他，我叫卫生员给他治，忽听得有人大叫道："指导员！我们快去呀！"我这才想起李进来，眼睛一扫，没见他，我顾不得多想，说："四班长，派一个组。"何金标叫："班长，我去！"四班长说："马小宝，你们俩跟我去！"我对连长说："我得自己跑一趟，这里头有政策问题。四班长，我们走！"四班长却站在门口开水缸边喝水，并且叫我们也喝些。我忽然想到四班长比我沉着仔细，同时就想起……我看小猪已经恢复了，我问他："郝老掌柜有没有带枪？"小猪说："有，只一支，他自己拿着的，一支盒子。"我吞了口开水就跑，连长在后面追出来喊："注意点！小心打冷枪！"

我们跑得很快，可只恨慢。汗流到眼睛里，拿下军帽擦擦狠命地跑，待跑到小柳堡，我觉得人简直要炸了！

老百姓乱糟糟地叫："同志！快去吧！装在船里去了！""同志！喝碗茶吧！""两条大船，向西上蒋桥的！""赶得上，他们向西是顶水，走不了几里路！"

糟糕！早知道上了船，也不到小柳堡来弯二里冤枉路了，沿河一直跑多好！顾不得喝茶，我们拔腿就跑！

出庄子沿河奔了两三里，听见前面"八公"一枪，四班长说："三八式，向西打的。"接着，"八公"又是一枪，何金标说："是侦察员打的吧！"马小宝说："侦察员哪来步枪？"可是不管什么枪，枪声就在前边三四里路了，快马加鞭！

七里河的庄子远远地在前面了，老远便看到，河岸上站着一簇人。跑近些，我看见：两个侦察员，两三个老百姓，陆同志也在那里，还有团部的敌工干事。敌工干事也望到我了，他哇哇叫："你也来啦！好家伙！他娘的真狠！"

这时我望见河里两条船，船上，唉！我看到了李进！

李进蹲在船头板上，二妹子坐在他身边，李进在替她解着绑在脚上的绳子，二妹子伏在李进肩上呜呜地哭。撑船的人都呆在那里。一个长袍大褂的老长马脸，站在另外一条船上，大概便是郝老掌柜了吧？他背后站着个侦察员，正一把揪住姓郝的后领子，一支三号驳壳枪瞄准姓郝的后脑瓢儿。

李进把二妹子解开了，他看看一舱板的绳子、棉花、布条，他轻轻地推开二妹子，拿起身边的步枪，站起来。我从来没有看见过李进的脸色会这样可怕。他不看旁人，只瞪住姓郝的马脸。他正想跳过船去，我把他叫住了："李进，不能乱来，要打要杀由政府去办！"他才停下来，气冲冲地站着。

我对敌工干事说："他还有支驳壳枪呢，你们缴到没有？"敌工干事说没有。我对姓郝的说："缴出来！"姓郝的像恶狗一样龇了龇牙，说："麦子肚里，你们要，去掏吧！"等不到我们动手，撑船的狗腿早在船舱的麦子袋里拿出来双手捧上了。

我便问陆同志如何处理，陆同志说他正要回区里开会，可以把人和船都交给他，不过要我们派人押送一下，区署就在我们团部庄上。我指定四班长带两个人押送。我们，陆同志，都上了船。

顺水而下。我，李进和二妹子坐在一起谈着，这回是一点也不"封建"了。我这才了解了事情的经过：

原来李进一看到小猪慌慌张张地奔来叫二姊二姊，他就拼命向小柳堡跑去了。奔了两三里路，碰到两个青年农民，也是飞跑来送信的，而且已经看到二妹子上了船。李进和他们便沿河直赶，追到离七里河一两里路，看到了，李进打了两枪叫停船。侦察员们听到枪声也出来了，前后夹击，船靠了岸。李进下去搜索，二妹子被关在舱底下，嘴也扎住了！

我批评李进："你怎么可以不通过组织一个人来追呢？如果他们是伪军一个排你怎么打？"李进只轻轻地笑笑。二妹子却一把抓住了李进的手臂，但很快地又缩回了手，脸立刻涨红了。

顷刻间便到了小柳堡的外面，河滩上，挤满了人，笑的哭的，叫的骂的，闹成一片。只听得小猪的声音："二姊，二姊！"他跑下河埠来了。我把二妹子扶上去。我问小猪:“你爹爹好着吗?”小猪说:“不碍事,在家里坐着哩!”我说:“小猪!告诉你爹爹,叫他不要怕,万事有我们呢!”我想起郝老掌柜的话,我又说:“我们新四军给你勤皇保驾!”

船又开了,老百姓挥着手,二妹子和小猪站在河埠上痴痴地望着我们。我看看李进,他也正痴痴地望着岸上。我再回头看二妹子,我看见眼泪在她脸上流……我想,这条根是愈扎愈深了!

回到西马庄,已经过了午,我听见树荫底下一个战士在唱那老歌:“……听说道打据点心中喜洋洋,磨亮刺刀呀擦好枪,巴不得一口气飞上那战场!巴不得一口气飞上那战场!”

第三天下午五点半我们出发了。走过每个庄子,老百姓都拥出来笑着叫:“狠狠地打!不要让那些狗日的跑了!”“你们打下来我们来扒圩子平炮楼!”走过小柳堡时,曹老头子和他的女儿都在人堆里。曹老头子第一次尽心地笑着,二妹子的脸红得像太阳。

晚上十点钟打响枪,两个钟头,大部分碉堡都缴了枪。只剩下几个大碉堡了,可都是死顽固,大队长中队长亲自压着的。火力很猛,机枪打得一条声。

我们连负责的一个大碉堡三层楼,第三层没顶,我们榴弹打得他们登不住。底下一层二黄也不能登,怕塞榴弹。这些家伙都缩在二层楼上,我们的机枪吃住它的枪眼打,封得它哑了。可是向它喊话,叫它缴枪呀,倒还有个人在里边唱京戏。一个战士就冲上去,打碉堡的门,但门很厚实,还包着铁皮,洋锹砸不开。二层楼枪眼里却接连撂下几个榴弹来,那战士带花了,爬下来。第二个上去了,又带了花下来,绕到后面去砸墙,也不行。连长说:“去几个人,把围子外面沟里的竹梯翻进来!”一面便重新布置火力。战斗中的时间过得最快,天快亮了,敌人在里面喊:“天亮了! 回去吧! 我们要下来打牌了!”正好二排解决了一个小碉堡回来,小李进一听,火冒头顶,立刻要冲。连长说:“等梯子来了就叫你第一个上去!”李进便候在巷子里,看见竹梯子扛来了,他抢了就跑,那战士拖住不放,李进叫道:“什么你的我的,连长命令我的!”挣脱了便往外冲。连长大叫开火,碉堡上顿时洒下一阵阵弹雨,李进一跳出去,像头小豹子,几个箭步就到了碉堡根。一个榴弹落在他身边。他缩一缩身子,把梯子一架便往上爬,爬到梯顶,刚够到二层楼的枪眼,这时我们的火力早已停止,李进拔出榴弹,一拉弦往枪眼里一灌,接着,又是一个,又是一个碉堡里翻了天,我们一拥而上,三根竹梯架起来了……

不熟悉李进的人,会说他今天是为了二妹子才这样勇敢的,其实冤枉。李进每一次战斗都争先恐后。不过以往,打再大的仗,他总是嬉皮笑脸的:“三天不刷牙,换根新三八。”不当一回事。今天却很认真,俘虏一下来,他便拉住问:“你们中队长姓什么?”“是不是毛胡子?”我也上去问:“有个叫刘胡子的中队长在哪里?”俘虏好像很熟悉,指着东边说:“刘胡子? 那个大碉堡! 那那那……”

天已拂晓,看来全部碉堡都解决了。北边一个大碉堡还冒着烟,火光熊熊,子弹在里边劈啪地炸。我带李进向东去,那边是七连攻的,俘虏都集合在场上了。我问他们:“你们中队长是不是姓刘的胡子?”一个俘虏阴阳怪气地说:“问他干什么呢? 阎王老子招他做女婿去了!”另一个俘虏站起来立正说:“报告官长,是我把刘胡子打死的,他不让缴枪……我可以带你们去看!”我说:“好! 你出来!”七连连长对我笑着说:“老兄,你今天怎么这样来劲?”但他一眼看到李进,他明白了,拍拍李进的肩膀说:“原来是你的鬼名堂！当心不要……”

我们顾不得说笑，赶上碉堡，好多老百姓已经来扒碉堡了。到楼上，那俘虏指着死尸中的一个，我看时，果然是个官，黄卡其军服铜扣子，死尸面孔上满是剃得发青的胡根，龇着牙……

李进忽然觉得腿上痛起来，看看绑腿，好几块地方烧焦了。走下碉堡把泥巴糊着的绑腿解下来一看，幸亏打了两三副衬绑，布上很多榴弹铁屑子，腿上也嵌进了两颗铁黄豆，李进把它扒了出来，往碉堡上一扔，说："还你！"自己用急救包扎上了。

我们回去一讲，全连都欢呼鼓掌。

上午十时，部队转移了。移动到七十里外的地方去继续练兵，从此远离了柳堡。

一个月以后，在《苏中报》上看到柳堡地区减租斗争胜利的通讯。姓郝的被判了徒刑。我把这消息读给全连听，大家好不欢喜！我同时留心着李进。他也同样地高兴，并没有害相思病的样子。我想他大概决心丢开了。

五

转眼到了十一月，有一天团部开连干会，宣布了一个惊人的好消息：我们就要下江南了，打到苏南、浙江……准备反攻，协同盟军作战。国民党"孬种养"退上峨眉山了，我们要去收复沿海失地。

这两天，我忽然注意到李进，他好像心事很重，表面上却装着若无其事。有一次二排长叫他把单杠架子捣捣结实，他竟听了三遍才听懂。晚上已经睡下，四班长来了，他说："副班长怕要出事情！这两天时常叹长气，拿钢笔在纸上画啊画的，写写又撕了，又叫我看。刚才,大家摊铺睡觉了,我看他不在,出去看看,他在看月亮,我问看亮月子干什么?他说看会不会刮风,声音有点两样。我扳着他的头看,他在淌眼泪呢……”

我叫四班长注意一点就是,打发他走了。我不能对四班长说明下江南的消息,对排长以下还保守着秘密呢!可是李进显然是知道了,他过去在团部当过通信员,熟人很多,他听到小广播了。那么,我本来当他忘掉了的柳堡,他原来还记着。他还是坚持着他的计划。这些日子虽然离开几十里,总还像鸟儿在树高头打着圈子。如今可要飞远了,千重水万重山。以后的几年里有没有飞回来的一天,谁也不敢做结论。那么,打蒋桥那天傍晚他们在大圩的相逢,也可能就是他们最后的一面了!

第二天我跟李进谈话,我和他并肩坐在草堆边,我奇怪,他为什么瘦了。我问他,他闷了好久,忽然笑笑说:“指导员,你今天用不着替我做政治工作了,我想定了。你说:一个人要光荣快活呢,还是享乐主义快活?”我说:“依你说呢?”他说:“我们家里有句老话‘做狗吃肉不如做人吃粥。’”我问他:“你这几天内心斗争很厉害吧?”他不答,倒问我:“指导员,我们哪天走?”我说:“走?到哪里?”他苦笑一下说:“你不要瞒我了吧!我的通信参谋多得很。我们这次是远走高飞了!不过你放心好了,我不会开小差的!”这就是说他曾经想过开小差的。我说:“你想过吗?”他笑着自言自语:“岂但想过……”忽然他眼泪要冒出来了。

我有点气,我说:“那么你对我下的决心,在班务会上下的决心,都是瞎火子弹啰?”他急得跳起来说:“不不,不是!那时候我是真心诚意的,我想想我这个人自私自利,没有脸要她!不过后来我在船上救了她,又打了蒋桥,我心思活了,我良心上说得过去,我想随我哪一天去,她都不会不要我……嗳!不讲了,讲讲又要难过。”他用手在额顶上乱擦,又说:“我真想再见她一面……这两天我老是梦见她……以后怕只有做梦才……”他忽然把头昂得高高的,他是怕眼泪流下来。他努力装出发笑的样子自我批评说:“他妈的,怎么搞?……好,以后再不谈了!”可是眼泪却不听话,还是在流,他急了,推我走,说:“指导员,你回去吧,不要管我。”他眼望天心说:“你不是说过,全中国还有成千成万的人像她一样吗?”

我不走,我想:这些年头,刮风下雨冰天雪地,我们在外头行军打仗,在和着自己鲜血的烂泥里爬过,在烧着的房子里滚过,疲劳到在跑路的时候睡着摔倒……我们都熬过来了,这些都没有叫李进流过眼泪。可是今天……这是一道关呀!万丈高山顶上的关!他能过得了吗?

李进紧挨着我,他说:“指导员,你还不相信我吗?……我斗争了两天两夜了,翻来覆去想,走吧,走吧!……我想到你,想到班长,想到小马老何他们很多同志,我到底舍不得走!”他顾不得眼泪在流,又说下去,“我想想二妹子,心里难过,总还受得了。我一想到从此要脱离部队,党从此就不要我……我要变成一个孬种……给同志们骂了,我实在受不了……指导员,你相信我的话吗?”

我怎么不相信呢?这些年来,我们在一起生活一起战斗,这样相亲相爱。他去年害痢疾的时候,是我们日夜轮流守在他身边,他在戴窑遭遇战负伤,我们撤退的时候,是我去背他下来,我也就带了花。我们一起睡在担架上,抬过小海,老百姓拿鸡蛋塞在我们被子底下,把麦管放在我们嘴里喂茶……李进那时还说:“我要不一条心革命,对不起老百姓,也对不起你指导员。”……我说了:“我相信!”

李进好像振作了些，他说："我好几次想写个路条，先起个稿子，我一拿起笔，心里就痛得受不住。这两天，我就像生了场病。我晓得了，我是在光明大道上走惯的，革命部队里长大的，部队就是我的家，我的亲人。缩到暗角落里去，我活不下去的，哪怕你金镶玉嵌的房子住起来。用不着人家骂我，我自己心里的病，也叫我一生一世没脸见人了！"

我批评了他，他霍地站起来，背起枪，说："指导员，你放心！共产党要我到哪里，我就到哪里！我还是那句老话：'为劳苦大众奋斗到底！'"

几天以后，我们出发了。深更半夜，我们在运河堤下无声地走着。寒风刺面，远处庄户人家，狗在惊慌地叫。我们悄悄地通过敌人的封锁线，下江南……那是一九四四年的冬天。

六

四年以后，一九四九年的早春，我们部队从山东南下，又一次准备渡江了。千军万马，几百个箭头，走津浦路东西，运河的两岸，浩浩荡荡地前进。我们师的行军路线，有一天，刚巧要经过柳堡附近的大堤。

这天中午，有人告诉我："六连连长在你'家'里找你。"六连连长就是李进，他到团部来找我干什么？……李进一见到我，便说："老首长，请示你一个事情，思想问题。"我请他坐下了，他说："讲起来，有一点好像不大应该。我知道又到老地方了！"我说："是啊，真不知道几年来他们怎么样了，你是想去望望吗？"李进说："差不多，不过要复杂一些。"他又高兴又不好意思地说："我坦白一个事情：

去年大练兵的时候，我接到过二妹子一封信。她说她已经参加了工作，新近又参加了党，还有，总而言之，这种事情啰。我那时候回信去的，后来没有再收到她的信，也不知是牺牲了，还是嫁人了。所以今天，我想先出发去看一看。不过她如果好好地还在那里，那就……不知道你们上级对这样子的事情怎么看法。当然，不是要你们批准什么，就是……是不是算不良倾向呢？"他向我笑笑，又补充说："还有，假如说可以去，我想请你陪我一起去。"

我正在考虑，政委进来了，我就把这事情请教他，政委便是当年的教导员，不必细说。他背着手踱来踱去，听完了，他郑重其事地说："我们应该充分相信同志们的自觉。战场上，愿意抱了炸药炸地堡，有这样高的阶级觉悟，还怕没有力量处理自己的问题？当然，道理要说明白的：我们解放军，广大指战员，为什么不能谈恋爱，不能回家抱老婆？难道我们就不是人？我们是为了革命战争！也可以说：为了我们的妇女不再给阶级敌人蹂躏，为了工农大众，连同自己，将来都能得到真正的婚姻自由。我们这是一种牺牲，长年累月很重大的牺牲。当然这是光荣的。今后的相当时期革命还需要我们部队人员坚持下去，相信我们的同志们做得到。"政委和缓了一些说："但是，如果并不会妨碍革命利益，譬如说见见面，那有什么不可以呢？"他面向李进说："像你这样的事情，拿得出去的，部队里不会有谁起反感的，问题是，今后你要继续很好地来掌握自己。"

一个钟头以后，我和李进，并肩迈步，在大堤上南进了。我们走在整个南征部队的前头，路上遇见的每一个老百姓，都向我们亲热地笑，向我们说心底里发出来的好话。路虽然很宽，他们还是特意让到两旁，让我们快向南走。老年人用手掌遮着阳光看我们，眼泪在笑脸上流。小孩子跟在我们后面喊口号,偷偷地上来碰一碰我们的枪,又胜利地笑着逃开去。每一个村庄,有红旗在飘,有锣鼓在响;每一个村庄,有小车担架在集中。

经过比较大的村庄镇集,松柏牌坊凯旋门似的横跨在大路上,地方干部迎上来问我们部队还有多少时候能到,群众敲着锣鼓,点着爆竹,摇着旗子,像欢迎大部队似的向我们两个人喊口号,送茶送烟……我们走得很快,却一点也不疲劳。

李进指着左前方说:“你看,到了!”我看时,东南天,淡淡的烟雾里,大小柳堡像水岛一样浮在碧绿的素田上,郝家的大瓦房旁边红旗在招展。柳堡西边一二里路的大堤上,一个彩花朵朵的松柏门衬着白云青天。堤上堤下,人头攒动,老乡亲们在等我们了。

李进忽然停住了,拉住我,他手微微发抖,他说:“慢慢,让我再想一想。”停了一下,他说:“好!走吧!不过见了面,你不能逃开,丢我一个人在那里不行的。”他又说:“她,假使说,不在那边松门底下,请你代我问一下子,好不好?她叫曹学英。”

我们又被群众包围了,我看二妹子不在,正想问,一个三十多岁的妇女细细地端详了我们,说:“嗨!你们同志,不是早年子在小柳堡住过的吗?”我点点头,她说:“是啊,对,对!你是那个指导员,你是……啊!你们是来找曹学英的啦!对了,对了!望到头啦!秀金妹子,你们快去叫学英去,她的对象来了!”

最后几句话她是用足了力气叫的,因为周围已经笑闹成一团了。几个年轻妇女推推挤挤地要去,李进涨红了脸说:“我们自己去好了!在哪里?我们去找一样的。”那中年妇女懂事地笑着说:“对啊!人多嘴多,不好说话啰,去吧,她在大柳堡庄上,不在区所,就在合作社,看到吧,那红旗下面。”

李进拉着我，急急地逃开堤上这许多笑脸。我们向大柳堡走去，他把军帽推向脑后，头发上冒着白气。

走过小木桥，转过杨树园，李进全身震了一震。在前面不太远，一个妇女正向我们迎面走来，那是二妹子，辫子剪了，头发在耳边飘着，她穿着深紫色的衣服，低头走着。我们并不停步，二妹子抬头向我们望望，很客气地笑着想招呼，忽然她停住了，倒退一步，两手捏紧拳头，满脸放出又惊又喜的红光。

嘴是奇怪的东西，最需要它说话的时候，它会怠工，要眼睛来代替它的工作。我看见，那双水亮的大眼睛，虽还含羞，却已经不再是胆怯躲闪的了，勇敢地、有信心地望着我们。

还是我先开了口："想不到吧？"二妹子才轻轻地吐了口气，慢悠悠的，像对自己在说："到底，又回来了！"她望望堤上的松门，说："我们庄上，大家多高兴！……啊呀！你们走累了，还叫你们站着，我们到大柳堡去坐坐吧！"李进说："最好不要到庄上去了，我们马上要走的，今天部队经过这里。"二妹子说："我知道……我们到哪里去坐坐呢？噢，到那船上去吧，好吧？那是我们区所的船……"

河湾里，停着条小船，我们走了上去，我拿起篙子，但是几年来生疏了。二妹子笑笑解了缆，抢过我的篙子。我们坐下来，她把竹篙儿轻轻一点，船便荡到河心去，她指着说："到那边去好不好？"一段高岸底下，柳树斜斜地交叉在河面上，枝条上已经吐出点点的绿芽。篙子在水面上画了个半圈，船头滴溜溜靠向岸下去了。从这里，我们可以远望大堤上的松门牌坊，人家却找不到我们。

二妹子插住了船，坐下来。一群鸭子在河那边游过。李进说："曹学英同志，你有没有收到我的回信？"二妹子说："没有呀！寄丢了吧，我，还当你……你们都比以前瘦了。"李进说："四五年了，这一个圈子兜得好远，你记得那年我们从七里河回来那天吗？我们也是这么坐在船上的。”二妹子说：“你知道我这几年怎么过的?”她并不要人家回答，拍拍船舷说：“船，船，三两年我们全靠撑船过日子。”我和李进都有些诧异，我说：“你讲，你讲得越多越好，我们今天专程来听你的。”

二妹子两臂撑着背后的船板，微微抬起头，说：“讲起来，话就长了。你们主力部队一走，这里就变天了，郝老掌柜爷儿子两个，带着还乡团、遭殃军，倒算，抓丁，抢粮饭，烧房子，来一趟，光一趟，我早就在妇女会里工作啰，区里知道我和姓郝的结下了仇，庄上不能待，就介绍我跟县里来的妇女干部住在一起，跟她们一块儿打游击。那时候啊，遭殃军汽划子上架了机关枪，噔噔噔地在大河里窜东窜西的，夜里庄子上就是满天红火。我们撑个小船，草荡子里，小河汊里，躲来躲去，我方才知道你们部队，刮风下雨，在外面的苦处。我们妇女，也什么都做，撑了船送信，拆桥，破路，找姊妹们开会，我也拿红缨枪，挂了个手榴弹，在早年你们放过哨的那树底下站哨。

“郝老掌柜对我爹爹说，只要我回去，就能保住我一家。我爹爹把弟弟送到舅舅家去，带个信给我，叫我死也不要回去。后来，我家里房子也给烧了，两个老人，也逃到东边马庄去了。这会儿我家算是住在马庄了，政府里给我们分了田地、房子，安了家啦！那时候我们庄上可真是活受罪呢！反倒是我不很苦，他们有枪，我们也有枪，用不着怕被他们逮了去。妇女会的张主任空下来还教我认字，读报纸给我们听。有天子，她读了一篇什么通讯，说的是你们在山东，敌人重点进攻的时候，下大雨，山上发大水，你们饿了肚子，光脚板跑路，脚在水里头泡烂了，爬上山，石子路上都是血滴滴的脚印子。我把这报纸要了下来，一直放在身上。最苦最苦的是去年，喔，前年冬天，庄上都住满了遭殃军，我们船躲在水荡里，起了北风，下了雪，船冻住了，冰上又不能走，就靠些子馒头干活命。睡在船板底下，稻草是半干半潮的，半夜里冷醒来，有时候连头发也冻住了。我就要想到你把我从船板底下扶起来的那一天。我想你们在山东受着这样大的苦，打了这么多的胜仗，你们总有一天会回来的，我拿着那张报纸看了又看，夜里望不见报纸上的字，可是我看得见你们。我总要对得起你们……”

二妹子向李进笑着，她眼睛里含着泪光，但是，她愉快地说：“后来好了，熬到头了，部队打开了清江，进城，郝老掌柜给我们逮住啦！你们打了淮海战役，高邮也拿下来了，我们这里便安顿了。真不容易啊，今天我们能在公路上欢迎你们！”她的眼泪珠串样地滚下来。她擦去眼泪，畅快地笑了，说：“你们呢？你们说吧！”

堤上传来锣鼓口号的声音，太阳落到松门的角上，一条红云遮住半边金光。前卫部队就要到了，北边堤上，无穷无尽的行列滚滚而来。

李进说：“我说什么好呢？你比我进步得快。我们这几年还不是打仗，跑路……”李进望着我笑笑。我懂得，我便说：“让我来介绍吧，这一位李进同志，现在是我们六连的连长，二级人民英雄。淮海战役他们一个连俘虏了敌人一个多团。这同志现在反而比过去怕羞了，得了个人民英雄奖章也不好意思挂出来。”李进忙说：“哪里，怕丢掉，怕丢掉。”二妹子天真地说：“给我看看好不好？”李进便从皮包里拿了出来。

二妹子把奖章托在掌心。奖章辉煌地射出彩光。太阳从云里直透下来，把堤上行进着的部队，镶了一道金边。二妹子抬起头来望着李进，她眼睛里满是快乐、骄傲和敬爱……

我站起来，不甘心自己已经不会弄船，拔起竹篙，撑到河中央去，我袖子里湿漉漉的，流进了水，想来动作一定是很呆笨的。但并没有人笑我，背后，他们俩继续谈着，我听见李进轻而有力的声音："……你放心，我有哪一点对不起革命，就没有脸回来见你。"

我的动作熟练了，竹篙大步地朝堤埂方向撑去。堤上部队正唱着歌："……要做新中国的主人，前进！要做新中国的主人，前进！"堤背后一片红光，映着那一个个迈进的人影，正像无尽长的齿轮在转动。这好似巨大无比的重坦克的纯钢履带，在人民的欢呼声中，轰隆隆地向南。

1949年10月26日

（原载南京《文艺》1950年第3期）

作者简介：石言（1924—2002），原名胡石言，浙江平湖人。1942年参加新四军。著有小说集《柳堡的故事》《秋雪湖之恋》等。《柳堡的故事》曾改编为同名电影。

科尔沁草原的人们

玛拉沁夫

八月的科尔沁草原上，发生了一件惊天动地的事。

夕阳被遥远的大地吞没了。西北风偷偷地卷起了草浪，草原变成了奔腾的海洋；空中密布着乌云，好似一张青牛皮盖在头顶。人们都知道：草原的秋雨将要来临了。

萨仁高娃从一眼望不到的地方，赶着牛群走来。她骑着一匹大红马，还领着她所最喜爱的一条小猎狗；这小狗的名字叫嘎鲁，不论主人走到哪里，它总是马前马后地跟着跑。

牛群在大风中吃力地走着；但是萨仁高娃还责备它们走得太慢，不断地挥动着鞭子，“合依！合依！”地喊着。然而牛儿怎会懂得：它们的主人，是因为今天同一个年轻小伙子有了约会，才这样苛待它们呢？

萨仁高娃将牛群赶到离屯子不远的一座沙丘上，忽然勒住了马，用失望的眼光环视了草原好久之后，连喊了几声：“桑布！桑布！”终究没有看到一个人，也没有听到回答的声音。她只得将牛群圈在沙丘上，在大风中等待着桑布。

不一会儿，从东边像飞箭一样地跑来了一匹惨白色的马。萨仁高娃心里“格登”跳了一下，脸上笑得像一朵花，急忙跳下马来，从怀中掏出一个有长飘带的粉红色的烟荷包，连续地在头上摇晃，向对方表示着热烈欢迎的意思。但是当对方愈来愈近的时候,她那股热情却渐渐地冷下来了。

原来这个人不是她所等待的桑布。

一个生着连鬓胡子的老头子,跑到萨仁高娃跟前勒住了马。

“小姑娘,你在这儿干什么呢?”老头子明知道她在这里是为了什么事由,却又故意这样为难她。

“老爷爷,你有什么急事,跑得马耳朵都出了汗?”她所答非所问地把话题岔开了。

“有一件最紧急的工作,要召开群众大会通知大家一下。”

“晚上开完会,你还给我们讲昨天晚上没讲完的故事啊!”

“大概不能了,我不是说过了吗?——有紧急的工作。”

“什么紧急的工作呀!说你不给讲就得了。”

“真的,我不说谎;好了,我要走了。小姑娘,你也早点回去吧!就这样。”

老头子一蹬脚,马就跑起来了。

这老头子的名字叫阿木古郎,是村长,还是一名老党员哩!他为人老实厚道,为老百姓的事情,总是吃苦在先,享受在后;群众也都信任他、爱戴他;屯子里的男女青年们都称他为“阿木古郎老爷爷”。

阿木古郎走后,萨仁高娃不安起来:桑布为什么还不来呢?阿木古郎老爷爷刚才说有紧急的工作,屯子里到底发生了什么事呢?

这时西北风中传来了雷声,远处天边打着金色的电闪,大雨就要到来了!但是她既然是同自己的情人约好了的,怎么可以不等到底呢?

萨仁高娃就这样等了好久,好久。

“同志，你好吗！请你告诉我，前边叫什么屯子？”

一个低沉沉的声音，从萨仁高娃的身后传来，她一回头，看见一个瘦得像黄羊似的人，站在她的面前。他蓬松着长发（好像头发里生有九九八十一条长尾巴虱子），汗流的污渍挂在麻子脸上，身上披着一条黄毛毯。萨仁高娃很怀疑这位不速之客，用带着恐怖的声调问道：

“你是谁，从哪儿来？”

“从扎鲁特旗来的，因为那边闹灾荒。”他有意地不说出自己的姓名。

“你到什么地方去，找谁？”

“我往这边过来时，我们屯的玛拉哈，叫我给科尔沁旗白音温都尔屯的嘎拉僧，带一个口信。请你告诉我，白音温都尔屯离这儿多远？”他用老鼠眼睛望着她，等待着回答。

但是“白音温都尔屯的嘎拉僧”这几个字，使萨仁高娃发生了极大的怀疑：我们屯的嘎拉僧一度在国民党的“降队”当过排长，现在是屯里的管制对象……为什么这样一个可疑的人，单来打听这样一个可疑的名字呢？萨仁高娃好久没有回答他。站在她身旁的小猎狗嘎鲁也耸起两只耳朵，目不转睛地注视着这个陌生的人。

“你家住在扎鲁特旗的什么地方？”

“阿拉坦敖包屯。”他停了停又慌忙补充道，“不过最近要搬家了，那边旱得很厉害。同志，你到底知不知道白音温都尔屯离这儿多远呢？”

“白音温都尔屯吗？很近。”她拉长了声调，“不过我们科尔沁有一种规矩：走路的人，应当先拿出自己的‘证明书’，然后才有权问路；也只有这样，人们才能真实地告诉他所问的路。”

“噢!”他狡猾地微笑了一下,“证明书吗? 有,有。但是我从家出来的时候,我老婆恐怕我在路上把它丢掉了,所以死死地给缝在衬裤上了。马上拿出来怕有些不方便。好吧,天黑了,我还要赶路呢,再见!”他一面说着,一面退走了。

萨仁高娃看他走了,心中特别着急:明知道他是个可疑分子,可是又没办法叫他站住。她想:“蒙古人有一句成语:‘放走豺狼的人,是草原的罪人。’我既然遇上了一个可疑分子,就决不能轻易地放走他。”又想:“阿木古郎老爷爷说:‘有紧急的工作……小姑娘,你也早点回去吧……这是什么意思呢?”这时她灵机一动,计上心头,急忙向他追去:

“同志,请你等一等!”

那个可疑的家伙懒洋洋地站住了。

“天色不早了,看样子一定要下雨;咱们都是老百姓,谁不出门呢? 到我家喝喝茶,歇歇腿吧!”

那家伙没吱声,若有所思地抬起头来看了看天。恰巧这时西北风“呜”一声,掠起了他披着的那条黄毛毯。萨仁高娃忽然像触了电似的,全身抖颤起来——从那可疑分子的毛毯角下,露出了一个亮闪闪的枪口!

她肯定他不是好人了。她想:“我要想尽一切办法把他带回屯子去。不,不行,敌人是狡猾的;他会猜透我的企图——到那时候就晚了。那家伙正在抬头看天,一无所防,我要乘这机会抢他的枪!”

她突然一猛劲跑了过去,一把抓住了那坏家伙的枪。那坏家伙转过身来就和萨仁高娃拼起命来。但是枪把被萨仁高娃握得紧紧的,两人你拉我扯地扭打成了一团。

萨仁高娃一面抢着枪，一面可嗓子地喊："捉反革命啊！来人哪！"她以为这样就可以唤来屯里的人们。这时小猎狗嘎鲁也跑上来帮助主人，咬得那坏家伙的手和脸上尽是鲜血。萨仁高娃看他有些两下顾不过来了，抓住枪把的手猛使劲，就把枪夺过来了。那坏家伙又气又急，照着她的腰部狠狠地踢了一脚；她只觉得一阵酸痛，但是她明白：这是生死的关头，决不能在反革命分子面前倒下去，就挣扎着向后倒退了几步。

在草原上，狗是最敏感的动物。这时，远处屯子里的狗被惊动得狂吠起来了。那坏家伙更慌了，心想："枪被抢去了，屯里的狗也会成群地跑来，蒙古人的狗群是不会放走我的，不如乘早逃走吧。"就一纵身跳上了萨仁高娃的大红马。那马吃了一惊，被他两腿一夹，撒开四蹄就跑开了。

萨仁高娃夺得的是一支"捷克式"枪，她只有使用猎枪的经验，怎么也拉不开这支枪的大栓，一着急，追出了三五步，就跌倒了。不过小嘎鲁却追上了他，跳着咬那大红马的两条后腿，大红马像疯了似的尥蹶子，那坏家伙心一慌就摔下来了。又急忙爬起来，没顾上再去抓马，丢下那条黄毛毯就徒步跑了。小嘎鲁又追了他一段，但回头一看主人没有来，它也就不再追去。

这坏家伙几天以来在草地、沙漠和田野上过宿，没吃过一顿饱饭；又由于刚才那场恶战而紧张过度，刚跑过沙丘就觉得有些头昏。他拼命地跑着，一抬头看见前边有一片苇塘，在阴沉沉的黄昏中，在大风下，那苇浪就像大海的波涛，汹涌澎湃。他忽然停了一下，动作敏捷地从衣兜里掏出一盒火柴，奔向苇塘去了。

当小嘎鲁和大红马跑回萨仁高娃身旁的时候，她才迷迷昏昏地站了起来，心想："我虽然夺下了一支枪，坏根子却跑掉了。这和打围只打了兔子毛而没有打着兔子是同样的耻辱!”

她低下头皱着眉,摸弄着那支“捷克式”。突然,“咔”的一声,保险开了。她高兴得跳起来,忘掉了疲乏和苦痛,一跃身骑上大红马,领着小嘎鲁就往北追去了。

刚跑过沙丘,她就嗅到一些烟味儿,啊!前面是一片火海!她一怔勒住了马,豆粒大的汗珠从两颊滚下来,这是出了什么事啊!

熊熊的烈火,随着大北风的风势,发生了震天动地的呼啸声和爆炸声。这是秋八月干枯了的苇塘啊,就是生着翅膀的芦雁也飞不过去哩!

萨仁高娃虽然离火线还有差不多半里地,但是黑腾腾的烟团早已呛得她难以呼吸,烈火烤得她的脸干炙胀痛。但是这荒火是怎么烧起来的呢?她真不明白。

苇塘是草原的“宝贝”。附近的居民每年都靠它由城里换来五福布、白堪布、蒙古靴、白毫茶、香片茶和红红绿绿的绸子、缎子;也有的人家靠它解决全年的口粮。可是现在它变成了一片火海!蒙古人常说:“荒火是草原的死对头!”

“这一定是刚才那个坏家伙烧起来的;该死的想害我们,万不可能!”萨仁高娃想到这里,将马用力地抽了一鞭,毫无顾虑地朝着烈火扑过去了。

烈火和浓烟结成一条紫红色的火线,向萨仁高娃包围而来,但是她只想:“冲过去!冲过去!不让反革命跑掉!”她弯下身喊了一声:“嘎鲁!”小嘎鲁一跳就上了马,萨仁高娃怕在冲过火线时烧坏它,用大襟将它裹在怀前。这时火星开始在她头顶飞舞了。她看得很清楚:靠西边有一段火线比较狭窄,就决定从那边冲过去。她把缰绳一松,大红马就顶着风冲进了火线。一刹那间,她像掉进开水锅里一样，眼前一黑，便失去了知觉。

大红马像疯狼般地穿出五六丈宽的火海，萨仁高娃软弱无力地倒在马背上，火烧着了她的头巾，全身衣服也都冒着白烟。大红马的皮毛也都烧焦了，嘴边淌着鲜血，它像同情自己的主人似的，放慢了步伐，低着头走着，走着。但是，谁能料到它正在这紧急关头却不能再走动了呢？它两只前腿突然跪下了，头往下一扎，就倒在烧黑了的草地上了。

天黑了，风势小下来了。萨仁高娃像在六月炎天的时候脱去皮袄跳进了河里似的，只觉得一阵清凉——苏醒过来了。她无力地睁了一下眼睛，又闭上了。但当她忽然想起自己是在追赶着一个反革命分子时，就马上一抖身挺起腰来，沉重的“捷克式”仍挂在左腕上。这才感觉到脸部一阵疼痛，轻轻一摸，凉冰冰的，是鲜血，染满了手指。她想：“大红马被烧伤了，我又头昏眼花的，不如先放走嘎鲁。”她从怀中放出嘎鲁，“去！走！”小嘎鲁却一点也没有受伤地跳下马，遵照着主人的指示，扎着头跑了。

接着，萨仁高娃也跳下马来，扑灭了身上的火星，理了理衣饰，把马拉起来遛了几步，又骑上马，向无边的草原，无边的黑夜跑去了。

这时雨点开始从漆黑的天幕上洒了下来，敲打着草梢，沙沙作响。

今天桑布到城里给马挂掌，回来晚了一会儿，他知道萨仁高娃早在等待他，所以只吃了半碗饭就跑出来了。他骑的那匹雪白色的马，名叫小兔子，跑得快，走得好，一甩尾巴就到了沙丘。啊，真怪，萨仁高娃呢？连影子也没有！“这恨人的，失约了！”他只好甩起马鞭，到她家里去找她。刚跑过沙岗，就见北边浓烟漫地，烈火连天，他马上抛弃了同萨仁高娃约会的念头，拉过马头就到阿木古郎老爷爷那儿报告去了。

他一跑进屯子就喊："北边起火了！苇塘起火了！大伙救火呀！"

这时阿木古郎老爷爷正好召集了群众在开着大会，向群众传达着一个紧急通令。

"今天晚上开会，给大家传达一件事情，我先把旗公安局的通令给大家念一念。"老爷爷用沉重的低音宣读起通令：

> 各区、村人民政府：
>
> 昨由盟公安处来令通缉反革命分子宝鲁。该犯曾于一九四七年加入国民党，任伪骑兵"降队"副大队长，在阿鲁科尔沁旗内，横行霸道，无所不为，抢夺之民财计：马五百余匹、牛七百余头、羊三千余只，强奸妇女二十余人……罪恶昭彰，民愤至极，当我军解放阿鲁科尔沁旗时，该犯更名换姓，逃至扎鲁特旗××区××屯，作长期潜伏活动……自大张旗鼓镇压反革命以来，作贼者胆虚，于本月十五日逃走。该犯状貌如下：……

阿木古郎念完了通令，吐了一口气，刚要给群众再作一番通俗的解释的当儿，桑布像二岁子马似的，上气不接下气地闯进会场，群众都愣住了。

"起荒火啦！阿木古郎老爷爷！"

"怎么，起荒火啦？"全屋的人都骚动起来了。

"桑布，你好好说，哪儿起火啦？"阿木古郎问道。

在桑布向阿木古郎报告细情的时候，坐在炕上的人们都站起来了;站在门口的人们,有的已经走出了屋。

“荒火”——就这么简单的两个字,它给人们一种怎样的印象啊！过去曾经发生过多少次荒火呀！房屋、财宝被它烧成灰土;牛、羊、骆驼被它烧死在草原上……但是解放以来,各地都建立了防火组织,人们还将防火这项工作订在爱国公约里,因此已经三四年没有发生荒火了。今天忽然又传来了那可怕的名词,这怎么能不使人惊慌呢!

阿木古郎听罢桑布的报告,不安地紧蹙着两道浓眉,来回走了几步,忽然像想起了什么似的,转过身来向群众喊道:

“今天的会暂时停止,先去救火。大家马上回去准备家伙,一会儿钟一响就到屯东头的老榆树下集合。就这样。”

群众都散走了。

阿木古郎同村干部和几个民兵开了一个紧急会议,在会上他说:

“我们科尔沁草原上不是三四年没有起荒火了吗?为什么今天——在我们刚刚接到旗公安局的紧急通令的时候,忽然起了这么凶的荒火呢?我想这里一定有原因,也就是说:我们要有高度的警惕。就这样。”

大家都同意阿木古郎的意见,马上在屯前屯后布置了岗哨;阿木古郎又掏出铅笔在日记本上写了几个字,将它撕下来折成一个“又”字,递给桑布说道:

“你把这封信马上送到区里去——要回条。”他又对另外一个民兵说:“你去撞钟。就这样。”

“当！当！当！……”

全屯的人都往老榆树下集合了,有男人、女人、上了年纪的老人、刚刚放下课本的儿童；他们有的拿着铁锹，有的拿着浸湿了的毡子，拿扫帚的人最多。

离火线半里多地的地方，有一个牛粪堆似的小山岗。阿木古郎站在岗上一挥手，群众先后不一地停下了。这时站在人群中高出一头的白依热老头子看见雨愈下愈大，祈祷般地自语道："当你渴得胃肠都冒烟的时候，会碰到梨树林；当草原起了荒火的时候，北风会带来大雨。"

"老乡们！"阿木古郎喊道，"前面就是火线了，我们要学会和荒火作战，就是说：先要分散敌人的力量，然后再去一块一块地消灭它。"

"不过依我看来这次的火势很凶，我们不能马上接近火线，那样会吃亏的。"没等阿木古郎说完话，白依热老头子就插上嘴了，"就是说，我们应当先在荒火的前边烧出一条'火道'，等大火烧来时，这儿的草早已经烧光了。这样就能不出危险地扑灭它！这是多少年救火的经验。"他很自负地提出建议。

"白依热老头子说得有道理，那是最妙的办法——我们就这么办啊！"阿木古郎说。

"对呀！应当这样对付荒火！"

群众中间好一阵子哄嚷。

"好了，不要嚷了！我们就按白依热老头子的意见来做：首先要在荒火的前面有计划地烧掉一片荒草。当荒火靠近我们烧完的'火道'时，我们就以防火小组为单位，再把'火道'上的火一块一块地扑灭。好在今晚这场雨还要大下一通，这对我们是极有利的。所以说：科尔沁草原的人是最有福气的。干吧！老乡们！胜利地扑灭荒火之后，我们的漂亮姑娘们，会给大家演唱《龙梅之歌》的。

就这样。”

那三百多人组成的救火大队，像战士们围攻一座城镇似的，每个人——不管是老人还是妇女，都充满着胜利的信心，向那火海冲过去了。

桑布冒着大雨，将信送到了区政府。他因急于回去救火，忘了要回条就跑回来了。

跑啊！跑啊！小兔子马在泥泞的草地上拼命地跑着。但是它刚跑过东沙丘往北一拐，忽然竖起两只耳朵停住了，好像谁在前面吓了它一下。桑布向前看去：不远的地方，有一个黑糊糊的东西；他好奇地跳下马来，走上几步用手电筒一照，原来是一条黄毛毯（被雨淋得变成了土色）。他拾起黄毛毯刚走了两步，又看见前面有一小块黑东西，他再用手电筒一照，是一个粉红色的新烟荷包，长长的绿缎子飘带上，绣着弯弯曲曲的喇叭花。他莫名其妙地笑了：“这是谁在这儿谈情丢的呢？好，不管它是哪个漂亮姑娘做的，现在可要归我使用了。不过我的萨仁绣起来会比这好到天上去。”又一想：“还是救火要紧！”将毛毯和烟荷包卷起来往马鞍上一拴，就走了。

当他接近远处救火的人们的吵闹声时，只见大火快被扑灭了；只有“火道”上还有几团小火块，大家正在扑打着。他松了一口气：“啊！这回没问题了！”但是这时他忽然看见靠南边有一段人们没有注意到的火线，偷偷地向东烧过去了。啊！事情不好：东边是全区最大的草甸子，那里堆着像山似的羊草；这火要烧过去，到冬天全区的牛羊靠什么活呀！他急忙跳下马，想喊人们一起去；但是在烈火的呼啸下，他的声音人们听不见。他只好解开拴在马鞍上的湿毛毯，将烟荷包往怀里一揣，就向朝东烧去的那团火跑去了。

小兔子马走到离火线稍远的地方，等待着它的主人去了。

桑布这样勇敢地跳进火线，他是什么意思呢？难道他是个疯子，去投火寻死吗？不，不是的。他是个神经正常而又聪明的人，而且是一个二十二岁的青年团员，当熊熊的大火像毒蛇般地扑向大草甸子，眼看那高入云霄的羊草堆就要被大火烧掉时，他会怎样打算呢？他不顾任何危险就跳进了火线。

湿毛毯是打火最好的工具。桑布左一下、右一下地用它扑着火。但是在烈火中动作是一件不容易的事情：浓烟熏得他透不过气来，火焰烤得他浑身疼痛，可是他没有顾得去管那些。“只要能扑灭这团火，我被烧倒了也甘心。”——他这样想。

疲乏了，疲乏了，浓烟熏得他一阵迷昏、一阵清醒，忽然眼前一黑，打了几个晃，就倒下去了。火焰在他身边继续燃烧着。

阿木古郎从东头跑到西头。又从西头跑回东头，时刻鼓励着群众，监督着各个小组的工作，累得头发根都冒火了。荒火在群众的扑打和大雨的浇淋下，终于被扑灭了。

“喂，你们看东边怎么还有火团呢？”白依热老头子喊道。

“怎么东边又起火了？”

阿木古郎往东一看，果然是火。他喘着气向那边跑了一阵，恍恍惚惚地看见有一个黑影倒在火团里。他马上回头招呼：“大家快来呀！”哪知道群众早就跟在他身后，他又急格格地说：“火里倒下一个人，快去救出来！”

群众都跑上去了。跑在最前头的是白依热老头子。他跑进火团，闭着眼睛，憋着一口气，抱住那个人就往外跑，大家帮着抬到离火线远点的地方，仔细一看：

“啊！是桑布！”白依热发呆了。

他知道他的女儿和桑布正在恋爱,而他自己也早就喜欢上了这小伙子。但是白依热摸不清桑布怎么跑到这儿,倒在火团里。

阿木古郎领着一部分群众又把这块火扑灭了。

“桑布！桑布!”阿木古郎在桑布耳旁连喊了几声,但是桑布仍然迷昏昏的不答话。

“我们早点把他抬回去吧!”一个青年说。

“不,这没关系,他是被烟熏晕的,只要呼吸到新鲜空气,就会醒过来。”阿木古郎说。

果然,不一会儿,桑布醒过来了,只不过觉得头还有些昏,身子没劲,也不愿意说话,没有回答白依热亲切的问话。

“人已经醒过来了,”阿木古郎向群众说,“火也完全扑灭了,雨愈下愈大,我们早点回去吧。不过民兵队长要派几个民兵在这儿放哨,防备荒火再着起来。就这样。”

在这漆黑的夜里,无边的草原上,荒火虽然被扑灭了,但是草原的“宝贝”——大苇塘,却被烧得只剩了一层地皮。人们都是疲倦、心痛,低着头不言不语的,回家去了。

桑布在回家的路上,完全苏醒了。他把送信回来时在路上怎样拾得毛毯和烟荷包,以及后来又怎样救火的经过,给阿木古郎和白依热从头到尾地讲了一遍。

“那么你是说,除捡了这条毛毯之外,还捡了一个烟荷包?”

“你看,这就是。”桑布从怀里掏出烟荷包给阿木古郎看。

“啊哈！这是很有意思的事情。”阿木古郎接过烟荷包,一边说,一边掏它,“怎么里边还有一张纸,噢,这还是一封信呢!”

“谁的信？写的什么?”桑布和白依热异口同声地问。

阿木古郎看罢了信,发起呆来了。

“怪呀，怪！这是怎么回事儿呢？毛毯、信……又在这样黑沉沉的雨夜。奇怪，真奇怪！”阿木古郎想。

“到底是怎么回事啊？”

“你们看，这是谁的信？”他把信递给桑布。

“怎么是……是萨仁给我……？”

“萨仁高娃怎么了，我的孩子怎么了？”白依热叫起来了。

“你的姑娘今儿晚上把牛赶回来了吗？”阿木古郎问。

“没见回来，可能跟大伙救火去了。她是妇女积极分子，还能落下吗？”

“不过你回去看看，她到底回来没有？”

“这是出了什么事呀！好，我去，我去看看。”白依热老头子边说边走出门。

桑布哥哥：

这个烟荷包做得很不好看，可是为了缝它，我的手指都扎痛了。给你拿去使吧！

萨仁　八月二十一日

桑布读罢这封信，眼睛瞪得烟袋锅大，他完全掉进闷葫芦里去了。

“你觉得奇怪吗？”阿木古郎问。

“奇怪呀！奇怪得简直可怕！”

“我觉得奇怪的不是这封信，而是这封信和这条莫名其妙的毛毯丢在一起。”

“真闷死人！”桑布急得汗珠直往下滚。

“孩子，不要着急，白依热回来就明白了。”

外屋门一响，白依热走进来，他后面还跟着许多群众。原来他在家没找到萨仁高娃，又顺道上几家问了一下，这一来又使大家不能安心入睡，都跟他来了。

“她从早晨出去就没回来，全屯都找遍了，谁也不知道。”白依热告诉阿木古郎说。

“不，落太阳的时候，我从区上回来，是她在东沙丘上站着，我想可能是在等桑布。”

“是我今天和她有过约会，可是我到东沙丘上没见到她。”

“那她怎么会无缘无故地没回来呢？桑布，你和她谈过一些别的什么没有？为什么可巧她今天就没回来呢？”

白依热虽然相信桑布，但是当他着急时，竟用了很严厉的口气，他是头一次这样对待桑布。

桑布像在火热的心上浇了一盆凉水。他说不出一句话来，对着灯花呆了半天，说不出话来。

阿木古郎想了一想，拿起那条黄毛毯对大家说道：

“我对这件事情有点不同的看法：大家看看这是一条毛毯，黄色的毛毯。刚才我在群众大会上念过的旗公安局的通令上说：那个叫宝鲁的逃犯，身带一条黄毛毯。所以我们就应当多用点脑筋。奇怪的是今儿晚上又起了荒火。不去考虑这些问题，自己人跟自己人瞎吵，是吵不出道理来的。”

白依热听了这话，难为情地抬起头来，环视了大家一下，自言自语地说道：

“我们有句俗话：‘瞎子爬一辈子，也爬不出科尔沁草原。’像我这样老笨货，虽然头发都白了，看问题可总是那么短见。阿木古郎说得对，萨仁高娃的失踪不能怨桑布，我知道桑布是真正地爱她。”他转向桑布：“孩子，你还在怪罪我吗？”

桑布慢腾腾地站起来说：

“不，我对谁也不怪罪。我着急的是怎样才能早点找回萨仁，你们要明白：她的失踪，简直使我半秒钟都不得安静。”

正在这时，民兵队长和公安员听到萨仁高娃失踪的消息，满头大汗地跑来了。

“好，你们来得正好，我刚要让人去找你们。”阿木古郎说。

阿木古郎和民兵队长、公安员、桑布、白依热等分析了各种情况之后，最后决定：把全屯的民兵分成几个小队，分头去搜查附近的草原，并寻找萨仁高娃。又把这些情况给区上作了书面汇报。

阿木古郎、桑布和另外三名民兵为一小队，向北搜查。

萨仁高娃继续追击着那个反革命分子。

骤雨在草地上发出狼嚎般的声响，雷鸣和电闪给人一种翻天覆地的感觉。在萨仁高娃眼前展现的是一片黑空空的原野。她只有凭着多年来在这片草原上放牧的经验，揣摩着方向和地形。但是雨期的草原是寸步难行的，到处都是稀粥似的泥水；有时大红马踏错一脚，就连萨仁高娃一起跌倒在泥水里。但是萨仁高娃没有骇倒，跌倒了爬起来再追下去。

她那被荒火烧伤的伤口一触水，简直连骨头缝里都发痛，折磨得她两只眼睛都无力睁大了。“在这茫茫的草原上，追到哪儿是头啊！”她想。然而她借着打闪的那一刹那间，从泥水中看到一个人的脚印，这又鼓舞了她，就继续追下去。“这地方西面是锡拉木伦河，下大雨正在涨水，他是不会往那边跑的；只有北方……”她这样想。

她恍恍惚惚地看见前面有一座小山。这小山叫哈登奥鲁，山上有几棵小榆树，萨仁高娃除了过去时常赶着牛群到这儿来玩之外，桑布第一次向她求婚也是在这小山上。小山上长着各种各样的花朵，她记得有一次就在这儿，桑布在她头巾上给插过两朵萨日伦花……这时桑布那迷人的嘴唇和那充满着幸福的微笑，又在她脑海中映现出来，一霎时她完全被花朵般的爱情的回忆所占据了。

"汪，汪，汪……"忽然从小山上传来了几声短促的狗吠声，萨仁高娃的心马上猛跳起来。她自己也不晓得这是欢欣还是恐惧！

"这一定是那个反革命被嘎鲁找到了。"她想。

当她走上山岗时，尽量让马走得慢而又轻一些；她努力地睁大着眼睛，在身前身后寻觅着。这时她希望小嘎鲁再指引她一声，它却没有这样做。

"嘿！这回我叫你咬，王八养的小狗。"从两丈多远的山坡上传来一个胜利的骄傲的男低音。萨仁高娃集中眼力一看，一个黑影子正往山上走去，但在他身后又有一个黑东西倒在地上。"那个反革命大概把嘎鲁打死了！"想到这里，她不知从哪儿来了一股劲，蹬了一下脚镫就跑近了那个黑影子，"当"地放了一枪。那个黑影像一阵旋风似的跑走了。她想："那个反革命家伙是没有枪的，我不一定打死他，抓死的不如逮活的呀！"她又追了上去，用枪把猛劲一打，只听见黑影子"啊哟"地喊了一声，就倒了。萨仁高娃马上勾上枪机喊道："不许动！"（她记得战士们这样喊过。）那个黑影却一声也不吱，一动也不动。她想："可能打晕了。"她跳下马，刚要上前捆起他来，忽然听见身后有拉枪栓的声音，接着就有人喊：

"不要动！再动就要开枪了！"

萨仁高娃全身一颤，想道：

"这一下全完了！落了圈套了，被包围了！但是我要作一个真正的蒙古人,不屈的人!”

“你们是谁?再往前靠近,我也要开枪了!”她撕破嗓子地喊道。

“啊!你是萨仁?”是一个萨仁高娃极为熟悉而又感到万分亲切的男高音;接着就是一条耀眼的手电筒光,照在她沾满泥土的身上。

“真是你,萨仁高娃,亲爱的孩子!”阿木古郎边说边跳下马来。他身后还有几个人。

“阿木古郎爷爷!桑布!”萨仁高娃头次感到这两个名字比平常更加可亲可敬。她含着眼泪,冲上前去狠狠地抱住了阿木古郎。

“好孩子!先不要这样。我问你:刚才是你放的枪吗?”

“是我。我把反革命的枪抢过来,又用它打倒了他。”

萨仁高娃又拥抱了桑布,拿过他的手电筒,向刚才被打倒的那个黑影子照去;大家随着手电光一看,一个满脸麻子的人,站起来刚要逃跑。

“可恨的家伙,你还想跑?站住!”

那个家伙被吓住了。阿木古郎迈开大步上前问道:

“你是谁,干什么的?”

“我就是我,一个普通的老百姓。”那家伙一说话,露出了镶着金边的门牙。

“噢,我认识你,你是宝鲁‘副大队长’,阿鲁科尔沁旗人。”

“你胡说,我是科尔沁旗人!”

“你认为这样狡辩就可以逃脱人民审判吗?你想错了。”

“北苇塘就是这家伙点着的。”萨仁高娃愤恨地说。

那坏家伙只翻了翻眼皮没吱声。

“和反革命分子是不能开批评会的，把他绑起来带走。”阿木古郎对民兵说。

“宝鲁‘先生’，你很多天没好好歇歇了，走吧，请到‘黑屋子旅馆’①休息休息吧！”桑布一边绑着宝鲁，一边讽刺地说。

萨仁高娃看见仇敌在她面前被捆起来了，说不出的高兴。桑布走上来握着她的手说：

“萨仁！你辛苦了。”

“不，这是我的责任。”

他俩都笑了。

“萨仁高娃说得对：这是每个草原人民的责任。”

“阿木古郎爷爷！我的小嘎鲁……它马前马后地跟了我三四年，咬死过三只闯进牛群的狼，可是今天……”她噎住了。

阿木古郎轻轻地摸着她的头发说道：

“孩子，我很同情你。你的头发被烧焦了，脸被烧肿了，你最喜爱的小嘎鲁也被反革命分子打死了。但是我不觉得这是一件悲痛的事情，你要明白：你所逮住的是阿鲁科尔沁旗人民、扎鲁特旗人民、科尔沁旗人民和全内蒙古人民最痛恨的反革命分子宝鲁。所以，你不但替草原消灭了一只豺狼，而且又给草原争得了光荣！”他停了停又接着说，“你的桑布也替草原做了一件了不起的事情：他在救火当中，跳进火线扑火，最后被烟雾熏倒在火团里。我敢说：你们才真正是毛泽东时代的蒙古人。过去蒋介石匪帮说我们蒙古人是‘野蛮人’，然而这些‘野蛮人’，今天在毛主席、共产党的领导和教养下，变成了新的人，先进的人，像钢铁般坚强的人，我们不但会建设祖国的边疆，美丽的内蒙古，而且也知道怎样来保卫它。自从大张旗鼓镇压反革命以后，反革命分子在城市站不住脚了，他们以为背上二升炒米就可以到草原上混两年，可惜他们想错了。草原已不是他们想象中的草原了。在这茫茫的草原上，早已替他们布下了天罗地网！”

宝鲁在阿木古郎面前，低下了头。

弥天的乌云一团一团地向南飞去，草原的东边天际显出了黎明的曙光；遍地的花朵微笑着抬起头来，鸿雁在高空歌唱。

太阳出来了。

注释：

① 指监狱。

（原载《人民文学》1952年第1期）

作者简介： 玛拉沁夫（1930— ），蒙古族，辽宁阜新人。1945年参加八路军。著有短篇小说集《春的喜歌》《花的草原》，长篇小说《茫茫的草原》等。

青枝绿叶

刘绍棠

一

一九五一年阴历六月，是毒热毒热的天气。

从地里收工回来，互助组组长春果的浅花褂子，被湿得裹在身上，一双油黑的小辫子，也热得盘在脑后。副组长宝贵跟在她身旁，嘴里含着一片谷叶子，慢慢地往回走，说："你回去劝劝永春嫂，别让她再下地，五个月的重身子，提防累出好歹来；这是你们妇女的福利问题。"春果点着头："是咧。"又回头嘱咐宝贵："你多跟永春讨论讨论，今晚那技术学习充充实实的；紧跟着就开展比武夺魁，省着再费一道手续——又开个动员会。"宝贵说："好吧！我到河边玩一会儿就麻利回来。"说完，就学着布谷叫："赶快布谷！"奔河边去了。

李满囤老婆挺着大肚子，靠着篱笆泡烟水，满脑袋汗珠子，雨点似的落在桶里。她看清春果，笑着说："宝贵喊你哩！"春果回头看看，宝贵早不见了，只是接连着布谷叫，满囤嫂哈哈笑起来："你听！宝贵一劲朝你喊：'光棍好苦！光棍好苦！'"春果也笑了，指着她脸说："你这贫嘴老婆！"

宝贵跟春果都刚十九岁，一根蔓上两个瓜，他俩真是脸对脸长大的。前年春天，一块儿入了团；起初联络几家帮工搭套，辗转组织起互助组。今年三月间，春果头个成了候补党员，宝贵也填写了申请表。春果到专署参加过互助组长座谈会，宝贵在农场学习了四十天；从那时起，组里政治技术学习才有个制度。

下晚，大月亮下，村西头河高崖上，互助组技术学习完了，比武夺魁挑战正欢热。永春嫂一旁咬着薄嘴片，眨着眼睛不言语；等大家静下来，她说："你们是家雀抬杠乱嚷嚷，春果！咱俩劈合同。"

听她这一挑战，宝贵直皱眉头，他看着春果，春果脸上一点不挂急；心里上下翻滚的，却是永春。老婆怀着五个月的孩子，还一股劲地争强，他想提出来，碍着自己是技术员，在组里大小算个头目，不好张嘴；又怕老婆顶撞他，老婆那两片薄嘴，他是服在口上，怕在心里。

永春正在为难，春果说了话："永春嫂，前晌不是跟你说啦，不许你再下地，留在家里干些零星活；你怎么不听话？"

永春嫂那薄片嘴抢过来："哟！我又不是千金之体，怎那么娇嫩！人家满囤嫂快生养啦，不是照旧下地治蚜虫！"

"你是明白人说糊涂话。"春果说，"满囤嫂从地里回来，哪回不是龇牙咧嘴！只是家里没人手，不硬强下地，地里就得乱营。单干户跟互助组，这点就瞧出不一样。"

宝贵说："就是呗！咱组眼下正耪四遍，大家稍微加点油，就能把你替换下来，你就该安生生地留在家里。身子骨儿是本钱，这工夫你跟它过不去，早晚它也跟你过不去。"

春果跟宝贵这一番话，说得永春嫂闭口无言；她暗里却用手拧永春。永春装出没关系的样子，说：

“她自己愿意,就依她吧!”

一个俏皮小伙子嚷起来:“永春嫂!你白机灵,我瞧得清清楚楚,永春大腿快让你拧肿啦!永春,亏你五尺男子汉,也真受得下去。”说得他们夫妻俩,脸涨得红布似的。

大多数组员都说:“留在家里吧!”“人家春果跟宝贵那话正确。”永春嫂还想争辩,春果笑着拦她:“没有你发言权啦!这是大家的决议。”宝贵说:“咱组该立下这个章程。”他瞧了一下那些不发言的年轻媳妇,“省着日后再费口舌。”

夜深人静,大家回家去了。

宝贵夜晚睡在河崖上,仰着脸,瞧着天空,拉长调子,学着布谷叫:“赶快布谷!”春果刚要睡着,听见一声接连一声的“光棍好苦!光棍好苦!”在静静的夜里,声音非常清响。她爬起炕,到河边找着宝贵:“睡吧!别叫啦。”宝贵说:“叫几声怕什么!多好听。”春果一双水汪汪的眼睛,盯问他:“你心里想什么?”宝贵背过脸去,说:“想咱组哩!一个个心气这么旺盛,秋收一定超过爱国丰产计划。”春果说:“咱俩更要加油,按照区委的指示,往合作社的路上引。”宝贵抢过说:“不止哩!还要朝集体农庄引;到那时节,屋里有电灯,黑夜能演电影,耕种收割有拖拉机,闲在时,坐上农庄的汽车,到北京参观参观。”春果一串铃似的笑个不住声,她推推宝贵:“你想得真是一步登天,这得慢慢来,互助组这个地基砸结实,才能盖上高楼大厦呀!”宝贵笑着说:“有毛主席指引,有大家的努力,还不快当。”春果说:“互助组搞得满堂红,往上升到合作社,再到集体农庄;咱们离北京这么近便,毛主席也许抽空来看看,我想那时咱俩也不过三十上下。”宝贵说:“再过十年,你早嫁出去咧!还能老留在家里做闺女。”

春果脸红红，不言语，一个蝈蝈在邻近叫起来。

宝贵回过头："不早啦！你回去吧。"春果站起来说："你也睡吧！别再'光棍好苦！光棍好苦！'地叫，叫得人心里不踏实；不到二十岁，就担心起这些没影的事来，谁还会眼瞧着你打光棍。"说着，就顺着小道跑走了。

过了半天，宝贵想起春果那话，故意长长地叫了一声："光棍好苦！"可是春果早睡着了。

二

花开两朵，各折一枝。

永春夫妻散会回家，永春嫂奔村南小道走，永春说："糊涂啦！这条道绕远。"

"你明白！啰嗦什么，走吧！"

永春听出老婆正在生气，便不再搭腔，低头跟在后面。夜晚，这条道最清静，只有他俩脚步"嚓嚓"的声音。永春嫂瞧着四下没人，于是雹子雨似的，数落永春："你是座泥胎？在一旁就不帮我说话。"永春笑嘻嘻地说："你呀！三十岁的人啦，还是小孩性情，就不知道心疼自己。"永春嫂气哼哼地一甩袖子："甭跟我嘻皮笑脸的！"就撇开永春，自己走了。永春在后面笑着说："嘿！好一个三十岁的娃娃！"

永春躺在炕上，心里暗暗想道："春果跟宝贵他俩，照顾得真周到呀！咱平日干活没拿出十分劲，总觉自己是技术员，多干不上算，真他娘的自私脑袋！都像我这种脑袋，这辈子也走不到社会主义。"他推推永春嫂，说："喂！你说状元红旗谁头个抢上？"永春嫂已经睡着,迷迷糊糊地回答:"不是宝贵就是春果。"永春说:"好!你等着瞧。"

第二天清早,永春修理一下锄杠,听宝贵哨子一响,就集合下地了。这块地坐落在运河旁边,四十亩满种棒子,眼下已是暑伏时节,花红线一缕缕地绣出来,黑绿黑绿的豆秧里,开着绛紫色的小扁花,地里冒出闷闷的热气。地头,立着一个高大的木牌,牌上写着黑真真的字,那是这块地的爱国丰产计划。

春果一声令下,一群燕似的,大家扑向地里,起始就像一字长蛇阵,并排着向前;后来,宝贵领在头里,春果赶紧追上,永春透过叶子一看,照着手心吐口唾沫,握紧锄杠,跟了上去。

歇息时,宝贵跟永春平,宝贵让了,状元红旗插在永春地头。在遍地碧绿上面,一片艳红轻轻飘浮。

傍晌收工,永春回到家,坐在葫芦架下吃瓜,永春嫂一边放桌子,一边问:"状元红旗谁拿上啦?"永春装得不起劲,说:"你猜呢?"永春嫂说:"跑不出宝贵。"永春说:"他抢着一回。"

"那两回呢?"

"那两回呀! 嘿嘿!"永春绷不住脸,拍着胸脯,"咱的。"

"你? 说瞎话。"永春嫂不相信。

永春急啦:"你这个人,我什么年月骗过你!"

永春嫂知是真的,也按不住高兴:"你这可是太阳从西边出来,别乐得驾起云,认不清东南西北,有本事天天保住!"

今天永春嫂特别喜欢,格外给永春炒了五个鸡蛋。

三

天麻麻亮,睡在房檐下的李满囤,早就醒过来。他伸起胳膊,敲着窗棂，吆喝他老婆：“起！”满囤嫂披上褂子，揉着眼睛，嘟念着：“谁像咱家，脸不洗饭不吃，披星戴月就下地，人家春果他们……”满囤说：“你就会说泄气话，这时劳累劳累，看秋天咱那庄稼！春果他们眼下是挺欢热，鸡多不下蛋，不定搞出什么名堂！”满囤嫂还想说两句，满囤说：“走吧！亲娘总是疼亲儿，自己耕种顶牢靠。”说着，就直奔河边那五亩棉花地。

水灵灵的棉花，自从上了蚜虫，就像秋霜打过；枝上叶上，一层层地爬满蚜虫。满囤一看，登时青筋暴起，眼睛瞪得滴溜圆，提起一桶烟梗水，生牛似的奔向一垄。满囤嫂累得站在地头，扶着扁担，大口喘气。

太阳露头，地里冒白气，春果互助组也下地来了。宝贵喊叫着：“满囤哥！你们两口子真卖命啊！挑灯夜战！”满囤抬起头，笑笑没言语。春果说：“大嫂快坐月子啦！应该多歇歇。”满囤嫂用袄袖擦把汗，刚要说：“从鸡叫……”满囤瞪她一眼，就憋了回去。

互助组歇头歇，满囤地里还不声不响治蚜虫。春果对宝贵说：“满囤嫂实在够累啦！叫她过来歇歇吧！”宝贵说：“满囤哥怕不高兴。”春果说：“咱俩去。”

他俩刚直起腰，那边突然吵得热窑似的。满囤蹦跳着，骂他老婆：“懒骨头，我说瞧不见你，原来坐在垄里偷懒！”

满囤嫂坐在地上，嚷叫着：“谁偷懒呀！打鸡叫干到现在，歇会儿都不让，你是存心把我折磨死。”

满囤还是直劲儿吆喝：“起来！”满囤嫂说：“我就不起！”满囤说：“不起也得起！”说着动手就扯，满囤嫂也打起千斤坠。

春果跟宝贵赶来了，宝贵把满囤推推搡搡拦在一边。春果说：“满囤哥！你就是老煤油桶——点火就着的脾气。累得慌就歇歇，两口子还能动不动就粗脖子红脸!”

满囤说:“春果大妹子,你看:棉花让蚜虫缠得打蔫,不紧着治就要完蛋;她一死要歇着,歇!秋后你他妈拿筷子支起上膛,坐在房脊上喝西北风!”

春果说:“蛤蟆跳三跳,还要歇一歇。大嫂没几天就要坐月子,真累出好歹,你的急处更大。”

满囤嫂鼻头一酸,眼圈儿一红,朝着春果诉起苦情:“春果大妹子!人家永春媳妇多福气,刚五个月就不下地,我好苦呀!”眼泪“劈嗒啪嗒”落在衣襟上。

满囤蹲在一边,闷着头,一锅一锅地吸起旱烟。在浸入烟水的棉杈上,蚜虫又露出来了……

吃晌饭时,满囤嫂端上香喷喷的菜汤,黄灿灿的饼子,摆在满囤面前;满囤叼着烟袋:“吧嗒!吧嗒!”其实烟叶儿已经烧成灰末末了。满囤嫂说:“吃饭吧!”满囤说:“你说,咱的棉花怎办呀?”满囤嫂说:“大热天,别急出毛病来;过晌我还跟你下地。”满囤摇摇头:“甭啦!你也该歇几天了。我想跟王富家借把喷壶,使唤这个物件,快当得多。”满囤嫂说:“那个小气鬼,你还去找他!春果他们有三把呢!不是张手就借来。”满囤说:“王富小气也要分跟谁,跟咱不会。”吃过饭,他便去借,半晌光景,空手回来了。

满囤嫂说:“我说他不借,你还偏去碰钉子。”满囤说:“这家伙日子越过越旺,却变得不懂情面,咱家的东西,永远不许借他!”

晚上,满囤翻过来掉过去睡不着,棉花上的蚜虫,像是钻进他的心窝里。坐起来,想去找宝贵,几次三番又躺下:“春天劝咱参加互助组,咱一死不肯,说是单挑鞭满顶;人家表面不露,心里可记下哩,眼下出了难题,再去找人家帮忙,咱脸往哪搁呀!”

蚜虫在他心口窝爬呀爬，躺不是，坐不是。屋里满囤嫂说："把被子盖严实，留心房檐风。"满囤说："你怎么也没睡呀？"满囤嫂笑着说："我都睡醒一觉哩！"满囤抬头一看，启明星已经有些偏西，村里叫驴"吼吼"地叫，已经是半夜了。

满囤硬着头皮，来到河崖，宝贵睡得正香甜；满囤把他叫醒，宝贵说："你还没睡！"满囤叹口气说："火烧眉毛尖，还会安心睡觉！棉花眼看要完蛋啦！你给想个法子。"宝贵说："俺家存着鱼藤粉，你再找点煤油，咱俩起个五更，赶紧配药。"满囤笑咧开嘴："好咧！你安心睡，傍亮时分我来喊你。"宝贵说："你要忙碌不过来，俺组给你拨俩工。"满囤笑着说："你真把我看扁啦！五亩棉花再整治不了，那真对不起每天三顿饱啦；兄弟！不是大哥吹牛皮，论力气你还得赶个三年五载的。"满囤那股愁闷，好像雨过天晴，他乐颠颠地回到房檐下，脊梁骨贴墙，不大一会儿就睡着了。

四

六月六，看谷秀。

满囤家河边的棉花，好像一丛丛树棵子，四外伸满枝丫，一朵朵淡粉色的花，夜里开得遍地全是。

满囤坐在地边，眼睛眯成一条线，烟袋不离嘴，眼睛不离棉花。赶着胶皮轱辘车的宝贵，路过这里，在半空打了个响鞭，满囤"机灵"清醒过来。宝贵说："我看你都着迷啦！棉花长得不错，大嫂瓜熟落地，真是人财两旺。"满囤从嘴里拔出烟袋，笑着说："棉花是比往年强些，心里多少凉快点。你配的药真灵验。立秋那天请你吃饺子。"宝贵说："等大嫂养个胖娃娃，满月喝喜酒吧！"满囤说："好咧！你套车上哪？”宝贵抓紧缰绳，把牲口拦住：“眼下挂锄啦，河西修工厂，拌三合土用白沙，我这是出车拉沙子。”满囤咂着嘴：“出一个月车，干落也是笔大钱。那些人呢？”宝贵说：“盖场房哪！秋后组里家具多啦，又摊些公份，得有个妥帖地间存放；再说三九天，组里开个会，学习政治、技术，都要占屋子。三五天就上梁，过后到工厂包上半月临时工。”

傍晌，漫天黑云下来了，小风清凉清凉地吹着，庄稼叶子唰啦唰啦地响，满囤赶忙往回走，嘴里打着口哨。村里，小孩们蹦跳着，唱：“大下小下，下到今儿个明儿个，淅沥沥，哗啦啦，扁豆角，架黄瓜……”满囤说：“下吧！六月连阴吃饱饭，一滴雨点一粒粮食。”

大雨瓢泼似的，从傍晌到天黑，还是不止。满囤嫂躺在炕上，肚子疼得哼哼着，对坐在旁边的满囤说：“快啦！请收生员去吧！”满囤推开门，大雨就像开了锅，震耳响，道上伸手不见掌；他往前跑着，差点跟前边的人撞个满怀，一个女人“呀”了一声，满囤被人揪住。

“谁？”是个女人的声音。

“我是满囤。你是春果吧？”

春果松了手，忙问：“大嫂要生养吧？我们跑来帮帮忙。”满囤说：“正躺炕上哼哼哩！”刚才“呀！”了一声的女人，“咯咯”笑起来，满囤听出是永春嫂的声音，心里热辣辣的：“弟妹！黑更半夜大雨天，辛苦你啦！”说着，把身上的麻袋披在她俩身上。自己却顶着大雨，去请收生员。

好半天，春果跟永春嫂在外间屋，听见屋里孩子“哇哇”哭出声来。永春嫂笑着说：“满囤哥！恭喜恭喜。”满囤笑了，大嘴咧得瓢似的，连说：“大家同喜……”

这时雨住了，满天星斗，月亮像盏灯，照亮了院子。满囤推门一看，登时眉头皱起来，刚才那张笑脸，抹上一层青灰。春果说："雨一住，腰花[1]存水，清早太阳一晒，就得烂掉啦。"满囤说："就是呗！种棉花顶怕夜雨脱桃。那七亩高粱站在迎风口，准吹得东倒西歪，地带又洼，垄里雨水没脚腕；又要赶紧得排水，又要忙着收拾，唉……"两手捧着脑袋，坐在锅台上叹气。

满囤嫂在屋里清醒着，有气没力地说："趁着月亮天，还不麻利下地！唉！都怨你……眼瞧着庄稼受害救不了……"

满囤从屋角拿起铁锹要走，春果拦住说："你伺候大嫂吧！"满囤站住脚，扶着铁锹，说："那地里呢？……"春果说："甭愁。明天让宝贵他们去拾掇棉花，他有办法。高粱地也帮你收拾。"满囤一听，眉眼舒展开了，可是又一想，满腔高兴憋回去："春果，你知道我日子不富裕，这些人的工钱真掏不起，青黄不接，管饭都犯难……"

"不用！"春果摆着手，"写在借工账上，眼下欠工，秋收时还工。"

"好咧！"满囤笑了。

"还是互助组好哟！"屋里满囤嫂眼睛漂着泪花……

五

清早，李满囤睁开眼，从棉花地的窝棚里走出来，到河旁洗洗脸，就回家去做饭。迎面，宝贵赶着大车，小伙子们坐得满满当当："干吗去呀？"满囤问。宝贵说："到河西做工去，你的棉花怎样啦？"满囤说："亏得你跟他们几个帮忙拾掇，棉桃结得压颤枝。"宝贵说："棉花是宗细水长流的活，够你们两口子忙碌的。"满囤笑着说："只要丰收，日子好过，累点倒不怕。”宝贵一摇红缨鞭，大车过桥到河西了。

满囤家的烟囱刚冒烟，春果带着妇女们已经下地了。

半月过去，小雨淅沥淅沥下个不住。好容易盼个晴天，永春套上车，进城到医院给老婆检查胎位。春果去找宝贵：“趁着好天，咱俩也进趟城吧！”于是他俩追在车后，坐在车厢上一同去了。

满囤嫂苍白着脸，给满囤送饭，看见永春嫂坐在车上，头上打着旱伞，喊道：“他永春婶！出门上哪呀？”永春嫂笑着回答：“到医院检查去。”满囤嫂说：“你真福气哟！”永春嫂说：“都是春果摆弄我，说实在的我真害怕。”满囤嫂又问春果跟宝贵：“人家两口子检查去，你俩凑什么热闹？”宝贵眨着眼，说：“嘿！俩警卫员陪着，走起来多威势！”春果说：“听他胡扯！眼看就要秋收，进城买些家什。”满囤嫂说：“你们河边那四十亩棒子，秧子小树似的，镰刀不锋利，非得锛刃。”又低声对满囤说：“人家那棒子，一棵秧三两个歪歪着，真是聚宝盆。”

傍晚，大车回来了，车上装着笆筐席篓，还有杈把镰刀；永春嫂挤到车头，春果跟永春坐在两边车辕，宝贵好神气，骑着一头大青骡子，跟在后头。满囤嫂老远就喊：“嘿！买来这些东西。”满囤眼尖，早瞧见那头大青骡子，连跑带颠跑过来；拉住笼头，掰开嘴岔：“嘿！六口正当年。”宝贵说：“一百六十万，贵不贵？”满囤说：“便宜。这骡子身挺四胯都好，你俩眼力不差。”满囤嫂看见骡子，叫嚷起来：“唉哟！瞧这大青骡子，真是龙种；秋上一点急甭着。”满囤问：“每家摊几石粮食？”春果说：“半点没掏，用的是那半月工钱。”

车走远了，满囤望着那头膘肥腿壮的大青骡子，露出话口：“还是人家呀！……”

六

满囤整天长在地里，一点捞不着闲空；晌午回到家，从满囤嫂怀里接过肉头肉脑的胖儿子——儿子名叫双旺，取得是人财两旺的吉利——亲亲胖脸蛋，抽袋黄烟，自自在在地坐在桌旁，喝起汤来。

吃到半中腰，宝贵来了，满囤赶忙让座："尝尝！煎饼卷大葱，吃个新鲜。"宝贵说："麻利吃吧！回头咱俩看看你那高粱去。"满囤瞪眼问："高粱怎啦？"宝贵说："你这家伙真偏心眼，一心扑在棉花上，就不去照看照看高粱。我打地头路过，一大群鸡正吃豆角，再往里一看，青草夺垄，野猫乱串；你是顾脸不顾屁股。"满囤已经吃不安心，把碗一推，筷子一撂："不吃啦！赶紧瞧瞧去。"说着，也不穿褂子，光着脊梁奔高粱地去了。

回来时，满囤眉毛锁个蛋，瓮声瓮气地对满囤嫂说："过晌你也下地去吧！"满囤嫂说："孩子呢？"满囤说："搁家。"满囤嫂说："他是五岁六岁，放他满处跑，刚刚出满月，撂在家里不是找吓着。"满囤拧着脖子喊："你是想躲懒，拿孩子当倚仗。"满囤嫂"啪！"把筷子摔在桌上，吵起来："胡说！老街旧坊谁不知道我勤俭，炕上地下哪样干得比你少！不是我，你能挑起这份家当！"这一叫喊，一个多月的双旺，两手一抓，咧嘴哭起来。

春果听见声音跑过来，把满囤嫂劝到她家；春果抱起孩子，对满囤说："刚出月的娃娃，你就想摔打他，还早哩！"满囤赶忙解释："孩子是眼珠，咱会不疼！可也不能光顾人旺，财不旺呀！真要是那七亩高粱收不下粮食，日子还是过得紧。"春果说："这就是自家人手少的难处，我给想想法子看吧！”满囤追着送出门，连说：“那真谢谢你哩！”

过了一顿饭的工夫，满囤嫂抱孩子回来了，脸上绷不住喜欢。满囤忙问：“春果给想了什么办法？”满囤嫂说：“把孩子搁家。”满囤说：“那不像话。”满囤嫂“噗哧”乐啦：“那真不像句人话。春果说，把孩子交给他们托儿所，秋后给老太太缝缝连连，换工互助。”满囤喜得点头：“互助组真搭帮咱家，这才是两全其美。”满囤嫂说：“参加互助组更美。”满囤说：“再瞧瞧，秋忙帮工倒合算。”满囤嫂撇撇嘴：“你又瞧上那头大青骡子，跟那辆汽胶车；人家宝贵跟春果是机灵里挑出的，撅屁股就知道你拉什么屎，能白白叫你占便宜？”满囤说：“碰碰试试，碰上是运气，碰不上拉倒。”满囤嫂说：“没脸没皮，没羞没臊。”

晚上，民兵下地护青，宝贵背枪往河边去。满囤早在路旁等候，一把拉住他：“跟你提件事。眼看收秋了，我想跟你们组帮工，你掂量掂量……”宝贵想了想，说：“行啊！只是骡马车辆都要合工，实在麻烦。”满囤说：“我也有头小驴，都甭算工。”宝贵说：“那不行，大家不能吃亏呀！”

宝贵刚走，春果背着枪又来了，满囤又跟她念叨一遍，春果说：“让大家吃亏，这话说不出口；你不用三心两意，爽得加入互助组吧！”满囤不言声，蹲在道边发愣。

二更天，春果在地当间碰见宝贵：“坐下，咱俩商量商量满囤的事。”宝贵靠她旁边，坐在豆丛下，说：“满囤真不嫌寒碜，像这找便宜的话，也说得出口。”春果说：“满囤肚子里的小算盘，正紧着算账！话里话外，透着对互助组眼热，咱们该找他谈谈。”宝贵说：“谁去？”春果说：“咱俩呗！”

第二天下晚，春果跟宝贵去找满囤，坐在他窝棚外边，说到小半夜，宝贵困得直打哈欠。春果问满囤："想得怎样啦？"满囤脸上挺为难，嘴张得老大，只是一劲："这这……"他百年不遇有点结巴，这工夫，却当做台阶装起来。

宝贵跟春果往回走，宝贵说："满囤这家伙心眼太杂。"春果说："他肚里算盘还拨着，容他算完账，自会找上门来。"

七

七月末尾……

宝贵被批准为候补共产党员，还有几个姑娘小伙子，被吸收为青年团员。永春提议："这是咱组一件大喜事，一定要热闹热闹。"永春嫂拖着快到月的重身子，提着柳条篮，找来香瓜和早熟的葡萄，地点在场房前头。

宝贵跟那几个新团员，穿着年节的新衣裳；春果也穿上新缝的碎花褂子，辫子插着两枝浓香的桂花，黑红的脸上挂着喜气，今天她是主席。

永春把香瓜葡萄摆在当间，说："吃吧！大喜兴的日子，欢喜欢喜。"春果说："大家吃着，也甭拘束；今天给宝贵他们提提优缺点，日后他们好改正。"宝贵说："咱是党员哩！就得严格着点；平日里的错误，瞒不过大家的眼睛。提吧！越多咱越高兴。"

春果掌握着，一直到月亮西斜才散会。春果说："咱组今天迎来个大喜，明天动手收秋，再来个出门见喜。"

永春两口子回到家，永春说："本想吃吃喝喝，不料想开个批评会，党员就是跟咱不同。"永春嫂瞪他一眼，说："平时你是瞎子，咱组不是春果跟宝贵两个党员领导，会有这大成绩！”永春拍着凉洼洼的心口窝，说：“这话不错。秤锤压千斤，人小骨头重。别看春果、宝贵在组里顶年轻，领导得实在不差。瞧咱组那棒子豆子，真是压倒往年。”永春嫂抱怨起来：“早不赶晚不赶，偏偏赶到收秋重身子，关在笼里见不着天，捞不着下地砍高粱掰棒子。”

永春笑着说：“嘿！嘴噘得都能拴头驴，不管你怎么生气，反正不让你下地。”永春嫂说：“瞧着吧！我跑到地头坐着去，也不在家闷着。”

第二天，月亮挂在东南天角上，趁着天气凉爽，互助组要下地抢割。宝贵的哨子，一紧一慢地吹着，男男女女带着镰刀，小跑着到大场集合。

永春嫂提着水壶，头前来到地头，她瞧着那棒子，一尺来长，长在青竹竿似的秆上。她手心痒痒着，可是组长不准她拿镰刀。她抱怨起永春……

宝贵跑进场，组员已经到齐，只差还工的满囤没来；永春拉着那头大青骡子，正在套车。宝贵说：“喜歌念在头里，今年咱组是五谷丰登，一定超过爱国丰产计划；等算出数目，就写信给毛主席报喜……”永春套上车，一旁接过下语：“告诉毛主席，咱组是青枝绿叶，俺那组长春果、宝贵，是两朵盛开的大红花；互助组好比台阶，咱们是登着台阶一步一步朝社会主义走。有毛主席教导，咱农民是万年长青！”

春果跳上土堆，在出发前讲几句话，大家静下来……

哨子响时，满囤正跟老婆商量，满囤嫂说：“爽爽快快说出来，加入吧！”满囤说：“这不是玩闹，再瞧瞧。”满囤嫂用指头戳了一下他脑袋：“瞧个甚？在组的家家比咱强；宝贵眼下又入了党，有春果跟他领导着，还不是年年兴旺。”满囤想了一阵，说：“那就入呗！”满囤嫂说：“今天就跟春果说，想加入的不少咧！咱们抢个早。”满囤点头：“是咧！”满囤走出门外，满囤嫂放心不下，又追出去，连连叮咛：“一定说啊！别不敢张嘴。”满囤不耐烦地说：“我又不是三岁的娃娃，用得着一再嘱咐，不嫌絮叨！”

满囤到场里，春果讲话正要收尾，他心头“怦怦”直跳，沉下气来听，春果那清脆的嗓子，正说：

“要想年年五谷丰登，家家人财两旺，那就得听毛主席话，跟共产党走——组织起来……”

北斗星当头照着，闪着长长的白光……

注释：

① 棉枝丫上开花有三种：尖花、腰花和底花。腰花就是棉枝丫上中腰里的花。

（原载1952年9月5日《中国青年报》）

作者简介： 刘绍棠（1936—1997），北京人。著有短篇小说集《青枝绿叶》《山楂村的歌声》《中秋节》《私访记》，中篇小说《蒲柳人家》，长篇小说《敬柳亭说书》，文艺短论集《我与乡土文学》等。

不能走那条路

李 準

一

这几天，人人都在谈论着张拴卖地的事情了。

俗话不俗，“要得穷，翻毛虫”。张拴本来日子倒也能过，四口人种着十几亩地，要是不胡捣腾牲口，地种好，粮食也足够吃。可是他这个人偏偏好掂根鞭杆转牛牙绳，今年春天把一头红牡牛换了个小叫驴，回来做不成活，没喂够十天又卖了。算下来赔了二十多万，想再买个牛犊，也买不住。这时乡干部对他说：“张拴你不要胡翻吧！‘翻拙弄巧，袍子捣个大夹袄’。”可是他偏不服气，向他妻妹夫还借了一百万元，一下子到周家口赶回来两条老口牛。到家偏偏碰上麦前霜灾，牛卖不上价。借草借料喂到犁旱地时候，好容易才算推出手，算下来一个驴价赔得干干净净，又欠下他妻妹夫几十万元的账。

“蹋下窟窿背上账，像黄香膏药贴在身上。”张拴是个小农户，经不起这波折，黑夜白天怎样打算，也过不去这一脚。他妻妹夫还见天来要账，连襟亲戚，惹得脸青脸红，他也不想再说软话，就心一横：“卖地！卖‘一杆旗’，拣好地卖，看有人要没有！”

这“一杆旗”本是村子里头一份好地，形状像个三角旗子，紧靠着流水壕。一年两茬起，谁见谁眼红，是村里有名的“粮食囤”。张拴咬住牙卖这块地，一来是好卖；二来是他算着这二亩地能卖一百多万，剩几个钱再去捞一家伙。因为种地他既种不好，同时他也觉着种地老不解渴。

一提起张拴卖地，村里人都估摸起来了。有人猜这家买，有人猜那家买，谁也不能肯定。因为有几家解放后是活泼点，可人家也不一定买地。有两家中农虽然能买得起，但也常常说自己穷，打量他们也不敢动这大本头。最后算是猜到宋老定身上。都知道他这二年翻过来啦，二儿子东林又是个木匠，每月汇回来几十万。老定又早就吵着要置几亩业，可是还有人不相信，因为他大儿子东山是个共产党员。

二

“人眼是秤”，这句话一点也没错说。宋老定今年一连接住东林八封挂号信，一封一封里都有钱。这算把他愁住了，他一辈子没穿过一双洋袜子，可是也舍不得买，他只是把这些钱攒着又攒着。东山今年春天买豆饼，向他要过一次钱，他没给，又一次是互助组里预备合住在下凹地打一眼井，东山又向他要钱，他说：“这几个钱我有用处，到以后你就知道了。”东山是个硬汉子，他不想到爹手里掏这几个钱。不过最近，他才看透他爹原来是想买地。

宋老定一听说张拴要卖“一杆旗”地，就像他先前娶媳妇时花轿到门口那一会儿一样，心里又急又高兴，可又没法出去对人说。这几天他东跑西跑地打听着。吃清早饭时就一本正经地把东山叫到屋子里，兴致勃勃地说："张拴卖地那事情这几天咋说哩？"东山简单地答了一句："人家不准备卖。"

老定半天没吭声，东山端着饭碗出去了。

夜里，东山回来得很晚，见他爹噙着烟袋，不住气地吸。他妈在一边打盹。

老定看见他回来，就问："区里有人找你，见他没有？"

"见他了。"东山说罢很想再说些话，可是他没想好应该咋说。老定是专门等着他要商量买地的事。他想着东山有个别脾气，年轻人得慢慢顺说。

屋子里静得像没一个人。还是老定先开口，他磨磨蹭蹭地说："我今天见王老三，他说张拴赌咒要卖这块地。'一杆旗'这块地我摸底，那是黑氯土。只要雨水一灌，比上大粪还来劲。"他停了一下使劲地又吸了口烟说："土地改革时分给张拴，我就想着咋没分给咱。不过咱是干部，当然不能跟他争这块地。现在要是他卖，咱可不能错过这机会！"他说着盯着东山的脸，又说："做庄稼人啥贵重，还不是得有几亩土！"东山知道他要说这些话，正预备回答，老定又叹了口气说："我要钱弄啥？还不是给你弟兄们打算，我能跟你们一辈子？"东山笑着说："张拴那地不卖了，你别听王老三瞎扯。"

"他不卖！"老定笑了笑，"恐怕他那一屁股账没人给他还！""他没有多少账。"东山接着振了振精神说起来，"今后晌我和他商量了。卖地不是办法。张拴又不是有三十亩五十亩，就那十几亩地，卖了咋办？咱和张拴家从前都是贫农，他现在遇住困难，咱要帮助他。咱咋能买他这地！"老定听得不耐烦，他风言风语听别人说过："东山是党员，他不会买地放账。"他想着大概儿子是因为这不敢买，就气冲冲地说："咱咋不能买？就别人能买！买地卖地是周瑜打黄盖，一家愿打，一家愿挨，两情两愿，又不是凭党员讹他的，有啥不能买！”东山猛不防他爹会说这样话，自己一急就说：“爹！话不是这样说的！张拴卖地是不错，可是他不卖地也行，只不过需要借几十万块钱，咱不能看着人家破产。我已经答应借给他五十万块钱……”

老定没等他说完就问：“你啥时候承当他？”他翻着两只带血丝的眼。

“今后晌承当他。”

东山话还没落地，老定忽地一声站起来了。脸憋得通红，脖子筋起得大高，他像发疯一样喊着：“这是东林挣的钱，不是你挣的。你借！你借！你咋没有把我借给他，你咋没有把你妈借给他！”

老定气得衣裳一披出去了。东山娘也被惊醒了。她埋怨着说：“你妹子有喜事啦，我问他要过几百回钱，想买点东西，他都不给，就想着买地。你还和他争个啥！”

三

父子俩闹这一场气不要紧，可慌坏了东山媳妇秀兰。她先跑到麦场上解劝公公，叫他回去。老头冷冷地说：“我不回去，我想坐一会儿！”接着他又缓缓地交代说：“不用扯旗放炮的，不要弄得谁也知道了。”

秀兰急忙回到家里，东山正躺在床上出长气。

“生气了，是不是？”她微笑着坐到床沿上。

“我也没啥气可生！”东山故意装出平和的样子。秀兰却故意逗着他说：“你还不知道咱爹那心事，他早都把算盘打好了。他给老二买地就叫他买，你管他做啥哩！”东山一听秀兰说这话，就猛地坐起来说：“你怎么也说这话！现在不是说咱买或者别家买，问题是不能看着张拴把地都卖了——他以后怎么过！遇住这种事就得想办法解决。共产党员不是挂个牌子呀！”接着他又缓缓地说：“我自己知道我没尽到责任。麦前我由张拴地边过，看见他地里麦长得像烧香一样，我就觉得难受。都是贫农，明知道他种庄稼没习惯，也没有去帮助他。赶集人每逢由他地边过，说：‘看这块地的麦，赔不了籽种！’我脸上就像被打了一下一样。像你说的我只管自己就好了。亏你是个青年团员！”

这倒引起秀兰的话来了。秀兰说：“我问你，你在我跟前要枪哩，在咱爹跟前你咋不说哩！你既然能说这些，为啥不在咱爹跟前说？”东山勉强地笑着说：“我没说完他就走了，我有啥办法！”秀兰故意绷着脸说：“我也得批评批评你。平时你见他连句话也不说，亲父子爷们没有坐到一块儿说过话。你饭一端，上街了。衣裳一披，上乡政府了。你当你的党员，他当他的农民，遇住事你叫他照你的话办，他当然和你吵架！”东山笑着说：“你倒给我上起课来了。”不过他心里可挺服气。秀兰正准备说下去，忽然院子里响着老定“扑蹋”“扑蹋”的脚步声，东山急忙摆了摆手，秀兰住了口。老定到屋里后，东山静听着上房的动静。没听清楚他娘说了句什么，老定接着拉长嗓子说：“他借钱他就借，只要他有钱！哪怕他借给人家万贯江山哩！”秀兰推了推东山，吃吃地笑着说：“这是叫你听哩！”

四

太阳刚露出鲜红的脸，村子里的早晨是冷清清的，田野里传来隐隐的吆牛声。

宋老定没有上地。他整整一夜没睡好觉，翻过来，翻过去，老是想着买地这一件事。天明一起身，他就去到王老三家里。

王老三解放前给地主当过账房，过去在村里跑来跑去，也算是个“事中人”。这几年村里人没多理他，不过他却挺会巴结人，见了干部就想尽方法说说进步话。过去看见宋老定，眼角就没扫过他；现在他看见村里群众挺拥护东山，见了老定就格外亲热起来。宋老定想买地这件事和他商量过，他就跑得像梭子一样。

老定刚跨进他家大门，他就迎上来说：“咦！老哥，我昨天就预备去找你，张拴那事有门路了。”

“听说他不想卖了？”老定慢吞吞地问。

“沤两天也不要紧，反正有我哩。他想借几个钱，不卖地，我说：‘你不憨吧，该卖就得卖，不受那洋症，借钱还是得还账呀！’他心里又有点活了，你放心！”他说着又附在老定的耳朵上说：“保险能买到你手里。这地便宜着哩，明年一季麦就把你一多半本捞回来了。”老定讨厌王老三挤眉弄眼地说话，他说：“他真不卖咱也不强买。”王老三这时却拍了一下他的肩头说：“老哥，这机会不多，可不能错过！咳，你呀，现在有二十来亩地，再买个十几亩，能养住个长工，就雇个长工。”接着他皮笑肉不笑地说：“出一辈子力啦，该歇歇了。”老定听他说着，耷拉着头半天没吭声，他脑子里嗡嗡直响。他在想着：“我真的要雇长工吗？我是扛了十八年长工的人呀！”他走出王老三家大门后，想起王老三过去给地主跑着买地也是这股子劲；他又想起在朱家扛活时，掌柜们在大麦天，看着别人黑汁白汗干活，王老三也是摇着扇子站在一边看。他狠狠地吐了一口唾沫说：“去你娘的吧王老三，你是专会浮上水!”

他一步一步地踱到麦场里,一排麦秸垛出现在他的眼前。他看看这个,比比那个,他想着:“我只要把张拴几亩地买下,哼,到明年麦天就看出谁的麦秸垛大了。”他看着看着自己的麦秸垛慢慢地大了,好像有一大群人在自己场里做活……他又看那边张拴的麦垛慢慢地小了,小得像草篓子那么大。他猛然想起张拴那一群孩子,在他眼前那一群孩子都瘦得皮包骨头,向他跑来,他急忙踮着脚走到家里。

秀兰正和婆婆在厨房里烙馍,两个人一问一答正说得有劲。老定听见媳妇说:“我爹呀!他还是老脑筋……”他就站在院子里歪着头听起来。

“他还不是为你们。他已经半截入土了,还不是为你们打算。人一年一年多了,他能不为你们打算!”老婆这样说着。秀兰却笑着说:“俺们才不叫他打算哩。现在咱是互助组,过年咱村要是成立合作社,咱就参加合作社。将来能用机器种地,还发愁没粮食吃!”老定听着气得胡子都立起来了,他想着遇住个犟儿子,又碰到个别媳妇。

吃饭时候,秀兰端上了饭。老定把脸扭在一边看都没看。秀兰说:“爹!看凉了,吃吧。”他像没听见。停了一会儿,他忽然向东山娘说:“我不吃了,我去集上吃肉哩!”他说着抓住几个馍,气呼呼地说:“我给谁省哩,我把八股套绳都拉断了,还落不下好!”他眼睛一翻一翻地瞪着秀兰,秀兰脸朝着墙在暗暗地笑。

老定确实到集上吃了一顿。不过他没有吃肉,他只吃了一碗豆腐汤煮馍。

五

老定和东山闹气有个特别地方，就是越生气越别着劲儿干活。哪怕是一个人耩地，一个人帮耧，两个人一晌能不答一句腔，可是谁也不会蒙住被子睡大觉。

春天时候，因为借车，老定不愿意借给人家用，东山却承当了人家。两个为这事闹了一场气，足足有十天没说话。这一次闹气，老定想着最少又得半月不答腔。

天快黑的时候，东山开完党支部会议回来，老定正在喂牛，就装着添草没看见。却不料东山问着："爹！咱那谷子割后，那块地种成豌豆吧？"老定猛不防儿子会问他。他看了看东山的脸，脸上带着笑，虽然笑得不自然，他知道儿子是来和解来了，就慢悠悠地说："行吧，那地就得调调茬。"说着就坐在院子里的捶布石头上。他想着儿子大概是愿意买地了，就磨磨蹭蹭地说："你还年轻呀！啥都没有置几亩土算事！地是根本。我活着不能给你弟兄俩买十亩八亩，我心里总是下不去。你怕啥哩？有我出头买，谁敢说啥。咱也不能光吃花卷馍，咱也得打算打算吃个白馍。哼！敢说咱每年再添几亩旱麦，"他说到这里一挥手说，"麦子就见年吃不完了。"

"咱现在粮食也不是不够吃！"东山蹲在地下说了一句。

"不错呀！有是有，可总是不宽绰。"

东山想着他爹还是这样固执，就把话转到庄稼上。他笑着说："爹，咱东地那四亩谷子，你看今年能打多少？"老定思摸了半天说："最少也能弄它一千三四百斤。"东山知道他爹一说别家庄稼好就眼红，就说："林旺家那谷子今年一亩地能打一大石。人家组里那十九亩谷子一块强似一块，和咱那比起来高一筷子。”老定每逢听见这话就不服气，他哼了一声说：“只要舍得往地里上东西，谁的地也不是‘斋公’。”东山急忙说：“不错，可咱就没有上。咱今年春天要用十万二十万买点细肥上到地里，何止多打三五百斤粮食。”老定说了半天，结果又被东山抓住今年春上的事情。就又变过来说：“光上粪也不中，那得看地里啥土质。林旺那块谷地过去是咱的哩，我能不知道，一块地净是黑氯土，可养苗啦。”东山唯恐怕他不这样说，听到这里就插嘴说：“咱咋会把那块地卖给何老大了？”他说着带着埋怨口气。老定看了看孩子的脸，叹了口气说：“你也不用埋怨你爹，提起来这事，我浑身肉都直颤。民国三十二年，两季没收，偏偏你妈就害了月家疾。我那时候正被朱家开销了，回来只得见天推一车子煤卖卖，弄几个钱给你妈拾服药。你那时还小。你那个小妹子咋糟蹋啦？你娘在床上躺着，我得见天抱着她挨家找奶吃。想叫你外婆来，咱家没粮食。我得做饭，侍候病人，起五更还得去推煤，结果把你那个小妹子活活饿死了。”老定说到这里眼圈红了。他停了一下咬了咬牙又说：“等你妈病好，蹋下一屁股账，麦口期吃地主五升粮食，到麦罢还一斗。四亩地卖给何老大，算下来也不知道找了多少钱，反正只够打发药账。”他接着耷拉着头说：“就是那年才把你送去学铜匠，你才十三岁！”他说着偷偷看了看东山从小受过症的脸。

“那时候也没人救济救济咱？”东山反问了一句。

“救济！乡公所只差没有把穷人骨头磋成扣，有钱人只怕你穷不到底！”他咬着牙又说：“哪像现在……”说到这里猛地停住了。东山看出了他爹的心事，他叹了口气，徐徐地说：“爹，张拴现在因为他胡捣腾也要卖地了，可是现在是新社会，咱那困难要是放在现在，就卖不了地了。现在共产党领导就是这样，只要你正干，下力，遇住事政府和大家都能帮助，是叫大家慢慢都提高，不能看着叫哪一家破产。”

老定没吭声，他只觉得额头上的青筋嘣嘣乱跳，脑子里像黄河水一样翻腾着波浪。

东山看着他爹那样子，就慢慢地说：“爹！过去地主是只恨穷人穷不到底，现在大家是互相帮助。你吃过那苦头，你知道那滋味，咱不能走地主走的那一条路。”

老定仍然没吭声，他只觉得脑子里嗡嗡直响。

六

秋天。柿树林成行地排在地边上，密密的绿叶子交织在一起，像一团帐幕；细细的枝条上，挂着将熟的柿子。

宋老定脱了一只鞋子，坐在柿树林下的土圪垃上。他看看天，天蓝蓝的没有一丝云彩。他看看地，田野里的秋庄稼蓬蓬勃勃地像比赛一样往高处长着。特别是他跟前的一块高粱，穗子扑楞开像一蓬小伞，缀满了圆饱饱的像珍珠一样的果实。

“地种好真是一亩顶二亩。”他自言自语地说了一句，就又想起这几天他老想的事情了。

他想着千说万说还是多几亩土算事。以后东林们分家时，一个人能分一二十亩地多好。孙子们早晚提起来说时：“经我爷手买了多少地！”他们也知道他爷爷是“置业手”。他又想起王老三说的：“过年一季麦就把一多半本捞回来了！”谁嫌地多！况且这是买“一杆旗”这块地，全村头一份好地，不能错过这机会。他想着想着，站了起来一直走到“一杆旗”地里。

这块地张拴准备种小麦。眼看快该下种了，还没犁二遍。地里长满了狗尾草。老定对着这些荒草叹了口气。

他从地里抓起把土，土黑油油地在吸引着他，“还是得买下这块地！”他说着看了看四下没人，就沿着地边走起来，想步步看这块地究竟有二亩四分没有。

他由地角仔细地步着。刚转过身子，猛地看见了地中间一堆生满荆梢的黄土堆，那是张拴他爹的坟。

他心里扑通扑通地跳起来。他本来想不看，可是眼睛却老是往那里瞅。他想起来张拴他爹那样子。张拴他爹是解放前一年死的，要了一辈子扁担，临死时还没有一分地能埋葬他自己。张拴把他爹的棺材在破窑洞里放了二年，一直到土地改革后，才算把他埋到这块地里。他对这事情是一清二楚。他想起来张拴他爹临死时对张拴说：“早晚咱有地，再埋我这老骨头，没有地就不埋，反正我不愿意占地主们的地圪垃头！”他想起了这话，又想起解放前那几年受的苦，鼻子一酸，眼泪直想往外涌。没步完地就赶快回村子去了。

到村头碰见长山老头正推着两半布袋麦。他就问：“到集上卖的？”长山老头笑着说：“不，借给张拴的，听说他准备打席，借给他去供销社卖了买苇子。”

“你今年打的麦子老多呀！”老定由不得说了这一句。

“多不多吧，反正够吃了。这放在家里干啥，我又不预备买地！”长山老头这么一说，老定脸刷的一下可红了。长山老头推着麦上村东头了。老定看着他的背影，直想追上前去也碰他几句，可是他总觉得自己有点理屈，他最后说：“你才有几个钱啦，烧哩！”

七

吃罢晚饭,院子里是一片白蒙蒙的月光,几只蟋蟀在椿树下吵闹着。老定呆呆地坐在院子里,他老是觉得好多声音在烦扰着他,一会儿是蟋蟀叫,一会儿是洗碗的叮叮当当声,一会儿又从厨房传出来秀兰和婆婆说笑的声音。

"真是乱!"他说了一句,脑子又赶快转到白天所碰到的那些事情上去,杂乱的声音他听不见了。

这时由大门进来个人,叫着:"东山!"老定一听是张拴的声音,就说:"他去乡政府了。"他又立起来说:"张拴! 你来这里坐坐。"谁知道张拴一问东山不在家,就慌里慌张地说:"不啦,不啦!"三脚两步地跑出去了。

"这小伙子见我就像见狼一样!"他思摸着踱到屋子里,东山娘问他:"张拴还卖地不卖? 那钱借给他不借?""我也拿不定主意!"他漫不经心地回答着。

院子里又响起了脚步声,他侧耳听着是东山和张拴的声音。又听见东山悄悄地说:"到我屋坐吧!"两个人都去屋里了。老定这时候听着下边屋里唧唧哝哝,就再沉不住气了。他看东山娘一眼,轻轻走出屋门,又觉得鞋底子老是响,就把鞋子脱在门槛外,赤着脚,立在院里窗子下。屋里这时正谈得有劲,他听见张拴说:

"人就怕一急没了主意,那几天我真没法子了。我想着'想治疮不能怕挖肉',卖! 就想起来卖地。心里想着:'终究是不够一担挑了',再去周口赶一趟,捞他一家伙,万一走点运气,就挣回来了。"

“你看你这打算多怕人！”这是东山的声音，“光想吃飞利！不好好劳动生产哪会行？现在可不是旧社会那时候。你还是打几个月席，以后好好种住地，可不敢再胡搗腾牲口了！”

“你那一天批评我以后，我就决定照住你说的办，决定不卖地。你嫂子这几天也理我了，一想出办法什么都有门路了。人就怕遇事没有人商量。你动员长山伯先借给我五斗麦。他说：张拴！谁能没点事，我借给你！后晌就给我推来了。”

“信贷社那二十万能借不能借？”

“信贷社主任说没问题！后来他们说三个月期。现在就是看你这里能借点不能！差也是三二十万。”

老定在窗子下听到这里，他吸了一口气，听见东山说：“我爹总是打不通思想。他今年六十多了，我也不想叫他生气。他受了一辈子苦，弄几个钱自然金贵。不过你放心！有共产党领导，决不能看着叫你弃业变产，大人孩子流落街头。我预备把俺这互助组的人召集起来说说，大家集合一下帮助你一把。”

老定想着平常看着孩子冷冷的，却想不到他心里会想到怕自己生气，他又听见东山说：“你别着急！长山伯借给你点，信贷社贷给你点，我再找几个人，大家再给你凑点，你就可以搞点副业生产了。另外找人和你妻妹夫说说，等你在生产中有了收入，再陆续还他的账，这就过得去了。”

“东山！”他听见张拴激动地说，“你是怕别人说闲话，你放心！我知道咱村老少爷们都知道你这人，你是共产党员，不论谁提起你都说好。谁的心公道，谁见天为群众打算，村里人都知道。”接着他又轻轻地说：“谁也知道你有个糊涂爹，不会怪你。”他这句话说得特别轻，可是老定却听得特别清楚。

“我爹这二年也有转变。你知道前年我参加互助组时，和他生那气。现在在组里，一些小事也不怕吃亏了。他干的也很下劲，我就想着过去我和他硬别也不行。像这次他要买你地，经过我劝说，昨天口气就变了。他说：‘张拴家那地咱不能买，过去我和他爹在一块儿推了几年煤，都是穷人，咱不能买他的地。’就是借钱这事他怕张风。”东山说着笑起来，张拴却接着说：“我也知道老定叔，他这人是直心人。他过去也给地主画过十字，他知道那卖地啥滋味。我爹常说：‘我和你老定叔将来死后都免不了给人家看地头！’谁想来了共产党，要是我爹活到现在……”

老定听到这里再也听不下去了，他用手使劲地捂住要流泪的眼，走到屋里，像一捆柴倒在地下一样倒在床上。

八

八月的清早，像秋天河里的水一样明朗、新鲜。

熟透了的秋庄稼，随风飘荡香味，风徐徐地把这香味吹到种这些庄稼的人的笑脸上，吹到他们心里。

宋老定自从昨天晚上听了东山和张拴说话以后，大清早就起来去地里找东山。他准备和东山商量一下，决定先在下凹地头打一眼井，秋后再安装一部水车。他顺着一块高粱地走着，恰巧碰见张拴由对面走来。他正想上去打招呼，张拴好像故意回避的样子急忙拐到高粱地里。

“张拴！张拴！我有话要和你说！”他大声喊着，张拴只得从地里走出来。老定说：“后晌到我家给你三十万块钱！”

“借给我的？”张拴瞪着眼吃惊地问。

“不借给你难道我还想买地！你记住：以后要好好地下劲种地，要不，连谁你都对不住！”

他说罢后，就一直朝东一步一步地迎着太阳走去。

1953 年 10 月 2 日　洛阳

（原载 1953 年 11 月 20 日《河南日报》）

作者简介：李準（1928—2000），原名李准，蒙古族，河南洛阳人。著有长篇小说《黄河东流去》，短篇小说《不能走那条路》《李双双小传》等，编剧作品有电影《老人与狗》《高山下的花环》《牧马人》《大河奔流》等。

洼地上的“战役”

路　翎

在春季的紧张的备战工作里，侦察排的人们除了到前沿、敌后去从事各种危险而艰苦的工作以外，还要做一件很特别的事情，这就是深夜里去侦察侦察二线上的自己人，试一试他们的警惕性，看一看那些新老岗哨是否能够尽职，摸一摸我们的二线阵地到底是不是结构得很坚强。因为，这个时期敌人的特务很活跃。这个任务是团政治委员给他们的，政治委员嘱咐他们，一般地看一看阵地是否警戒得很严密，岗哨们是否麻痹大意就可以了；当然也可以施展一点侦察员的本领，给那些麻痹大意的同志们一点警惕，但一定要防止不必要的误会和危险；如果发生了危险，就得由侦察员们负责。团政治委员说这个的时候口气很严格，但似乎也含着微笑，因为他深深地懂得这些侦察员的性格；在他说着话的时候，他们一个个的眼睛全闪亮闪亮。于是这天晚上，侦察员们就“突破”了自己人的好几块阵地。在他们看来，这里也“麻痹”，那里也“大意”，他们确实忘了这一切仅仅因为他们是一个久经锻炼的侦察员，有些岗哨实在是只有他们才能钻得进去；他们熟悉一切，不是像真正的敌人那样怀着恐惧，而是怀着喜悦，相信着他们和岗哨之间的友谊。确实麻痹大意的也有——二班长王顺，这个老伙计，就从二连的一个打瞌睡的岗哨那里缴来了一支步枪。但侦察员们并不是总能“战胜”自己人的，有一些老战士的岗哨，他们就无论用什么办法也钻不到空子，甚至有的在潜伏了一两个钟点以后，在老战士的严厉的喊叫下，只好走了出来，交代了口令，说明是自己人；他们和这些老战士大半都认识，于是就互相笑骂起来……

二班长王顺，这个出色的侦察员，朝鲜战场上的一等功臣，在缴回了那倒霉的岗哨的一支步枪之后，下半夜又摸到九连的阵地上来了。九连的新战士多，他想着要好好教训他们一顿。九连有一个岗哨在麦田边的土坎上。那里和八连的阵地相联，离前沿比较远，又没有道路，平常最安静，因而他觉得也是最容易麻痹的，于是就摸过去，观察着地形和情况，在麦田边上的土坎后面潜伏下来了。这时候那个个子不怎么高，但是身体看来是非常结实的岗哨正在土坡上来回走动，似乎很不平静。从这岗哨的端着冲锋枪的紧张而又不正确的姿态，王顺看出来他是一个新战士，并且判断他最多不会站过两次哨。

这判断果然是正确的。新战士王应洪，这个十九岁的青年，从祖国参军来，分配到九连才一个星期。这是他第二次执行战士的职务，第一次是在连部的下面。王顺不久就发现这年轻人非常警惕，但这警惕并非由于战场上的沉着老练，而是由于激动，他在土坡上走来走去。

敌人向前沿的我军阵地打了一排多管火箭炮，那年轻的岗哨站下了，看着那一下子被几十个红火球包围着的十几里外的小山头。

“吓，你这穷玩意儿才吓不了谁！”他自言自语地说；接着他又疑问地对自己说：“这他妈到底是什么炮呀？”

他走动了一阵，又站下了，长久地看着前面的田地。

“这麦子都长得这么高啦……朝鲜老百姓真是艰苦哪!”他大声说。

显然他有许多激动的思想,而这也是只有一个新战士才会有的;老战士们是不大容易激动的。他一定是非常景仰而又有些不安地看着前沿的山头,他还没有到那里去过;并且他因为眼前的麦田而想到了他的才离开不久的家乡。而在老战士、侦察员们看来,麦田,这常常不过是阵地上的一种地形。可是,听到这年轻人的喃喃自语,王顺虽然一方面在批评着他的幼稚,一方面却不禁心里很温暖,觉得这年轻人在将来的战斗中一定会很勇敢。他开始带着深切的关心在注意着他了。他看到这年轻人那么紧张地在捧着冲锋枪,并且显然地因这可爱的武器而激动,不时看看它,然后挺起胸膛。但随即王顺就注意到了,这冲锋枪的枪口布却是没有摘下的。“真胡来呀,这怎么能行?”他想,决定警惕他一下,于是轻轻地咳嗽了一声。

那年轻人凝神地听着了,显然他的耳朵是极敏锐的,有一双侦察员的耳朵。但是他却是这么没经验,并不出声,只是疑惑地对这边看着,然后小心翼翼地走下坡来了,丝毫也没有地形观念,不知道要隐蔽自己,并且尽往附近的开阔地里看。他正好经过王顺的身边,几乎要踩到了王顺的脚。王顺一动也不动,心里好笑。“这么没经验怎么行呀!”他想。当这年轻的哨兵满腹猜疑地又走回来,从他身边走过去的时候,心里就腾起了一阵热情——他没有意识到这是对这个年轻人的抑制不住的友爱——一下子跳起来把这年轻人从后面抱住了。

那年轻人在这突然袭击下最初是惊慌的,叫了一声,但随即就满怀着仇恨和决心和王顺进行格斗了——沉着起来了。王顺没有能夺下他的枪。他像一头牛一样结实，一下子就翻转身来把王顺也抱住了，显然地，他已经好久地在准备着和敌人进行面对面的搏斗了……他的这炽热而无畏的仇恨的力量很使王顺感动。王顺就赶紧说："自己人。"并且说出了口令。

但那年轻人才不相信他是自己人，用着可怕的力量把他压在泥坡上，在他的肩上狠狠地打了一拳；这年轻人并不喊叫来寻求帮助，看来他是沉浸在仇恨中，非常相信自己的力量。王顺放弃了抵抗，甚至挨了这一拳还觉得愉快；虽然对于老侦察员，这种情形是不很漂亮的。

"自己人！侦察排的！"他说。

"管你什么人，我抓住你了！"那年轻人咬着牙叫，"不跟我走，我就枪毙你！"

"睁开眼睛吧！"王顺说，"你不看我连枪都没有拿出来？……"

可是他这句话只是提醒了那个新战士，他一只手按着王顺，动手来缴王顺腰上的手枪了。这就伤害了老侦察员的自尊。

"你没看见我是让你的么？"王顺按着枪，激动地喊着，"不许动我的枪，我发脾气啦！"

他像是在对小孩说话似的，可是那年轻人喊着："就是要缴你的枪！"

他是这样的坚决——看来是无法可想的。钦佩和友爱的感情到底战胜了侦察员的自尊，他就自动地去拿枪。可是那年轻人打开了他的手，敏捷地一下子把枪夺过去了。

"不错，他还能懂得这个，"王顺想，于是笑着说，"好吧，我跟你走吧。"

这时，听见这里的这些声响和谈话，九连的两个游动哨已经作着战斗的姿态跑过来了，他们也都不认得王顺，拥上来帮着王应洪抓住了他。于是，留下了一个担任警戒，其他的一个就和王应洪一道，动手把王顺押到连部去。王顺不再辩解，但在走进交通沟的时候，他却回过头来笑着对王应洪说：

“你警惕性不够高，我在你跟前蹲了半个多钟点了；我咳嗽的时候，你直着身子光往开阔地里看——要是我是敌人早把你干掉了。打仗要利用地形啊。”

王应洪很是疑惑了，生气地问：“你到底是干什么的？”

“我吗？干我的老本行。你看，”他又转过脸来说，“要是现在我要逃还是逃得掉的，你把你那枪口布摘下来吧。要不一打枪管就会炸，你们连长就没告诉过你？”

王应洪羞得脸上一下子发烫了。等到老侦察班长又往前走去的时候，他悄悄地摘下了枪口布。

“你到底是干啥的？”

“你参军来几天啦？”

“你不用管！”他愤怒地说。

到了连部的洞子里，大声地喊了报告，他就对连长说：“抓住了一个……”抓住了一个什么呢，他就说不上来了。连长认得这老侦察班长，一看情形，马上了解了。

“好哇，有意思，”连长笑着说，“你们这些侦察排的就是有本事，怎么你的枪倒叫我们新战士缴来了呀？”

“别得意啦，我是让他的！”王顺自嘲地笑着说，“他蛮不讲理，那有啥办法呢？你问他我是不是让他的？”

“我蛮不讲理？你别诬赖人啦……我把你一枪打掉我也没错！”

“那可使不得。打掉了我就吃不成饺子啦。”王顺说，心里特别喜爱这年轻人了。灯光下看出来，他是长得很英俊的。“你说说看我是不是让你的？”

“我要不揍你你就让我啦！”

这激昂的、元气充沛的大声回答使得连部里的人们全体都大笑了。老侦察班长自己也笑了。那挨揍的地方，确实还有点痛。

对九连的警戒情况作了一点建议，王顺就回来了。自这以后，他的心里就对这个新战士留下了很深的印象，甚至高兴人们说起这件事，就是，他被新战士王应洪所“俘虏”，还缴了枪。这件事情不久也就在全团流传起来，以至于团的首长们也都对新战士王应洪怀着特别的兴趣了。过了不久，从阵地下来休整，预备向各连调人来增强侦察排的时候，团参谋长就一下子想起了这个小伙子，建议说：“这个王应洪跟咱们那个王顺，他们是有点老交情呢，调他来吧；侦察排总是调的班级、副班级的老兵，我看调几个年轻的去也有好处。”这样，王应洪就到了侦察排，而且连里也把他分配到了二班。不用说，王顺对这件事是很高兴的，当那个年轻人背着结实的背包，精神抖擞地来到班上，对着他极其郑重也极其高兴地敬了一个礼的时候，他就笑着跑过去把他的手拉住了，接下他的背包，拍拍他的肩膀，说：“咱们是老交情啦，你说得对。你要不揍我我就不会让你！”

这年轻人马上就明朗地说：“班长，分配我任务吧。”

他是羡慕着侦察员，非常乐意到侦察排来的。他在这些时间已经习惯于军事生活了，并且也晒黑了，长得更结实了。他把侦察员的工作看得很神秘，但也想得很简单，因此一来就要求任务。班长王顺告诉他，现在他们在练兵，要学会各种各样的本领才能执行侦察员的任务，并不是任何人都能干侦察员的。第二天一早，班长把全班带上了山头，要求每一个人都找寻一块自己以为合适的地形，在半分钟内隐蔽起来，然后他来检查。侦察员们迅速地在山坡上散开去了，马上就一个一个地消失了，唯有这新来的战士仍然暴露在山头上，他很激动，急于要找寻一个合适的、让班长赞美的地方，可是愈是这样，愈是觉着哪里也不合适；乱草中间不合适，石头背后也不合适，跑到这里又跑到那里。这时班长已经上来了，他就焦急地一下子伏在旁边的一棵小树下面。班长王顺显然是装做没看见他，先去搜索和检查别的人，批评表扬他们在紧急情况中所利用的地形，并且提出一些问题：如果敌人的火力从这个角度打来，你这条腿还要不要呢？他高声说着话，显然是要让全体都听见。听见这些，检查一下自己的情况，王应洪明白自己要算是最糟糕的了，而这时他恰好看见了附近的一条土坎，于是跳起来往土坎跑去。但是班长说话了："谁在那里跑呀，咱们侦察员的纪律：伏下来，没有命令，不准动！你不怕把全班都暴露吗？"班长的声音是很温和的，有点嘲笑的味道，王应洪的脸一下子红到了耳根，痴痴地站在那里就不再动弹了。可是班长好像只是随便地说了这话，马上又不再注意他，又去继续检查别人了。他于是就又回到了原来的小树后面，照原来的姿势卧好，这时候他想：他一定要保持原来的样子，一动也不动，让班长来批评。班长最后才走近了他，简单地说："你这里不好，除了这棵三个指头粗的小树干子，你是躺在土包上，没有一点隐蔽。你为什么会选择这里呢，因为你不沉着，人一不沉着，头脑就不灵活。"然后就集合了全班，开始了一天的练兵工作，没有再批评他了……这样，这个青年就一点一滴地学习了起来，对班长充满了崇敬，爱上了这严格的军事生活。他想，他要发奋努力才能赶得上别人,才有资格在将来的战斗中要求任务。

练兵工作甚至有时候在深夜里也进行。因为排长调去学习去了,班长王顺还代理着全排的职务,他的工作非常忙。但即使这样,这个在侦察员中间威信极高的班长还能不时地抽出时间来和王应洪谈一些话,告诉他战场上的事情,勇敢的侦察员,他的那些牺牲了或调走了的战友们,在这样或那样的情况下怎么做;但关于在部队里流传着他自己的许多故事,他却避免提到。有一天王应洪忍不住地问了:是不是有一次,在五次战役的时候,他一个人深入敌后三十里,缴获了文件还炸掉了敌人的一个营指挥所?他笑笑说:那不过是敌人太熊了。过去那些没啥,看将来的任务吧。

总之,这两个人感情很好,练兵工作紧张而平静地进行,王应洪在任何工作上都非常积极,他拿班长做他的榜样。在那天晚上"俘虏"了班长的时候,班长给他的印象使他觉得这些侦察员们虽然大胆勇敢,却是有些调皮捣蛋的,但现在他觉得完全不是这样。他渴望执行任务的日子早一天到来,他渴望跟着班长去建立功绩……可是,这时候在他们的生活里却发生了一件意外的事情。

侦察排在练兵的这个时候是住在阵地后面的山沟里的一个村子里,这是这一带剩下来的唯一的一个小村子,因为地形的关系,敌人的炮火射击不到的。王顺的这个班,住在一个姓金的老大娘家里。这老大娘六十几岁了,儿子是人民军战士,媳妇在敌机轰炸下牺牲,家里只有一个十九岁的、叫做金圣姬的姑娘;这一老一少在从事着田地里的艰苦的劳动。侦察员们住到她们家来以后,这母女两个总是抢他们的衣服来洗,他们也就抽空帮她们做一点事情。金圣姬这姑娘是农村剧团的一分子,曾经参加过慰问战士们的晚会。唱歌跳舞都很好,侦察员们来了以后,她是这山沟里最活跃的一个姑娘。这大方而活泼的姑娘不久就和侦察员们非常熟识了,叫得出每一个人的姓名。星期天,侦察员们休息的时候,她就和他们学着打扑克,教他们朝鲜话,又向他们学中国话。而在侦察员们爬到屋顶上去替她家收拾房子的时候,她就攀在梯子上递东西,不停地快乐地大笑着。她的中国话不久就学得很不错了,而且会唱侦察员们的所有的歌子。于是侦察员们,住在这两母女这里,就像是住在自己的家里一样。但是忽然地,这姑娘的神气里有了一点特别的东西,变得少说话了,沉思起来了。

班长王顺是很敏感的,他不久便觉察出来,她的这种变化是因为王应洪。侦察员们初来的时候,她最爱和王应洪说笑,嘲笑这年轻人的愣头愣脑的劲儿;带着天真的神气逗弄他,搬着手指教王应洪学习朝鲜话的一二三四,在王应洪发音错误的时候就大笑起来,每一次都要笑得流出眼泪……在战线附近,在敌人的炮击声中——她们的麦田附近经常落弹——这样天真快乐的姑娘是特别叫人高兴的。但后来她忽然地就不再和王应洪这样大笑了,见到王应洪的时候就显得激动,在他走过的时候总是痴痴地看着他。有时候,显出特别兴奋的样子,和王应洪说上几句话,就要脸红起来。可是王应洪却完全没有注意到这个,这个年轻人的全部心思都集中在练兵的工作和未来的战斗任务中。使得这姑娘对王应洪发生感情的重要的原因,正就是王应洪的这种热诚。他帮她家做的事最多,他一早一晚都要帮她家挑水,午饭后有一点时间还要去抢着帮老大娘劈柴。他做这些是很自然的,他觉得这家人家很艰苦,而他们住在这里,总是会有些打扰别人的:老大娘那么大年纪还抢着替他们洗衣裳。参与着这日常的家庭劳动,老大娘有时就递口水,递块毛巾给他,对待他像对儿子一样,而金圣姬那个姑娘,在这些接触中心里满是感激，从这感激就产生了一种抑制不住的感情和想象了。在院子里只有他单独一个人在干活的时候，她就和他说许多话，替他递这拿那。有一次，天刚亮他担水回来，那姑娘像每天一样赶快拿东西来接，热烈地瞅着他，希望他和她说话，可是他低着头倒了水，担着水桶又出去了。第二挑水担回来的时候，金圣姬蹲在地上拿盆接水，忽然抬起头来看着他，用生硬的中国话问："你的家几个人？"他爽快地回答说："四口，父亲、母亲、哥哥、嫂嫂。"金圣姬紧张地、吃力地听着，红了脸，后来又想问什么，可是他已经唱起歌来，跑出去了。他什么也没有觉察出来。

第二天午后，别人都午睡了，他一个人在院子里挖着他的鞋子上的泥，老大娘忽然走过来，在他旁边蹲下了，拿一只手抚摩着他的肩膀，悄悄地用中国话问："你的十九岁？"他说："十九。"又问："你结婚过吗？"他说："没有。"老大娘于是对着他笑着，抚摩着他的头，说了很多他听不懂的朝鲜话。显然地那个女儿已经和母亲谈过她的心思了。可是这年轻的侦察员仍然什么也没有想到。老大娘的慈爱的抚摩，使他非常感动，他告诉她说，他的母亲也是快六十岁了，身体很好，和她一样还能下地劳动；又告诉她，他的母亲是很爱他的，他小的时候，看见他生病咽不下和着糠和榆树叶子的窝窝头，母亲就偷偷地哭，卖了自己的唯一的一件破棉衣，替他买来了两斤白面。他说着的时候看着老大娘，发觉老大娘脸上也有和母亲一样的皱纹，于是就想到，在他参军的时候母亲怎样地流了眼泪又微笑，说："我这儿子没有叫国民党土匪打死，今天怎能不乐意他去哇……"他于是激动起来，想要和老大娘谈这些。可是他不久就发现，他的夹着几个朝鲜字的中国话老大娘一点也没有听懂，正像刚才她的话他没有听懂一样。他激动得很厉害，想着现在他是一个志愿军的侦察员，是在为他的受苦的、慈爱的母亲和这个受苦的、慈爱的老大娘而战斗了，于是站了起来，找出了斧头就去替老大娘劈柴。

老大娘含着泪看着这年轻人——他仿佛觉得他已经是她的家庭里的人了，并且甚至想到了，当她的当人民军的儿子从前线回来时，将要怎样高兴地和他们家里的这个新人见面。而这个时候，金圣姬姑娘也正在厨房的门口对着这年轻人瞧着。她听见了她母亲对王应洪所说的一切话，但是王应洪后来所说的那些话她同样地没有能听懂。但是从这年轻人的激动的神情，她相信他已经能够懂得她的心了。

这种情况，这母女两个的动人的、热切的感情，渐渐地使得班长王顺很担忧。他相信王应洪不可能出什么岔子，但因为他特别喜爱王应洪，并且似乎和他还有着一种特别深刻的关系，因此就时刻害怕他会出岔子。而且，对于这一类的事情，老侦察员一向是很冷淡的，他还有一种简单的成见，就是，如果这一方面没有什么，那一方面也一定不会有什么的。因此他渐渐地有点疑惑了。他觉得，年轻人总难免的，他刚离开温暖的家不久——他听说过王应洪是怎样被母亲爱着——还不曾懂得、习惯战争生活，可能他被这个家庭的日常的劳动所吸引，可能他不知不觉地对金圣姬流露了什么。在军队的严格纪律和严酷的战争任务面前，这是断然不能被容许的。

但在这种考虑里，班长王顺的心里还有一种模模糊糊的他也说不上来的感情。当他的班里的一个战士对他反映了金圣姬和王应洪之间的状况，并且认为王应洪可能已经有了超越了军队纪律所容许的行为的时候，他才意识到自己的这种感情。他回想起了金圣姬的纯洁、赤诚的眼光，这眼光使他困惑。他想：她的心地是这样的简单，她怎能知道摆在一个战士面前的那严重的一切呢？可是，又何必要责难她不知道这一切，又为什么要使她知道这一切呢？

他是结过婚的人，并且有一个女孩。他一向很少写家信，总是以为他没有什么可写的，他觉得他对她们也一点都不思念。但金圣姬的神态和眼光，她在门前的田地里劳动的姿态，她在侦察员们走过的时候忽然直起腰来在他们里面找寻着什么的那种渴望的样子，就使得他隐隐约约地想起了那显得是很遥远的和平生活。金圣姬从一个小女孩长成大人了，她简直就是在炮火下成熟起来了，她特别宝贵她的青春，她爱上了纯洁的中国青年，她的一举一动都流露着，自自然然地，她渴望建立她的生活，和平的、劳动的生活……正是这个，使他感到了模模糊糊的苦恼。

但军队的纪律和他心里的紧张的警惕却又使他不好去批评他班里那个战士的汇报。而且这个汇报使他对这件事情觉得更加疑惑起来，就是，王应洪可不可能在不知不觉之间对金圣姬流露了什么呢？经过一番考虑，他就把他所注意到的这一切汇报给连指导员了。连指导员也很喜爱王应洪，但也对这件事做不出判断，于是指示他说：好好注意，必要时找王应洪谈一次话。

指导员的意思是，如果现在真的还一点什么也没有，谈了话反而要影响王应洪的情绪的。王顺也觉得这个谈话很困难。但因为对这年轻人的特别的关切，因为对他的班的重大的责任感，王顺仍然当天晚上就找了王应洪到门前的土坡上去谈话了。

这谈话确实困难。王顺先是表扬了王应洪，表扬他在练兵中的进步，干工作的带头、勤劳和活跃，然后就说到了将来的战斗任务，说到一个革命军人的职责，说到纪律的重要。可是，说着这些，王应洪仍然一点也不明白。他从来都不怀疑这些真理。他以为班长是一般地在关心他，于是表示说，他是坚决要为革命奋斗到底的，他是青年团员，他希望能在将来的战斗里考验他！他热情而激动，就是不明白班长所暗示的那件事情。班长于是只好点破了。他说："你觉得咱们房东那姑娘怎样？"

对这个问题，王应洪愣了一下。

"她挺好呀……"说到这里，他才一下子明白过来了。一定是班长不信任他，一定是别人说了他什么。这倔强的青年是不能忍受这种怀疑的，他痛心而愤慨了，叫着："班长，你就这样看我么？"

班长王顺也是直性子，既然把问题点破了，他就决心搞到底，一定要弄出结果来，看这年轻人到底有没有什么。他于是不理会他的激动，冷淡地问："你真的是没有什么？"

"你不相信你调查去好啦，这么不相信同志呀。"

这种说话的腔调，叫班长王顺愤怒了。这是孩子气的、老百姓的腔调。这在老军人看来是断然不能许可的，于是他冷冰冰地说：

"有纪律没有？你这口气是跟谁谈话呀？"

那年轻人一下子沉默了。过了一下，他以含着泪的、发抖的声音说："班长，刚才我是不对……我汇报给你啦，我真是对她一点心思也没有。"

班长沉默着。他很难过——他是这样地喜爱这个青年，刚才似乎也不必那么严厉的。这年轻人说的话也是真理：为什么要不相信自己的同志呢？

"好啦，就这样吧。"他想安慰他几句，可是什么话也说不出来。他又想起了金圣姬姑娘的那一对热诚的眼睛。

回到班上去，熄灯号以后，王应洪好久睡不着。他这时才回想起这些时来金圣姬姑娘的神态，觉得果然是有些什么的，心里很不安了。眼前就有一个难题：明天一早起来替不替老大娘挑水呢？他想，不挑算了，为什么要叫人误会呢？但这时候，透过门缝，他看见了灯光下的老大娘的疲劳的脸和花白的头发，她正在推着磨子，艰难地耸动着她的瘦削的肩膀；而从屋子里面，则传来了劈啪劈啪的单调的声音——金圣姬姑娘在打草袋。这劈啪劈啪的声音混合着磨子的沉闷的轰轰声，震动着他。这两母女每天都要劳碌到什么时候才睡啊！那么，为什么他不该替她们挑水呢？如果明天一早起来，发觉坛子里空着，她们要怎样想呢？当然啦，她们是决不会责怪他的，可是他自己怎么能过得去呢？……想着这个，他心里觉得沉痛起来。“我是清清白白的，我哪一点也没有错，为什么要这么不相信我呀！”他想，于是他含着眼泪激动地对自己说：“不挑对不起人！坚决要挑！”

但是他仍然问了班长。看见班长在翻身的时候醒来了，他问：“班长，早上我替不替她家挑水呢？”班长用很柔和的声音回答说：“那当然可以。”然后又睡了。这回答使他很安慰。

他是全班每天起得最早的，趁这个时间去替那两母女挑点水，这已经成了习惯了。但是第二天一早他刚一起来，悄悄地去拿水桶的时候，打草袋打到深夜才睡的金圣姬忽然迅速地推开门出来了，两只手编着辫子，赤着脚走到踏板边上，注视着他。他不和她招呼——下决心一句话也不说，拿了水桶就走。金圣姬活泼地跳下踏板穿上鞋子就来和他抢水桶。侦察员们住到这里来的最初几天，她也曾和他抢过水桶，那是因为她觉得，她不好要这些劳苦的战士们帮助她，而且，在朝鲜，背水和顶水，是妇女们的事情。但后来的这些天,她就不再来抢水桶了。今天不知为什么她忽然地又这么干了,也许是因为,她已经把他看做自己家里的人,她又想起来了男子的尊严,而担水是妇女的工作。但王应洪却不曾想到这些,似乎是有些赌气,用力地夺了水桶就走。他挑了水回来,那姑娘已经在灶前生着了火,听见了脚步声就回过头来了,望着他笑,跑过来找盆子盛水,可是他为了免得和她接近,赶紧地把水倒在一个坛子里了,慌慌忙忙地以至于把衣服泼湿了一大片。金圣姬啊哟地叫了一声,马上找东西来替他揩,找不着干净的东西,慌忙中就撩起裙子来预备拿裙子给他揩,可是他红着脸一转身就出去了,金圣姬蹲在地上还来不及起来。

这对于金圣姬是一个不小的打击。为什么这样呢?她有什么不对的么?难道她对战士们照顾得不好,不曾把他们的衣服洗得很清洁么?她站了起来,悄悄地流下了一点眼泪。这个年轻的朝鲜姑娘,好些天来,听见王应洪的声音就要幸福得脸红;一早上在灶前烧火,听着他的挑水的脚步声的时候,她就要不由得想起了,一个男子不应该挑水的,将来,她烧着火,担着水,他在院子里这里那里收拾一下,然后他们一块儿到田地里去劳动——这就是家庭了。她觉得这好像没有什么不可能的。战争总归要过去的。而且,在她的心上,他一点也不是生疏的外国人了。

她真是很委屈。可是她也是倔强的。第二天天刚亮,王应洪起了床预备来挑水的时候,小水缸里和坛子里却已经满了,她在灶前烧火,不曾看他一眼。

他于是觉得苦恼。她一点过错也没有,为什么昨天要那样对待她呢?……可是这种情况是不能这么继续下去的,晚上他就向班长王顺把昨天和今天挑水的情况汇报了,他觉得他很对不起人,他不知道要怎么办；他建议他们班搬一个家，可是他又觉得，无缘无故地搬了家，就更对不起这两母女了。他于是希望快点上阵地去。班长嘱咐他仍然照常挑水，并且态度不要那么生硬。

以后几天，他起得更早，抢着挑了水。金圣姬姑娘不再走近来，也不再和他说话，只是默默地看着他。他总是很快地办完事情就出去了。这种情形弄得他很慌乱，他心里开始出现了以前不曾有过的甜蜜的惊慌的感情。对这种感情他有很高的警惕，于是在金圣姬姑娘面前他的态度变得更生硬了。这天晚上回来，预备抽点时间洗一洗衣服，他发现他的一套脏了的军服已经叫她洗得很干净，而且熨得整整齐齐的。他一瞬间害怕别人看见，红着脸像是做错了什么事情似的，赶快把这套军服塞到背包下面去了。但第二天早晨，穿上了这衣服——他决心一早就穿它，好使金圣姬心里高兴一点，来补救他的那些生硬的态度——往衣袋里一摸，却多了一件东西。拿出来一看，原来是一双用蓝布做面子，白布做底的，缝得非常细致的袜套。他没有什么犹豫就向班长汇报了，把这袜套交给了班长。班长拿着这袜套看了一阵，心里赞美着这年轻的战士的忠诚的纪律性，但又有点不安：过过穷苦的生活的人，是知道庄稼人家的艰难的；在这战争的山沟里，谁知道金圣姬姑娘费了多大的心思，才弄来了这一块簇新的蓝布？这两母女终年吃着酸菜和杂粮，而且那姑娘的裙子都打了补丁，她只有一条跳舞的时候才肯穿的比较新的红纱裙……这么考虑了一阵，黄昏的时候，他就嘱咐王应洪把这袜套还给金圣姬，虽然他知道这一定会使那姑娘委屈，但这没有办法，纪律比一切都重要。

这时金圣姬姑娘和她的母亲正在门前的踏板上吃饭，王应洪鼓起勇气来走过去了，不知为什么还敬了一个礼，把那袜套硬邦邦地往前一递，说:“还你!”就没有别的话了。

那姑娘一瞬间瞪着他，她母亲也瞪着他。

站在附近的班长王顺觉得这简直太糟糕了，这年轻人简直太生硬了，连一句客气话也不会说，更不用说要他交代几句军队的纪律了。于是赶忙走过去笑着用朝鲜话解释说，志愿军不好随便接受老百姓的东西……他没说完，老大娘兴奋地站起来了，大声地辩解着说:她才不信这个！这并不是随便接受老百姓的东西呀。她并且指指响着炮声的前沿的方向说:这还能分家吗？金圣姬姑娘为什么不该感谢这年轻人呢？可是那姑娘望望她的母亲又望望王顺，一句话也不说，红着脸把那袜套接了过去，又低着头继续吃饭了。

以后一切就显得很平静，没有什么事情了；只不过王应洪变得更慎重，换下来衣服马上就洗；金圣姬去抢别人的衣服洗，却不再来抢他的了。对于王应洪说来，这件事情虽然多少也扰动了他，但却并不曾在他的心里占多大的位置；实际上，班长王顺对这件事还注意得比他多些。将近两个月的练兵期间，他已经学会了侦察员的各种本领，还学会了敌人的好几种火器——侦察员们，有时候是要夺取敌人的武器来使用的。他学习得这样热衷，以至于他没有时间来考虑金圣姬姑娘对他的感情。练兵任务快要结束的时候，一次打靶练习和演习动作中，他受到了团参谋处的表扬。这天黄昏，连指导员到他们班里来参加了他们的班务会，在做总结的时候也表扬了他。班务会以后指导员还不走，他是很活泼的人，看见金圣姬姑娘在那里推着小磨子磨麦子，便跳过去了，两腿在炕上一盘，夺过磨把来，非常熟练地磨了起来，一面就用非常好的朝鲜话讲着笑话，使得金圣姬不得不笑了起来——但这姑娘这时已是这么成熟了,不再像先前那么哈哈大笑了,而是侧着头,带着一种讥讽的神气微笑着。但指导员看见笑容就高兴,继续愉快地说笑着,因为他已经好些天不见到这姑娘的笑容了,他密切地注意着这件事情,赞美着他的年轻的战士,但也因了这姑娘的忧愁而有些不安。他帮她碾完了半斗多麦子才走。在他谈笑着的时候,王应洪赶着替她家的所有缸子坛子里挑满了水,因为他们明天一早还要有一次演习动作,怕来不及挑水;而且他们不久就要上阵地了,他觉得他不会有很多时间来帮助她们了——没有这些帮助,她们是会要困难一点的。金圣姬姑娘听着指导员的话在发笑,好像完全没有注意到他在干活,这使得他也很高兴,对这两母女,对这一段生活,充满了感激的心情。

第二天上午,在山坡上的松树林子里,农村剧团的姑娘们给战士们做了一次演出。战士们围成一个圈子坐着,对这些熟识的姑娘们的表演觉得非常高兴。金圣姬有三个节目:唱了一个歌,跳了一个《春之舞》和一个《人民军战士之舞》。在《春之舞》里面,她穿上了她的唯一的一件粉红的纱裙;在《人民军战士之舞》里面,她演战士之妻。这时候人们才注意到她原来是这村子里的最美丽的姑娘,并且她表演得非常好。“人民军战士之妻”的好几个动作,使得有些战士的眼睛都潮湿了,甚至连老侦察员王顺都感动得说不出话来了。这表演的第一节的内容是:人民军之妻背着孩子,在敌机的轰炸下,送丈夫重返前方。王顺心里的感情很复杂,他就悄悄地注意着坐在他旁边的王应洪,可是这年轻人却好像没有什么感触,沉思地看着“人民军之妻”的飘动着的长裙——这个新战士,这时候是在想着虽然今天晚上他们就要上阵地,可是他却还没有战斗过,比起舞蹈里的那个挂着国旗勋章的人民军战士来,他真是差得太远了。他就是这样想的。后来发生了一点意外的情况，就是，班长王顺发觉出来，当金圣姬舞蹈着的时候，坐在圈子里面的村子里的姑娘们都在陆陆续续地朝这边看，而且悄悄耳语……舞蹈一结束，姑娘们就用中国话叫起来了：欢迎王应洪唱一个！——她们甚至知道了他的姓名！战士们，包括连长和指导员在内，都轰的一下鼓掌了，而王顺就注意到，这时那个“人民军之妻”的脸上是闪耀着多么辉煌的幸福表情！王应洪很惊慌，哀求班长替他抵挡。王顺站起来了，自告奋勇地说：“我来唱！”可是姑娘们说，你也要唱，先让他来！这时连指导员跑过来了，像哄小孩一样对王应洪耳语着，把面孔通红的王应洪拉了出来。王应洪敬了一个礼，终于低声地唱了一个歌。大家沉静地听着，他唱得实在不好，战士们都替他捏着一把汗，可是姑娘们却听得出神——唯有那个“人民军之妻”带着一种担忧的、惊讶的神色。歌声一停，从姑娘们里面爆发了狂烈的鼓掌，于是王顺又看到了，那个也在轻轻鼓着掌的“人民军之妻”的脸上，闪耀着多么辉煌的幸福表情！

黄昏的时候，天气很晴朗，侦察排上阵地了。他们离开村子的时候，村里的妇女儿童们都送到了村口，望着他们走下山坡。金圣姬母女也送出来了，可是金圣姬现在却显得冷淡而严肃。她跟在母亲后面，看也不看王应洪；她母亲摸摸这个战士又摸摸那个战士，最后就拉住王应洪的手，说着说着落下了眼泪，她却是一声也不响。她慢慢走着——在她自己的独特的思想中。

战士们走下了山坡，一边走一边回头招手、喊叫，大家都舍不得这些已经变得如此亲爱的人们，可是王应洪，既不回头也不说话，跑得很快，几步就奔下了山坡。

战士们走得很远了，在昏暗中看不见了，其他的一些送行的人们也陆续回去了，金圣姬才突然哭起来，拿手巾掩着脸急忙地朝家里跑去。因为到连部去谈话落在后面，最后才赶出村子的班长王顺，看见了这个姑娘哭着擦过他身边。

他站下来回头望着她，叹了一口气。

这姑娘呀，我也不是没有妻子儿女的人，这叫我怎么才能跟你解释呢？

他心里同时就更疼惜那个年轻的侦察员，这年轻人被这样的爱情包围着，可是自己不觉得，似乎还不懂得这个，一心只想着在战场上去建立功绩。于是王顺的眼前又一次地浮起了那遥远的和平生活，并且清清楚楚地意识到，这和平生活已经把那纯洁、心地正直、勇敢的年轻人交托给了他，在他的带领下，这年轻人正在大步走向战争，这个他还没有经历过的，他还不懂得的战争。

上阵地的第三天，听说战斗任务已经交给他们班，晚上就要出发，王应洪非常兴奋，就换上了那一套留了好些天的干净衣服。于是换衣服的时候他又发现了那双袜套，并且还增加了一条绣花的手帕，用中国字在两朵红花的上面绣了他的名字——很可能这姑娘是从他的背包或笔记本上模仿去的——又在花朵的下面绣了几个朝鲜字，他想那一定是她的名字。这两个名字都是用紫色的线绣的。他顿时心里起了惊慌的甜蜜的感情。第一个念头是想汇报给班长，但在从坑道里往外去的时候，他犹豫起来了。他想，现在班长这么忙，马上要出动了……等完成任务回来再说吧。

当然这时候他是想留下那条手帕。于是他把它仔细地折起来，放在胸前的口袋里。

黄昏的时候，王顺就带着他的班出发到敌后去了。任务是捉俘虏。

用侦察员们自己的话来说吧，任务是艰巨的。一个多星期以来，从敌人的炮火和敌人纵深里的活动情况上判断，前沿青石洞南山的敌人似乎变更了部署，而且似乎有发动进攻的模样；而我们又正在计划着一次规模较大的反击战，夺下敌人这条战线的咽喉青石洞南山。按照原定计划，这个战斗早些天就要发起了，一切准备工作都做好了，但是因为没有能最后地弄清敌人的变化而暂时地搁置了下来。上级指挥机关迫切地需要一个俘虏，但师的侦察队出动了两次都没有结果；战争两年多，敌人变得胆小而狡猾，俘虏不是那么容易捉到的。因此，这次就把团的侦察排的最好的一个班拿出去，把本来预备作为重要的下级干部而提升起来的侦察功臣王顺拿出去，这样，就在全班唤起一种极其严肃的感情，大家都明白这是关系全局的重要任务，这次出去，无论如何也要捉到一个俘虏。由于这种自觉的光荣意识，这个班里就升起了一股对敌人的傲气，在出动之前的紧张的准备工作里，他们的沉默的、严肃的、敏锐的神情和动作表示出来，无论是什么样的敌人，他们都要把他捏在手心里，只有他们先把敌人捏在手心里，全军才可以捏住前沿的山头，粉碎青石洞南山。在班长王顺的身上，这种对敌人的傲气是表现在冷静的眼光、变得很慢的严肃的动作和沉默的严厉的神情里面的；这负着重大责任的老侦察员是深知战前准备工作的重要的，他默默地、严厉地打量他班里的每一个人、每一支枪和每一双鞋带，不时地沉思起来，不耐烦和不相干的人说话，把那个跑来和他开了一句玩笑的连部通讯员一句话就熊走了。但在年轻的王应洪，这一股对敌人的傲气就表现在抑制不住的扬眉吐气的兴奋神色里，他无论如何也学不到班长的那股冷静。因而，当连长陪同着团参谋长来看一看他们的时候，班长王顺严厉地、惊心动魄地喊了立正的口令，他就扬着头、挺着胸，冲锋枪斜挂在胸前，显出了那种特别吸引人的天真而高贵的神情。

认真说来，班长的这个和平常完全不同的立正的口令，才是他的军事生活里的第一课。特别因为他怀里揣着那一条绣花手帕，这也才是他的明朗的人生道路上的第一课。他的慈爱的母亲在贫苦的生活中给了他的童年许多温暖，这绣花手帕又给他带来了他所不熟悉的模糊而强大的感情，他现在要代表母亲，也代表那个姑娘——不论他对她如何冷淡，这一点是毫无疑问的——为祖国，为世界和平而战，这一切感触、思想、感情，都出现在班长的那个立正的口令中，或者说，因那个立正的口令而出现了；这立正的口令使他全心全意地觉得满足和幸福。

团参谋长是笑着走进坑道的，在王顺的立正的口令声中变得严肃了，一下子感觉到了这个班的这一股必胜的傲气，于是心里突然疼痛起这些青年来。他走到王应洪的面前就不觉地站了下来，对着这年轻的侦察员看了好一阵，严肃的脸上又露出了微笑。

“这就是他么?”他问连长。

连长没有弄清楚参谋长指的是什么，因为关于这个年轻人的所有的事情团里都知道，但他看出来参谋长是喜欢这年轻人的，于是高兴地回答说：

“就是他。”

“王应洪!”参谋长喊着，显出了幽默的神气，眼睛里闪出了友爱的讥讽的光芒，看着这年轻人。

“有!”王应洪大声回答，下巴更抬高了一点。

“听说是——你曾经把你们班长俘虏过，俘虏他是很不容易的啊,有这事么?”

“那是……”王应洪说,他想说:“那是班长让我的。”但马上觉得这样讲述不合乎一个军人的性格,于是大声回答:“报告,有这事!”

“唔,好!”参谋长显然很满意,虽然他早就知道这一切,“二班长,有这事么?”

“报告,有这事!”王顺骄傲地回答。全班的战士们的脸上都出现了微笑。

从这两句回答,参谋长就看出了这个班是团结得很坚强的。他检查了他们的行装和伪装圈:一切都合乎要求。他简单地又讲了讲这次任务的性质,并且抽出一个战士来问了一下他们准备的有哪几个战斗方案,指示了两点,于是这个班就出发了。

他们悄悄地、疾速地通过了敌人炮火封锁区,过了一条很浅的小河,顺着交通沟绕过一个山坡,潜伏着观察了一阵,就开始在黑暗中越过战线。

有一段路他们是在一片长满野花杂草的开阔地中间一点一点地前进的。左后面是我军的小山头,右边是敌人的山头,正往我军的阵地上打着机枪。这一阵机枪似乎帮助了他们,他们敏捷地跳跃着前进。王顺、副班长朱玉清和其他的几个老侦察员都很熟悉道路和情况,这开阔地上不至于有敌人的岗哨:敌人不敢下来。他们刚通过不一会儿,就有一排机枪打在他们刚才越过战线的地方,显然地敌人是用火力盲目地警戒着那里。现在侦察员们的目标是一百米外开阔地中央的一丛槐树,槐树丛里面有土坎,可能敌人在那里安置了哨兵,如果是这样,而且不超出三个人,那就一下子干掉敌人,任务就基本完成了;如果没有,那就先占据这槐树丛再来计议。他们用战斗的队形分三面迫近这槐树丛了。天气阴沉而且吹着小风,很利于侦察员们的活动。班长王顺在前面发出了记号,大家卧倒,听着动静。除了微风吹动树叶,和附近的什么地方有溪水的流响声以外,没有别的声音。开阔地上长着一些春天的金达莱花,王应洪轻轻地拨开他面前的花枝,希望能更清楚地看见班长。但在这个不知不觉的动作里,他却摘下了一个花枝,把它衔在嘴里。这是因为他毕竟是初上战场,而这附近的这一片寂静特别使他激动,于是,面前的清楚可见的一切,杂乱的小草和小花,就叫他觉得安全和亲切:这些随处可见的小草和小花,仿佛是熟识的友人一般,忽然间就替他破除了战场上、敌人后方的那种神秘可怕的感觉——虽然他不曾意识到自己的这种状况。他在激动中比老战士们想得多。他甚至于忽然想,现在他可以写信告诉妈妈,他到敌人后方来战斗了。把那花枝在嘴里咬了一阵,班长又做了记号,他们又前进的时候,他就把花不知不觉地拿下来塞在衣袋里。他没有意识到这个,也不知道这是为什么。也许他的头脑是曾经闪过什么念头,他做这点多余的动作是为了对自己表示沉着。也许他会写信告诉母亲的——她老人家把朝鲜战场想得才简单哩。现在他们到了槐树丛边上了——里面没有敌人。

他们决定再深入。他们有好几个战斗方案,现在时间还多,看起来他们还不必考虑到最后一个战斗方案,就是用火力向少数的敌人强攻。因此他们就放过了山坡上的几处地方,那里有敌人的帐篷,传来说话的声音。他们紧挨着山边的一条小路前进,这小路是敌人前后交通的一条次要的通路,一定会遇到什么的。他们前进得很慢,贴着山坡和路坎,走几步听一下。他们不断地听见附近的山头上、帐篷里敌人的哇哇的声音,有一次还听见一个醉醺醺的歌声。枪声和炮声都落在他们远远的后面了。紧张的感觉加强着。快要走到小路转弯的地方,班长停下来了,向王应洪走来,对着他的耳朵说:“往后传,在这里等,沿着路边拉开距离二十米一个,副班长带第二组到下边洼地里掩护……”这微小而又清楚的声音,好像不是班长的,好像是从很深的地底下传出来的一样。他往后传了。于是人们拉开了距离隐蔽了,现在,这个满怀激情的新兵,看不见他前面的班长,也看不见他后面的同伴了。

一点声音,一点动静也没有,王应洪贴在路边上杂草中间趴着,紧握着他的枪,并且摸了一下他腰上的手雷和加重手榴弹,以及那一把叫他觉得很威武的侦察员的匕首。虽然他的理智告诉他,班长和同志们就在几十米的前后或周围,在各个地方隐蔽,但是他仍然禁不住觉得可怕的孤独。他好不容易才抑制住他的冲动,就是,想往前爬一点,靠近班长,或者轻轻地喊一声试试——他多么渴望听见班长的声音啊。他的思想纷乱了起来。这样寂静,这样绝对的静止——这是和练兵的时候完全不同的,那时候在寂静中甚至还觉得有趣——他从来也不曾经历过,他甚至觉得自己已经被这深深的寂静所笼罩,所麻痹,不可能再从地上起来了。他用各种方法鼓舞自己,可是他的思想活动好像也是很困难的。最初,他无论想什么,都不能摆脱这孤单和寂静的意识。他努力去想到连队、团参谋长、亲人们……后来他又想着母亲,想着他满十岁时候,母亲才替他做了一件新棉袄,替他试这新棉袄的时候,母亲不住地把他转过来又转过去,拍着他的胸又拍着他的背,非常幸福地对父亲说:“看,正合身! 正合身!”忽然地他又幻想到,母亲到了北京,在天安门见着了毛主席。母亲拍着手跑到毛主席面前,鞠了一个躬。毛主席说:“老太太,你好啊!”母亲说:“多亏你老人家教育我的儿子,他现在到敌后去捉俘虏去啦。”于是他又想起了金圣姬,她在舞蹈。看见了她的坚决的、勇敢的表情,他心里有了一点那种甜蜜的惊慌的感觉。他说:“你别怪我呀,你不看见我把你的手帕收下了吗?”可是金圣姬仍然在舞蹈,好像没有听见他似的;敌机投下炸弹来了,那个“人民军之妻”紧抱着孩子扬起头来,她的嘴唇边上和眼睛里都有着悲愤的、坚毅的表情;于是那个英勇的人民军战士一下子出现了,他的胸前闪耀着国旗勋章……但忽然地这一切都消逝了,仍然是面前的草叶、灰白色的寂静的道路。想象着这亲爱的一切,一瞬间就排除了对周围的寂静的苦痛的感觉,一瞬间觉得,这并不是在敌人的旁边,而是在亲人们的中间。但这些闪电一样的想象马上就被从心底里冲出来的对于目前的处境的警惕打断了,于是重新又感觉到那孤单、寂静……

多么漫长的时间呀。但这时更紧张的情况到来了——传来了一大群皮靴踏在沙土路上、踩过草叶的声音,这声音立刻更响,更清楚了,而且连说话的声音也听得见了。敌人,美国兵正在这条路上往这边走来。他抓紧了枪。在阴沉的天空的背景下,看得见那在草丛上面露出半截身子来的高大的敌人了,一个一个地从小路转弯的地方陆续显露出来,走得很密,总有一个排,有的还在吸烟,看得见那闪耀着的红火头。现在那走在前面的几个美国人照距离看起来是已经走过班长的身边了,可是班长那里没有枪响。如果有枪响,那他就会不顾一切地端起枪来冲上去,那样要好得多,可是现在不是这样。没有班长的口令,谁也不能动的。那么现在这些美国兵正朝自己走来……他忽然想:班长是不是还在那里呢?如果班长不在怎么办呀?这想法好像很真实,于是他差不多想要开枪了,或者想要怎么样地动作一下,反正是要动作一下,因为他正躺在路边上。但正在这个控制不住自己的时候，侦察员的铁的纪律使他的头脑一下子清醒了过来。

大皮靴杂乱地踏了过来……这年轻的侦察员一动也不动，他的眼睛和枪口对准了他们。这纪律的意识战胜了一切，完全改变了他的状况。这就是，他意识到：他完全不属于自己，甚至也不属于自己的热情和勇敢，他的热情和勇敢必须绝对地属于伏在小路周围的黑暗中的他的班，而他的班属于他的连，他的团……绝对的寂静正好对他证明了他的班的威严的存在，他现在能够清楚地意识到他的班长和同志们的眼光和动作。于是他觉得他是十倍、百倍地强大，寂静和孤单的感觉完全没有了，他有手榴弹和冲锋枪，在等待命令。这样，他的头脑就变得冷静而清楚，浑身都是无畏的力量——由于纪律的意识，他就从那个幻想着的热烈的青年，变成了真正的战士。

一个又一个的敌人踏过他的身边，有一只皮靴离得这么近，几乎踏着了他的肩膀……他一动也不动，仇恨而冷静，像一个侦察员在这时候所应做的，数着敌人的数目，判断着他们的意图。敌人前后招呼着，通过去了。

班长那里仍然没有动静。

班长王顺决定放过这大约一个排的敌人，克服了战斗的诱惑——他的班是有可能歼灭这一个排的——那理由是不用说明的。但即使对于老侦察班长说来，克服这战斗热情的诱惑，也不是容易的，他有很多次这样的经验了。占着有利的地形，枪一响，盲目的敌人就成群地倒下，这是再好不过的事了，可是现在情形并不这么简单，他们是在敌人的纵深里，他不仅对他的班，而且对全军都负有重大的责任。而他的班，他从那绝对的沉寂里感觉到，现在是像他的全身的一部分一样，完全属于他的意志的，可是，不仅他们属于他，他也属于他们，在这种情况里要决断，是很沉重的。

是不是也有可能一下子歼灭敌人的大半，抓住了一个俘虏就立即撤退呢？当这个排的最后几个人通过他的身边，就是说，当这个排全部都落在他的班的范围里的时候，他这么问着自己。但他本能地觉得事情不会这么简单。他伏在路边上的草丛里，看着那最后的一双大皮靴从他的面前两步远的地方踏过了，紧紧地咬着牙才克制住了他心里的复杂的激动。他判断后面可能会有零散的敌人，于是决定继续等待。而这个时候他就更迫切地渴望着他的班继续保持着绝对的寂静，他心里不禁担心在他后面离他二十米远的那个年轻人——在这种时候，连老战士也有可能一下子弄出什么声音来的。初上战场时的那些感觉，他是记得很清楚的。当敌人经过他身边而向王应洪的位置走过去的时候，他替他感到苦痛的紧张。于是，当他的班保持着绝对的肃静和隐蔽放过了这一个排敌人之后，从这深沉的肃静中听出来这个班的威严的呼吸和坚强的纪律，他就觉得喜悦，并且从心底里赞美起那个初上战场的年轻人来了。

果然后面有零散的敌人。皮靴踏在沙土路上的声音又传来了，一个影子在天幕下出现了。这个敌人走得有些蹒跚，一面走一面自言自语，好像是喝醉了。这正是机会。这敌人到了他的附近，他正准备着一下子跃出去的时候，前面的路上却传来了急促的脚步声，另一个敌人凶恶地喊叫着追上来了。他以为他的班的行动被发觉了，但这时在他的眼前却出现了他所没有料到的事情：那追上来的敌人扑了上来就给了那第一个敌人一拳，那第一个敌人呜呜哇哇地叫着，在挨了第二拳之后就回击了。两个人打起架来。

侦察员的眼光看出来，这两个人都是军官。于是他下决心趁这机会动手。而这时，好几个侦察员都从他们的位置上出来了：听着打架的声音，又被土坡遮拦着看不清楚，他们就以为是他们的班长在和敌人格斗。班长王顺拔出锋利的匕首，跳上去捅倒了一个敌人，第二个敌人狂叫起来向前逃跑，却被王应洪一下子奔出来抱住了。那敌人继续狂叫，王应洪恨透了这狂叫，用可怕的力量抱住他，几乎要一下子扭断他的筋骨，但这敌人却是意外的胆怯，在他的肩膀里好像是棉花团一样，顺着他的两臂的压力就抖索着对着他跪下来了。班长奔上来用一块布塞住了这敌人的嘴，这样他们就得到了一个俘虏。

但这时远远地传来了枪声。因为这个俘虏刚才的这一阵狂叫，刚刚过去的那一个排的敌人回转来了。狂叫着，奔跑着，离这里还有五六十公尺远就胡乱地放着枪。王顺命令侦察员们把俘虏拖到洼地里去，大家都向洼地里撤退，没有他的命令不准射击。他们刚离开小路，敌人的那个排已经迫近到四十公尺，已经在路边上散开，开起火来。并且右边山头上敌人的一挺机关枪也开起火来。

他们迅速地在洼地里退走，但到了洼地的中央，就叫敌人机枪的火力拦住了去路。而敌人的那个排已经向他们采取了包围的形势。于是王顺命令他的班散开来停止不动。他仍然不还击。

这老侦察员并不是第一次遇到这种危急的处境。他轻视这些敌人，他冷静地观察着情况，决心要把他的班，连同那个重要的俘虏，都带出去。洼地草丛里的这种寂静使敌人不安了——到底这些人是怎么回事呢？敌人不敢近来，只是架起了机枪朝这里那里地射击着，而右边山头上的那挺敌人的机枪，原来是胡打着的，这时反而向这挺机枪开火了。敌人里面发出了几声嚎叫，显然是被自己的火力打倒了几个。但后来就升起了一颗绿色的信号弹，山头上的火力停止了。

这时候王顺已经把他的班撤到一条干涸的沟里，占据了比较有利的地形。情况很危急，山头上的敌人可能就要下来，这里再不能停留，于是他下定了决心了。他命令王应洪跟着他留下来掩护全班；命令副班长朱玉清率领其他所有的人带着那个俘虏利用这条沟的地形向左后面撤退。当他和王应洪打响，把敌人的火力全吸引过来之后，朱玉清就应该带着侦察员们往左边的山坡后面冲去，进入一片树丛。除非敌人发觉了，进行追击，就不许回头。天亮以前必须把俘虏带到家。

副班长朱玉清想要自己留下来，其他几个侦察员也这样想，但他们听完王顺的清楚、简单、小声的命令以后，就不再作声了。班里的侦察员们大半都是王顺带领、培养出来的，连副班长朱玉清也是王顺带领出来的，大家都熟悉他的性格：对于这样的一个威望极高的班长和代理排长的命令，大家是无法说什么的。

于是人们开始撤退，抬着那个俘虏迅速地沿着小沟向左后面走去。估计他们已经快要爬上开阔地，而敌人的机枪正封锁着那里，王顺就命令王应洪留在沟里，听他的动静，他自己就爬上了沟沿，像箭一般地一下子跃到十米外的洼地中央的一个小土包后面去了。他一跃到那里就向三四十米外的敌人开火了，他打了一梭子就向右滚去，又打了一梭子，然后投出了手榴弹，并且喊着："同志们，三班的跟我来，四班的向右！"王应洪也开火了，他学习着他的班长，打了几枪马上又跑到另一个地点投出手榴弹，同样地喊着："五班的，在这里，同志们冲啊！！"他真的觉得他和无数的人在一起战斗。敌人的火力被吸引过来了。这时候，苦痛地听着这两个战友的惊心动魄的喊声，副班长朱玉清和侦察员们带着俘虏安全地潜入了左山坡后的树丛。

班长不让别人，却让他留下来和他一同担当这个严重的战斗，王应洪觉得意外的幸福。并且班长是这么干脆，没有说明为什么单单留下地，也没有对他特别嘱咐什么，这种绝对的信任就使得他处在他从来不曾知道过的光明和欢乐里。他简直忘了他还是第一次处在敌人的火力下面；在他的一生里面，这还是第一次战斗。他觉得他仿佛已经是身经百战了——事实也确乎可以是这样的，当他屏息着趴在路边上，看着敌人的大皮靴踏过去而意识到战斗的纪律，并且随后他又活捉了那个敌人，使敌人在自己面前跪下，他的战士的心就迅速地成长了。

至于班长呢，他也说不明白为什么单单命令王应洪留下来。他也许是赞美了这新战士刚才在潜伏中的沉着，在活捉敌人时的勇敢，想要锻炼一下这心爱的战士；也许是出于高贵的荣誉心，想要叫这年轻人看一看，学一学他这个老侦察员是怎样战斗的；但也许是想到了那件使他不安的爱情，金圣姬那个姑娘的眼泪。谁知道呢，也许他觉得，叫王应洪留下来从事这个绝妙的，但也是殊死的战斗，就会给那个姑娘，那个不可能实现的爱情带来一点抚慰，并且加上一种光荣。他是看见过那个姑娘的那么辉煌的幸福表情的。这一点是确实的；因为那个姑娘的那种不可能实现的爱情，以及王应洪对这爱情的极为单纯的态度，他就更爱这年轻人了。他的决定总归是和这有点关系的，在战场上，人们总是把最艰巨的任务交给最心爱的人的，虽然这时候他似乎并没有想到这一切。

总之，英雄的老侦察员和他的助手打得非常漂亮，掩护着全班撤退了。

敌人在打了一阵机枪之后，忽然地停了火，而且还后退了几米。这奇妙的情况马上就揭晓了，原来敌人是非常隆重地在对待着这场战斗：空中出现了四五颗照明弹，随即就是一阵迫击炮弹短促地呼啸着落了下来，在这块洼地上爆炸了。显然敌人已经用无线电报话机联系了他们的炮阵地。这个班最初的那一阵绝对的沉寂骇住了他们，他们总以为这里有很多的志愿军，随后王顺和王应洪的突然的开火和喊叫更使他们觉得是证实了这一点，于是他们就来正规化地作战了。如果听一听敌人在无线电报话机里说些什么，以及敌人的指挥机关在怎样吼叫，确实会很有趣的——看到落在周围的炮弹，王顺不禁笑了。威风极啦，怎么不连榴弹炮也拿出来呀。

王顺滚回到沟里，命令王应洪停止射击，准备夺路撤退。这时，按照美国的步兵操典，在一顿炮击之后，以机枪掩护，那一个排的敌人就从两翼包抄过来了，发出了呐喊的声音，卡宾枪打得像放鞭炮一样。而且，右边山头上的那挺机枪也向洼地中央射击起来。

因为这洼地上的“战役”的巨大规模而快活，王顺就着手来还击。这种快活的心情是战争里最可贵的，从这种快活的心情，他就做出了一个聪明而大胆的决定：从敌人阵线的正当中，就是从敌人的那挺机枪那里突破过去。左翼的十几个敌人已经顺着土坡向他们这边扑来了，王应洪打了一串子弹，他却甩出了一个手雷。这一声轰然的巨响使得敌人倒下了一大半，就在这当中，王顺招呼王应洪跟着他跳出了这条干涸的沟，又往右边的敌人群里打了一个手雷。然后，完全出乎敌人的意料之外，这两个侦察员沿着一条土坎向着正当中的那挺机枪奔去了，而那挺机枪这时正向洼地中央的那个小土包周围热情地射击着，以为那里隐藏着志愿军的主力；而右边山头上的那个火力点，则是正在忙着射击洼地的后半部，确信这是封锁住了志愿军的退路。并且，没有被打死的敌人，这时正向洼地的中央，连同着那条干涸的水沟，发起了勇壮的冲锋。

洼地上的“战役”，它的规模就是如此。这时那两个侦察员却突然出现在敌人的“纵深”里，用不几发子弹结果了那两个机枪手；灵机一动，王顺一下子扑倒在机枪的跟前，对准那些敌人射击起来了。事情于是非常简单，他射击了半分钟不到，就结束了这个洼地上的“战役”，当剩余的、滚在沟里的敌人刚刚明白过来，又打出了信号弹的时候，他已经带着他的助手投入了黑暗的荒地，越过了一条小溪，跑进了大片的洋槐树丛了。

王顺在前面奔跑着，他的左胳膊负了一点伤，这时才觉得有些疼痛。他听着跟在他后面的王应洪的脚步声，他忽然听出来这脚步声有些沉重，正在这个时候，右腿负伤的王应洪栽倒了。

他们两个都弄不清楚这是在什么时候负的伤。王应洪身上的伤还不止一处。在当时，他一点也不曾感觉到自己是负伤了，充满了胜利的快乐，无论手和脚都是灵活的。但现在这些伤被意识到了，一经被意识到，它们就发作了，于是王应洪支持不住了。

王顺一声不响地背起他就走。他们是一刻也不能在这附近停留的。敌人的整个的阵地这时一定是在骚动着，加强了警戒，要搜捕他们的。

意识到这紧张的情况，王应洪就要求班长不要管他，但是班长理都不理他。在年轻的新战士的心里，燃烧着壮烈的感情，他觉得他已获得足够的代价，他从来不曾想到他第一次参加的战斗有这么辉煌，他觉得现在是到了牺牲自己，而让班长脱险的时候了。于是，当他们出了树丛，迫近了敌人的警戒线，班长把他放在一条土坎后面，爬上去侦察情况的时候，他就下了这个决心；一有情况，他就留下来——像班长刚才带着他对全班所做的那样，用自己的火力和身体掩护班长脱险。

现在他们正在敌人阵地的旁边，这已经不是他们来的时候那一片开阔地，而是一条狭窄的山沟。这是最危险的地带，一有动静，敌人两边山头上的火力网就会把这一条不到四十公尺宽的山沟完全盖住；而且，两边的山坡上都有敌人的警戒。他只是在沙盘作业上学习过这一带的地形，班长却是知道一切的。但现在他们显然无从等待或另外选择道路。班长看了一看情况回来，就决定拖着他沿着土坎往山沟中间的几棵大树里面爬去。年轻的侦察员既经做了决定，看看没法开口向班长说什么，就把自己的冲锋枪扣在手中。他也用他的负伤的肢体帮着爬，咬紧牙关来忍受可怕的疼痛。这是非常艰难的道路，每一分钟只能爬行四五米。班长侧着身子，用右胳膊抱着他的胸部，用自己负了伤的左胳膊撑着地面，一步一步地拖着他。

“班长……”他说。

“不许说话！”班长对着他的耳朵严厉地说。

“我牺牲了不要紧。”

“别说话，纪律！”

听到了这个，年轻的侦察员就不再作声了。

他们毕竟到了那几棵枝叶长得很稠密的栗子树里面了。他们在一个小土包后面的草丛里潜伏了下来。现在又得再看动静。这时左右两边的小山头上，敌人互相地喊着他们听不懂的话，然后，就有三个巡逻兵从左边山坡出来，踏着草地慢慢地走着，端着枪，编成警戒的队形，向着这个栗树林走来。

“班长，”年轻的侦察员含着眼泪在恳求了，“我打响的时候，你从右边撤出去……”

班长掩住了他的嘴巴。这个动作是为了警惕，但也是因为难过；说这种话叫老侦察员太伤心了。为了防止这年轻人的意外的行动——他感觉得出来这年轻人身上有着怎么样的一种激动，他也知道，在负了重伤的时候，人们会想些什么——他就拿负伤的左胳膊用力地压住了这年轻人的握着枪的手。

三个敌人的巡逻兵沿着土坎和草丛搜索，慢慢地迫近了这小小的栗树林，其中的一个突然大吼了一声，于是王应洪震动了一下，但班长更用力地压住了他。老侦察员非常镇静，现在还不能判断他们是否已被发觉，因为敌人是常常要拿这一套来给自己壮胆的。三个敌人紧挨着走到这小栗树林来了，在离侦察员们潜伏着的土包三四米的地方站下了，望这边瞧着。

连老练的侦察员这时也有些迷惑了。但侦察工作中的铁则支持着他，这就是，绝对不暴露自己。小风把粗硬的栗树叶吹得发响。这三个敌人互相说了什么，忽然地其中一个又向着右边吼叫了起来。于是他们走过去了。

大约二十分钟之后，侦察员们出了栗树林，沿着右边的山根一寸一寸地爬行，这一个拖着那一个。没爬行几十米，又出现了敌人的巡逻兵，于是紧紧地贴着地面伏着；愈来愈明显地感觉到年轻人身上的激动，王顺沉着地压着他的手腕，并且用力地捏了一下他的手。这个动作的意思是，他们是这样地相爱而血肉相联，他决不能丢下他，而且，他还很有力量……负了伤的特别艰难的行动，以及敌人的加强警戒使得他们一直到天亮还没有爬出这条山沟。

眼看着快要天亮，王应洪就又要求班长不要管他；他甚至于哄骗班长说，只要班长先走，他就能慢慢爬回自己阵地的。班长不理他，这沉默是含怒的。班长拖着他爬到一条长满杂草野花的小沟里，使他躺在一块比较干的地方，又爬过去慢慢地弄来一些草把沟边上细心地伪装起来——这两个侦察员就躺下了，在这条狭窄的沟里，着手来度过这个白天。他们离山头上的敌人地堡仅仅三十米。但白天的情况也有有利的地方，因为我们阵地上的火力已经能封锁到这个山坡，敌人是不大敢下阵地来的。

班长替王应洪包扎了伤口，也把自己的伤收拾了一下。这年轻人的伤势使他痛心。他竭力显得安静，拿出一块手帕来，在水里弄湿，轻轻地替他擦着脸。然后就拿出了一个馒头——这老侦察员，是有着这种周密的计算的——分了一半给他。

可是王应洪一口也不肯吃。他难过极了，意识到自己拖累了班长，这种心情比身上的伤还使他痛苦。他透过面前的杂草，定定地瞧着辉耀着阳光的五月的天空，一动也不动。

"纪律，"班长对着他的耳朵说，"你是祖国的好青年，你是人民的好战士，吃这半个馒头，这是纪律。"

于是王应洪开始吞吃馒头了。

黑夜过去了，现在是要再等到晚上。离自己的阵地还有两百米。但班长的脸上却出现了愉快的神情。他想要使这个年轻人改变心情，而且，胜利地完成了的捉俘虏的任务，洼地上的那个杰出的战斗，对这年轻人所尽到的责任，这个狭窄的小沟里的神秘的隐蔽，这一切都使他变得像早晨的阳光一样愉快。于是他躺在王应洪身边，几乎是全身都躺在湿泥里，对着王应洪的耳朵小声地、活泼地说起话来了。

"你猜我头一回当侦察员的时候是怎么的！一听见敌人的声

音我就发蒙了,没有你这么沉着勇敢。那时候我的政治觉悟也不怎么高,还想家哩。我也是老战士一点一点带出来的;咱们部队就是这样,一代传一代,一代比一代强——咱们的这个英勇顽强的老传统。我带着你这也不是为了你,这是为了咱们全军,也是为了人民和党的事业,你为啥要难过呢?”

王应洪不作声。他在想:“难道不许我为了人民和党的事业掩护你撤退么?”

“今夜晚咱们肯定能回到家里,咱们要去见连长,见团首长,俘虏是你抓的,你这次的功劳我一定要给你报上去。连首长团首长都在盼着你呢。”

“我没啥功劳。真的。我就是觉着我够本了,天黑了你先把我留在这里吧。”王应洪冷淡地说。

“不哇,同志。”老侦察员热烈地对着他耳朵说,“够本,这思想要不得,错误的。咱们革命的战士,共产党员青年团员,不是这么容易就够本的哪。一代又一代的,战场上多少同志流血牺牲才培养出咱们来的呀,你算算这个账吧,歼灭了一个排的烂狗屎敌人就能够本?”沉默了一下,看见这年轻人仍然不作声,他忽然微笑着非常柔和地说:“你还想着金圣姬那姑娘不?”

“没有。从来我就……”

“不是说的这。咱们也是为她,为老大娘战斗的,朝鲜人民血海深仇还没报,就够本?”这样他就把金圣姬姑娘也巧妙地掩到他的论据里面来了,他迫切地希望打动这青年战士的心,使他放弃那些苦痛的思想:“你说,咱们回到家,过些天再到村子看看,金圣姬跟她妈见到咱们可要多高兴啊,我要好好地跟她谈一谈咱们的这场战斗……”

他的眼前就出现了那姑娘的闪耀着灿烂的幸福的面貌。他并且又想到了舞蹈里的那个“人民军之妻”。在他命令王应洪和他一同留下的那个严重的瞬间，以及在他拖着这青年爬进栗子树林的时候，这个灿烂的幸福面貌都似乎曾经在他的心里闪了一下。现在回想起来，好像确实是这样的。他替这个不论从军队的纪律，或是从王应洪本人说来都没有可能实现的爱情觉得光荣，于是他觉得，他拖着王应洪在山沟里一寸一寸地前进，除了是为了别的重大的一切以外，也是为着这姑娘。她曾经在那黄昏的山坡上掩面哭着从他的身边跑过，于是他觉得他是对她负着一种他也说不明白的、道义上的责任。他怜惜她不懂得战争，怜惜她的那个和平劳动的热望；他觉得他真是甘愿承担战争里的一切残酷的痛苦来使她获得幸福。于是，爬进栗子树林进入这条小沟，替王应洪裹着伤，要他吃馒头，拿纪律来强迫他，哄他，又对他小声地柔和地说着话，这一切动作都好像在对他心里的金圣姬姑娘说：你看，我是要把他带回来再让你看看的，你要知道我爱他并不比你差，我更爱他，而且，你看，我决不是你所想象的那种不通情理的冷冰冰的人！

说来奇怪，他所担心，所反对的那个姑娘的天真的爱情，此刻竟照亮了他的心，甚至比那年轻人自己都更深切地感觉到这个。那年轻人沉默着，透过面前的草叶和几枝紫红色的金达莱花望着明朗的天空，他此刻没有想到这个。从敌人在他的眼前出现以来，他一直忘了这个，但在刚才班长说到纪律的时候，他忽然意识到他有件什么事情做得不顶好，接着，班长说起了金圣姬，他才想起来这件办得不怎么好的事情就是他口袋里的那一张绣花的手帕。他现在觉得这件事情没有什么道理。他的那种年轻人的惊慌而甜蜜的幼稚心情，已经被激烈的战斗和对任务、对班长的严重的意识所抹去，似乎是在他的心里一丝一毫也不存留了。他所不满足的仅仅是他没有能及时地掩护班长出险，此外他在生活中就不再需要别的什么东西了，何况那个他从来也没想到过的爱情。他也不理解那个姑娘的要建立一个和平生活的热望，她离他似乎很遥远、很遥远了……他觉得，他没有及时地把手帕的事汇报给班长，是一个错误。这样，他就摸索着把那张折得很整齐的手帕从胸前的口袋里拿出来了。

“班长，我还没跟你汇报，”他平静地说，“这是她又塞在我的军服口袋里的，昨天换衣服才发现……还有那双袜套。”

班长接过去，展开那手帕来看了一看，想了一想，就又替他塞回口袋里来了。

“你留起来吧。”

“不，这违反纪律。”

“我相信你，同志，留着吧。”班长温和地说。这手帕此刻竟这么有力地触动了他，使他又想起了金圣姬的所有的美好的希望——而这美好的希望竟是不能实现的。在将来，他们终归会给这姑娘奋斗出一个和平的生活来，她将要结婚并生育儿女，那时她会怎样来回忆现在的这一切呢？“回去我汇报给连部，”他又说，“我想连部会同意你收下的……在这件事情上，没有哪个同志会批评你不对的。”

“我要这个没有道理呀。”年轻的侦察员坚持地说。

“你留着吧。”班长同样坚持地说。

他们沉默了下来。远远的战线上有炮声，可是周围很沉寂。王顺继续想着这件事，这条手帕，女孩子家的希望，并且拿它来和他们眼前的处境对比——眼前是毫不容情的战争，他们躺在敌人阵地上的这个泥沟里。他想，女人们是不了解这些的，当然，这也不必要她们了解。比方他那个老婆吧，离别六年了，来信总是以为他还是六年前的那个爱嬉闹的青年，总是嘱咐他进饮食要当心，早晚不要受凉——也不知她是托村里的哪位老先生写的。在和平的日子里，真是连伤风咳嗽也要担心，可是现在他是一个身经百战的老侦察员，不仅不再是爱嬉闹的青年，而且还规规矩矩地在无论什么泥沟里一潜伏就是几个钟点；早晚不要受凉！这真是从哪里说起呀……可是这种思想却也牵动了他的一点回忆。老婆的信里说：女儿已经上小学，认得一百二十一个字了。他好一阵子想着这一百二十一个字，并且搬弄着手指，想要弄清楚这一百二十一到底是多大的一个数目。一下子他惊讶了："我在这么大的时候，一个字也还不认得呀！这数目不小呀！"透过草叶，有一线阳光落在他的脸上，他闭了一下眼睛，忽然比任何时候都更深、更鲜明地感觉到他所从事的战斗的伟大意义。在敌人阵地上的这个小沟里，他清楚地看见，那扎着两条小辫子的、认得一百二十一个字的小姑娘在他所耕种过的田地边上跑过，还背了一个书包！——这个他在中间度过了将近二十年的受苦的日子的家乡，这个生了他、养育了他，用地主的皮鞭迎面地抽击过他的家乡，从来不曾这么亲爱过！

"我忘了告诉你啦，"他对着王应洪的耳朵小声说，"我的八岁的女儿秀真，她认得一百二十一个字啦。"

王应洪转过脸来，微微笑了一笑。他当然高兴听到这个，可是他实在不很了解，班长此刻为什么会这么愉快。他觉得这一切只是为了安慰他，可是他是怎么也不能忘记目前的处境的。他摆脱不开这个思想：要不是他，班长早就脱险了。而且他身上的伤口痛得像火烧一般，浑身都没有力气，这就使他对今天晚上的路程更为担心。总之,他的思想是纷乱而苦痛的。渐渐地他抵抗不住身体的疲劳,迷迷糊糊地睡去了。那些苦痛的思想在睡梦中还继续了一会儿,他梦见敌人包围了他们,他想要冲上前去掩护班长,可是他的四肢无论如何也不能动弹。接着,他的梦境变得柔和起来了,年轻的、孩子似的心灵活跃起来了,他梦见了纺车在他的眼前打转——母亲在摇着纺车;仿佛是病了,母亲在守护着他,对他说:"好好睡吧,一觉睡到大天光就好啦。"他说:"不用,上级给了我重要任务!"于是他向敌后出发。忽然地金圣姬跑了出来,问他:"我的手帕你留着啦?"他说:"留着啦。"这时朝鲜姑娘们一起围上来了,赞美地看着他胸前的国旗勋章,欢迎他唱歌,他很慌张,想要躲藏。金圣姬说:我代表他吧!于是舞蹈起来。她不是在别的地方舞蹈,而是在北京,天安门前舞蹈,跳给毛主席看。母亲和毛主席站在一起。舞蹈完了,金圣姬扑到母亲跟前,贴着母亲的脸,说:"妈妈,我是你的女儿呀!"毛主席看着微笑了;毛主席并且也看了看他,对他点点头,他也没有忘记敬了一个礼。于是他坚强而快乐,继续向敌后出发,走进了一条狭长的山沟……他心里一惊,苦痛的感觉又恢复过来,他醒来了。那在旁边睁着眼睛守护着他的,不是母亲,而是班长。看见他醒来,班长碰碰他,兴奋地小声说:"你听!"

他疑惑地听了一下,没有听见什么。

"这还听不出吗?我们的榴弹炮——打青石洞南山。"

果然是的:我们的榴弹炮在向右边的小山头后面的敌人的青石洞南山射击。这不是平常的单发的冷炮,这是急促射,是排炮,每一次总有二三十发炮弹呼啸着穿过他们右前方的天空,然后就传来巨大的隆隆爆炸,连这小山沟里也充满回响。王顺听着这个已经好一阵了。“再来三排，再干！”于是，好像是受着他的指挥似的，一排、两排、三排炮弹过来了。于是他判断着，这一定是副班长他们已经把俘虏弄了回去，情况已经判明，说不定今天晚上就要发起那个准备已久的对青石洞南山的反击战。他把这个判断告诉了王应洪，于是他们兴奋地听着射击声。

不久，在他们后面的一些山头上，传出了敌人的重炮出膛的声音，炮弹尖厉地划过空气从他们的顶空飞过去了；在重炮的射击声中，离得很近，还有一个化学迫击炮群的动作。老侦察员的耳朵清楚地判断着这些。有一个重炮群似乎是新出现的，而附近的这个迫击炮群，在这以前更是不曾射击过的，它的位置很利于控制我军向青石洞南山右侧运动的道路。显然的，敌人最近布置了许多诡计，我军必须争取时间。他兴奋得甚至有些焦躁了，很懊悔自己不曾携带一个无线电报话机。我们的人有没有弄清楚敌人的炮阵地的这些变化呢？

就像是回答着他的焦心的疑问似的，我军的重炮向着敌人纵深里的重炮阵地，以及附近的这个迫击炮群还击了——也是排炮。落在附近的山头上的巨大的爆炸使得躺在狭窄的小沟里的这两个侦察员就受到了激烈的震动。显然的，我军一下子就对准了敌人的新出现的炮阵地。

“肯定了！肯定！”王顺说。俘虏已经捉回，今天晚上就会发起战斗，这个他现在完全肯定了。

他是多么兴奋啊！我军的猛烈的炮击，山沟里的巨大回响，狭窄的小沟里的激烈震动，这一切，使他觉得这是他的部队、首长、同志、亲人们在呼唤他，因那个“洼地上的战役”而欢笑，因他的苦痛而激怒，在支援他。

可是,对于侦察员们最爱听的我军的炮兵的这个合奏,王应洪却没有他的班长这样兴奋,虽然听着这些声音他的睁大着的眼睛也在发亮,并且嘴边上不时地闪过一点严肃的微笑。初上战场时的那些幼稚的激动已经在他的身上消失了,他忍受着他的伤口的痛楚,变得这样地沉着安静,虽然他刚才还以他的全部的年轻的热情梦见过金圣姬,但在清醒的时候他却对这个很冷淡;他觉得他心里很坚强。于是,看起来他的年龄仿佛一下子大了许多,仿佛他已经是身经百战的老兵,而那个热情的班长倒反而更像个青年了。

炮战沉寂下来不久,天就黄昏了。黄昏好像很长,很难耐,但天色毕竟黑了下来。这一天毕竟安静无事地过去了,王顺兴奋地准备出发。他甚至于有兴趣注意到了沟边上的那几棵紫红色的金达莱花,折下了一个带着两朵花的很小的花枝,插在王应洪胸前的衣袋里,并且开玩笑地说:“替咱们那姑娘带朵花去,气死敌人吧。”

天黑定了下来,他们爬出了这隐蔽了一整天的小沟,王顺拖着王应洪,向前爬行。

可是王应洪仍然怀着昨天夜里以来的那个决心。这决心愈来愈坚强。因而,当两个敌人搜索着巡逻过来,他们又隐蔽在土坎边上的时候,他就悄悄地向前爬行——王顺一下子拉住了他。但今天晚上星光明朗,他们的特别艰难的行动终于叫敌人发觉了。在草丛里又爬行了一阵之后,山边上传来了吼叫,立刻,两个敌人向着这边开着枪扑过来了。王应洪喊着:“班长,你快走!”投出了手榴弹而且向前滚去。王顺冲上去打了一梭子子弹,打倒了这两个敌人,背起王应洪就跑,敌人从山边上陆续出现,卡宾枪打了过来——现在用不着再爬行了,没有办法再隐蔽了,于是王顺背着王应洪用所有的力气奔跑起来,在黑暗中高一步低一步地奔跑着,周围飞舞着敌人的盲目的枪弹。

还有五十米不到，就是敌我之间的开阔地了，冲过去！还有三十米……还有十米了！但敌人追上来了。

“班长，班长！”王应洪喊着。

又跑了两步，王顺一下子卧倒，把王应洪放在一块石头后边，说了一句：“你别动，放心吧！”就滚向旁边的一个土包，着手来和敌人做最后的决斗。约有一个班的敌人投掷着手榴弹卷过来了，突然地王应洪跪了起来——他居然还能跪起来——投出了手榴弹，而且越过那块石头一直迎着敌人滚去。王顺心里像刀割一般，拿冲锋枪掩护着他，打完了剩下来的半梭子子弹。凶恶的敌人卧倒了一下又站起，继续冲来。王应洪就整个地出现在敌人面前，拦住了敌人，进行决战了。敌人蜂拥上来，想要活捉他。他打完了冲锋枪里面的子弹，一下子站了起来，用他的负伤的腿向前奔去，奔到敌人的中间，火光一闪——一个手雷爆炸了。

剩下来的几个敌人竟不敢再前进，而这时我军阵地上的火力支援过来了，我军的前沿部队出动了……

苦痛的班长王顺，抱回了这个崇高的青年。敌人向王应洪拥来的时候他就向前奔去，投出了他那么宝贵地存留着的两颗手榴弹……然后，他就扑倒在王应洪的身边了，喊着他，抚摩他，推着他，可是他不再动弹了。但他仍然似乎听见了王应洪的柔和的、恳求的声音：“班长，我打响的时候……”他哭了，可是他自己不觉得。他以愤怒的大力抱起他来，在呼啸的子弹下，背着他跑过了最后的那几十米的开阔地，跳进了交通沟；对于就在他的头顶和身边呼啸着的子弹，他抱着绝对冷淡的、无动于衷的心情，好像它们是绝对不能碰伤他似的。跳进了自己阵地的交通沟，听见了自己人的声音，他就在一阵软弱里倒下了，但头脑仍然很清醒，紧紧地抱着王应洪，喃喃地说：“王应洪，我们回来啦！”

夜里十点钟，根据从那个俘虏那里得来的情报——这居然是个上尉，从他的身上搜出了一份文件——我军发动了对青石洞南山的攻击，一个钟点以后就全部地歼灭了山头上的两个加强连的敌人。

班长王顺苦痛了很多天，他的身上揣着那一条染满了血的手帕。他先是把这手帕交给了连里，可是后来，团政委找他去谈话，又把这手帕还给他了。团政委详细地问着他们在敌后的一切，那年轻人曾经说过些什么话，以及洼地上的那一场战斗是怎么进行的。后来，沉默了一阵，就嘱咐他去看一看那个姑娘，把这件纪念品给她；政委说，依他看来，去看一看那两母女，告诉她们这件事，是比较合适的。王顺也这样想，可是好久都很难有这个勇气。这天早晨，上级给王应洪追记一等功的通报发下来了，他心里稍稍安慰了一点，就请示了连部，走下阵地来了。

金圣姬母女不知道这件事情。她们怎么能够知道那敌后的潜伏、洼地上的“战役”、栗树林中的爬行，她们怎么能知道这些呢？她们日日夜夜地望着闪着炮火的前沿，那里有她们的战士们，她们为他们洗过衣服，那里有那个心爱的青年，虽然他好像一直不懂得她们的心愿，但她们觉得，他终归是会要回来的。为什么不呢？人们说到中国军队的纪律，可是在她们看来，这与纪律有什么关系呢？

听说班长来了，金圣姬兴奋得像一阵风一样地从屋子里跑出来了，老大娘也笑着迎出来了。好几个妇女跟着进来了，因为她们好久没见到这些熟识的战士们了。不一会，小院子里已经围满了人。

班长王顺看了一看周围：自从他们上阵地以后，这院子里看来是没有什么变化。水缸也还在那里，装酸菜的坛子也还在那里，墙上的牵牛花开得很好。他甚至还注意到了支在水缸后面的那个打老鼠的小机器，那是王应洪帮老大娘做的。他坐了下来，对大家问了好以后，就不知道要怎样开口。母女两个，以及院子里的妇女们，都看着他。终于他简单地说起了他们的胜利，王应洪的牺牲，同时取出了那条绣着两个名字的、染满了鲜血的手帕。

在他一开口说话的时候，金圣姬的眼睛马上睁大了，嘴唇有点发抖，脸色苍白起来，这敏锐的姑娘已经猜到了。老大娘在看见了这条手帕的时候就哭起来，院子里的妇女们都哭了，可是金圣姬却不哭，只是脸色非常苍白，眼睛发亮，一动也不动地看着王顺和他手里的手帕。王顺在妇女们的哭声中继续慢慢地、困难地说下去，把手帕交给了金圣姬，随后又取出了一个纸包，从纸包里拿出了一张王应洪的照片。

老大娘哭得很厉害，可是金圣姬不哭。王顺注意到，这姑娘竟有这样的毅力，她一件一件地接过了东西，甚至还没有忘记把它们好好地折起来，包起来。只是她的眼睛更亮，睁得更大，脸色更苍白。

后来，王顺坐在踏板上，低着头，好久说不出话来。妇女们忍着泪肃静地看着他。他想要说一些话，政委也曾经嘱咐他说一点话，他想说："为了人类的美好的生活，王应洪同志英勇牺牲了，请你们不要难过，我们志愿军全体战士，要为这美好的生活战斗到底——请你们，请你，金圣姬同志，永远地记着他吧。"这庄严的言语来到他的心里了，可是这时候金圣姬一下子站了起来，对着他伸出手来，握着他的手并且对直地看着他的眼睛；忽然地她的手松了，她转过脸去用另一只手蒙住眼睛，她的身体在微微战抖着，但马上她又转过脸来对直地看着他，紧握着他的手。这姑娘的手在一阵战抖之后变得冰冷而有力，于是王顺觉得不再需要说什么了。

1953 年 11 月 5 日，北京

（原载《人民文学》1954 年第 3 期）

作者简介：路翎（1923—1994），原名徐嗣兴，安徽无为人。著有长篇小说《财主底儿女们》，中篇小说《饥饿的郭素娥》，短篇小说集《朱桂花的故事》《初雪》《求爱》，话剧剧本《英雄母亲》《祖国在前进》等。

党员登记表

峻　青

一

暴风雪在飞扬着……

一九四三年的海莱山区，战栗在凛冽的寒冬里。

风卷着雪花，狂暴地扫荡着山野、村庄，摇撼着古树的躯干，撞开了人家的门窗，把破屋子上的茅草，大把大把地撕下来向空中扬去，把冷森森的雪花，撒进人家的屋子里，并且在光秃秃的树梢上，怪声地怒吼着、咆哮着，仿佛世界上的一切，都是它的驯顺的奴隶，它可以任意地蹂躏它们，毁灭它们……

黄昏时分，黄淑英把最后烙完的一张油饼，放在篮子里，上面又盖上了些干草，就挎着篮子向门外走去。她是一个十九岁的姑娘，在她那圆而微黑的面庞上，有着一双大而黑的眼睛，闪烁着热情、天真而又好奇的光芒，仿佛她是刚刚踏进了这个世界似的。她的嘴角，微微地向上挑起，好像她老是在微笑着，即使在生气的时候，也掩盖不住她那美丽和善良的影子。她是铁匠黄老吉的女儿，四年以前，当她的父亲被国民党的投敌军队赵保原部杀害的时候，她还是一个十五岁的小孩子呢，整天价跟着妈妈到山上割草打柴，到四乡里讨饭。现在,她已经长成为大姑娘了,而且,她也和她的死了的父亲一样,成了一个中国共产党的党员了。昨天夜里,区委书记老赵来到了黄家夼,藏在南山坡上黄文良老头子的场园屋里,因为这儿是敌占区,他不能在白天出来活动,所以整整一天没吃到饭。为了这,黄淑英特地央求妈妈出去借了一瓢白面,烙了两张油饼,煮了两个咸鸭蛋,趁着黄昏,去送给老赵。

一阵风雪迎面扑来,黄淑英打了一个寒噤,她睁大眼睛,向街上望了一下,大街上冷清清地,不见一个人影,她把篮子往腋下一挎,就扬着头迎着风,急急地向村外走去……

刚刚走到山脚,突然听到山上响了一枪,她吃了一惊,抬头看时,白茫茫的风雪,像一团烟雾似的,遮住了半山坡。什么也看不清。紧接着,那烟雾深处,又接连响了几枪。

“不好!”黄淑英本能地意识到了情况的严重,不由得停在路上发起愣来。“怎么办?”她自己问着自己。继续往山上走呢还是躲一躲?继续往上走一定很危险。可是,她没有犹豫很久,随即下了决心。她机警地把篮子里的饼和蛋,埋进路旁的雪堆里,提着空篮子,继续向山上走去。走了一会儿,就听到前面响起一阵粗野的吆喝声,接着,就出现了十多个便衣,押着一个人从山坡上下来了。走近一看,那人正是老赵。只见他被绳子背捆着手,肩上流着血,脸上有着一块块搏斗的伤痕。嘴角一抖一抖的,现出非常激动的样子。一看见黄淑英,眼光突然放亮了,一个几乎是看不见的微笑,浮现在他的脸上。

黄淑英赶快地让开了路,站在路旁,假装漠然地望着他们。便衣队的匪徒们在大风雪中紧缩着脖子从她的面前走过,似乎是没有注意她的样子。当老赵走近她身边的时候,她看见他的两道浓眉陡地皱了一下，眼睛用力地眏了两眏，又忽地转回头去，向山上望了一眼，做了一个神秘的暗示。这一切，发生得这样突然、迅速，以致黄淑英还没有完全领悟过来的时候，他就从她的身边消失了。如烟似雾的暴风雪，立刻就遮住了他们的影子……

黄淑英站在路旁的雪堆里，望着白茫茫的风雪，像呆了似的一动不动。她的情绪非常激动，她恨自己刚才为什么不能一挺身冲上去把老赵解救出来，铁匠黄老吉的勇猛强悍的血液，在她的周身泛滥起来了。这使她大大激奋起来，但是，很快地，她的脑幕上又闪现出老赵的那个神秘的暗示。这暗示，像一团谜云，在她的脑幕上不断地扩大着、弥漫着，压住了她的幻想和激奋。凭着她一年多地下斗争的经验，她肯定地认为：老赵的皱眉、眏眼、回头是有用意的。可是，这用意是什么呢？她想，她尽力地想，紧皱着两道细而长的眉。晚来的风雪，这时候更加狂暴了，她的乌黑的美发被风吹得像一团乱草，她的脸颊被冻得又青又紫，她的深插在雪坑里的两脚，冻得像猫咬似的疼痛，可是，这一切她似乎都没有觉得。她完全沉浸在聚精会神的苦苦思索中去了。平时和邻舍家姑娘们一起玩的时候，在猜谜的游戏中，她很少被难住过，她的聪明颖悟在伙伴中是有名的，她们都说她是猜谜的专家。然而，现在的谜，却使她煞费苦心，难猜难解。最后，她决定到场园屋子里去看一看。因为她觉得老赵的回头一瞥可能是暗示在场园屋里还有什么没有办理完的事情。于是，她以慌乱的脚步，顺着他们刚才下来的山路，向着山坡上的场园屋跑去。

场园屋的门大开着，屋里弥漫着一股火药味儿，遍地是被践踏乱了的干草，草上还有星星点点的几滴鲜血和几颗亮晶晶的手枪弹壳。看样子，老赵是在突然被袭时做过短暂的抵抗后才受伤被捕的。炕根下堆着一床蓝布被子(这是黄老妈妈昨夜送给老赵盖的),淑英敏感地拿起了被子,用力抖了一抖,这时,她发觉被角上撕去了一块布片,露出了破旧的棉花。她的心动了一下,仔细地把被子捻了一遍,可是什么东西也没捻出来。于是,她又遍地找寻那块撕下的布片,没有,哪里都不见布片的影子。像门开开了一道缝儿,她的心突然亮堂起来了。她相信:这仓促间撕下的布片,一定是老赵用它包着什么重要东西,然后又藏到什么地方去了。而这东西,又一定是藏在这屋里的。一想到这里,她兴奋起来了。于是,她开始寻找这东西了。她把地上的乱草统统翻了起来,没有。她钻进了屋角上满是灰尘的囤子底下,还是没有。她又踏着锅台爬上了梁头,也没有。全屋都翻遍了,什么都没有。最后,她颓然地倚在门框上,呆呆地凝视着大雪纷飞的铅色的天空,一时间感到非常疲乏,对刚才的判断,她又怀疑起来了。但是,很快地她又振作起来,她自言自语地说:"不,不,一定有东西。不要急,慢慢找。"于是,她又用一双机警的眼光,满屋搜索了。不久,她的眼光停留在锅台上的一撮草灰上面:奇怪!——她想。怎么炕洞里的草灰能到锅台上来呢?突然,她的心怦怦跳了两下,啊!她就在这一刹那间,像戳破了一层封窗纸似的,她的心豁然开朗,她什么都明白了,她似乎是看透了老赵的心:他在紧急的情况下,还是那么沉着地把重要东西包好放在炕洞里,他希望聪明的淑英能猜到他的秘密,如果万一她找不到,这重要的东西也决不会丢失,将来就会被屋主人烧炕时烧掉。这样想着,她迅速地蹲下身去,把手伸进炕洞里一阵摸索,草灰里面,一个软绵绵的东西触着了她的手,她的心跳得更厉害了,她的手颤抖着掏出来一看,果然就是从棉被上撕下来的那块蓝布包着一个什么东西,她用手捻了一下,发出了沙沙的响声,似乎是包着一张纸。她来不及细看,就把布包揣进怀里,走出了场园屋,往村里奔去。

回到家里,她把女儿叫到面前,说:“孩子,已经是吃夜饭以后了。黄老妈妈怀着惊恐和焦躁的心情在等待着她。

“出了什么事啦?”老妈妈疑惧地问道。

淑英没有回答,用手推着妈妈说:“妈,你到门口望着风。”说罢,飞快地冲进里间屋,点着灯,掏出了布包,抽出了那张纸。只见上面写着许多人的名字,黄淑英认识几个字,她知道这是一张全区的党员登记表,这些名字,有一些是她所熟悉的,而且,那中间也有她自己。啊!这是全区党员的性命根子,是黑暗重重的海莱山区的火种。她的心跳着,把登记表重又包好,放在炕上席底下,准备有了机会交给上级党的组织。布包放好以后,她机警地向院子外面望了一下,妈妈仍然站在门口,两脚踏在雪里,眼睛紧盯着街上,她那满头白发,在寒风中狂乱地飘动……

二

这一夜,她们娘儿两个都没有睡觉。

风似乎刮得更厉害了,院子里薄铁顶的小棚子被吹得哗啦啦地直响,门前老槐树上的枯枝,不时地咔嚓一声折落下来。黄老妈妈躺在土炕上,睁大了眼睛,从破窗棂里望着黑沉沉的夜空,心里像麻一样的乱。唉!老赵完了,又损失了一个好同志!几年来,多少革命同志,一个个的牺牲了,流血了!每当看到这种情景的时候,黄老妈妈总是忍不住扯心般的疼痛。她是一个久经苦难的老人,悲痛在她的身上,激起的已经不是眼泪,而是长久的沉默。四年以前,当她的丈夫黄老吉被万第据点的敌人杀害了的时候,她一滴眼泪不掉,默默地埋葬了死人,回到家里,她把女儿叫到面前,说:“孩子,你应该知道,你以后该做些什么。”后来,当她发觉了女儿当真走上了父亲的道路的时候,她高兴极了,她又像帮助丈夫一样,经常帮助女儿送信、联络人,可是,当情况紧急的时候,她也替女儿担心。今天夜里,她又睡不着了,老赵的被捕,使她非常难过(他昨天夜里还在她家里吃过烧地瓜,亲热地叫她大娘),同时,也使她意识到一种危险正在一步步地向她的女儿逼来。她非常不安。

这一夜,黄淑英也是翻来覆去地睡不着。她悲痛老赵的被捕,她又觉得这情况发生得太突然,太奇怪。她想:如果不是叛徒出卖的话,敌人怎么会知道老赵藏的地方呢?可是,叛徒又能是谁?黄家夼的党员,淑英所知道的只有黄文良一个人,他是她的伯伯,也是她入党的介绍人。她肯定地相信,这个老头子决不会叛变。再说,他早在三天以前到东乡帮短工去了。那么,还有谁呢?啊!她猛然想起来了,刚才她看见那登记表上,还有前街上黄有才的名字。于是,她又记起刚才她从场园屋出来的时候,看见黄有才站在场园屋的后面。一想到这里,她不禁打了一个冷颤,心怦怦地跳动起来:“准是他叛变了,”她想,“糟了,他看见我到场园屋去了。不行,小布包藏在席底下不保险,也许敌人明天会来这里搜查的。”她忽地爬了起来,从席底下摸出了布包,想了一下,就摸索着在窗台上找着一只泥罐子,把布包装进罐子里,下了炕,走上了院子,用镢头在窗根下刨了一个坑,把罐子埋进了坑里,黄老妈妈默默地听着女儿在忙东忙西,她一句话不说。从丈夫在着的时候,她就养成了这样的一种习惯,只要他在忙着这些秘密的事情的时候,她从来不问东问西地乱打听,而当他叫她帮忙的时候,她也是默默地认真地去做。不过，今天她的心确是很乱，不祥的预感，越来越重地压迫着她，她实在是忍不住了。当女儿忙完了以后，她就轻轻地问道：

“孩子，情况不好吗？”

“不好，妈妈。”女儿有些激动地回答，并不掩饰事实的真相。“村里出了坏人，事情也许会闹大。”说过以后，淑英倒有些反悔了，她想到妈妈受的苦太多了，她真不该把这些情况告诉她，使她担心受怕。可是，黄老妈妈似乎什么都看透了。她一句话不说，定定地望着窗外，窗外是黑沉沉的夜，风暴的怒吼声更大了，那声音使人觉得天立刻就要坍下来了。她望着那乌云乱翻的夜空，把牙一咬，坚定地说：“孩子，不要怕，天坍不下来的。”

三

她们两个的预料没有错，第二天，便衣队就来搜查了她们的小屋子，并把她们娘儿俩带到了大夼据点里。

敌人已经得到了叛徒的告密，怀疑黄淑英从场园屋的炕洞里拿去了什么，因为炕洞的灰上，留下了她的手指的印痕。于是，残酷的审讯开始了，他们想逼她说出炕洞的秘密来。

“快说，你在炕洞里拿了什么？”

“什么也没拿来。”黄淑英断然地回答。

“那你上场园屋去干啥？”

“找鸡。”

“找鸡？为什么掏炕洞？”

“因为鸡钻在炕洞里。”

“胡说，不打你是不说实话的！打，狠打！”

敌人是凶狠的,也是愚蠢的,他们总是迷信他们的残暴,在虎狼的巢穴里,度过了十多个难熬的白天和黑夜之后,这个青春的健壮而美丽的姑娘,就被折磨得不像人样了。可以想象:母亲的遭遇,也决不会比女儿好多少。可是,不管敌人使用什么毒刑,她们两人却总是顽强地缄默,什么也不说。

这实在是出乎敌人的意料之外的。对于老赵,敌人从捕他的那一天起,就没有存多大的希望,因为根据已往的经验,他们知道:要从一个真正的共产党员的口里,逼出他们所需要的东西来,那比登天还难。果然,在第一次审问的时候,老赵就把敌人痛骂了一顿,敌人一无所得。第二天,敌人就把他枪决了。在牺牲前的一刹那,老赵还用含糊不清的话音,痛骂敌人! 对于这个,敌人并不感到奇怪,因为与此相同的情况他们看到的太多了;可是,这两个女人,却实在是他们所想不到的,十多天过去了,一切办法都用过了,他们仍然是什么都得不到。他们的信心动摇了。在最后的一次审问中,敌人告诉黄淑英:允许她和妈妈见一次面,共同商量一下,说出实话来,第二天就放她们;如果不说,那么,这就是她和妈妈最后的一次见面了。

黄昏以后,淑英被带进了妈妈的牢房。在昏暗的灯光下,淑英看见了妈妈。她几乎不认识妈妈了,妈妈全身的衣服都碎成了一片片破条条,沾满着变黑了的血迹。多皱的脸上,浮肿得像吹起来的皮球似的,又青又亮,两只失神的眼睛,直盯盯地望着她。她尖叫了一声,立刻要扑过去,抱住妈妈。但是,她用力地抑制着沸腾的情感,收住了脚步,望着妈妈笑了一笑,她想用笑来宽慰妈妈的心,表示她并没有受过什么苦楚。

黄老妈妈一见女儿,也惊得呆了,她真不敢相信:这就是她的那个微黑的面孔上总是泛着红晕的美丽的姑娘。现在她头发披散着,遮住了苍白得像黄纸一样的脸,一双深陷的更大了的眼睛,从头发里面,一眨一眨地望着妈妈。她一头扑过去抱住了女儿,长嚎一声,就昏过去了……

醒来的时候,黄老妈妈觉得有一只手在轻轻地抚摸着她,她睁开眼睛,只见一缕月光从小小的窗口射了进来,照见了紧紧搂抱着她的女儿的面孔。

"啊? 淑英。"她惊愕地叫了一声。

"妈妈,你醒了吗?"女儿把脸贴到她的脸上。

黄老妈妈定定地看着女儿,问道:

"孩子,这是做梦吗?"

"不是,妈妈。"淑英的眼泪簌簌地流了下来,"这不是做梦,妈妈。"

妈妈挣扎着坐起来,默默地看了看那阴森森的黑屋子,听了听门外的哨兵在雪地上来回走动的脚步声,就紧紧地抱住了女儿,痛哭起来……

"妈妈,别哭。"淑英轻轻地摇撼着妈妈的肩膀,用力地忍住了那即将涌出来的眼泪。"……"她不知道说什么好了,她想安慰安慰妈妈,可又想不出适当的话来。在这种时候,世界上所有的语言,都不能够表达出她那种复杂的情感来。而且,实际上也不需要说什么了,她们彼此的境遇,彼此的心情,彼此都感觉得清清楚楚就这样,她们默默无言地拥抱着,一直坐了很久。最后,淑英擦了擦眼泪,抬起头来,看着妈妈说:

"妈妈,我实在是不愿说那些叫你难受的话,可是,没有法子。要是你以后能出去的话,千万想法把那个东西交给咱们的人。并且告诉他们:淑英对得起同志们,对得起我死了的爹爹。妈妈,我也对得起你。”

“快别说了,孩子。”妈妈哭得更厉害了,“要是你真有那么一天,我……”

“不,妈妈,你千万别这样。我求求你,千万别这样!”说着,淑英就把嘴贴着妈妈的耳边上,小声地问道,“妈妈,你知道那东西是什么吗?”

妈妈摇摇头。

“现在我该告诉你了,妈妈。那是张党员登记表,全区三十多个党员的名字都在那上面。要是这表叫敌人得去,这三十多个人立刻就完了,咱们这区的党组织就会断了根;要是这表交不到上级去,这些党员也就失掉了联系。妈妈,你就把爱你女儿的心,去爱他们大家吧。他们都是你的儿女,他们不久就会给咱娘儿俩报仇的!妈妈,你千万别寻短见,你死不得!死不得!”

老妈妈没有说话,默默地望着黑暗的空间。她的心里很乱,像一团乱麻,怎么也理不出一个头绪来。

“还有,妈妈。你知道是谁把老赵和咱娘儿俩出卖了吗?”

“不知道,是谁呀?”黄老妈妈惊疑地问道。

“黄有才。”淑英气狠狠地说。

“啊!”黄老妈妈惊讶地瞪大了眼。

“妈妈,你好好地记着吧。黄有才这个坏蛋向敌人密告了老赵,又密告了咱娘儿俩。这叛徒多活一天,咱们的人就要多受一天损失。要是你能出去的话,千万想法把这情况告诉咱们的人,除了这一害。”

黄老妈妈紧咬着下唇,愤怒地望着漆黑的空间,她的心气得紧缩起来了。

“好吧，孩子。”她斩钉截铁地说，“只要我能活下去，我就决不能让这个叛徒漏网。这个坏蛋，没良心的黄有才！”

夜已经很深了。

月亮渐渐地转到了西厢的屋顶，女儿躺在妈妈怀里，已经发出了轻微的鼾声，她睡了，她睡得是那样的甜蜜、坦然。冷冷的月光从小窗口射了进来，照在这个少女的脸上，这脸虽然布满了血污、伤痕，但却掩盖不住她那青春的美丽，正如敌人的一切淫威、毒刑都压服不住她的顽强的意志一样。黄老妈妈轻轻地轻轻地给女儿撩开覆在她额上的乱发，于是，她那一动不动的眼光，就久久地停留在女儿的美丽而庄严的脸上了……

四

鸡叫的时候，屋外响起了粗野的吆喝声，门上的铁锁叮叮当当一阵响，匪徒们进来了。

一生中最后的时刻来到了。

天还不亮，夜色还没有完全退去。街道在月光雪影下朦朦胧胧的，像罩上了一层烟雾。四面山头上的炮楼子里，还闪烁着红红的灯光。鸡在一声一声地长鸣。大雪封住了街道，他们走在雪上，脚下发出咯吱咯吱的响声，雪地上拖着一列淡淡的影子……

他们踏着积雪的街道，出了西门，黎明前的山野，在她们的面前展开。山野是一片雪白，真像个粉妆世界。大地是一片寂静。淑英深深地吸了一口清晨的新鲜空气，抬起头来，仰望了一下天空，天空是乌蓝乌蓝的，寥寥的几颗晨星，在闪烁着将熄的光芒。

“啊！妈妈，天晴啦！”

是的，天晴了，江山是无限美好，可是这一切，对于她只是最后的一瞥了。几分钟之后，她将与这无限美好的祖国山河，亲爱的妈妈，忠诚的同志，连同她那十九岁的青春，都要永远地诀别了。

在一条沟沿上，他们停住了。

这条沟，正是大夼据点的杀人场，多少中华民族的优秀儿女，在这沟里流出了他们的鲜血。任是大雪，也掩盖不住国民党匪徒们的罪恶的痕迹，披着厚雪露出了它们的轮廓。饱吸了鲜血的土地，仍然把一层层的白雪染成了红色。

“跪下！”粗野的喊声，在寂静的山谷里激荡着回音。“要想活，现在还不算晚，想一想吧。”敌人还没有放弃他们最后的幻想。

沉默，寂静。

听得见寒风掠过雪地扬起了烟雾般的雪粒的沙沙声，听得见沟底下水在冰下流动的叮咚声，也听得见四面村落里雄鸡报晓的喔喔声……

“想好了没有？”敌人等得不耐烦了。

“早想好了，杀吧！”

就在这个时候，黄老妈妈看见女儿转过头来，向她微笑了一下，她笑得是那样的自然、舒坦。老人突然觉得有什么话要和女儿说，可是还没等到她张嘴，就看见刀光在女儿的头上打了一个弧形的闪电，她大叫一声，就昏过去了……

当她苏醒过来的时候，她觉得有一个毛茸茸的东西在她的脸上呼哧呼哧地直嗅，她睁开眼睛，一只黄毛大狗，蓦地从她身旁惊跑了。她爬起身来，一眼就看见了身子半垂在沟沿上的女儿。白皑皑的雪地上，汪着一摊鲜红的血水。她一头扑过去，抱着女儿的已经僵冷了的身体，放声大哭起来 ……

……哭了一会儿，她默默地给女儿擦干了脸上的血迹，长久地看着那没有了血色的苍白的面孔，突然俯下头去，用嘴唇吻着死人冰冷的脸腮。最后，轻轻地轻轻地把女儿放在地上。走到离沟远一点的地方，用她那干枯的手指，挖掘着冻得钢硬的泥土，一会儿，指甲挖掉了，指顶磨破了，十个手指，都在流着鲜血，但是，她不觉得疼痛，她终于挖了一个土坑，把女儿埋葬下去，又在上面用大石头压上了一丛棘子，然后，她狠狠地擦了擦眼泪，把牙一咬，转回身去，大踏步地向着黄家夼走去……

五

她回到了黄家夼。离村老远，她就望见了她那座被烟熏黑了的山墙。啊！家没有了，房子烧得只剩下了一堆破砖碎瓦。可是，她没有再流眼泪，虽然这房子是她和老伴像燕子筑巢似的一把泥一把草盖起来的。

夜里，当村里的人都睡下了的时候，她悄悄地爬到窗下，用手摸了一摸，大火后的泥地，烧得更结实了，泥罐一丝没动，党员登记表好好地藏在那里。她的脸上，绽出了一丝笑纹，带着这惬意的微笑，她躺在屋角的灰尘里，很快地就睡过去了。半夜的时候，有一个人悄悄地给她送来了一包烧饼和一卷钞票，轻轻地推了推她，附着她的耳朵说了几句话，她也没有醒过来。第二天，当她发现了这些东西的时候，惊异得怔了半天。她怎么也想不起夜间的情景，但又模模糊糊地记得几句话："党感谢你，老妈妈。好好地活下去吧，咱们很快地就胜利了！……你有什么困难，就到石磊沟南山上庵子里去找看庵的老五……”她努力要想起那个人的样子，却又想不起来，一切如在梦中一样……

三天以后，她就一跛一颠地上了石磊沟南山，在僻静的山谷间的松林深处，她找到了“梦里”指点给她的那个人。他是一个瘦干的老头儿，嘴上有一部大胡须。黄老吉在世的时候，他曾经到她家里去过两次，一见面，黄老妈妈就认出了他。当她把蓝布包交给他的时候，老头儿的手嘚嘚地颤抖起来，大胡子一动一动地，显得十分激动。

“好，好！”老头子说，“我什么都知道了，你们全家人都是好样的！”他把大拇指一竖，“你有什么困难？说吧，你要什么？”

“不要，什么也不要！”黄老妈妈把头一摇说，“我只要和我老头子一样，和我女儿一样。”

石磊沟回来以后，黄老妈妈就重又过起了讨饭生涯，她左手挎着篮子，右手拄着拐棍，从这家到那家，从这村到那村，不停脚地流浪。只有在夜间，她才回到她那被烧毁了的破屋子里去。

从此以后，她更加沉默了，往往整天都不说一句话，一双深沉的眼睛，老是威严地望着一切。

有的人说她是吓痴了，有的人说她是气迷了，也有人说她心里比谁都明亮。可是，她到底是真痴假痴，真迷假迷，只有她自己和我们党的地下组织的负责同志知道。

在讨饭当中，在秘密的联络中，她认识了党员登记表上的一些人。对于她来说，这些人，已经不是以前她从纸上感觉到的一些抽象的名字了，而是一些有血有肉的有生命有欢笑的活人，她有时看见宋昌魁抱着他的大胖孩子在街头上和邻人们意味深长地聊天，她有时看见宋淑花和她的女伴们嘻嘻哈哈地坐在门口树荫下做花边，她有时看见高文山和他新娶的媳妇一起在田里锄草……每当看见他们的时候，她的心里就禁不住强烈的激动。一种母性的热爱，在她的身上泛滥着，就像看见了她自己哺育起来的儿女一样。她真想猛扑过去，紧紧地抱着他们，吻着他们，大声地说：

“孩子，孩子，你们都是我的好孩子！”

然而，她不能这样做。她必须用很大的压抑，才能忍住涌上眼圈的热泪。克制激动的感情，是十分痛苦的，她用力地咬着嘴唇，站在他们的身边，用激动的爱抚的眼光，默默地看他们一会儿，然后，一横心，狠狠地走开，连头也不敢回。

这在宋昌魁他们，虽然都同情和尊敬这个孤苦的老人，每逢老妈妈来到他们家门口的时候，都把自己不舍得吃的好东西，送给老人吃。可是，他们却都不知道那曾经发生过的事情，更不知道这个似乎是疯疯癫癫的老妈妈，竟是他们最最忠实的保护人。

保守这感情上的秘密，是非常痛苦的，然而，她却严密地把它保守下去，一直到一九四五年春天，当地全部解放以后。

六

春天，来到了五龙河两岸，南风吹皱了温柔的河水，山野间一片嫩绿。

在曾经是投敌的国民党匪徒们盘踞的大夼，区委会召开了第一次全区党员大会。壮烈牺牲了的同志，受到了隆重的悼念。活着继续斗争着的人们，都涌出了悲痛的泪水，表示了钢铁般的复仇决心。这时候区委书记从怀里取出了一个小蓝布包，高高地擎着，严肃地望着会场，大声地说：

"同志们,你们看。"

人们全都惊异地望着这蓝色的布包,静静地等待着一个秘密的宣布。

区委书记的手颤抖着,解开了布包,展开了一张表格,大声地念道:

"宋昌魁!"

"有!"一声响亮的回答。

"宋淑花!"

"有!"

"高文山!"

"有!"

……

……

"黄淑英!"

沉默,寂静。在区委书记的身旁,传出了黄老妈妈的啜泣声。

"同志们!"区委书记说,"这张全区党员登记表上的三十四位同志,除去黄淑英同志以外,除去了叛徒黄有才以外,其余的都在这里。在残酷的敌人统治区里面,我们的党,保存了自己的组织,绝大部分的同志,都安全地度过了困难重重的黑暗时期,看到了胜利的今天。可是,同志们,这是不容易的,很不容易。你们知道这张党员登记表的历史吗? ……"于是,他开始讲述了。

人们都在紧张地瞪大着眼睛,听着区委书记的讲述。会场上一片寂静,静得针落地的声音都能听见。

"……同志们,这张党员登记表的历史就是这样。"区委书记结束了他的讲述,突然提高了嗓音,大声地说,"同志们,你们知道吗?

那个黄老妈妈，现在就在我们的面前。——唔！老妈妈，请站起来，让大家看看你！”

黄老妈妈擦了擦泪，用手拢了拢那散乱的白发，微笑着站了起来。会场上立刻爆发了一阵狂热的欢呼，人们哄的一声，拥到老妈妈身前，把她抱了起来，大喊着：

“老妈妈，老妈妈，你是我们的亲妈妈！”

1954 年 5 月 27 日夜写于上海

（原载 1954 年 8 月 8 日《解放日报》）

作者简介：峻青（1922—2019），原名孙俊卿，山东海阳人。曾参加抗日战争、解放战争。著有小说《黎明的河边》《海啸》《血衣》等。

党　费

王愿坚

每逢我领到了津贴费，拿出钱来缴党费的时候；每逢我看着党的小组长接过钱，在我的名字下面填上钱数的时候，我就不由得心里一热，想起了一九三四年的秋天。

一九三四年是我们闽粤赣边区斗争最艰苦的开始。我们那儿的主力红军一部分参加了“抗日先遣队”北上了，一部分和中央红军合编，准备长征，四月天就走了。我们留下来坚持敌后斗争的一支小部队，在主力红军撤走以后，就遭到白匪疯狂地“围剿”。为了保存力量，坚持斗争，我们被逼得上了山。

队伍虽然上了山，可还是当地地下斗争的领导中心，我们支队的政治委员魏杰同志就是这个中心县委的书记。当时，我们一面瞅空子打击敌人，一面通过一条条看不见的交通线，和各地地下党组织保持着联系，领导着斗争。这种活动进行了没多久，敌人看看整不了我们，竟使出了一个叫作“移民并村”的绝招儿，把山脚下、偏僻的小村子的群众统统强迫迁到靠平原的大村子去了。敌人这一招儿使得可真绝，切断了我们和群众的联系，各地的党组织也被搞乱了，要坚持斗争就得重新组织。

上山以前，我是干侦察员的。那时候整天在敌人窝里逛荡，走到哪里，吃、住都有群众照顾着，瞅准了机会，一下子给敌人个“连锅端”，歼灭个把小队的保安团，干得真痛快。可是自打上了山，特别是敌人来了这一手，日子不那么惬意了：生活艰苦倒不在话下，只是过去一切生活、斗争都和群众在一起，现在蓦地离开了群众，可真受不了；浑身有劲没处使，觉得憋得慌。

正憋得难受呢，魏杰同志把我叫去了，要我当交通员，下山和地方党组织取得联系。

接受了这个任务，我可是打心眼里高兴。当然，这件工作跟过去当侦察员有些不一样，任务是秘密地把“并村”以后的地下党组织联络起来，沟通各村党支部和中心县委——游击队的联系，以便进行有组织的斗争。去的落脚站八角坳，是个离山较近的大村子，有三四个村的群众新近被迫移到那里去。要接头的人名叫黄新，是个二十五六岁的媳妇，一九三一年入党的。一九三二年“扩红”的时候，她带头把自由结婚的丈夫送去参加了红军。以后，她丈夫跟着毛主席长征了，眼下家里就剩下她跟一个才五岁的小妞儿。敌人实行“并村”的时候，把她们那村子一把火烧光了，她就随着大伙来到了八角坳。听说她在“并村”以后还积极地组织党的活动，是个忠实、可靠的同志，所以这次就去找她接头，传达县委的指示，慢慢展开活动。

这些，都是魏政委交代的情况。其实我只知道八角坳的大概地势，至于接头的这位黄新同志，我并不认识。魏政委怕我找错人，在交代任务时还特别嘱咐说：“你记着，她耳朵边上有个黑痣！”

就这样，我收拾了一下，换了身便衣，就趁天黑下山了。

八角坳离山有三十多里路，再加上要拐弯抹角地走小路，下半夜才赶到。这庄子以前我来过，那时候在根据地里像这样大的庄子，每到夜间，田里的活干完了，老百姓开会啦，上夜校啦，锣鼓喧天，山歌不断，闹得可热火了。可是，现在呢，鸦雀无声，连个火亮儿也没有，黑沉沉的，活像个乱葬岗子。只有个把白鬼有气没力地喊两声，大概他们以为根据地的老百姓都被他们的“并村”制服了吧。可是我知道这看来阴森森的村庄里还埋着星星点点的火种，等这些火种越着越旺，连串起来，就会烧起漫天大火的。

我悄悄地摸进了庄子，按着政委告诉的记号，从东头数到第十七座窝棚，蹑手蹑脚地走到窝棚门口。也奇怪，天这么晚了，里面还点着灯，看样子是使什么遮着亮儿，不近前是看不出来的。屋里有人轻轻地哼着小调儿，听声音是个女人，声音压得很低很低的。哼的那个调儿那么熟，一听就听出是过去“扩红”时候最流行的《送郎当红军》：

…………

五送我郎当红军，
冲锋陷阵要争先，
若为革命牺牲了，
伟大事业侬担承。

…………

十送我郎当红军，
临别的话儿记在心，
郎当红军我心乐，
我做工作在农村。

…………

好久没有听这样的歌子了，在这样的时候，听到这样的歌子，心里真觉得熨帖。我想得一点也不错，群众的心还红着哩，看，这么艰难的日月,群众还想念着红军,想念着扯起红旗闹革命的红火日子。兴许这哼歌的就是我要找的黄新同志?要不,怎么她把歌子哼得七零八落的呢?看样子她的心不在唱歌,她在想她那在长征路上的爱人哩。我在外面听着,真不愿打断这位红军战士的妻子对红军、对丈夫的思念,可是不行,天快亮了。我连忙贴在门边上,按规定的暗号,轻轻地敲了敲门。

歌声停了,屋里顿时静下来。我又敲了一遍,才听见脚步声走近来,一个老妈妈开了门。

我一步迈进门去,不由得一怔:小窝棚里挤挤巴巴坐着三个人,有两个女的,一个老头儿,围着一大篮青菜,头也不抬地在择菜叶子。他们的态度都那么从容,像没有什么人进来一样。这一来我可犯难了:到底哪一个是黄新?万一认错了人,我的性命事小,就会带累了整个组织。怔了一霎,也算是急中生智,我说:"咦,该不是走错了门了吧?"

这一招儿很有效,几个人一齐抬起头来望我了。我眼珠一转,一眼就看见在地铺上坐着的那位大嫂耳朵上那颗黑痣了。我一步抢上去说:"黄家阿嫂,不认得我了吧?卢大哥托我带信来了!"末了这句话也是约好的,原来这块儿"白"了以后,她一直说她丈夫卢进勇在外地一家香店里给人家干活。

别看人家是妇道人家,可着实机灵,她满脸堆笑,像招呼老熟人似的,一把扔给我个木凳子让我坐,一面对另外几个人说:"这么的吧:这些菜先分分拿回去;盐,等以后搞到了再分!"

那几个人眉开眼笑地望望我,每人抱起一大抱青菜,悄悄地走了。

她也跟出去了,大概是去看动静去了吧。这工夫,按我们干侦察员的习惯，我仔细地打量了这个红军战士的妻子、地下党员的家：这是一间用竹篱子糊了泥搭成的窝棚，靠北墙，一堆稻草搭了个地铺，地铺上一堆烂棉套子底下躺着一个小孩子，小鼻子一扇一扇地睡得正香。这大概就是她的小妞儿。墙角里三块石头支着一个黑乎乎的砂罐子，这就是她煮饭的锅。再往上看，靠房顶用几根木棒搭了个小阁楼，上面堆着一些破烂家具和几捆甘蔗梢子……

正打量着，她回来了，关上了门，把小油灯遮严了，在我对面坐下来，说："刚才那几个也是自己人，最近才联系上的。"她大概想到了我刚进门时的那幅情景，又指着墙角上的一个破洞说："以后再来，先从那里瞅瞅，别出了什么岔子。"——看，她还很老练哪。

她看去已经不止政委说的那年纪，倒像个三十开外的中年妇人了。头发往上拢着，挽了个髻子，只是头发嫌短了点；当年"剪了头发当红军"的痕迹还多少可以看得出来。脸不怎么丰满，可是两只眼睛却忽闪忽闪有神，看去是那么和善、安详又机警。眼里潮润润的，也许是因为太激动了，不多一会儿就撩起衣角擦擦眼睛。

半天，她说话了："同志，你不知道一跟党断了联系，就跟断了线的风筝似的，真不是味儿啊！眼看着咱们老百姓遭了难处，咱们红军遭了难处，也知道该斗争，只是不知道该怎么干，现在总算好了，和县委联系上了，有我们在，有你们在，咱们想法把红旗再打起来！"

本来，下山时政委交代要我鼓励鼓励她的，我也想好了一些话要对她说，可是一看刚才这情况，听了她的话，她是那么硬实，口口声声谈的是怎么坚持斗争，根本没把困难放在心上，我还有啥好说的？干脆就直截了当地谈任务了。

我刚要开始传达县委的指示，她蓦地像想起什么似的，说："你看，见了你我喜欢得什么都忘了，该弄点东西你吃吃。”她揭开砂罐，拿出两个红薯丝子拌和菜叶做的窝窝，又拉出一个破坛子，在里面掏了半天，摸出一块咸萝卜，递到我脸前说：“自从并了村，离山远了，白鬼看得又严，什么东西也送不上去，你们可受了苦了；好的没有，凑合着吃点吧！”

走了一夜，也实在有些饿了，再加上好久没见盐味儿了，看到了咸菜，也真想吃；我没怎么推辞就吃起来。咸菜虽说因为缺盐，腌得带点酸味，吃起来可真香。一吃到咸味，我不由得想起山上同志们那些黄瘦的脸色——山上缺盐缺得凶呢。

一面吃着，我就把魏政委对地下党活动的指示，传达了一番。县委指示的问题很多，譬如了解敌人活动情况、组织反收租夺田，等等，还有一些可能遇到的困难和办法。她一边听一边点头，还断不了问几个问题，末了，她说：“魏政委说得一点也不假，是有困难哪，可咱是什么人！十八年上刚开头干的时候，几次反‘围剿’的时候，咱都坚持了，现在的任务也能完成！”她说得那么坚决又有信心，她把困难的任务都包下来了。

我们交换了一些情况，鸡就叫了。因为这是初次接头，我一时还落不住脚，要趁着早晨雾大赶回去。

在出门的时候，她又叫住了我。她揭起衣裳，把衣裳里子撕开，掏出了一个纸包。纸包里面是一张党证，已经磨损得很旧了，可那上面印的镰刀斧头和县委的印章都还鲜红鲜红的。打开党证，里面夹着两块银洋。她把银洋拿在手里掂了掂，递给我说：“程同志，这是妞她爹出征以前给我留下的，我自从‘并村’以后好几个月也没缴党费了，你带给政委，积少成多，对党还有点用处。”

这怎么行呢，一来上级对这问题没有指示；二来眼看一个女人拖着个孩子,少家没业的,还要在这样的环境里坚持工作,也得准备着点用场。我就说:“关于党费的事,上级没有指示,我不能带,你先留着吧!”

她见我不带,想了想又说:“也对,目下这个情况,还是实用的东西好些!”

缴党费,不缴钱,缴实用的东西,看她想得多周到!可是谁知道事情就出在这句话上头呢!

过了半个多月,听说白匪对“并村”以后的群众斗争开始注意了,并且利用个别动摇分子破坏我们,有一两个村里党的组织受了些损失。于是我又带着新的指示来到了八角坳。

一到黄新同志家门口,我按她说的,顺着墙缝朝里瞅了瞅。灯影里,她正忙着呢。屋里地上摆着好几堆腌好的咸菜,也摆着上次拿咸菜给我吃的那个破坛子,有腌白菜、腌萝卜、腌蚕豆……有黄的,有绿的。她把这各种各样的菜理好了,放进一个箩筐里。一边整着,一边哄孩子:“乖妞子,咱不要,这是妈要拿去卖的,等妈卖了菜,赚了钱,给你买个大烧饼……什么都买!咱不要,咱不要!”

妞儿不如大人禁折磨,比她妈瘦得还厉害,细长的脖子挑着瘦脑袋,有气无力地倚在她妈的身上。大概也是轻易不大见油盐,两个大眼骨碌碌地瞪着那一堆堆的咸菜,馋得不住地咂嘴巴。她不肯听妈妈的哄劝,还是一个劲地扭着她妈的衣服要吃。又爬到那个空空的破坛子口上,把干瘦的小手伸进坛子里去,用指头蘸点盐水,填到口里吮着;最后忍不住竟伸手抓了一根腌豆角,就往嘴里填。她妈一扭头看见了,瞅了瞅孩子,又瞅了瞅箩筐里的菜,忙伸手把那根菜拿过来。孩子哇的一声哭了。

看了这情景，我只觉得鼻子尖一酸一酸的，再也憋不住了，就敲了门进去。一进门我就说："阿嫂，你这就不对了，要卖嘛，自己的孩子吃根菜也算不了啥，别屈了孩子！"

她看我来了，又提到孩子吃菜的事，长抽了一口气说："老程啊，你寻思我当真是要卖？这年头盐比金子还贵，哪里有咸菜卖啊！这是我们几个党员凑合着腌了这点咸菜，想交给党算作党费，兴许能给山上的同志们解决点困难。这刚刚凑齐，等着你来呢！"

我想起来了，第一次接头时碰到他们在择青菜，就是这咸菜啊！

她望望我，望望孩子，像是对我说，又像自言自语似的说："只要，有咱的党，有咱的红军，说不定能保住多少孩子哩！"

我看看孩子，孩子不哭了，可是还围着个空坛子转。我随手抓起一把豆角递到孩子手里，说："千难万难也不差这一点点，我宁愿十天不吃啥也不能让孩子受苦！……"

我的话还没有说完，忽然门外一阵慌乱的脚步声，一个人跑到门口，轻轻地敲着门，急呼呼地说："阿嫂，快，快开门！"

拉开门一看，原来就是第一次来时见到的择菜的一个妇女。她气喘吁吁地说："有人走漏了消息，说山上来了人，现在，白鬼来搜人了，快想办法吧！我再通知别人去。"说罢，悄悄地走了。

我一听有情况，忙说："我走！"

黄新一把拉住我说："人家来搜人，还不围个风雨不透？你往哪儿走？快想法隐蔽起来！"

这情况我也估计到了，可是为了怕连累了她，我还想甩开她往外走。她一霎间变得严肃起来，板着脸，说话也完全不像刚才那么柔声和气了，变得又刚强，又果断。她斩钉截铁地说："按地下工作的纪律，在这里你得听我管！为了党，你得活着！”她指了指阁楼说：“快上去躲起来，不管出了什么事也不要动，一切有我应付！”

这时，街上乱成了一团，吆喝声、脚步声越来越近了。我上了阁楼，从楼板缝里往下看，看见她把菜筐子用草盖了盖，很快地抱起孩子亲了亲，把孩子放在地铺上，又霍地转过身来，朝着我说：“程同志。既然敌人已经发觉了，看样子是逃不脱这一关了，万一我有个什么好歹，八角坳的党组织还在，反‘夺田’已经布置好了，我们能搞起来！以后再联络你找胡敏英同志，就是刚才来的那个女同志。你记着，她住西头从北数第四个窝棚，门前有一棵小榕树……”她指了指那筐咸菜，又说：“你可要想着把这些菜带上山去，这是我们缴的党费！”

停了一会儿，她侧耳听了听外面的动静，又说话了，只是声音又变得那么和善了：“孩子，要是你能带，也托你带上山去，或者带到外地去养着，将来咱们的红军打回来，把她交给卢进勇同志。”话又停了，大概她的心绪激动得很厉害，“还有，上次托你缴的钱，和我的党证，也一起带去；有一块钱买盐用了。我把它放在砂罐里，你千万记着带走！”

话刚完，白鬼子已经赶到门口了。她连忙转过身来，搂着孩子坐下，慢条斯理地理着孩子的头发。我从板缝里看她，她还像第一次见面时那么和善，那么安详。

白匪敲门了。她慢慢地走过去，开了门。四五个白鬼闯进来，劈胸揪住了她问：“山上来的人在哪儿？”

她摇摇头：“不知道！”

白鬼们在屋里到处翻了一阵，眼看着泄气了，忽然一个家伙发现了那一箩筐咸菜，一脚把箩筐踢翻，咸菜全撒了。白鬼用刺刀拨着咸菜,似乎看出了什么,问:“这咸菜是哪儿来的?”

“自己的!”

“自己的?干吗有这么多的颜色!这不是凑了来往山上送的?”那家伙打量了一下屋子,命令其他白鬼说:“给我翻!”

就这么间房子,要翻还不翻到阁楼上来?这时,只听得她大声地说:“知道了还问什么!”她猛地一挣跑到了门口,直着嗓子喊:“程同志,往西跑啊!”

两个白匪跑出去,一阵脚步声往西去了。剩下的两个白匪扭住她就往外走。

我原来想事情可以平安过去的,现在眼看她被抓走了,我能眼看着让别人替我去牺牲?我得去!凭我这身板,赤手空拳也干个够本!我刚打算往下跳,只见她扭回头来,两眼直盯着被惊呆了的孩子,拉长了声音说:“孩子,好好地听妈妈的话啊!”

这是我听到她最后的一句话。

这句话使我想到刚才发生情况时她说的话,我用力抑制住了冲动。但是这句话也只有我明白,“听妈妈的话”,妈妈,就是党啊!

当天晚上,村里平静了以后,我把孩子哄得不哭了。我收拾了咸菜,从砂罐里菜窝窝底下找到了黄新同志的党证和那一块银洋,然后,把孩子也放到一个箩筐里,一头是菜,一头是孩子,挑着上山了。

见了魏政委。他把孩子揽到怀里,听我汇报。他详细地研究了八角坳的情况以后,按照往常做的那样,在登记党费的本子上端端正正地写上:

黄新同志一九三四年十一月二十一日缴到党费……

他写不下去了。他停住了笔。在他脸上我看到了一种不常见的严肃的神情。他久久地抚摸着孩子的头，看着面前的党证和咸菜。然后掏出手巾，蘸着草叶上的露水，轻轻地，轻轻地把孩子脸上的泪痕擦去。

在黄新的名字下面，他再也没有写出党费的数目。

是的，一筐咸菜是可以用数字来计算的，一个共产党员爱党的心怎么能够计算呢？一个党员献身的精神怎么能够计算呢？

（原载《解放军文艺》1954 年第 12 期）

作者简介：王愿坚（1929—1991），山东诸城人。1945 年参加八路军。著有小说《党费》《粮食的故事》《普通劳动者》《足迹》《路标》《妈妈》《灯光》《七根火柴》及电影剧本《闪闪的红星》（与陆柱国合作）等。

喜鹊登枝

浩　然

一

清早，飞来了两只花喜鹊，登在院子当中的桃树枝上，冲着北屋窗户喳喳地叫。

韩兴老头从农业社回到家里，被这叫声惊动了。他把粪箕子往猪圈墙下边一丢，仰着脸，捋着黄胡子，笑眯眯地望着花喜鹊，寻思着它们预兆的喜事儿。

坐在北屋炕上的老伴，挺不高兴地对着窗上的玻璃朝他喊："粥都凉了，你到底还吃不吃？一家子人光等着你。"

闺女韩玉凤眉开眼笑地迎着走进屋来的爸爸，一句话也没有说，就端粥盆拿碗筷，给老人盛上，自己也往炕沿上一跨，端着粥碗，稀里呼噜地吃起来；还没等把饭咽利落，碗筷一放，拿起小包裹就要走。

当妈妈的最能观察闺女的心事，见闺女那个慌慌张张的样子，故意绷着脸说："啥事儿勾你的魂儿啦？慌得你整天价饭都不想吃？"

玉凤脸一红，脑袋一晃："今儿个各社的会计开碰头会，能不忙吗?”她说着,看爸爸一眼,一阵风似的跑了。

老伴回头看看老头子,见他还是闷着头吃饭,就没好气地说:“你呀,整天价像个木头人,啥事儿也不管。看咱们丫头这两天成了没砣的秤,到哪儿都站不住,像个啥样子!”

这对老夫妻平时断不了开个玩笑,老伴性子急,老头子那股遇事满不在乎的脾气常常使她恼火。

这会儿,韩兴又不慌不忙地说:“人家还不是忙工作嘛!”

老伴更生气了:“屁,什么忙工作,忙着搞‘自由’哩!”

“搞‘自由’就搞‘自由’呗,又何必大惊小怪的!”

“我的天,不是你身上掉下的肉,敢情是不疼。年轻人自己办终身大事,哪有什么主心骨哇?你没见老焦家二姑娘遭的那事儿:马马虎虎地订了亲,过门三天半就闹离婚,多糟心哪。咱丫头要是那个样子,我可不答应。”

“你不答应不顶用,有《婚姻法》管着呐。”

“《婚姻法》是《婚姻法》,她眼里也不能没我一点儿呀!”

老头子故意问:“怎么才合你的心呢?你想包办?”

老伴很认真地压低声音说:“新社会不兴包办,更不能拿儿女搞买卖,咱们得顺着潮流走。依我看,就按照玉凤她二姨的主意做,把城里供销社那个股长叫到咱家来,让他俩对面相看;相中了,问的她心服口服,两头乐意,一分钱彩礼也不要,这还能算我包办?”

老头子忍不住笑了:“要我说呀,你这是变相包办!”

老伴把嘴一噘:“你不用给我乱扣大帽子,不包办,也不能大撒巴掌不管。你就是不疼闺女。”

老头子又笑笑说:“我怎么不疼闺女?疼得讲究疼法,我比你会疼。你明知道人家自己找好了对象，不分青红皂白地偏要拆散人家，再给另找一个，这是为啥？非这样你不痛快？这还不是老思想穿上新外罩出来了？要我说呀，咱们应当认真负责地帮助玉凤把那个人调查调查，要是根子正、思想好，成亲后能够一块儿过社会主义日子，咱们就成全他们；要是真不好，咱们再劝玉凤也有话说了。这不是两全其美吗？”

老伴听了这番话，心里还有些不舒服，可是自己一时又想不出别的理由来驳老头子；再说，她也不敢相信自己那条道道真能够走得通，就噘着嘴巴不吭气了。

老头子撂下饭碗，想了想说：“哦，有了。咱们东方红社跟他们青春社订了换种合同，我今天就去商量这码事；借这个由头，到那边把那个人的根底儿仔细地打听打听，看情形回头再说。你看行不行啊？”

老伴叹口气说：“去就去吧，说不定是喜是忧哩！”

二

韩兴老头在黑袄外边罩上了一件蓝布衫，又换了一双纳帮薄底鞋，兜里还装上几块钱，背着粪箕子就动身了。

东方红社和青春社相离只有十来里地，因为当中隔着一道金鸡塘河，古来结亲的少，来往的也少。今年开春都转了高级社，又并成一个乡，两边社员觉得隔河涉水，走动起来很别扭。社干部们凑到一块儿开了个会，接着又发动了两班人马，在河上修上一座石桥。就在修石桥的时候，女儿韩玉凤才认识了青春社的林雨泉。他俩一块儿参加运石头，一块儿搞宣传鼓动工作，最后又一块儿计算工料成本,一来二去就悄悄地搞起恋爱来了。韩兴老头在县农业技术训练班学习一个多月,回来就听到一些风言风语。做父母的谁不关心儿女的终身大事?何况他的儿子不在家,身边独有这么一个眼珠子似的闺女呢!

有一天,玉凤没在家,老两口子正唠叨这件事儿,西头玉凤她二姨一掀门帘进来,坐在炕上就数叨起来了:“我的姐夫呀,玉凤的婚事你们可该拿拿主意了。你没见东街老焦家二姑娘唱的那出戏。自由呀,恋爱呀,末了让那个二流子一身制服一双皮鞋,就把她给哄弄走了;爹妈把闺女养那么大,不要说闹几个养老钱,连一包点心都没有吃上;结果呢,三天半又闹着打离婚,跟着生气、丢人。”她见姐姐被自己的话说得哑口无言,就又出谋献策,“要我说呀,先下手为强,把我们亲家表侄,给玉凤介绍介绍。人家在顺义县供销社当股长,要人有人,要事儿有事儿;成了亲,玉凤往城里一住,再不用在庄稼地受苦了;你们两口子吃缺了,花短了,伸手就有钱用。话说回来,嫁给青春社林家,你们有什么便宜占?前几天我听说,老林家是个穷光蛋,那小子上了半截中学就回家拿上锄把啦,也不知道他犯了什么错误……”

韩兴老头子很干脆地回答说:“抚养子女是咱们的义务;把她拉扯大了,为的是扎革命的根,不是图一棵摇钱树。至于说林家穷不穷,这更没啥。闺女要想嫁给富农,我还不干哩。只要小伙子劳动强,思想进步,家庭是革命的,结了婚,靠着农业社,凭着两双手,还愁没有幸福日子过?”

从这以后,林雨泉的品质好坏,家庭如何,就成了他心上的一件大事情。可是闺女总不愿意把事情公开,当老人的也不好多问,事情就这样悄悄地拖了下来。

韩兴老头是个热心人，村里两姓旁人出了事，他总得揽起来，尽心尽意地帮助，如今事儿摊到自己亲生闺女身上，他怎么能不管呢？不过，他有一定之规：做父母的既不能像东街老焦家那样对闺女的终身大事漠不关心，撒开手不管，也不能像老伴那样再来个变相包办；更不能像玉凤二姨说的那样，趁儿女办婚事捞一把。他认为新社会的父母应当按照国家的章程，集体的利益，青年人的意愿，帮助孩子安排好前途，让她一生永远向上，幸福美满。同时，他也很相信自己的闺女玉凤，不会像焦家二姑娘那样没主见，更不会拿恋爱、结婚开玩笑，随随便便料理终身大事。

韩兴老头走着路，光顾想心事了，身后的喊叫声和车铃声他都没听见。当他被响声惊动，猛一转身，见一个人骑着自行车朝他这边来了；左躲右躲拿不定主意，脚下边的石头子儿一滑，闹了个屁股蹲儿。前边的自行车眼看要冲到他身上，骑车的小伙子来了个急刹车，"叭嚓"摔倒了，挂在车把上的小包和本子滚出老远。

韩兴老头自知理亏，正想说几句抱歉话儿，谁知那个小伙子爬起来，也不顾自己的东西就先跑来扶他，亲热地问他："老大爷，您摔着没有？"

韩兴老头爬起来，拍着土，说："上年纪的人耳朵背，真耽误事儿，让你挨了摔。车子没有摔坏呀？"

小伙子扶起车子，拾起东西，笑着说："没有。也怪我骑的急了点儿。"

韩兴老头对这个又热情又肚量宽的年轻人很感激，就问："小伙子，是哪庄的？"

"青春社的。您呢？"

"我是东方红社的，到你们社办点事儿。"

“太好了。您跟我一块儿走吧。”

韩兴老头留神看看这个年轻人，只见他中溜个子，圆脸盘，两道粗眉毛下边闪动两只很俊气的眼睛，文文雅雅，结结实实，说话时不慌不忙。他觉得这个年轻人很不错。

一边走，小伙子问：“老大爷，您到我们社是换谷子种吧？”

“是呀，听说那个品种产量挺高。”

“高是高，就是挺娇贵，要摸准它的性子才行。我们团支部种了两年才摸到一点儿经验。您换回去，最好先少种一点试试，再扩大面积。”

“你说的对，办啥事儿都应当稳重扎实。”

“您住我们那儿吧，晚上我们团支部给您介绍介绍情况。”

“那太好啦。”

“明天我帮您把种子驮回来。我这车子能驮二百多斤。”

一边走，一边说，韩兴老头很喜欢这个小伙子，就问：“你在村里负什么责任哪？”

“会计，团支部委员。”

“噢，你叫什么名字？”

“老大伯，您就叫我泉子吧。”

老头又问：“你们社有个叫林雨泉的，那个人怎么样呀？”

小伙子听了这句话，停住脚步，望望老人，突然一下子红了脸，说了声“您到村里跟大伙打听去吧”，蹬上车子，一溜烟似的跑了。

三

韩兴老头来到青春社，社主任热情地把他引到办公室，把换种的事商量妥当，又谈两个社的生产。随后韩兴老头转弯抹角地问起林雨泉的情况。社主任对这个问题兴头也挺高，大声朗朗地说："林雨泉可是个能文能武的好小伙子，如今担任社里的会计股长，又是联乡会计网的辅导员；不光是把铁算盘，生产上也是个拿旗的手。您路过金鸡塘河，不是见到荒沙上许多白杨树吗？那都是他带动青年们栽的，您换的谷种，也是他第一个挑头试验成功的。"

韩兴老头很高兴，又试探着问："听说这个人品性不大好，上中学犯了错误才回村的。"

社主任笑了："没影的事儿。那个人又老实又厚道，别看年纪轻，可是个有志气的人。那年我们才建社，找不到会计，人家宁愿不升高中，主动要求回到村里帮我们办社。现在党支部正培养他哩……"

他们正说着话，走进一位五十多岁的老头。这人圆脸高个儿，满腮黑森森的短胡子。他把怀里抱着的一大摞书籍放在桌子上，掸着身上的土，看看韩兴问："这是哪儿来的客？"

社主任忙站起来介绍："这位是东方红社的农业股长韩兴同志，到咱这商量换谷种的事；这位就是泉子的爸爸林振，我们社的副主任。"

林振也是个快活人，亲热地拉住韩兴的手说："东方红社的，好极啦。我们社赶不上你们先进，我老早就想去讨教点好经验。您还没吃饭吧，走，咱们家去吃吧。"

韩兴老头推辞不去。林振说："同志，咱们两社是一块儿奔社会主义的好朋友，难道吃一顿饭都不成？我这个人可不喜欢客气。走吧，我还有件重要事情跟您打听哪。"

社主任又帮忙劝说了一阵，韩兴才跟林振出来。他心里想：这个老头挺开通,吃着饭的当儿也好探探林雨泉的底儿。

他们穿过饲养场,忽见一个大个子中年人气呼呼地走过来,嘴里还不干不净地骂什么。他见到林振就停住脚步,从衣兜里掏出一沓发货票,用两个手指头捏着,晃了晃说:“林主任,会计太厉害了,社主任都当不了他的家。您看,这条子泉子不给报账。要是这样,我这个队长可没法当啦。会计是您儿子,您去说说吧。”

林振看了看条子说:“不要着急,我去看看。”

韩兴随着他俩走进一座大院,只听见从屋里传出噼啪啪的算盘声。韩兴没有跟林振进屋,一个人留在窗外边等候。林振进去之后,屋里立刻传出争吵的声音:

“把这笔账下了吧,是咱们主任答应的。”这是林振老头的声音。

“谁答应的也不能报销!”一个年轻人的声音。

“哟,会计股长,你亲爹都当不了你的家了?”这是那个队长粗重的声音。

“我不管是谁,都得按原则制度办事儿。你看看,你们队给牲口买这么多红缨子干什么?戴上它出门漂亮是吧?谁图漂亮谁花钱。你再看看这几张发货票,你们在外边开会吃饭摆阔气,这不符合勤俭办社的精神,绝对不能报销!”

韩兴老头觉得这个年轻人的声音越听越耳熟,好不容易才想起来,这个会计正是他半路上碰见的那个小伙子。

许多路过的社员也凑到窗前听热闹。一个社员说:“社里幸亏有泉子这么个大公无私的会计,不的话,有人就会拿社里钱当水泼。”另一个说:“别看人家泉子才二十多岁,过大日子可满有算计。就拿春天盖牲口棚那件事儿说,大伙都说买瓦,人家泉子提出用草苦。怎么样,那回省下老大一笔钱。”

一会儿,那个队长气呼呼地冲出屋走了。林振也红着脸跟出来,向韩兴神秘地笑笑,摇摇头说:“我们这个小子真不好对付,常常让我这当爹的下不来台。”

韩兴很认真地说:“像这种人才能办大事哩!”

四

韩兴老头走进林家的院子。

林振把客人让到屋子里,吩咐老婆和女儿做饭,又找个瓶子跑出去打酒。

屋子里只剩下韩兴老头子一个人。他坐在椅子上抽烟,端详这间小屋子。屋子不大,可是拾掇得挺干净利落。靠北墙放着一条红油漆柜。墙上挂着一块长方镜框,镜框里边装着一张姑娘的相片:她扛着一把大镐,笑眯眯地站在树下边……咦!那不是女儿玉凤吗?她的相片怎么到这儿了?韩兴老头吃了一惊,眼睛又落在柜上边一个红色皱皮的笔记本上。他对这个本子更眼熟:明明是他前些天到县城里开会给玉凤买来的,昨天夜里还见她趴在灯下往本子上边写什么;难道它长了腿,一夜光景就跑这儿来了?老头子心里嘀嘀咕咕,不由得拿过本子打开一看,只见第一页上写着:

> 雨泉:这本子是爸爸为我买的,送给你使吧。希望你把学习政治理论和参加斗争生活的收获都记在本子上。玉凤 二月二十日

摊鸡子、炒白菜,还有两大碗粉条豆腐,整整摆满一桌子。林

振兴致勃勃地替韩兴斟满了一杯酒。两个人同时举起来，一饮而尽。三杯水酒下了肚，林老头的话可就多起来了。他从幼小怎么给地主扛活，怎么下关东逃荒，谈到土地改革斗地主，分房子分地，孩子上中学，建立农业社，走上社会主义大道。接着，他又谈到未来的远景：怎么用金鸡塘的水力发电呀，什么时候使拖拉机呀……两位老人越谈越投脾气。酒喝浓了，话说亲了，林振谈起自己的一宗心事："韩大哥，我看出你是个实在人，肚子里有话乐意跟你往外掏，有件事情想跟您了解了解。刚才您不是听见会计室里有个人跟我吵架吗？那就是我的大儿子。今年春起，他跟您社一个叫玉凤的女队长搞上了恋爱。我说，这件事咱们是一百个赞成，婚姻自主好处多嘛。两个年轻人是一心无二了。前几天，孩子征求我们老两口子的意见，问我们同意呀不同意。韩大哥，让您说，咱一点情况都不了解，有什么资格发言表态呀？我想跟您把那个女孩子家庭根底打听打听，咱好帮孩子选择选择对象。"

韩兴老头是个喝酒就上脸的人。现在他的脸不知是兴奋的，还是喝酒喝的，早就红成灯笼似的了。他捋着黄胡子，眯缝着眼，盯着林老头的脸说："先告诉我，你儿子到底叫什么名字？"

林振说："大伙都习惯叫他小名泉子，学名叫林雨泉。那个姑娘一提您也认识，就是相片上那个。"他说着下地要去取相片。

韩兴一把拉住他说："林大哥，不瞒您说，韩玉凤就是我闺女，有什么话，尽管问吧！"

林振听了先是一愣，紧接着，两位老人就双双拉住手哈哈哈地大笑起来。林振使劲拍着韩兴的肩膀说："原来亲家跑到我这里私访来了！我这家让你相漏了吧？孩子他妈，快进来……"

屋外边也正在叽叽喳喳地笑哩。

刚才屋里正在热闹的时候，林雨泉回家吃饭。听妹妹一学说，他害臊地要往外跑，娘两个连拉带推地把他弄到屋里。林雨泉像个没过门的媳妇见了婆婆，低着头，红着脸。小妹妹在一旁不住地朝他挤眼吐舌头。

韩兴老头一把将林雨泉拉到跟前，端详又端详，然后说："你是个好孩子，人也好，思想也好，家庭也好。我闺女的眼光不错，我跟你爸爸一样：一百个赞成你们。没别的，老丈人也不白相女婿。"他说着，一只手从衣兜里掏出一张崭新的五元票子，"拿去买一支钢笔使，当纪念。"

一屋子人哈哈大笑。

1956年8月写于保定

（原载《北京文艺》1956年第11期）

作者简介：浩然（1932—2008），原名梁金广，天津宝坻人。著有长篇小说《艳阳天》《金光大道》《苍生》《乐土》《活泉》《圆梦》等。

禾 场 上

周立波

太阳落了山，一阵阵晚风，把一天的炎热收去了。各家都吃过夜饭，男女大小洗完澡，穿着素素净净的衣裳，搬出凉床子，在禾场上歇凉。四到八处，只听见蒲扇拍着脚杆子的声音，人们都在赶蚊子。小孩子们有的困在竹凉床子上，听老人们讲故事，有的仰脸指点天上的星光。

“那是北斗星，那是扁担星。”桂姐指着天空说。

“哪里呀？”桂姐的唯一的听众，菊满问。

一只喜鹊，停在横屋的屋脊上，喳喳地叫了几声，又飞走了。对门山边的田里，落沙婆不停地苦楚地啼叫，人们说：“它要叫七天七夜，才下一只蛋。”鸟类没有接生员，难产的落沙婆无法减轻她的临盆的痛苦。

“扁担星到底在哪里呀？”菊满又问。

“那不是，看见了吗，瞎子？”桂姐骂他。

大人们摇着蒲扇，谈起了今年的收成。都说，今年的早谷子不弱于往年的中稻，看样子，晚稻也不差。

“今年世界好，明年也会好得不是的。”脚猪子老倌王老二预言。

“何以见得呢？”王老五移开口里噙着的烟袋，这样问他。

“古来传下一句话:‘要知来年熟不熟,单看五月二十六’,五月二十六日落大雨,出大太阳,都是好的,单是阴阴暗暗的天不好。今年这一天,出了黄火子大太阳。”

“都在歇凉哪?”从门头子外边,进来一个人,这样和大家招呼。这个人中等身材,蓄西式头,上身穿件白净的衬衣,下边是蓝布裤子,脚上穿一双布鞋,手里摇一把蒲扇。他一走近,星光底下,大家看清了他的脸,都争着招呼:

“邓部长来了,请坐请坐。”

“吃了夜饭吧,邓部长?”

“相偏了。”县委派来领导高级合作化的工作组长邓部长一面坐在王家让出来的一截凉床子上,一面回答。他一转脸,看见王老二,就问他道:

“晚季的禾苗如何,王二爹?”

“蛮好蛮好,两季都好,明年也好。”六十九岁的王老二一连说了四个好,连明年的,也连带说了。

“你们说,不办社,有这样吗?”邓部长冷静地问,这回是向大家问的。

“不办社,哪一家也没得力量插这样多的双季稻。”王老五说。

“照你说的,社还是办得啰?”邓部长笑笑问他,又摇摇蒲扇。

“办得办得。”王老五连连地说。

“如今这里要办高级社了,都晓得了吧?”邓部长问。

“高级社又是么子名堂呢?”脚猪子老倌王老二发问。

“这都不晓得,太没学问了。”赖皮詹七插嘴说。

“你晓得,你有学问,你讲。”脚猪子老倌吸一口旱烟,瞪詹七一眼,星光里,詹七没看清他的发气的眼神,作古正经地说道:

“高级社是,呃,”他咳了一声,又停了一停,才说,“高级社,就是高级社。”

脚猪子老倌哈哈大笑,并且叫道:“大家听听这个有学问的人。”他的笑引得全禾场上的孩子们都笑起来,接着男女大小一齐都笑了。邓部长忍住了笑,给大家解释:

“高级社是:取消土地报酬,实行按劳取酬,多劳多得,少劳少得……”

“不劳呢?”赖皮詹七又插进来问。

“不劳吗? 哼,就请你不吃。”王老五道,“俗话说:‘有做有吃,无做傍壁。’”

“那也要看么子人,如果是鳏寡孤独,真正失去了劳动力的老人家,政府和农业社,都会保障他们的生活的。”邓部长说。

“那太好了。”脚猪子老倌欢喜地称赞。这时候,全屋场的人都围拢来了。比开会还齐。小孩子们挤在大人的前面,好奇地用心地研究邓部长左手腕上的手表,桂姐和菊满,看着手表上的微弱的蓝蓝的磷光,进行了下面的对话:

“看,几点钟了?”桂姐问。

“五点六十五分钟。”菊满肯定地回答。

孩子们越挤越多了,脚猪子老倌王老二叫道:

“这些小把戏,还不散开些,挤得拍密的,部长热嘛。”

孩子们还是不散,王老二又说:

“部长这里,有糖吃不? 桂姐!”他指名叫唤自己的侄女,“你还不使得滚开些,依得我的火性,我要挖你一烟壶脑壳!”

“怪你,怪你,要你管!”桂姐嘟着嘴巴小声地翻骂,“你这个死老倌子!”

她的声音小,王老二没有听见。王五堂客把凉床子移拢一点,机密地悄悄地说:

"邓部长,我有一句话,不晓得好问不好问?"

"你问吧。"

王五堂客声音还是低低地说道:

"人家讲,办高级社,山都要入社,有这个话吧?"

"有这个话。"邓部长大声地回答,他觉得这事,无须保密。

"我屋后边的这块竹山也要入社了?"

"入社怕么子? 入了好,入了就能封住山,不叫人砍了。"

"对的,入了好,不入,山都剃光了。"一个打赤膊的青年,王五堂客的大崽,桂姐的大哥,青年团员,这样响应邓部长。

"要你多嘴,你这个鬼崽子!"王五堂客斥骂她的崽,接着她又问:"南竹入了社,日后玉个火夹子,织个烘笼子,都要到社里去买吗?"

"不要买,是正当需要,到社里开个条子就可以上山去砍。"

"开条子太麻烦了。"

"开条子有么子麻烦的呢? 只有妈妈是!"青年团员说。

"要你讲! 还不使得给我进去穿衣服! 慢点又唤脑壳痛。"他妈妈骂他,又疼他,或者,正确一点说,是骂中带疼。

"怕麻烦,不用开条子也行。"邓部长说,"要玉火夹子的竹子,给你留出。"

"织烘笼子的呢?"

"也给你留出。"

"是啰,我说,共产党的政策向来都是与人方便的。玉个火夹子,织个烘笼子,都要找社里去开条子,还行?"王五堂客满意了。

脚猪子老倌王老二又提出了新问题：

“部长！听说如今人去世，都要烧堆火把尸首烧光，说是火葬，有这个话吧？”

“这要听各人生前的自愿，不愿意的，决不勉强。”邓部长说。

“这就是了。我顶怕火葬，我给自家瞄了一块地，在对门山上。”

“山要入社了，你瞄的地还有你的份？”王五堂客说。

“做坟山的地可以留下，不必入社。”邓部长说。

“这就是了。”王老二说，他也满意了，“我今年六十九岁，一霎眼七十，人生七十古来稀，阎老五点我的名了。我就是要留下这块地，埋这几根老骨头，别的事，都听你们后生子调摆，我都不管了。”

“要你管，要你管！你这个死老倌子。”桂姐还是生她二伯伯的气，小声地在骂。

“配种员！”有人按照新衔头，叫唤脚猪子老倌王老二，人们一看，是赖皮詹七。他接着说：“我家里的猪婆子发了草了，请你明朝来配种。”

“混账东西，要我给你娘去……不要叫我说出好听的话来了。”脚猪子老倌十分上火了。

“你骂人？”詹七质问他。

“哪一个先骂？”

“我要是存心骂你，我不是人。你不是配种员吗？”

“是配种员，一点也不错。政府改了这称呼，为的是尊重我们，嫌人叫脚猪子老倌，难听，要大家改叫配种员。”

“我叫错了吗？”詹七反问他。

“你刚才是如何说的？你说：‘我家里的猪婆子发了草了，请你明朝来配种。’我本人就是脚猪子吗？混账东西！”

这回轮到赖皮詹七哈哈大笑了。他的快活的、爽朗的大笑传染了禾场上的所有的人们，脚猪子老倌的堂弟媳妇，王五堂客也忍不住偷偷地笑了。邓部长含笑起身告辞道：

“不陪你们谈讲了。”

“简慢了，邓部长，茶都没吃。”王五堂客说。

“有空再来吧，”配种员说，“我顶喜欢跟上头的人谈讲。上头来的人，京里来的也好，省里县里来的也好，都明白事理，和和气气，有讲有笑的，从来不骂人。邓部长，当了星光，我不讲假话，有得几天看不见你，真有点想。像詹七这号赖皮子，十年不见，我也不想。”

“对不起，二老倌，我也不想你。”詹七的嘴巴也不放让。

这时候，邓部长快要走出禾场了。

“邓部长，再见。”是桂姐的声音。她举起手来，远远地对邓部长行了一个少先队敬礼。

“再见，邓部长。”是菊满的声音，他才六岁，还不是队员，也学姐姐的样，行了一个少先队敬礼。

邓部长摇着蒲扇，出了门头子，只听背后禾场上，桂姐和菊满又在议论天上的星光。

“扁担星又叫牵牛星，他的堂客叫做织女星，在那边，在河东，你看，亮晶晶的那一颗，看见了吗，瞎子？”是桂姐的声音。

深夜凉如水。露水下在人的头发上、衣服上、手上和腿上，冰冷而潮润。各家都把凉床子搬进屋里去，关好门户，收拾睡了。田野里，在高低不一的、热热闹闹的蛙的合唱里，夹杂了几声落沙婆的幽远的、凄楚的啼声。鸟类没有接生员,难产的落沙婆无法减轻她的临盆的痛苦。

(原载 1957 年 1 月 15 日《人民日报》)

作者简介: 周立波(1908—1979),原名周绍仪,湖南益阳人。1935 年加入中国共产党。著有长篇小说《暴风骤雨》《山乡巨变》,短篇小说集《禾场上》《山那面人家》,报告文学《晋察冀边区印象记》等。

百合花

茹志鹃

一九四六年的中秋。

这天打海岸的部队决定晚上总攻。我们文工团创作室的几个同志,就由主攻团的团长分派到各个战斗连去帮助工作。大概因为我是个女同志吧!团长对我抓了半天后脑勺,最后才叫一个通讯员送我到前沿包扎所去。

包扎所就包扎所吧!反正不叫我进保险箱就行。我背上背包,跟通讯员走了。

早上下过一阵小雨,现在虽放了晴,路上还是滑得很,两边地里的秋庄稼,却给雨水冲洗得青翠水绿,珠烁晶莹。空气里也带有一股清鲜湿润的香味。要不是敌人的冷炮,在间歇地盲目地轰响着,我真以为我们是去赶集的呢!

通讯员撒开大步,一直走在我前面。一开始他就把我撂下几丈远。我的脚烂了,路又滑,怎么努力也赶不上他。我想喊他等等我,却又怕他笑我胆小害怕;不叫他,我又真怕一个人摸不到那个包扎所。我开始对这个通讯员生起气来。

嗳!说也怪,他背后好像长了眼睛似的,倒自动在路边站下了。但脸还是朝着前面,没看我一眼。等我紧走慢赶地快要走近他时,他又蹬蹬蹬地自个向前走了,一下又把我甩下几丈远。我实在没力气赶了，索性一个人在后面慢慢晃。不过这一次还好，他没让我撂得太远，但也不让我走近，总和我保持着丈把远的距离。我走快，他在前面大踏步向前；我走慢，他在前面就摇摇摆摆。奇怪的是，我从没见他回头看我一次，我不禁对这通讯员发生了兴趣。

刚才在团部我没注意看他，现在从背后看去，只看到他是高挑挑的个子，块头不大，但从他那副厚实实的肩膀看来，是个挺棒的小伙，他穿了一身洗淡了的黄军装，绑腿直打到膝盖上。肩上的步枪筒里，稀疏地插了几根树枝，这要说是伪装，倒不如算作装饰点缀。

没有赶上他，但双脚胀痛得像火烧似的。我向他提出了休息一会儿后，自己便在做田界的石头上坐了下来。他也在远远的一块石头上坐下，把枪横搁在腿上，背向着我，好像没我这个人似的。凭经验，我晓得这一定又因为我是个女同志的缘故。女同志下连队，就有这些困难。我着恼的带着一种反抗情绪走过去，面对着他坐下来。这时，我看见他那张十分年轻稚气的圆脸，顶多有十八岁。他见我挨着他坐下，立即张皇起来，好像他身边埋下了一颗定时炸弹，局促不安，掉过脸去不好，不掉过去又不行，想站起来又不好意思。我拼命忍住笑，随便地问他是哪里人。他没回答，脸涨得像个关公，讷讷半晌，才说清自己是天目山人。原来他还是我的同乡呢！

“在家时你干什么？”

“帮人拖毛竹。”

我朝他宽宽的两肩望了一下，立即在我眼前出现了一片绿雾似的竹海，海中间，一条窄窄的石级山道，盘旋而上。一个肩膀宽宽的小伙，肩上垫了一块老蓝布，扛了几枝青竹，竹梢长长的拖在他后面，刮打得石级哗哗作响……这是我多么熟悉的故乡生活啊！我立刻对这位同乡，越加亲热起来。我又问：

“你多大了？”

“十九。”

“参加革命几年了？”

“一年。”

“你怎么参加革命的？”我问到这里自己觉得这不像是谈话，倒有些像审讯。不过我还是禁不住地要问。

“大军北撤我自己跟来的。”

“家里还有什么人呢？”

“娘，爹，弟弟妹妹，还有一个姑姑也住在我家里。”

“你还没娶媳妇吧？”

“……”他飞红了脸，更加忸怩起来，两只手不停地数摸着腰皮带上的扣眼。半晌他才低下了头，憨憨地笑了一下，摇了摇头。我还想问他有没有对象，但看到他这样子，只得把嘴里的话，又咽了下去。

两人闷坐了一会儿，他开始抬头看看天，又掉过来扫了我一眼，意思是在催我动身。

当我站起来要走的时候，我看见他摘了帽子，偷偷地在用毛巾拭汗。这是我的不是，人家走路都没出一滴汗，为了我跟他说话，却害他出了这一头大汗，这都怪我了。

我们到包扎所，已是下午两点钟了。这里离前沿有三里路，包扎所设在一个小学里，大小六个房子组成品字形，中间一块空地长了许多野草，显然，小学已有多时不开课了。我们到时屋里已有几个卫生员在弄着纱布棉花。满地上都是用砖头垫起来的门板，算作病床。

我们刚到不久，来了一个乡干部，他眼睛熬得通红，用一片硬柏纸插在额前的破毡帽下，低低地遮在眼睛前面挡光。他一肩背枪，一肩挂了一杆秤；左手挎了一篮鸡蛋，右手提了一口大锅，呼哧呼哧地走来。他一边放东西，一边对我们又抱歉又诉苦，一边还喘息地喝着水，同时还从怀里掏出一包饭团来嚼着。我只见他迅速地做着这一切。他说的什么我就没大听清。好像是说什么被子的事，要我们自己去借。我问清了卫生员，原来因为部队上的被子还没发下来，但伤员流了血，非常怕冷，所以就得向老百姓去借。哪怕有一二十条棉絮也好。我这时正愁工作插不上手，便自告奋勇讨了这件差事，怕来不及就顺便也请了我那位同乡，请他帮我动员几家再走。他踌躇了一下，便和我一起去了。

我们先到附近一个村子，进村后他向东，我往西，分头去动员。不一会儿，我已写了三张借条出去，借到两条棉絮，一条被子，手里抱得满满的，心里十分高兴，正准备送回去再来借时，看见通讯员从对面走来，两手还是空空的。

“怎么，没借到？”我觉得这里老百姓觉悟高，又很开通，怎么会没有借到呢？我有点惊奇地问。

“女同志，你去借吧！……老百姓死封建……”

“哪一家？你带我去。”我估计一定是他说话不对，说崩了。借不到被子事小，得罪了老百姓影响可不好。我叫他带我去看看。但他执拗地低着头，像钉在地上似的，不肯挪步，我走近他，低声地把群众影响的话对他说了。他听了，果然就松松爽爽地带我走了。

我们走进老乡的院子里，只见堂屋里静静的，里面一间房门上，垂着一块蓝布红额的门帘，门框两边还贴着鲜红的对联。我们只得站在外面向里“大姐、大嫂”地喊，喊了几声，不见有人应，但响动是有了。一会儿，门帘一挑，露出一个年轻媳妇来。这媳妇长得很好看，高高的鼻梁，弯弯的眉，额前一溜蓬松松的刘海。穿的虽是粗布，倒都是新的。我看她头上已硬挠挠的挽了髻，便大嫂长大嫂短的向她道歉，说刚才这个同志来，说话不好别见怪等等。她听着，脸扭向里面，尽咬着嘴唇笑。我说完了，她也不作声，还是低头咬着嘴唇，好像忍了一肚子的笑料没笑完。这一来，我倒有些尴尬了，下面的话怎么说呢！我看通讯员站在一边，眼睛一眨不眨地看着我，好像在看连长做示范动作似的。我只好硬了头皮，讪讪地向她开口借被子了，接着还对她说了一遍共产党的部队，打仗是为了老百姓的道理。这一次，她不笑了，一边听着，一边不断向房里瞅着。我说完了，她看看我，看看通讯员，好像在掂量我刚才那些话的斤两。半晌，她转身进去抱被子了。

通讯员乘这机会，颇不服气地对我说道：

“我刚才也是说的这几句话，她就是不借，你看怪吧！……”

我赶忙白了他一眼，不叫他再说。可是来不及了，那个媳妇抱了被子，已经在房门口了。被子一拿出来，我方才明白她刚才为什么不肯借的道理了。这原来是一条里外全新的新花被子，被面是假洋缎的，枣红底，上面撒满白色百合花。她好像是在故意气通讯员，把被子朝我面前一送，说：“抱去吧。”

我手里已捧满了被子，就一努嘴，叫通讯员来拿。没想到他竟仰起脸，装作没看见。我只好开口叫他，他这才绷了脸，垂着眼皮，上去接过被子，慌慌张张地转身就走。不想他一步还没走出去，就听见“嘶”的一声，衣服挂住了门钩，在肩膀处，挂下一片布来，口子撕得不小。那媳妇一面笑着，一面赶忙找针拿线，要给他缝上。通讯员却高低不肯，挟了被子就走。

刚走出门不远，就有人告诉我们，刚才那位年轻媳妇，是刚过门三天的新娘子，这条被子就是她唯一的嫁妆。我听了，心里便有些过意不去，通讯员也皱起了眉，默默地看着手里的被子。我想他听了这样的话一定会有同感吧！果然，他一边走，一边跟我嘟哝起来了。

“我们不了解情况，把人家结婚被子也借来了，多不合适呀！……”

我忍不住想给他开个玩笑，便故作严肃地说：“是呀！也许她为了这条被子，在做姑娘时，不知起早熬夜，多干了多少零活，才积起了做被子的钱，或许她曾为了这条花被，睡不着觉呢。可是还有人骂她死封建……”

他听到这里，突然站住脚，呆了一会儿，说：

“那！……那我们送回去吧！”

“已经借来了，再送回去，倒叫她多心。”我看他那副认真、为难的样子，又好笑，又觉得可爱。不知怎么的，我已从心底爱上了这个傻乎乎的小同乡。

他听我这么说，也似乎有理，考虑了一下，便下了决心似的说：“好，算了。用了给她好好洗洗。”他决定以后，就把我抱着的被子，统统抓过去，左一条、右一条的披挂在自己肩上，大踏步地走了。

回到包扎所以后，我就让他回团部去。他精神顿时活泼起来了，向我敬了礼就跑了。走不几步，他又想起了什么，在自己挂包里掏了一阵，摸出两个馒头，朝我扬了扬，顺手放在路边石头上，说：“给你开饭啦！”说完就脚不点地的走了。我走过去拿起那两个干硬的馒头，看见他背的枪筒里不知在什么时候又多了一枝野菊花。跟那些树枝一起，在他耳边抖抖地颤动着。

他已走远了，但还见他肩上撕挂下来的布片，在风里一飘一飘。我真后悔没给他缝上再走。现在，至少他要裸露一晚上的肩膀了。

包扎所的工作人员很少。乡干部动员了几个妇女，帮我们打水，烧锅，作些零碎活。那位新媳妇也来了，她还是那样，笑眯眯地抿着嘴，偶然从眼角上看我一眼，但她时不时的东张西望，好像在找什么。后来她到底问我说：

"那位同志弟到哪里去了？"我告诉她同志弟不是这里的，他现在到前沿去了。她不好意思地笑了一下说："刚才借被子，他可受我的气了！"说完又抿了嘴笑着，动手把借来的几十条被子、棉絮，整整齐齐地分铺在门板上、桌子上（两张课桌拼起来，就是一张床）。我看见她把自己那条白百合花的新被，铺在外面屋檐下的一块门板上。

天黑了，天边涌起一轮满月。我们的总攻还没发起。敌人照例是忌怕夜晚的，在地上烧起一堆堆的野火，又盲目地轰炸，照明弹也一个接一个地升起，好像在月亮下面点了无数盏的汽油灯，把地面的一切都赤裸裸地暴露出来了。在这样一个"白夜"里来攻击，有多困难，要付出多大的代价啊！我连那一轮皎洁的月亮，也憎恶起来了。

乡干部又来了，慰劳了我们几个家做的干菜月饼。原来今天是中秋节了。

啊！中秋节，在我的故乡，现在一定又是家家门前放一张竹茶几，上面供一副香烛，几碟瓜果月饼。孩子们急切地盼那炷香快些焚尽，好早些分摊给月亮娘娘享用过的东西，他们在茶几旁边跳着唱着："月亮堂堂，敲锣买糖……"或是唱着："月亮嬷嬷，照你照我……"我想到这里，又想起我那个小同乡，那个拖毛竹的小伙，也许，几年以前，他还唱过这些歌吧！……我咬了一口美味的家做月饼，想起那个小同乡大概现在正趴在工事里，也许在团指挥所，或者是在那些弯弯曲曲的交通沟里走着哩！……

一会儿，我们的炮响了，天空划过几颗红色的信号弹，攻击开始了。不久，断断续续地有几个伤员下来，包扎所的空气立即紧张起来。

我拿着小本子，去登记他们的姓名、单位，轻伤的问问，重伤的就得拉开他们的符号，或是翻看他们的衣襟。我拉开一个重彩号的符号时，"通讯员"三个字使我突然打了个寒战，心跳起来。我定了下神才看到符号上写着×营的字样。啊！不是，我的同乡他是团部的通讯员。但我又莫名其妙地想问问谁，战地上会不会漏掉伤员。通讯员在战斗时，除了送信，还干什么——我不知道自己为什么要问这些没意思的问题。

战斗开始后的几十分钟里，一切顺利，伤员一次次带下来的消息，都是我们突破第一道鹿砦，第二道铁丝网，占领敌人前沿工事打进街了。但到这里，消息忽然停顿了，下来的伤员，只是简单地回答说："在打。"或是"在街上巷战。"但从他们满身泥泞，极度疲乏的神色上，甚至从那些似乎刚从泥里掘出来的担架上，大家明白，前面在进行着一场什么样的战斗。

包扎所的担架不够了，好几个重彩号不能及时送后方医院，耽搁下来。我不能解除他们任何痛苦，只得带着那些妇女，给他们拭脸洗手，能吃得的喂他们吃一点，带着背包的，就给他们换一件干净衣裳，有些还得解开他们的衣服，给他们拭洗身上的污泥血迹。

做这种工作，我当然没什么，可那些妇女又羞又怕，就是放不开手来，大家都要抢着去烧锅，特别是那新媳妇。我跟她说了半天，她才红了脸，同意了。不过只答应做我的下手。

前面的枪声，已响得稀落了。感觉上似乎天快亮了，其实还只是半夜。外边月亮很明，也比平日悬得高。前面又下来一个重伤员。屋里铺位都满了，我就把这位重伤员安排在屋檐下的那块门板上。担架员把伤员抬上门板，但还围在床边不肯走。一个上了年纪的担架员，大概把我当做医生了，一把抓住我的膀子说："大夫，你可无论如何要想办法治好这位同志呀！你治好他，我……我们全体担架队员给你挂匾！……"他说话的时候，我发现其他的几个担架员也都睁大了眼盯着我，似乎我点一点头，这伤员就立即会好了似的。我心想给他们解释一下，只见新媳妇端着水站在床前，短促地"啊"了一声。我急拨开他们上前一看，我看见了一张十分年轻稚气的圆脸，原来棕红的脸色，现已变得灰黄。他安详地合着眼，军装的肩头上，露着那个大洞，一片布还挂在那里。

"这都是为了我们……"那个担架员负罪地说道，"我们十多副担架挤在一个小巷子里，准备往前运动，这位同志走在我们后面，可谁知道狗日的反动派不知从哪个屋顶上撂下颗手榴弹来，手榴弹就在我们人缝里冒着烟乱转，这时这位同志叫我们快趴下，他自己就一下扑在那个东西上了……"

新媳妇又短促地"啊"了一声。我强忍着眼泪，给那些担架员说了这些话，打发他们走了。我回转身看见新媳妇已轻轻移过一盏油灯，解开他的衣服，她刚才那种忸怩羞涩已经完全消失，只是庄严而虔诚地给他拭着身子，这位高大而又年轻的小通讯员无声地躺在那里……我猛然醒悟地跳起身，磕磕绊绊地跑去找医生，等我和医生拿了针药赶来,新媳妇正侧着身子坐在他旁边。

她低着头,正一针一针地在缝他衣肩上那个破洞。医生听了听通讯员的心脏,默默地站起身说:“不用打针了。”我过去一摸,果然手都冰冷了。新媳妇却像什么也没看见,什么也没听到,依然拿着针,细细地、密密地缝着那个破洞。我实在看不下去了,低声地说:“不要缝了。”

她却对我异样地瞟了一眼,低下头,还是一针一针地缝。我想拉开她,我想推开这沉重的氛围,我想看见他坐起来,看见他羞涩的笑。但我无意中碰到了身边一个什么东西,伸手一摸,是他给我开的饭,两个干硬的馒头……

卫生员让人抬了一口棺材来,动手揭掉他身上的被子,要把他放进棺材去。新媳妇这时脸发白,劈手夺过被子,狠狠地瞪了他们一眼。自己动手把半条被子平展展地铺在棺材底,半条盖在他身上。卫生员为难地说:“被子……是借老百姓的。”

“是我的——”她气汹汹地嚷了半句,就扭过脸去。在月光下,我看见她眼里晶莹发亮,我也看见那条枣红底色上撒满白色百合花的被子,这象征纯洁与感情的花,盖上了这位平常的、拖毛竹的青年人的脸。

1958 年 3 月

（原载《延河》1958 年第 3 期）

作者简介:茹志鹃(1925—1998),女,浙江杭州人。1943 年参加新四军。著有小说《百合花》《静静的产院》《剪辑错了的故事》等。

延安人

——记老黑和他的老婆

杜鹏程

一、老夫妇两口

吕有怀奉命到铁路工地上的一个工程处，担任党委书记。到工地的头一天，工程处的负责同志都不在。他放下行李，出去转游。工程处前后山上都是工点，旁边有职工宿舍、汽车库和一排仓库。仓库前边有个停车场，五六个工人站在车场边的汽车上，搬卸水泥。一边卸一边喊："四百号水泥二千五百袋！""二百号水泥六千七百袋！"……

有位老头，指挥大伙把水泥卸完以后，坐在仓库门口。他的脸，又黑又长。微微翘起的下巴上，长着毛蓬蓬的胡子，像是用火燎过似的又卷又黄。蓝制服上尽是油渍和铁锈。最惹人注意的是他穿的那双布鞋，足有二斤重。膝盖上放片纸，很吃力地记录着数字。他，嘴里咬个小旱烟锅。呆头呆脑，举动慢慢腾腾的，看来，像个脑筋很迟钝的人。

工人们喊："老主任！不要把数字划错了！"

那位被称为"老主任"的人，把小旱烟锅拿下来在鞋帮上磕一磕,算是回答。

吕有怀思量:这位“老主任”,看守各种材料也许丢不了一个螺丝钉,叫他当材料主任嘛,恐怕不合适。在建设工地当材料主任的人,都是最有能耐的人。他们腿长,手长,耳朵长,眼睛尖;既要能挨骂能吃苦,又要能言利嘴会办外交。要不,就休想能弄来别人弄不来的材料。

“似乎有点用人不当!”吕有怀点起一支烟,一边想一边信步走去。

“同志!你摇摇摆摆是赶集上庙吗?”一个女人在喊。

吕有怀仔细一看,只见一个五十多岁的老太太,盘着腿坐在材料仓库旁边的土窑洞门口纳鞋底。

吕有怀笑了笑,走到老太太跟前。

“你没长眼?”她用鞋底指着对面的墙壁。

吕有怀一看墙上有四个大字:“严禁吸烟!”连忙用指头把烟头捻灭。

老太太绷着脸,纳着鞋底,把麻绳拉得呲呲响。看来,她满肚子的火气还没有消!

吕有怀说:“老大娘!听口音,你像延安人。说不定咱们还是乡亲哩!”

她说:“乡亲能当饭吃?你看悬不悬,就敢在汽油库跟前抽烟!”她虽然还在责备吕有怀,可是口气缓和多了,还打量吕有怀的模样,看他像不像延安人。

吕有怀坐在老太太身边,问:“你老人家是仓库看守员?”

她笑了,说:“我倒是个皇上!”

这工夫,十几辆拉材料的汽车,开到仓库门前的停车场里。汽车吼叫,灰尘飞扬。百十名搬运工人又跑来搬卸材料,一时喊声四起。

老主任黑成威,转眼之间变成另外一个人了。他猛然站起来,把小旱烟锅往衣服领子里头一插,大声喊:“小黑妈! 来! 扶我一把!”

老太太,像是听到了紧急命令。丢下鞋底,把袄襟上的土和线头拍了拍,向停车场急急走去。

“来! 扶我一把!”这句话,别人听起来也许不在意,这位老太太每次听到这句话,就有一种惊心动魄的感觉。

早先,材料主任黑成威的老父亲用二斗包谷,从一个逃荒人手里给儿子换来一个童养媳。后来,这夫妇两口,用四个肩膀挑起穷困的生活担子。在那搭上锅儿没米下的年头,有什么欢乐,有什么恩爱呢? 自从他俩当着刘志丹的面,在红旗下面举手宣誓以后,不平常的生活开始了。此后二十多年,“来! 扶我一把!”这句话,一从黑成威口里说出来,这女人就豁出一条命去干。或者装个讨饭的女人,到白军巢穴中去侦察敌情;或者通过九死一生的境地去给刘志丹率领的红军主力部队送鸡毛信;或者拿上梭镖去放哨,让她的丈夫带上红色游击队员,趁黑夜去袭击熟睡的敌人。

老太太一走到停车场,搬运工人们都互相丢眼色,仿佛说:“小心! 老太太上阵了!”

这时光,汽车司机打开引擎盖,收拾车子。搬运工人来回飞跑,材料员们呐喊着。材料主任黑成威,精神抖擞,虎彪彪地像个年轻后生。手里拿个记录本,耳朵后面别半截铅笔,跳上汽车,好像指挥着几十路人马似的吼喊:“小伙子! 不要把机器零件往下扔!”“四百号洋灰不要和二百号洋灰放到一块儿!”“嗨! 灰小子!

不听指挥小心我拧你的耳朵!”他的声音像炸雷似的,压住了汽车吼声和百十名工人的喊声。而且,他随时把他健壮而又利索的老婆指派到最重要的岗位上去:“小黑妈!掌握搬运洋灰的工人!”

老太太像能征惯战的士兵似的,立刻顺着丈夫的手指跑到搬运水泥的工人们跟前,三下五除二就把那里混乱的情况扭转了。没有一个年轻工人,敢调皮捣蛋不听老太太指挥。

吕有怀暗暗叫好。他从南到北在各个建设工地跑了五六年,还没有见过老夫妻两口配合得这么得心应手!

老太太刚刚帮助丈夫卸完了材料,一帮家属妇女叫嚷开了:“老党员,快去!二百零三号报到啦!”

“好热闹的日月啊!”老太太急急地走过去,把鞋底、麻绳收拾了一下,转身回到窑洞里。头上包了一块黑帕子,出来,喀嚓一声,锁了门。走过去,把钥匙丢给材料主任,说:“老黑!我兴许半夜三更回来,兴许鸡叫三遍才回来;笼里有馍,罐里有酸菜,饿了自己动手哟!”

黑成威老头不言不语地接住钥匙,又恢复了以前那种呆头呆脑有气无力的样子;坐在那里,噙着早已熄灭了的小旱烟锅,慢腾腾地填写数字。

“把我捎到‘四十公里’!”老太太过了水渠,到了公路上,手一抬,一辆拉材料的汽车就猛然停住了。

“快上来,老党员!”司机喜眉笑眼地让老太太坐在驾驶室里,好像她能坐这辆车,对司机来说,是挺大的光荣。

汽车,呼地飞走了!一阵尘土遮住了吕有怀的视线。他用拳头打了一下手掌,喊:“好一个能干的老太太!”赞叹、尊敬和兴奋的心情控制了他,过往汽车带起的尘土扑在他脸上、身上,也没觉着。

随后，他向站在窑洞旁边的妇女们打问老太太的情况。她们告诉他：材料主任的老婆虽然是职工家属，在这建设工地里却是一位十分重要的人物，身兼十几职：职工家属支部的支部书记、家属主任、工会委员、节约队队长、义务接生员……哪个工人的老婆要生孩子，老太太总是随叫随到，风雨无阻，又卫生又安全，还不要报酬！“二百零三号报到”，这就是说，她现在出发去接第二百零三个孩子了。在上下百十里的铁路工地上，她是资格最老的党员之一，因而被人称作“老党员”。时间长了，大伙儿反而忘记了她的真实姓名，连选工会委员的时候，在候选名单上，也写着“老党员”。

吕有怀听完职工家属们讲述的种种情形以后，思量了一阵，觉得十分有趣。他转过身，从窑洞的窗户缝里望去。只见：老太太住的这个窑洞是由一个小土洞扩大而成的。里头有个大炕，炕头就是炉灶。炉台上的石板擦得明光发亮。炉台旁边的小木架上放着碗筷、杓子、盆罐和蒸馍用的小木笼。一股酸菜味从窗户缝里透出来。

这一切，使吕有怀想起了陕北的千山万岭，想起了延安的宝塔和古城，想起了那山沟里的小小村落。那里，是他出生和战斗过的地方，一草一木他都十分熟悉，十分喜爱。现在是古历七月，大概延安一带的谷子和糜子长了半人高；庄稼林里不时地送出高昂而优美的山歌声。

二、久别重逢

晚上，吕有怀听说工程处长回来了，就朝办公室走去。一边走一边想：从今向后要和他一道工作的工程处长，是什么模样？脾性如何？工作能力怎么样？

他进了一个工棚，只见一个人低着头，时而看报表，时而飞快地写字，时而匆忙地打算盘，时而打电话。

那人见吕有怀进来，站起来，握手，说道："你是？……我，黑永良。"

吕有怀愣住了。他把黑永良的脸膛注视了一阵，又倒退半步，上下打量了一阵，说："你……让我想一想……你……黑永良同志！你的小名是不是叫小黑子？延安东川李家沟的人？唉，对吧？"

这回轮到黑永良吃惊了。他把表格举到空中，迷惑地眨着眼，一时什么也想不起。

吕有怀盯着黑永良，想起了陕北老乡的口头话："高山出俊样。"十年了，小黑子也许经过了种种斗争，但是这利索的神气，漂亮的模样，聪慧的眼睛，还跟从前一模一样。

他说："小黑子！你的忘性好大啊！不记得一九四七年——"

黑永良恍然大悟地说："啊！你是吕……吕……吕有怀嘛！哎呀，想不到是你！"他把表格、算盘推到一边，递给老吕一支烟，又摸茶缸子倒水，说："喂，告诉你，老吕！我大①我妈，都在这里哩！"

夜深时分，吕有怀从"材料主任"家里出来，回到宿舍，说什么也睡不着。往事活灵活现地显在眼前。

一九四七年四月下旬——蒋匪军侵占延安的一个多月之后，西北野战军在延安附近消灭了敌人一个师。战斗结束，野战军要很快转移，准备连续作战，于是把身上负伤四处的吕有怀和其他八九十个伤员，交给一支游击队。这支游击队的队长叫小黑子。

月光照射着波涛起伏似的山岭。稀疏的枪声震动着宁静的夜晚。远处的天空有红色信号弹飞起。十二名伤员横三竖四地躺在山头上。

游击队员们把大部分伤员抬走了，小黑子等待他们返回来抬这最后一批伤员。没料到，突然情况紧张了。枪声越来越近，慢慢地东西面和北面都是枪声。

小黑子抱着步枪，急得直跺脚。随即，他想起这些伤员中有个连长吕有怀，也许他有办法。于是小黑子蹲到吕有怀躺的那副担架跟前，把被子揭开，望着他失血过多的脸色。吕有怀一言不发，只是摸了摸头边放着的手榴弹。

情况越来越紧，子弹在头上尖叫。隐隐约约可以看见北面山头上有许多人影活动。不用问，那是敌人。小黑子的心简直提到喉咙里了！他把子弹推上枪膛，准备随时作战。

突然，山坡上出现了一个人影。小黑子浑身发凉。他嗖地趴到地上，把枪头往出一伸，喊："谁？"

那个顺山坡小路往上走的人，不但不停脚步，而且走得更慢更稳了，好像一边走一边数着步子似的。

小黑子喊："谁？站住！"他上气不接下气，马上就要扳枪机了。

那人开腔了："谁！谁！你这小子白活了二十几，连你大都认不清！"

小黑子一蹦跳起来，又高兴又着急地说："快走嘛！听！子弹吱吱叫哩！"

黑成威边走边说："小黑子！你大活了半辈子，就数和子弹有交情！"

黑成威走上山顶，直挺挺地站在那里，像一堵墙似的。小黑子一把拉住他的胳膊说："大，了不得！我手边连一个抬担架的人都没有！这……这……”

黑成威下巴往内一收，额头突前，瞪起牛一样的眼睛，说：“我真想揍你两巴掌！怕甚哩？天塌下来有大个子招架！”

他扭转身，把帽子微微向脑后一推，仰起头，两个指头塞在口里，吹起了响亮的唿哨。

唿哨声招引来敌人猛烈的射击，但是一个四十多岁的女人，听见这声音却带着几十个妇女，从沟里跑上来了。

小黑子高兴地喊：“妈！你真是救命的活菩萨！”

黑成威说：“小黑子！没有你妈这一员战将，料你今日也下不了台！”他回头指着伤员们，又对他的老婆说：“小黑子妈！来！扶我一把！”

小黑子他妈一摆手，几十个妇女就抬走了十一个伤员；她和另外三个妇女抬着吕有怀躺的这副担架，随后走去。

小黑子端着枪走在担架队前面，他父亲提着枪压在后边。一长溜黑影，踏着月光，顺着山梁，迅速而悄然地朝南走去。

霎时间，他们刚才待过的那个山头上，出现了敌人。子弹追赶着担架队员们。

后半夜，他们到了延安以东的大川里。眼前就是公路和延河。公路上，敌人的汽车在奔跑。延河边一个个的村子，像死了一般，听不到狗咬，也看不见灯光。

黑成威看见敌人数十辆汽车过去以后，又把周围情况侦察了一番，就下命令了：“小黑子妈！我端上枪在前边跑，你带上担架队紧紧跟上我。就算天塌地陷，也不准停脚！”

老黑老婆盯着她的丈夫，点了一点头。

黑成威下了第二道命令：“小黑子！你在后边掩护，任凭拥来多少敌人,在半个时辰之内,都要顶住！有这份胆量嘛?”

小黑子说:“行啦!”

黑成威卡住儿子的肩膀,摇了摇,说:“听这口气,还像你大的样子嘛!”说罢,领上担架队,越过公路,蹚过延河,爬上高山。

黑成威把担架队带到山顶以后,歇息了。大家松了一口气,总算摆脱了敌人。

年轻的妇女们一边呼哧呼哧喘气,一边咒骂:

“老黑！我们跟你跑了这一阵子,就少活十年!”

“老黑！你就是要命的阎王,催命的鬼!”

老黑什么也没有听见,他跟他老婆望着山下的来路,望着延河,望着延安东川。对面山上,敌人的机关枪吐着火舌。那边山根下的公路上,敌人的汽车一辆接着一辆飞驰而过。一道道的灯光,照射着漫天的灰尘。小黑子趴在延河边射击的身影,在月光下显得非常清楚。

突然,小黑子猛烈地射击了一阵,爬起来,往后跑。跑了没有几步,就跌倒在地。正在这火烧眉毛的时候,敌人也从对面山上下来,越过公路,向延河边追来。

子弹呜儿呜儿尖叫着,从老黑夫妇的头顶上飞过去!

坐在地上歇息的妇女们,连忙站起来,跑到老黑夫妇的身边,注视着河边。只见,三十个一群,五十个一伙的敌人,正向河边运动。机枪和步枪吐着火舌。大伙儿不吭声,只是急促地呼吸着。

子弹在人们的上下左右叫唤。老黑手一抡,怒冲冲地喊:“卧倒!”

除了他的老婆,所有的人,都哗的一声卧倒了。

老黑往下一蹴,说:“快！快把伤员们往前面抬。前面二三里路的地方就是梢林。进了梢林便万无一失!”

小黑子他妈一把拉住她丈夫,说:“你这个死老汉,不要我娃啦?”

老黑说:“妇道人家,头发长,见识短!先把这十二个同志救出这险区,回头再救小黑子!”

小黑子他妈说:“你好狠!小黑子不是你的亲骨肉?”

老黑冒火了。他下巴往里一收,额头突前,瞪起牛一样的眼睛,问:“一个要紧还是十二个要紧?”

小黑子他妈扑过去,从老黑手里夺过步枪,说:“你们高飞远走!我有本事生养他,就有本事搭救他。”

老黑拦住他的老婆焦急地寻思:要不是担心这些伤员,他早就扑下去了,眼下无论如何不能脱身。转念一想,他对自己说:“她去接应他,倒也是办法。我带上十二个伤员先走。要是前边林子里有坏人,我一个人对付他十个八个还能成。”

他朝周围看看,又伸长耳朵听了听,问:“小黑子妈!我问你,用甚法子去救小黑子?”

小黑子他妈抱着枪,望着河边,不作声。风把她鬓角的头发吹得扇起来!

老黑从他老婆手里把步枪夺过来,又把她按倒,然后他也趴下,一连打了十几枪。引得敌人猛烈射击。敌人打了一会儿,看见这里不打枪也没有动静,停止了射击。好像在继续往河边摸。老黑掏出一盒火柴。跑到东边擦一根火柴又连忙吹灭,跑到西边擦一根火柴又连忙吹灭。一根,一根……一直擦了十几根。敌人又射击起来了;不仅机枪在射击,而且六〇炮弹也丢过来了!

老黑把枪交给他老婆,说:“敌人一两个时辰内不敢前进。要趁热打铁,快去!”

小黑子他妈,提着步枪,冒着稠密的子弹,扑下了山沟,向延河边摸去。

老黑,提着手榴弹,把十二副担架带到黑压压的梢林里。

吕有怀从昏迷状态中苏醒以后,感到难耐的口渴。他透过树枝,望望月明星稀的天空,望望在担架周围放警戒的妇女们的身影,然后眼光落到老黑的身上。只见,老黑拿出小旱烟锅,又没有心思抽烟,还不停向周围望着或者谛听什么。吕有怀就说:“哎,老乡!快去接应你的老伴和娃娃!”

老黑心里像油煎火燎,他恨不得长着翅膀飞到延河边,可是一听伤员的呻吟声,又不忍离开这里。为了掩饰自己焦灼的心情,为了安慰伤员们,就搭讪着说:“吕连长,听口音,你像是咱们本地人?”

吕有怀说:“是嘛!我是延安西边高桥川的人。”

老黑站起来,提着手榴弹,望着北方,有口无心地问:“高桥川里的人?你大是谁?”

吕有怀说:“我大叫吕世德。他——”

老黑怔了一下,问:“你再说,你大是谁?”

吕有怀重复了一遍。老黑跑过去,揭开被子,说:“啊——你是吕世德的娃?你大是……嗐!你大是三六年红军东征时候牺牲的!旧社会你大吆个毛驴卖炭,我打铁。我俩还是结拜弟兄哩。三三年,他介绍我和我的老婆入党的。好侄儿哩,你……你……嗨!这真是寻不见的碰得见啦!”

要不是负了伤,吕有怀便会一下子蹦起来,紧紧地搂住黑成威。往日,他没有见过黑成威,不过当他能听懂话的时候,就趴在邻居老爷爷的膝盖上,听人家讲土地革命时代的英雄,听人家说老黑上天入地的本领。说什么黑成威吃了老虎心豹子胆,赤手空拳在敌人千军万马中横冲直撞。说什么老黑装成窝窝囊囊的跛子,提个筐筐卖鸡蛋,一伙白军军官上来抢鸡蛋,他从筐筐摸出个手榴弹,没费力气,抓了五个俘虏。还说,中央红军一到陕北,刘志丹就把这个胆大包天的红色战士调出来,去作党中央的警卫队队长。

猛然,像是发生了什么事情。老黑站起来,向来路跑去。妇女们也纷纷跟着跑去。吕有怀和稍微能动的伤员,都挣扎着,想抬起头看。

原来,小黑子和他妈,都负了伤,互相扶着,慢慢地一颠一跛地走来！一路上,鲜血点点……

三、这一家人

吕有怀到这里的第二天晚饭后,材料主任黑成威和工程处长黑永良,领上他去看几个重要工点。

黑永良一边走一边对吕有怀讲述山区修筑铁路的经验,还指着远处已经筑起的一座座高大的石拱桥,讲述施工当中就地取材的好处和中国石拱桥的历史。不仅吕有怀用羡慕的眼光看黑永良,就是黑成威老头,也用敬佩的眼光看他这放羊出身的儿子。

他们上了山坡,就让一个干部挡住了。没有好大一阵工夫,工区主任、主任工程师、材料员,来了一伙,把黑成威和黑永良,不透风地围住。

老黑知道一时三刻走不了,就稳堰堰地坐到一块石头上,把小旱烟锅噙在嘴里,吸着烟。他吸完一锅烟,把烟袋锅在鞋帮上磕一磕,又装起一锅烟,吱吱地吸着。还笑眯眯地时而斜着眼珠望着小旱烟锅,时而望着远处的工点。在场的人都知道:老黑一摆下这副架势,你就跳起三尺高咒骂祖宗三代,也休想叫他发火。

干部们争相说话了:

“老主任!无论如何今天要给我十立方木材!”

“搞材料的人都是吃冤枉的。要是今天不给我三吨钢筋,我就把二千名工人带到他家里去吃饭!”

一个大个子工区主任气呼呼地说:“炸药!今天不给几百公斤炸药,我就辞职!”

老黑眼睛不离小旱烟锅,说:“辞职就不发薪。这笔账你得合算合算!说到炸药,今晚八点钟才能拨给你三百公斤。”

大个子工区主任好像抓住了宝贝,连忙说:“三百公斤就三百公斤。空口无凭,你签字。”

老黑眼睛还是不离小旱烟锅,说:“我认的那几个字,都是当年拾粪的时候拣来的,写在纸上不好看,还是让七工区主任给你签字吧。”

七工区主任一听,就像火烧了一样,说:“你这死老头子看中我了?我连一斤炸药也拿不出来!”

老黑说:“没炸药?我已经派人从你的仓库里运走了三百公斤。”

七工区主任脸色变了,像是无比的灾祸落到头上。他追问:“谁给的?”

老黑把披着的衣服拉了拉,狡黠地笑着说:“材料组长。”

七工区主任说:“这简直是无法无天!我要撤他的职!”

老黑把披着的衣服取下来提在手里,挺直腰板。黑得像锅底似的脸，变得非常严厉。他下巴往内收，额头突前，瞪起牛一样的眼睛，盯着七工区主任，说："你撤不了我的职，也就撤不了他的职。眼下，只能挖东墙补西墙。我晓得，明天你们还过得去。后天，你们日子过不下去，还来找我。我老黑不跑也不走！"

大伙撞不动材料主任，就围着工程处长黑永良乱发牢骚，咒骂材料厂长，咒骂工程局材料处。

吕有怀先是站在一边听着，一个又一个打量着那些干部。随后，掏出个本子，记了一点什么。

干部们走后，黑永良说："不去工地了。咱们回工程处！"

吕有怀和黑成威老头跟上黑永良，回到工程处办公室。

吕有怀背着手，面对墙壁上的示意图，思量什么。老黑掏出个本本和笔，望着他的儿子，等待指示。

黑永良来回走了一阵，突然用拳头把桌子一敲，说："要是我能当钢筋和炸药用，就把我剁成肉块去使用！"

老黑说："好大的火气哟！我给你说多少回：任劳容易任怨难！"

黑永良说："任劳也罢，任怨也罢，反正这日子难过！"他在材料主任这样的下级面前，毫不掩饰自己的感情。

老黑说："永良！你能领导我，就有比我强的地方。不过，我也可以问你：这铁路工地上各个单位的材料都困难呢，还是唯独咱们工程处困难呢？"

吕有怀看黑永良不作声，他转过身，说："我猜想，大约天天困难，年年困难，各个单位都不轻松！"

老黑说："着啊！整天吵材料，这反映了咱们国家的整个情况。咱们是白手起家啊！"

吕有怀说："说得好！我们的事业就在困难重重之中前进哩；迅速地前进哩。"

黑永良朝吕有怀点点头，口气缓和了些，父亲说："大！你既然给我把道理讲得这么清楚，也就该把这些反复地向干部们说说嘛！"

老黑用小旱烟锅敲着桌子，说："我说什么？说没材料，不怪我这材料主任，只去怪上级？只怪国家没拨来？永良！咱们不作难叫谁作难？咱们不顶住一切困难和怨言，叫谁顶住呢？"

吕有怀突然直起腰，望着材料主任。他透过这高大的形象，看到了一部历史。这部历史包括了好几十年的时间——不，岂止几十年的时间？简直是包括了好几个伟大的历史时代啊！

黑永良扭转头，心里一动。他望着他父亲，只见那久经风霜的脸显得更黑，眼里布满红丝。是啊，这位老人比谁都苦：一年四季，他没日没夜从这个工点到那个工点；从工地到西安，到郑州，到四川，到炎热的南方，到北方严寒的原始森林里的伐木工厂，为了搞来材料，呕尽心血。就是今天晚上，他也必须披星星戴月亮，到五十公里以外的火车站，挤上火车，天明赶到西安。在某一个机关的办公室门口走来走去，等待天亮，等待人家上班……

这工夫，黑永良的母亲进来了。她左手提个小包，右手拿个红橡皮暖水袋。

她望了望党委书记、她的丈夫和儿子黑永良，问："你们把公事说完了？对嘛。说完了，就让我说点私事。"

老太太显然是在门口站了一阵才进来的。她非常尊重她儿子的办公室；在这里从不高声说话，也不叫黑永良的小名。

她问老黑："今晚非去西安不行？"

老黑笑了笑，说：“这还用问？咱们生下来就是忙人！”

老太太说：“你成天闹肚子痛，上了车，向服务员要点开水灌到暖水袋里，暖暖肚子。给，这手巾里给你包了几片饼子。咦！满把胡子的人啦，还不会照料自己。”

老黑和他的老婆走后，吕有怀和黑永良互相望着，交换心思。

远处传来一阵阵闷雷似的爆炸声。对面山上，有几百名工人在吆号子。隔壁调度室里的调度员，通过送话器喊叫各个工点上的调度员，了解当天的工程进度。他的喊声不时地被机器声打断。这一切使办公室里的人，感觉到整个工地在怎样呼吸，怎样活动，以及人们怎样高速度地飞奔前进。

吕有怀说：“我看，老黑大伯这么苦干的人——”

黑永良微微一笑，指着窗外，对吕有怀说：“还有一个苦干的人哩！”

吕有怀顺着黑永良望的方向看去，只见老太太背靠仓库的墙壁，站立在那里。她，有时候望着远处的灯光，有时候望着头顶的月亮，有时候左右瞭望，像个机警而尽忠职守的哨兵！

吕有怀问：“永良！她老人家怎么啦？”

永良望着妈妈的身影给吕有怀叙说开了：材料仓库有材料员看守，按说，和她这个职工家属关系不大。可是只要父亲一离开材料仓库旁边的办公室，她老人家就站在仓库旁边守候。材料仓库装了多少材料，有什么用场，她不太清楚。她只知道：这仓库和丈夫的性命相关，和儿子的性命相关，和这工地所有人的性命相关，和整个革命事业性命相关。像陕北老乡说的一样：人想啥想得过分了，就得了“心病”，变得心神不安。有时候，父亲在家里住，半夜里，妈妈把父亲摇起来，说：“哎，小黑他大呀！你出去看看，我老觉乎着仓库不安全,可不敢失了火!”

父亲说:“你说一定要出去看看?”

妈妈说:“一定要出去看看!”

“那就出去看看吧!”父亲晓得,这会儿回驳母亲,准会吵得脸红脖子粗。他披上衣服出去转游一圈,妈妈就大放宽心地熟睡了。

有时候,妈妈从睡梦中爬起来,匆匆忙忙地下了炕。

父亲问:“干甚去?”

妈妈说:“我怕仓库看守员今日又喝了烧酒!”

父亲不耐烦地吼喊:“我看你中了邪啦! 要不,就是鬼把心窍迷啦!”

于是老两口坐起来,披着衣服,面对面坐到炕上,你指着我的胸脯,我指着你的胸脯,大吵一场。吵嚷的中间,妈妈怕父亲的腿着了凉,还拉过被子把腿盖住。不过,临了,总是父亲赔不是才能了结! 因为妈妈从来不是为了自己的什么事情和父亲争吵哦!

四、永远如此

吕有怀来这里的第三天,黑永良领他到几座大隧道里了解施工情况。他俩从二号隧道出来,通身是汗,就坐在河沟里的一棵大树下边歇凉。

这工夫,黑永良他妈领着二十来个妇女组成的节约队过来了。每个星期的一、三、五,老太太准时不误地带上妇女们,顺着工地拾拣人们丢弃的材料。

她们走到黑永良和吕有怀跟前的时候,老太太叫妇女们先走一步,她把筐子往地上一放,压住了黑永良的脚。

吕有怀看到筐子里装满铁片、螺丝钉和各种机器零件，就笑嘻嘻地说：“节约队可真有用！”

老太太不招理吕有怀，气冲冲地朝黑永良说：“你翅膀硬了？你能离开你大，我可离不开那一把老骨头！”

“妈！什么事嘛！”

老太太说：“昨晚上，你找你大谈话了？你还脸色黑风风地训他了？”

黑永良说：“我是找材料主任谈话哩。”

老太太说：“哼！好一个公私分明！”

黑永良说：“妈！公私分明也好，不分明也好，反正大家都是党员，都要替党负责！”说完，他就望着吕有怀，仿佛请求支援似的。

吕有怀望着这母子俩，只是咕咕咕地笑着。

老太太说：“替党负责？你才替党负了几天责！你大是党性强，你不要以为他好欺侮。中央首长你大也认得一二十个，不要说你这芝麻大的官儿！哼！我考考你这个官僚：我们家属节约队，上半年拣了多少材料？”

黑永良说：“扒钉、钢筋头、机器零件等等东西，共有八千多斤。”他一口背出数字，想把老太太的嘴堵住。

老太太问：“多不多？”

黑永良说：“多！多！你老人家这么大的年纪了，难道要人成天表扬你不成？”

老太太说：“多？多了好不好？”

黑永良说：“好！好！不好工会为什么夸奖你们？”

老太太说：“‘好’！好不要脸！我们拣的多，就证明你们丢的多。你大模大样地管理生产哩，不害臊！”

黑永良说:“妈！你跟我作对干啥哩？你以为我天天高兴得唱戏哩!”

老太太看看儿子清瘦的面容,心软了。

吕有怀趁机说:“大娘！永良够忙了,也够辛苦了！这一回把他饶了!”

老太太说:“党委书记说把你饶了,就把你饶了！你不要以为你妈想不开。你妈好歹入党二十四年了。你对你大要和和气气,我倒不是怕你大干的太苦,”她提起筐子,朝前走了两步,“咱们不苦叫谁去苦?”

这工夫,尘土飞扬,四五辆汽车开到河岸上的材料库跟前。尘土慢慢地落下去的时候,显出了老黑的身影。他站在汽车上,四处瞭望,想找人搬运材料,不料看见了他的老婆,一下子乐了,大喊:“小黑子妈！来！扶我一把!”

老太太一看那几辆满满堂堂的车子,就晓得老黑这一趟没有空跑;就晓得这一阵子老黑是世上最乐和的人。她急急地朝车子跟前走去。

黑永良望着他妈硬朗的身板,说:“妈！我也来扶你一把!”

老太太说:“滚远！你妈还要你扶一把?”

黑永良望着吕有怀笑了,两人肩并肩随着老太太走去。

吕有怀一边帮助老黑搬材料,一边说:“大娘！你一把又一把地扶助老黑大伯,也得把我和永良多扶几把。”

老太太望了黑永良一眼,说:“哼,我这死老婆子快过时了!”

吕有怀说:“嘿！大娘把我当外人看哩。”

老太太笑得合不拢嘴。她说:“外人？你早就是我们家里的一口人了。搬完材料,大娘给你和小黑子做油炸糕！你出门这多年,大约也没忘记咱们家乡人爱喝的黄酒!”说罢,她就帮助老黑指挥百十名工人卸材料。

那帮腰粗力大的小伙,又在互相丢眼色,仿佛说:“小心! 老太太又上阵了!”

老黑看看眼前这几车材料,好像年轻了二十岁。他,身体矫健,动作敏捷,嗖地蹿上汽车,咚地又跳下来。耳朵上别半截铅笔,手里拿个本本在空中挥着,不断地喊:“搬炸药要小心!”“嗨! 傻小子! 钢筋放到三号仓库!”他的喊声压倒了机器的响声、打夯工人的喊声和搬运工人的吵嚷声。

老太太望着她的老伴儿,觉得他是天下唯一的英雄好汉。

黑永良望着他的父亲和妈妈,觉得无比的兴奋和自豪。

吕有怀望着老黑、老太太和小黑子,他觉着,就是那些宽阔而坚实的肩膀,支撑着这万里江山。过去如此,现在如此,永远如此!

注释:

① 延安一带的人,把父亲叫大,读如“达”。

(原载《文艺月报》1958 年第 5 期)

作者简介:杜鹏程(1921—1991),原名杜红喜,陕西韩城人。1938 年赴延安参加革命。著有长篇小说《保卫延安》,中篇小说《在和平的日子里》,短篇小说集《速写集》等。

我的第一个上级

马　烽

去年夏天,我在省水利学校毕业以后,很快就被分配到这个县来工作。当时,心里觉得很不平静,说不来是兴奋,还是紧张。大约初次走上工作岗位的青年学生,都有过这种心情。

那次,我是骑着自行车,带着行李赶来"上任"的。我所以不搭汽车,目的是要做一次长途锻炼。今后要在农村工作了,没有这种本领还行?那天,我天不明就动身走,到达县城的时候,已经快晌午了。一进城就碰了件不顺气的事:我骑着自行车正往前走,迎面来了个老头,这真是个怪人。天气这么热,正是三伏时候,街上所有的人都穿着单衣服,有的只穿着个汗背心;而他却披着件夹衣,下身穿着条黑棉裤,裤脚还是扎住的,头上又戴了顶大草帽。这不知道是嫌热,还是怕冷?他低着头,驼着背,倒背着手,迈着八字步朝我走过来。我早就响起了车铃,他连头都没有抬一下,仍然慢吞吞地在街心迈八字步。直到相离只有几尺远的时候,他才抬起头来看了一眼,向右边挪了两步。可是,已经晚了。因为我见他不让路,本打算从右边绕过他去,谁知他也往右边躲,正好碰上。"说时迟,那时快",猛然一下就把他撞倒,我也从车上跌下来了。我走得又累又饿,刚才他不让路就窝着一肚火,这一下更火了。我爬起来边扶自行车,边大声吼道:"你就不长着耳朵?听不见铃响?"我说了这么一句没礼貌的话，当时就有点后悔，他并不是不让路，只是迟了点。再说他被自行车撞倒，心里还能痛快？我想他决不会和我善罢甘休，看来是非吵一架不可了。谁知完全出乎我意料之外，他捡起草帽，一边慢慢往起爬，一边和和气气地说道："你也别发火，我也不要生气。反正都跌倒了，各人爬起来走吧！"这时我才看清了他的面孔，原来不是什么老头，看样子顶多不过四十岁。四方脸，光头，面色苍白，脸上没有一点生气的意思。他站起来看了我一眼，拍了拍身上的土，照旧背起手，低着头，迈着八字步走了，好像根本没和我发生任何纠葛一样。我被他这种冷淡的态度，弄得不知该怎么好了。一直望到他拐进另一条街，我才推上自行车继续往前走。心里不由得说：这可真是个怪人。

那天，我一到县委组织部，马上就把工作确定了。组织部要我暂时先到防汛指挥部去协助工作。我二话没说就去了。

防汛指挥部就在组织部这个院子里，占着一间大南房。接待我的是一个岁数和我差不多的小伙子。他自我介绍道："我叫秦永昌。以后你就叫我老秦吧。叫小秦也可以，随你的便。"接着又指指这间房子说："这就是咱们办公的地方，也是宿舍，也是会客室……这叫综合利用。"看起来小秦是个性格很开朗的人，也是个热情的人。他边说边就帮我铺床、整理东西，一转身又打来了洗脸水，还端来半个大西瓜。没过了一个钟头，我们就像朋友一样熟悉了。

午睡起来以后，小秦给我简单介绍了一下工作情况：防汛指挥部是个临时组织，总指挥是县委第一书记，副总指挥是农建局田副局长，其他各股的负责人，也都是各单位负责干部兼任的。说来说去，实际上专职搞这个工作的只有他一个人，而他也是临时从水利科调来的。我问小秦:"具体业务谁领导?"小秦说:"田副局长。走,我先引你去见见他。"说着站起身来就往外走。我也只好跟着他去。

农建局就在县委会斜对门,是一座普通的四合院。田副局长住在东房里。我们进去的时候,只见田副局长蹲在椅子上,低着头,好像在写读书笔记。旁边放着一本翻开的《毛泽东选集》,字里行间画了许多圈圈道道。小秦说:"老田,组织部给咱们调来个同志。"他连头都没抬,只说了句:"好嘛!"小秦忙又向他介绍道:"这是彭杰同志。水利学校刚毕业的洋学生。"这时他才放下笔,抬起头来望了我一眼,我一看到他的面孔,不由得吃了一惊。这可真是"无巧不成书",原来我的这位"顶头上司",就是上午被我在街上撞倒的那个人,我想起那句没礼貌的话,心里觉得很不好意思。

小秦在这里好像是主人一样,他搬了个椅子让我坐,又从暖水瓶里给我倒了一杯水,随手又去整理桌子上乱七八糟的书报。老田蹲在椅子上没动,向我简单地说了说应该做的工作:他要我先熟悉一下全县的河流渠道,然后再到几个重点村去跑跑。他讲话的声音很低,很慢,好像没有吃饱饭一样。谈完工作,他忽然向我说道:"刚才我就看你有点面熟,好像见过。唔,对,是见过。"小秦抢着问道:"在哪里见过?"我觉得我的脸唰一下红了。不知该怎么说好了。幸好这时进来一个干部,给老田送来一份公文,要他签字,这才算救了我的驾。

我们回到办公室以后,小秦又追问我什么时候和老田认识的。我只好把上午撞车的事给他说了一遍。小秦说:"没啥,老田根本就不会计较这些事,你别多心。"我说:"当时我确实是有点生气。我摇了半天车铃,他连头都没抬一下。"小秦笑着说:"你摇铃管啥用，就是打炮他也不一定理你，他就是那么个疲性子人！”接着他给我讲了一件老田的故事。他说：有一次老田下乡去了，独个住在一间房子里。半夜里起了大风，忽然房顶上“咔喳”一声巨响，把他惊醒了。他躺在被窝里动都没动，拿手电向屋顶照了照，只见房梁快要折断了，好像马上就要倒塌的样子。他看了看，自言自语地说：“我就不信等不到明天！”翻了个身，又睡着了。

我听完，差点笑出眼泪来。我说这是小秦编造的，他没敢肯定确有其事。只是笑着说：“信不信由你，仅供参考。”

我来了还不到一个星期，和老田的接触还不多，他只来过我们办公室两次，我和小秦去给他汇报过一次各地防汛工作的准备情况。但就从这些接触当中，我觉着他确实是个疲疲沓沓的人。走起路来总是低着头，背着手，慢慢地迈着八字步；讲起话来总是少气无力；处理问题总是没紧没慢拖拖拉拉，好像什么事都不能使他激动。我遇到这么个倒霉上级，心里真有点恼火。不过，他交代给我的工作，我还是尽力去做了。

这期间，我的主要任务是熟悉情况，同时也要帮助小秦督促各乡进行防汛的准备工作。我把全县的河流渠道图看了好多遍，读了好多有关洪水的资料。全县境内，总共有三条河流，都是由西向东，由山区流向平川。说是河流，实际上都是干的。根据资料看，解放以来，只有一九五四年八月间，发过一次特大洪水。以后，几年都是平安无事。我想今年大约也不会发生什么问题，因为眼看汛期就快过去了，还没有一点音讯。谁知就在我来到这里的第九天夜里，山洪暴发了。

那天白天，晴空万里，气象预报也没讲有暴雨。只是傍晚时候，西边有一片浓云。晚上十点多钟的时候，小秦已经躺下了，我坐在灯下正给他读一篇小说。忽然电话铃响了,我忙扔下书本抓起了耳机。电话是张家沟水委会打来的,说永安河发山洪了,估计有一百多个流量。我听完吃了一惊,因为从资料上还没发现这条河有过这么大的洪水,一九五四年也只不过是七十个流量。我放下耳机,忙把这个消息告给小秦。我们正在分头给沿河各村打电话的时候,另一个电话铃响了,是安乐庄打来的。这可真是个使人吃惊的消息,简直疲我吓慌了。我扔下耳机说了句:"安乐庄决口了!"匆匆忙忙就往外跑,我得赶快把这消息告给老田。总指挥到地委开会去了,只有去找他商量办法了。我一口气跑到农建局,推开他的房门,就撞了进去。他已经睡下了,灯还没熄。我一进门就大声喊道:"老田,快起,永安河发洪水!安乐庄决口了!"他一只手撑着床,支起半个身子来问道:"安乐庄什么地方决口了?"我告他说在汽车路东,决口有四丈多宽。我想他一定会马上起来穿衣服,跟我到指挥部去。谁知他听完,反而躺下了,平平淡淡地说:"没甚要紧,这只是下游几个村少浇点地。"当时我又急又气地说道:"你知道有多么大流量?一百多个!"他不紧不慢地说:"那更没办法!反正堵也堵不住。任由它流吧。"我听他这么说,真想扑上去把他拉起来,狠狠地揍他一顿。这算什么防汛副总指挥?简直疲沓得太不像话了。

正在这时,小秦慌慌急急跑来了,一进门就大声说:"三岔河也发洪了!"他的话音刚落,老田就像中了电似的"呼"一下坐了起来,睁大眼睛急问道:"多大流量?"小秦说电话是三岔乡秘书打的,他弄不清流量,只说水已经漫到龙王庙背后了。老田说:"那至少有九十个。"他一面急忙穿衣服,一面向我们说:"赶快通知海门村、田家庄,全体上堤。快!"我和小秦扭身就往回跑。

我跑回办公室的时候，只见房里有好些人：新调来的郝书记，县委办公室王主任，兵役局牛局长，另外还有农村工作部的几个干事，很显然这是小秦通知他们的，他们有的在打电话，有的正围着河流渠道图争论什么。人们的脸色都很严肃，屋子里的空气非常紧张。他们一见我们两个进来，都急着问道："老田来了没有？"小秦说："就来！"我忙去给海门村打电话。刚把电话打完，老田已经来了，一手提着根棍子，一手拿着件雨衣，虽然还是那身穿戴，但神气全变了。精神抖擞，满面红光，脸上的表情又严肃又冷静。他大踏步跑进来，把手里的东西扔在床上，冲着兵役局牛局长说："马上把城关基干民兵集合起来，带到东会南堤上去，你亲自去！"牛局长像是接到了将军的命令，什么话也没有讲，应了声"是"，转身就走了。老田又向办公室王主任说："赶快把汽车开到门口。"然后他就抓起耳机来给各村打电话。

大家都悄悄地望着他，屋子里只有他一个人说话的声音。他大声地对着耳机喊道："电话局，马上接杜村，上舍，古城……杜村，你是谁？……我是老田。听着，把三支渠的闸拔开一孔……什么？已经全拔开了？我就怕你们来这么一手，马上闸住两孔……渠道是去年冬天新修的，怎么能一下放那么大的水？出了乱子怎么办？……不要担心浇不了多少地，后半夜有大水。你把闸口把守好吧！"他放下这个耳机，马上又抓起另一个，详细地指示上舍和古城：要防守哪段河堤；开哪个支渠闸，闭哪个支渠闸；先往哪个水库蓄，后往哪个水库蓄……我听他这么讲，忙把河流渠道图铺在他面前的桌子上。他根本没看一眼，继续讲他的。他连哪条斗渠应当如何，哪条浓渠应当怎样都讲了出来。他对这些渠道的熟悉程度，简直使人吃惊，好像在数自己的手指头一样。

老田打完电话，擦了擦头上的汗水，对王主任说："老王，你和小秦在这里守电话。郝书记，你们去睡觉去吧。"回头对我说："咱俩到海门去，恐怕那里南堤要出问题。"我说："南堤很结实，是北堤单薄一些。"前天我才去了海门一趟，这点我知道得很清楚。他说："你不看外边刮着东北风？"他这么一讲，我才想起刚才出去的时候，外边确实是起风了。不过我根本没注意风的方向。这时王主任对老田说："你身体不好，我去吧，你在家指挥。"老田说："你去不抵事！"说着拿上棍子和雨衣就往外走。我拿了件棉袄也跟了出来。吉普车早已停在大门口了。我们上了车，老田说："到海门去，开快点。"车子马上就开动了。

这天晚上，老田的这种变化，给我留下了很强烈的印象。洪水一来，他完全变成另一个人了。我真没有想到他这么果断，自信心这么强！但也有些事使我迷惑不解：两条河都发了洪水，安乐庄还决了口，他一点都不着急，也没采取任何措施；而三岔河只有九十多个流量，为什么就急成那个样子？我知道三岔河以往是条害河，可是近几年筑了不少分洪工程。去年冬天还修了好几个平地水库。下游河道也很宽，可以通过二百个流量。难道九十个流量就值得这么大惊小怪吗？他说后半夜有大水，根据是什么呢？

在车上，我向他提出了这些问题。他反问道："永安河坡度比例多少？"我说："千分之五十。"他又问道："上游来水面积有多大？"我说："九平方里左右。"这些数字我早背熟了。他听完我的回答说："对，这就是永安河的特点。坡度大，洪水来源少。别看来势猛，顶多四个钟头河里就干了，四个钟头能把口子堵住？再说，不堵危害也不大，安乐庄汽车路东种的都是高秆作物，过一下水也淹不死。水从那里漫下去就入了丰收渠，正好浇他们村北的老旱地。”我忙又问道:“三岔河后半夜真的会有大水?”他说:“没错,这九十个水量是正沟的水,南沟北沟山上覆盖多,水下来要慢一些,至少要差三个钟头。可不就在后半夜。”停了一下又说:“这条河愈往下游坡度愈小,到海门夹沙畛一带,只留下千分之一了! 你想想,水量大,泄洪慢,这不要命? 真要命!”他说完沉默了,显然是在为海门担心事。我也没有再说什么,心里忽然想起了一件事来:我初来那天,小秦给我介绍情况的时候,曾经说过老田是县里的“土”水利专家,当时我没有在意,后来看到他是那么个样子,我只当小秦开玩笑。现在我才明白,小秦讲的是正经话,就凭这几手,老田确实也够得上个专家。

县城距海门有二十多里路,汽车开到离海门还有三里多的时候,老田要司机把车停下来。他说:“前边二支渠已经有水了,你返回去吧!”司机只好把车刹住,我也只好随他下了车。

天上月黑星稀。我们迎着东北风往前走。老田拄着棍子在前边引路,我紧紧跟在他后面。他走得飞快,我几乎是小跑才能追得上。走到二支渠上,渠里果然有水了。我们涉水过去,没进海门村,顺小路直奔南堤。通过一片高粱地,远远就看到堤堰上有许多灯笼晃来晃去。隐隐约约还可以听到嘈杂的人声和水的吼声。老田步子更快了,我气喘吁吁地跟着他奔跑。爬上南堤的时候,只见河里的水已经漫到平台上来了。堤堰上到处堆着一捆一捆的芦席、椽子、沙袋……人们有的在搬运器材,有的在抬土培堤。人来人往,乱哄哄。我们穿过人群,顺堤往东走了一段,就到了防汛指挥所。这是一间泥土小房,房周围也堆着好多防汛器材。我们进去的时候,只见屋里挤满了人,乡党委翟书记,海门村和田家庄的支书、社主任都在里边,一个个都是愁眉不展。有些人在拼命抽烟,满屋子乌烟瘴气。我们在门口站了半天,谁也没有理睬。这时从门外进来个年轻姑娘,身上背着个带红十字的背包,看样子是医生,她忽然发现了我们,惊喜地喊道:“啊,老田!”她这么一叫喊,把全屋人都惊动了。人们都站起来,乱纷纷地喊道:

“老田来了?”

“知道你要来的!”

“你可来了!”……

人们脸上的愁云消散了,语音中充满深厚的情感。看得出来,大家对老田十分信赖。好像只要老田一来,洪水再大也没啥了不起。

老田问了问防汛器材准备的情况,抢险队组织了多少人,又问河水上涨的速度。翟书记说:“一个钟头以前还是半河槽水,刚才一下子就漫到阳台上。”老田沉思了一下说:“这是北沟的水下来了。待一会儿还要猛涨,赶快把席子敷到堤上,看样子风不会停。”他刚说完,就有几个人跑出去了。

老田满屋子扫了一眼说:“怎么老姜头没来?”海门支书老靳说:“刚才觉得不要紧,就没叫他。”老田生气地说:“不怕一万,只怕万一。”说完随手拿起了电话耳机。老靳说电话线断了,正在派人修理。老田扔下耳机说:“你马上回村去把他请来。”回头又对我说:“你也跟他去,给牛局长打个电话,要他马上把席子敷到堤帮上,要特别注意王家坟那一段。”我听他吩咐完,连忙就跟老靳走出来。

我们从堤堰上走过去的时候,只见人们正在匆匆忙忙往堤上敷席子,有两个人在互相低声谈论:

“老田一来,这就不怕啦!”

“不怕啦？没危险老田来干甚？”

“你别提心吊胆，老姜头没来！”

我低声问老靳，老姜头究竟是个什么人？他说：“堵决口的行家。反正找他来就没好事！”他叹了口气又说：“要真的决了口，南边这七个村，都得灌了老鼠窝！”我听了，心里也觉得很沉重。我告他说，明年就没关系了，秋后要在三岔河上游修水库，我在县上看到过这个计划。

我们下了渠道，一口气就跑到海门村。老靳去找老姜头，我忙到社里打电话。过了不多一会儿，老靳扶着个白胡子老汉进来了。他给我介绍说这就是老姜头。看样子老姜头有七十多岁，走起路来一摇一晃，好像随时都可能摔倒。老靳要备牲口送他，他说：“你有事前头先走吧，我后边慢慢来。万一要出险，也在后半夜哩！”我也说：“老靳，你先走吧，我照护老大伯。”老靳匆匆忙忙走了。我便扶着老姜头，慢慢往堤上走。

路上老姜头问我道：“老田病怎么样？好了吗？”我反问道：“什么病？”因为我根本不知道老田有病。老姜头说：“你不知道啊！他腿疼得要命，去年冬天连炕都下不来了。叫什么？……对了，关节炎！”

怪不得老田平常走路慢慢吞吞，怪不得这么热的天还穿着棉裤。我忽然想起他下了汽车以后走得那么快，心里说：“这不知道忍受了多大的痛苦啊！”

老姜头是个很爱讲话的人。他告我说：老田的关节炎是一九五四年得的。那年秋天，雨多洪大，这一带都淹了。老田淋着雨渡着水指挥各村防汛排涝，一连在水里泡了七天七夜。等洪水过去之后，他的两条腿都被水浸得浮肿了。老姜头赞叹地说：“真是个干家！比他爹还强！”接着他就给我讲起了老田的历史：

原来老田的家，就住在离海门村二里的田家庄。他爹活着的时候，和老姜头是最好的朋友，是这一带有名的水手头。从前，每逢决了堤，总是他们几个人负责堵。那时候，虽然县上在这里设有“河务委员会”，可是那些老爷们除了搂钱，什么都不管。每年老百姓不知道要出多少河务捐款，但河堤经常是破破烂烂，多少发点洪水就决口，一年至少要决一两次。有时候，一次就开两三个口子。每逢洪水下来，那些老爷们不要说上堤，早夹着尾巴跑了。结果，老百姓花上钱，还是要自己去堵。

老田十来岁的时候，就跟着他爹和老姜头在堤上干事，这人胆大、心细，有股钻劲。二十来岁的时候，就成了这一带的红人。解放后，县上提拔他当了水利技术员，后来又入了党，工作劲头更大了，整天起来东跑西颠，领导各村挖河、开渠……一九五三年在专署训练班学习了几个月，本事更高了。现在全县一些大的水利工程，都是他亲手设计的。

我们谈谈说说，不知不觉已经走到南堤。老姜头不让从堤上走，要从庄稼地里绕到指挥所去，我问他为什么，他笑着说：“人们要看到我来，一定觉得不吉利。”我只好扶着他绕到指挥所那间小屋里。

屋里冷冷清清，只有老田和那个年轻女医生在。只听老田对她说：“桂兰，你就在这里守电话，不要乱跑，天塌了也不准离开！”看样子电话已经修通了。老田说完，一扭身看到了我们，忙亲热地和老姜头打招呼。老姜头说：“怎么？今晚上熬不过去？”老田皱着眉头说：“风太大，危险啊！大叔，你先上炕躺躺吧，需要的时候再叫你。我要到东边看看去。”说完就往外走。我也跟着他走出了屋门。

河里的水比我离开时候又涨了好多,虽然离堤顶还差一公尺左右,可是风浪很大,风拥着浪花不断向堤上猛扑,“唰——”扑上来,“哗——”退回去。接着又扑上来,又退回去。要不是堤帮上敷着席子,无论如何也招架不住这么冲刷。我和老田走了不长一段路,鞋袜全被溅上来的水花泼湿了。正走着,忽然前面传来“哇——”一声巨吼,接着就响起了紧急的锣声。

很明显,前边决口了。

我没等老田吩咐,灵机一动转身就去指挥所叫老姜头。路上只见抢险队的人们扛着器材,提着汽灯,叫喊着都朝响锣的地方奔跑。我跑到指挥所门口,老姜头正从屋里出来,他大声问我道:“哪里?哪里?”我向东指了指,他急忙就走,我忙过去扶他,他摔开我的胳膊,大踏步向前飞跑。我真弄不明白,为什么他的腿脚忽然变得那么灵敏了?

出了险的地方,灯火通明,人声嘈杂,人们奔跑着,喊叫着,来来往往运送沙袋。大家见老姜头来了,忙往两边让路。我们走到前边,只见河堤决开有两丈多宽,洪水翻滚着浪花向外奔流,发出一种可怕的吼声。我从来还没有见过这样的阵势,简直吓得不知如何是好了。

老田站在那里正指挥人们往决口处填沙袋,他背对着我们,看不见他脸上的表情,但从他的动作和说话的声音中,可以感觉到他没有一点惊慌的成分,反而显得更加沉着,更加冷静。

决口处流水太急,沙袋扔下去马上就给冲跑了,而且堤堰在继续倾塌,决口愈来愈大。对面翟书记和老靳也在领着人们填沙袋,但也不起作用。

老姜头来了什么话也没说，悄悄地站在那里观察水势，他看了好大一阵，这才大声叫道："停下来！"老田忙转过身来，望着老姜头说："怎么？要下桩？"老姜头说："是，不过先要护好断头。"老田说："您吩咐吧！"回头对我说："快去给县上报警……告诉他们，我们一定能堵住！一定要堵住！"他的语气是那样的坚决，那样自信。我二话没说，穿过杂乱的人群，就又跑到了小屋里。

当我打完电话返回来的时候，这里已经变得很有秩序了。人们排成两行站在堤上，陆续不断地往前传递木桩、芦席、沙袋等各种器材。我从堤边上绕到前边，只见已打下去五根木桩，贴着木桩沙袋也已填出水面。老姜头站在那里纹丝不动，吆着号子，正指点人们打第六根桩。老田领着一些人，继续填沙袋。对面，翟书记也在指挥人们打桩。打桩声、号子声、水声、风声搅混在一起，给人一种又紧张、又严肃的感觉。

堵口工程进行得很顺利。决口慢慢地缩小，到夜里三点多钟的时候，只留下丈多宽了，眼看很快就可合龙闭气。可是，这时候水也更猛更急。木桩刚打下去一半，就被冲走了，一连冲走四五根。最后一次，连几个打桩的小伙子带老姜头，一下子都冲到水里了。幸亏他们腰里都拴着保险绳，没冲走多远，就被众人七手八脚地拉上岸来。

老姜头全身是水，脸色灰白，冷得直打哆嗦。他一爬上堤堰，就气喘吁吁地对老田说："堵不住啦！我是没有这个本事了！"站在跟前的一些人听老姜头这么说，都慌了。老姜头接着又向老田央求道："趁早让人们回去吧！早点守住护村堰。要不，村子也得完蛋！"这一下，大家更慌了，议论纷纷，有些人转身就想跑。

这时只听老田大声喝道："别动！谁敢挪动一步，马上把谁填到水里!”他的脸色铁青,眉眼恼得怕人,语气十分坚决。大家都吓呆了,立时鸦雀无声。老田像只猛虎一样转脸对老姜头吼道:“非堵住不可!你再胡说八道惑乱人心,我先把你填到水里!你要敢离开这里一步,我马上把你推下去!”老姜头也给吓住了,蹲在那里一句话也没敢说。老田又向决口那头喊道:“老翟,马上组织人,下水堵!”接着就听到翟书记用广播筒喊道:“会水的共产党员、共青团员们,站出来准备下水。”

这里,老田一面叫喊让后面的人赶快往前运沙袋、木桩,一面把身上的笔记本、水笔都掏出来。看样子,他要亲自下水了。我忙说:“老田,你有关节炎,你不能下水!”老田瞪了我一眼,随即把手里的东西递给我,转身向众人喊道:“会水的,跟着我来!”只听人群中乱纷纷地说:“老田下水了!”“咱们还愣着干吗?”马上就有五六个壮小伙子跑到他身边,接着又跑出来几个,又是几个……人们一个个手挽手连成一串。老田领着头下水了,浑浊的河水立时没到他们的腰里,很快就没到胸口。老田拉着长长的队伍往前走,湍急的河水冲得人们东倒西歪,但人们仍然不顾一切地往前走。对面翟书记挽着一串人下到河里了,挣扎着往这边移动。老田和翟书记一次又一次想靠拢拉起手来,但一次又一次被巨浪打开了。老田一连被水冲倒三次,他爬起来跌倒,跌倒爬起,继续挣扎着前进。堤上的人都急得要命,都替他们提心吊胆,可是谁也没有办法。

蹲在地上的老姜头,猛一下站了起来,向堤上的人喊道:“快!抬一根长电线杆来!”电线杆很快就抬来了,他指挥人们把电线杆横卡到决口上,又向水里喊道:“快,扶住杆子走!”老田和翟书记靠着电线杆,终于挽到一起了。水里的人也都一个个紧挨着,靠在了电线杆上。这时,堤上又有很多人呼喊着手挽手下到水里。转眼间,决口上就排满了一层又一层的人,结成了一条冲不断的堤。

大股的洪水终于被拦住了。可是风浪也更加凶猛起来。一个巨浪接着一个巨浪,照他们劈头盖顶反扑。当巨浪扑上来的时候,所有的人都被吞没了;当巨浪退下去的时候,无数的头才又露出水面。他们吐掉嘴里的泥浆,大声地喘口气,准备着迎接再一次的冲击……

我们在堤上的人也紧张极了。老姜头大声地吆喝号子,指挥人们继续打桩,我和另一些人把传递上来的沙袋匆忙往决口处填。风浪继续不断地反扑,站在水中的人们继续坚持着,时间一点一点过去了。一根根木桩打下去,一袋袋沙土传过来。决口逐渐在缩小,沙袋堤逐渐在增高……

天色愈来愈黑暗,气候愈来愈冷。我站在岸上穿着棉衣还冷得打战,站在水里的人可想而知了。我看见他们一个个都是紧咬着牙关,忍受着风浪和寒冷的袭击。老田站在那里纹丝不动,嘴里不住地喊着:“下定决心,不怕牺牲,排除万难,去争取胜利!”像是在鼓动别人,又像是在鼓动自己。

黎明时候,决口终于合龙闭气了。洪水只好顺着河槽奔流。当老姜头喊出“合龙了”的时候,人们都兴高采烈地欢呼起来。水里的人也叫喊着爬上堤堰。一个个满身泥水,冷得直哆嗦,他们身上脸上都是泥浆,像是泥塑的一样,但都在咧开嘴傻笑。堤上立刻烧起几堆大火,让他们烘烤。这时我发现水里还站着一个人,我忙过去端详了半天,才认出原来是老田。只见他闭着两眼,咬着牙关,两手紧抓着电线杆,身子趴在沙袋上一动也不动。我一看这样子，吓得大声乱叫：“救人啊！救老田啊！”翟书记、老姜头和其他一些人，急忙都跑过来，大家七手八脚才把老田拉上堤堰。他已经人事不省了。两条腿弯曲得像两张弓，鼻子里只有一点微微的气息。我们慌忙把他抬到指挥所小屋里，翟书记忙让人去绑担架，接着又给县上打电话，要汽车马上来。我们给老田把湿衣服剥下来，老姜头含着两眶热泪，脱下自己的夹袄，轻轻地盖在老田身上。我也连忙脱下棉袄，盖在他腿上。接着从门外递进来一件又一件的干衣服，这些衣服都是人们刚从自己身上脱下来的。我向门外看了看，门口站满了人，都在关心地打问老田的消息。

桂兰匆忙给老田打了两针，又用松节油擦他的两腿，这时我才发现他的两个膝盖完全红肿了，小腿上布满了一棱一块的青筋疙瘩。

过了半个多小时，老田渐渐缓过气来了，他断断续续地说：“下定……决心……不怕……牺牲……”老姜头趴在他耳边大声呼唤。老田慢慢睁开眼看了看，说道：“大叔，我骂你了，我……”老姜头哭着说：“孩子，别说这话，你骂得对……”

担架已经绑好了，不知谁还跑回村里去拿来两床被子，我们把老田安置在担架上，人们就抢着来抬。当我们出了小房走到堤上的时候，太阳已经出山了，风早已停止，河水缓缓地流着。堤上的人们都用一种感激的眼光望着担架。我们过了二支渠，汽车早已等在那里，我们把老田抬上汽车，就一直开到县立医院……

两个月之后，老田出院了，我这一次又是在街上碰到他了。他还是那个样子：驼着背，低着头，背着手，迈着八字步。只是步子迈得更慢了，背更驼了。我远远地望着他走过来，心里有一种说不出的情感。我知道走过来的并不是什么怪人，而是我的第一个上级。他是一个普普通通的领导干部,同时也是一个值得受人尊敬的人。

1959 年 4 月

(原载《人民文学》1959 年第 6 期)

作者简介:马烽(1922—2004),原名马书铭,山西孝义人。1938 年参加抗日游击队。著有长篇小说《吕梁英雄传》(与西戎合作),短篇小说《结婚现场会》《我的第一个上级》,电影剧本《我们村里的年轻人》《咱们的退伍兵》等。

团　圆

巴　金

我从王主任的房里出来,雪早已住了。山坡上一片白色。石头砌的山路一级一级蜿蜒地伸到下面去。王主任住在半山。我的住处在山下。我在这个军的政治部作客已经一个多星期了。晚饭后我常常同王主任散步到山沟口;有时我也到他的房里坐坐,听他谈些战斗故事。王主任才四十出头,比我年轻,可是他知道的事情很多。他喜欢讲话,要是兴奋起来一口气讲两个钟头,也不让人插嘴。我同他可以说是“一见如故”。我拿着兵团政治部的介绍信到这里来找他,我们头一次见面,谈不上十句,他就称我“老李同志”。等到他陪我走进我临时的住室、跟我告别的时候,他索性简单地叫我“老李”了。我同他在一起一点儿也不感到拘束,我有什么话就老实地讲出来,讲错了,他马上给我纠正。我向他请教,他总是有求必应。倘使他抽不出时间,他会不客气地告诉我他没有空。我刚刚住下来,他就派了一个小通讯员照应我。可是他也任我一个人随意地到处走走。因此这个落过雪的晚上我从他的房里出来,并没有人送我回去。他本来叫他的通讯员送我下山,我说我喜欢一个人慢慢地在雪地上走,谢绝了他这番好意。他也就不坚持了。

雪在我那双笨重的厚皮靴下面发出吱吱的响声。我在这些相距不很近的石级上留下了一对一对的脚印。我左弯右拐,走得浑身发热，一面在回想刚才听到的志愿军的英雄故事，越想越高兴，就不再注意眼前的东西。我正走得起劲，忽然撞到一棵松树上，其实也不能说是撞，只是我的右胳膊挨了挨树干，压在枝上的雪落下了一点儿，有一片贴在我的脸上。我抬起头往上看，脚还在朝下移动。我没有料到脚踏在垫了雪的土坡上身子会站不稳，要不是我连忙抓住旁边矮树的树枝，我一定滚到下面去了。

我站定以后，正在因为这场虚惊暗暗责备自己的粗心，一面掏出手帕揩去脸上的汗珠，忽然听见一个清脆的声音："同志，怎么啦？摔伤没有？"原来有一位女同志在我背后讲话。我不曾回头，马上答道："不要紧，我踩滑了，没有摔倒。"

后面的声音又说："李林同志，原来是你！小刘没有来？"王主任派给我的小通讯员叫小刘。

我知道这位女同志叫王芳。就在前天下午她到王主任房里谈工作，我正在那里，王主任便向我介绍，说她在报社工作，写些通讯报道还不错。她现在既然认出我来，我只好转过脸去向她答话："小刘在下面等我，我现在回去。"

她向我招了招手，亲切地说："李林同志，你到我们这里来歇一会儿罢。"我这时才看出她站在一个住室的门前，这间黑阴阴的屋子一大半藏在山里面，房里的灯光遮得严严的。这个山坡上有不少这样的屋子，白天我一眼就看见，夜里却不大容易分辨出来。

"王芳同志，谢谢你，我回去了，下回来看你。"我带笑地答道，便不再理她，我的脚又往下移动了。

"请你等一等，我送你回去。"她说着，就跑下坡来。我正埋下眼睛看下面那些积了雪的白白的石级，可是我听见了她的脚步声。我不要她送我，却又不能阻止她。她已经走到我背后来了。

"李林同志,你上了年纪了,以后夜里出来要带通讯员啊。"她关心地说。我不愿意她送我走到住室,也不喜欢她这种口气,可是想到她那张少女的瓜子脸上两颗好像刚刚油漆过的透亮的黑珠子一样的眼睛,和棉军帽下面两根又黑又粗的辫子,又觉得她小小年纪对我讲这种话有点可笑。我只说:"你不要送罢,就只有一点点路了。"并没有讲别的话。的确山路只剩了十几级,不过我还要顺着山脚走一段路才到得了我那个住室。我把脚步加快了些。我打算赶快走下山坡,转身对她一挥手,说声"再见",省得她为我多走那么一段路。可是她也加快脚步跟着走下来。她还着急地说:"李林同志,你慢慢走,看摔倒。"她看见我不停步,似乎猜到了我的心思,又说:"我一定要送你回去。"她说了这一句,自己发出一声轻微的笑,马上加一句解释:"你是我们军的客人啊。"

我到了山下,她也下来了。我含笑对她说:"王芳同志,谢谢你,请回去罢。"她望着我笑了笑,说道:"我送你到家。"我只好陪着她往前走了。

我们在这条看不见灯光的积雪的小路上走着。我因为她坚持送我感到抱歉,没有讲话。她却带笑地说:"你太客气了。雪冻起来,路上不好走。我们走惯了有时还要摔倒。我们是不要紧的。你上了年纪,不能过于大意啊。"

我感谢她的好意,便对她老老实实地解释我的习惯。我们就这样地谈起来,一边谈一边走,不知不觉地到了我的住室门口。通讯员小刘烧暖了炕等我回去,听见我们的脚步声,便出来迎接。

我邀请王芳到我的屋里坐坐,她不肯进去。我要小刘送她上山,她也谢绝了。她还笑着说:"李林同志,你别看这里很静。这里满山都是我们的人。我还怕什么呢?明天见!"她举起手向我敬个礼，又对小刘说一句："小鬼，你好好照应李林同志啊！"转身便走。她的脚步是那么轻快，半新的棉军服穿在她的身上并不显得臃肿。

"王芳跳舞唱歌样样好，同志们哪个不夸奖她多才多艺。"小刘站在门口说，接着他自言自语，"你叫我小鬼，其实你不过跟我一样的年纪。"然后他揭起雨布门帘，推开木板门，进去把蜡烛点燃，我也跟着进去了。我听见了小刘的话，我记得他对我讲过他今年只有十九岁。

"你看过她跳舞？"我顺口问了一句。

"她以前在文工团，开晚会总少不了她，跳新疆舞，唱大鼓书、唱《王大妈要和平》，样样好！"小刘眉飞色舞地说，他好像回到在台下热烈鼓掌的时候了。

我觉得奇怪，便问他："那么她为什么又不在文工团了？"

"首长，你不晓得？"小刘诧异地反问道，这个活泼的年轻人不习惯叫我的名字，却喜欢笼统地称我做"首长"。我为这个称呼向他提过几次意见，可是他坚决不改，我也拿他没有办法。他那张滚圆滚圆的胖嘟嘟脸上没有一个时候不见笑容，你看到他那两颗骨辘骨辘转个不停的乌黑眼珠，你也不便向他板面孔。因此我只好装做没有听见，让他叫去。

"我当然不知道。我知道了，还用问！"我顺口答道。

"她摔伤了，回国去了一阵。回来就到报社工作了。"小刘只是简单地答了两句。这一次他不笑了，不过两颗眼珠仍然骨辘骨辘地转动。他在炕沿上坐了下来，让抖得厉害的烛光在他的胖脸上不停地扫来扫去。

我等着他以后的话。谁知他静静地望着烛光，闭紧了两片厚嘴唇。我坐在这个洞子里唯一的木凳上，右胳膊压住桌子的一个角，我什么也不想，只是连声催他："往下讲，往下讲。"

"人家真了不起！摔坏了腿，血淋淋的，哼都不哼一声。当初送她回国的时候，大家都很难过，以为她不会再来了。谁知三个月不满，她就回来了。"小刘说。我看得清楚，笑容一下子又回到他的胖脸上来了。"那天我听说她回来了，我在沟口等她，车子半夜才到，文工团好几个同志也在沟口老等。车子刚停，她正下车，那些女同志就拥上去把她抱起来。她们又哭又笑，好亲热啊。我拿起她的背包就走，送到文工团。后来包围她的人散开了，她才看见我，紧紧拉住我的手说：'小鬼，你还是这样胖。'我看见她一点儿也没有变，心里高兴，就问她：'王芳同志，你还唱歌吗？'问得她笑起来了。她说：'我为什么不唱呢？我还学会了好些新歌。我一定要唱给大家听。'过了两天，我们军里开晚会欢迎祖国来的首长，添了一个新节目，就是她唱的《在天安门前相见》。大家拼命鼓掌把手都拍红了。"小刘恳切地望着我，"首长，不是我替她宣传。她真是唱得好，你一定爱听。"

我点点头笑答道："好罢。"其实我倒真以为他在向我宣传了。我再问一句："她不是离开了文工团吗？"不等他答话，我又加一句："你还没有讲她是怎样摔伤的。"

"她到前线坑道里去慰问嘛。"小刘忽然大声说，他这是回答我的后一句话，"文工团时常下连队，有时候还到坑道里去演唱给战士听。女同志一到连队，总要帮忙战士们洗衣服、补衣服、拆洗铺盖。你没有办法不让她们做这些事，哪怕你把衣服藏好，她们也会找出来。我那个时候，还在五连当通讯员，王芳她们到我们连来演出。我们进了坑道三个月没有看到文工团的节目，战士们兴奋得不得了。小小的坑道里没法跳舞，他们就唱歌、说相声。坑道里点了灯，又点了蜡烛，十多个人挤在炕上，一点儿声息也不出。文工团来的人虽然不多，节目可不少。男同志唱快板、说相声，女同志唱歌，节目个个精彩。不过战士们总觉得时间过得太快，一会儿就完了。大家老是要求：‘再来一个！再来一个！’战士们要求一次，就加一个节目。嗓子唱哑了，就哑声唱。后来女同志声音都哑了，只有王芳一个人嗓子没有坏，她最后还给我们唱个大鼓书《新棉衣》。我们刚刚穿上祖国送来的棉军装，听她唱起祖国亲人缝棉衣、寄棉衣的一番心意，每句话都好像落在我们心上一样。唱得我们心里真暖和。哪个不夸她唱得好！文工团在我们连里住了几天，战士们差不多全听到演唱了。王芳的嗓子越唱越好。她后来听说岗哨还没有听到演唱，她就跑出去找那些人，亲自唱给他们听。我起初听见二排战士小曹讲起，我还不相信。”小刘说到这里忍不住先笑了。“首长，我从来不听说有这样的唱法。我想起就觉得好笑。可是小曹却一本正经地讲下去：‘……那天擦黑，我正在站岗，文工团那个女同志来了，她过来就说：“同志，你辛苦了。我是军里的文工团员。军首长派我们来慰问你们。你尽管执行你的任务，我不会妨碍你。我唱个歌给你听，我就在你耳朵跟前唱，只有你一个人听得见。”她真的这样小声唱起来，唱完一个，又一个。天黑了，她才走开。’小曹还说：‘我站在山头，不晓得从哪里来那么大的劲，浑身暖得很，满肚皮的高兴，好像一晚上都听见那个好听的歌。我真盼望敌人偷偷地跑上来，让我抓一两个俘虏，来报答军首长的关心。’……”

小刘忽然停了下来。我不再催他了。我已经摸到了他的脾气：他平日讲话不多，但是动了感情的时候，他一定要把心里的东西全吐出来。要是他把什么话憋在肚里，那么晚上就会大讲梦话。

我这个洞子里一张炕上可以睡四个人,现在只有我和他各睡一头。他讲梦话,免不了要吵醒我,我早晨向他谈起,他便老老实实地告诉我:他父亲跟哥哥“闹不团结”。哥哥是个村干部,工作很积极。父亲思想落后,成天只想到个人利益,事事要求照顾,常常跟哥哥找麻烦。“他总说:‘我是军属嘛,我们正清到朝鲜去为了啥?’为了啥！我到朝鲜来,又不是为了我们家！人家杨根思抱起炸药跟敌人同归于尽,连眉毛也不皱一下,我算啥呢？军属应当起带头作用才对！自己有力气,能走路,能劳动,还好意思要求照顾?”他的话讲得不少。原来他得到家信,心里不痛快,没有讲出来,就做了怪梦。我说:“你写封信回去劝劝你父亲罢,多讲讲道理,他也会明白的。”他果然听我的劝,给他父亲写了信去。他还把信给我看过,写得很不错。他这个农村出来的青年,文化水平并不低。他说,他刚入朝的时候,只认得七八百字。可见他到了部队以后,有很大的进步。

燃剩了的蜡烛芯偏垂下来,烛油开始往下流。小刘连忙站起来,用两个指头把那段发烫的烛芯拉断,丢在地上,他的眉毛也不曾皱一下。他站在木板桌前,接着中断了的话题讲下去:“我们连的一排住在最前沿,文工团的同志们坚持要到那里去演出。指导员教我陪他们去。走这一段路并不容易。他们刚刚走到,不肯休息,就演唱起来。那里的坑道很低,女同志就跪在炕上唱歌。说相声就蹲在炕上说,炕上不行,就在又滑又湿的地上干。王芳说书,鼓架子支不开,就请男同志托住鼓。他们还到了最前沿,王芳站在射口跟前唱歌,她唱得战士们个个满意。大家都说:‘同志,再唱一个,叫河那边的敌人也听听。’第二个歌还没有唱完,敌人的炮打过来了,炸的坑道直摇晃。可是王芳连眉毛也不皱一下,还是唱得很起劲……我们在一排几个班待了一天，天黑了才动身回连部去。战士们紧紧地拉住文工团同志的手不肯放。我们走了不远，下起了小雨，山路更不好走了。走到半路，敌人接连打来几炮，震得厉害。不晓得怎样王芳的鼓连鼓架子一起掉下去了。她着急起来，跟着声音下去找鼓。我正在前面带路，听见别人叫王芳不要下去，连忙转身回去找她。已经来不及了。她摔下去了。我没有听见她的叫声，我只听见别人的叫声。我们都说不清楚她是怎样摔下去的。我下去找到了她，她的左腿给岩石撞坏了。她不让我背，我一定要背她，我一口气把她背到连部，让卫生员给她包扎好，当夜就抬到医疗所去。我看见指导员，马上检讨：指导员叫我照应他们，我却背了摔伤的人回来，我没有完成任务。战士们听说王芳摔伤了，纷纷写信派代表慰问她，大家还表示决心要替她报仇。指导员同意我的要求，让我到医疗所去看她。我把我嫂嫂给我缝的慰问袋也带去了。她睡在病床上，脸色不好看，人也瘦了。旁边还有个文工团的女同志。我笑不出来，也讲不出话来。我把写好的慰问信交给她，把慰问袋放在她手边，不知不觉眼泪花滚出来了。我转身就走，倒是她把我唤住了。她说：'小鬼，怎么啦？远远地跑来一趟，话都不说一句，你这是什么意思？'我只好当她的面揩干了眼泪，向她检讨。我刚刚开个头，她就笑了，她打断了我的话。她说：'同志，你背我走了那一大段路，我还没有谢你，你倒来检讨，哪有这种道理？你回去，请对同志们说我的伤不要紧，养好了还要唱歌给大家听。'我临走，她要我站近些，她要唱个歌感谢我。我劝她不要唱，那位女同志也劝她不要唱。她却坚持说：'我的腿摔坏了，嗓子没有摔坏啊。小声唱两句是不要紧的。'我只好走到床头。她真的小声唱起来。她唱的是《歌唱祖国》。她快要唱完，那位女同志就向我努了努嘴。等她刚住口,我就告辞走了。我不走,她一定还要唱。我看见她虽然唱得高兴,脸上也有了血色,可是唱了歌,也显得累。”

小刘这些没完没了的谈话使我感到很大的兴趣,我不嫌话长,只担心会有什么意外事情打断他。忽然在我们的头上响起了一个大雷,这个洞子好像给人推着,一推一放,来回摇晃了几下。燃了半截的蜡烛倒在桌上,我连忙把它扶起来,又用烛油凝住了它。敌人又在放冷炮了。我朝木板门看了看,门露了一个缝,小刘走到门口,把门关紧,然后坐到炕上。他不等我催促,又往下讲:

“过了不久,我给调到军里来了。我一来就听说她要回国治病。我真替她担心。我还是怪自己那天没有好好照应她,不然她绝不会摔坏腿。我向文工团打听到开车的时间。没有想到五号首长也去送她,我就跟去了。她是让人抬上车的。文工团好多同志都在场。她躺在担架上,看见五号首长来,高兴极了。五号首长叫她安心治病。她却接连说:‘五号,你答应了的:我治好了就回来!我一定要回来!’五号首长拉住她的手说:‘小鬼,我们都等着你。’她平日叫我‘小鬼’,现在也有人叫她‘小鬼’,我觉得好笑。五号首长叫了她好几声‘小鬼’。她看见我,也叫起‘小鬼’来,她自己也忍不住笑了。送她的人不少,她跟我只讲了两三句话。她说:‘小鬼,再见,我一定要回来。我等着你立功的消息。’看她的样子,她好像没有一点儿痛苦。可是我听见人说,她在医疗所常常在梦里痛醒。文工团同志们跟她更亲热。快开车的时候,她大声唱起了《歌唱祖国》,同志们跟着她唱起来,大家正唱得起劲,车子动了。我们一面唱,一面挥手。歌唱完,车子已经不见了。有些女同志在揉眼睛。五号首长一句话也不讲,等到大家都散了,他才慢慢走回去。”

我听见小刘讲起王主任，就仿佛看到那张浓眉大眼、须根满颊的宽大脸，我很难想象他闭紧嘴唇的表情。那天我在他房里遇见王芳，他向我介绍她“是一个很好、很好的同志”。他不止一次叫她做“小鬼”。她对他的态度我也记起来了：又尊敬，又亲切，尽管她先在屋子外面叫一声“报告”，然后走进来敬个礼，谈话中一直称他“五号”。——

“第二天文工团一位同志给我捎来一样东西，”小刘的声音打断了我的思路，把我的心拉回来了，“想不到就是我送给王芳的那个慰问袋，就是我嫂嫂给我缝的那个慰问袋。还有王芳写的一封信。信上话不多。她说，这是她送给我的纪念品，她找不到比这个袋子更好的礼物。她教我不要替她担心，她说她一定要回来。我们都没有想到她这么快就回来了。她还是唱得那样好。她还是成天高高兴兴。”小刘说到这里，发出了一阵愉快的笑声，我看见他笑容满脸，知道他一定在想象一些使他最高兴的场面。我不想打岔他，他讲了这么多话，也应当休息了。

第二天下午我见到王主任，他的第一句话就是：“老李，你以后可要小心啊！摔伤了怎么办？”我只是笑笑。他又说：“我得向小刘下个命令，不管你到哪里去，都跟着你。”我并不直接回答，却望着他说了一句：“王芳的嘴真快。”他忽然哈哈地笑了，他笑得很有趣，好像脸颊上黑黑的一片数不清的须根都跟着动了起来。

“你想不到小鬼居然认真提我的意见。你要是摔伤了哪里，我可得向小鬼好好检讨了。”王主任忍住笑对我说。我知道他指的是王芳，便想到了小刘的那段谈话。我顺着他的口气把话题引到王芳的身上。

“听说王芳唱歌唱得好。”我开头说。

“大家都这样说。我也喜欢听。你呢？”

他忘记了我就只见过王芳两面，不说她唱歌，连哼一句我也没有机会听到。可是我不提这个事实，我却乘机发问：“那么为什么不让她回到文工团去？她又没有摔坏嗓子。”

王主任对我的话并不感到惊奇，他笑道：“老李，你一定受到小刘的宣传了。你为什么不问王芳本人呢？”

这后一句话把我的嘴堵住了。我只好笑笑，又说：“你是首长嘛，应该问你。”

他看了看我，好像没有听懂我的话似的，忽然走到门口，推开带半截纸窗的木板门说：“我们下去走走。”我便跟着他走出这间藏在半山里的屋子。我上山的时间跟昨天差不远，可是下山的时间早得多。天还不曾黑，山坡上仍然一片白色，只有蜿蜒的山路是灰黑色的，石级上的积雪已经铲掉了。灌木枝上的雪也早落散了。我紧跟在王主任的背后，踏着泥泞的山路一级一级地往下走。冷风一阵一阵地刺痛我的脸，我有时也会皱一下眉头。可是王主任却在我前面哼起歌来。我一下就听出他在小声唱《歌唱祖国》。“这不是王芳喜欢唱的歌吗？”我想起来了，正要跟他讲话，刚刚说出三个字“王主任……”，我的右手忽然抓到了一根下垂的树枝，我连忙站住。他回头惊问道：“老李，你怎么啦？”

“就是这个地方，我昨天差一点在这里摔倒。”我这样回答他。他只说了一声“啊”。我们两个人不约而同地微微抬起头，朝上面不远处一间屋子看了看。那间只露了门和窗的屋子就是报社，雨布还不曾放下，木板也没有装上，人们正在那里面工作。

“老李，你不能大意啊。连小鬼那样灵活的人也会摔伤的。你刚从祖国来，要是摔伤了抬回去，我怎么对得起祖国人民呢？”王主任忽然一本正经地讲起来。我口里唯唯地应着，一面小心地下着脚步（我的确害怕摔倒），一面等着他回答我那句问话（我不想打岔他）。可是我们一直走到山下，他什么也不说。

现在我们往沟口走去，不是朝着到我住室的方向。路上两天的积雪已经冻硬了，还让人们的鞋子磨得又滑又亮。我走不惯这种"玻璃路"，走得慢而且吃力。王主任却走得快，又很从容。他注意到我落后了，便停下来，带笑地责备自己："我再三教你小心，自己却带你走这条路。你回家那条路上的雪给小刘铲过了，不像这里，"他的手朝前面一指，"就到那里为止罢。今天不到沟口了。"他指的是前面那座"抗美亭"。我刚来政治部，他引我到那里去参观过。我们两个坐在战士们做的简单木凳上，望着对面的山景。他满意地说："不坏罢，这是我们的风景区。春天看花，秋天看红叶，冬天看雪景，虽然比不上祖国的苏杭，可我们是在战地啊。"

我跟着他走上几级石阶，进了"抗美亭"。茅草檐下木板横额上三个大字就是他写的。这里原是一间老乡的茅屋，给敌人的炮弹打坏了。部队住到这条山沟来，便把它改成这样一座亭子。我坐在木凳上，拿右胳膊压住圆木桌，静静地望着对面山上白地青花的大幅"线毯"，忽然听见了飞机声，我用眼光去搜寻敌机，却一架也没有找到。

"老李。"王主任亲切地唤我。我应了一声，便侧过脸去看他。"我看你太好奇了，调工作也是寻常的事情……"他说到这里，忽然改换了语调提高声音说："小鬼，你到哪里去了来？"

我惊讶地跟着他的眼光望去，看见王芳在下面站住了，两边脸颊冻得通红，她是从沟口那个方向走来的。她抬起头答道："我到文工团取了稿子。"接着又含笑说："五号，你们在这里欣赏雪景吗？

好雅兴啊!”

“小鬼,我正在跟老李谈你的事,”王主任半开玩笑地说,“你自己来讲好不好?”

王芳摇摇头,两根长辫子也跟着动了两下,她笑嘻嘻地说:“我不来,我没有什么好讲的。五号,你教我讲,我只好检讨。”

“好罢,你就来检讨罢,让我也听听。”王主任仍然在开玩笑,从他的声音和脸色我好像看到一种类似父爱的感情。

“五号,下次吧。我得马上回报社去,他们在等我。”王芳笑答道,她把手里拿的那卷稿子举到她头上摇了一下,就转过脸朝我们来的那个方向走了。她走得并不慢,两根辫子在背后微微地甩动,我看不出她的左腿曾经摔坏过。

王主任含笑地望着她的背影,很有感情地自言自语:“小鬼毕竟是小鬼啊。”

我不明白这句话的意思,便问他:“你在讲王芳吗?”

他点点头说:“对。”便侧过脸来看我,眼光非常深透,仿佛要看穿我的心一样。他忽然问道:“老李,你看小鬼像谁?”

我给他问住了,答不出来。我想来想去,实在找不到一个面貌同王芳相似的人。

“小鬼跟她母亲一模一样。”他继续说,他不再等我的回答了。

我几乎要脱口说出这句话:“你怎么知道?”可是我并没有说。我却问道:“那么你见过她的母亲?”

“我怎么没有见过!她母亲就是我的老婆。”王主任毫不迟疑地说。他掉开脸慢慢地搔起他的须根来。他又在望对面的山景,好像在想什么心事。

我愣了一下,过了几分钟才问道:“那么她就是你的女儿?”

他正望着那个发光的雪白的山顶，听见我的问话，便侧过脸对我说：“她还不知道。”

我不大了解，便再问：“她怎么会不知道呢？”

他微微笑起来，平静地说：“你不用替我着急。到时候她自然会知道。”

“她母亲呢？难道她母亲也不知道？”

我看见他收起了笑容。我看见他用力搔须根，把两边脸颊都搔红了。我看见他皱起两道浓眉。他忽然唤了一声：“老李。”我刚刚答应，他马上接下去说：“我知道你一定会问到底。我又管不住自己这张嘴。过去的事情讲起来总是不愉快的。已经快二十年了，可是好像在眼前一样……我和小鬼的母亲从北方到上海，在一家印刷厂当小职员。我们住在亭子间里面，生活苦，不用说，还处处受气。那个时候上海是有钱人的世界，帝国主义者、巡捕和流氓到处横行。小鬼出世了。她母亲一向身体弱，自己带孩子睡得不好，吃得不好，人越来越瘦，不过也没有什么大病。我老婆本来也可能活到今天，要不是——”他突然站起来，我以为他要离开这里，便跟着他起立。可是他咳了一声嗽（声音真响！），往下面路上扫了一眼，又坐下来了。

“有一天晚上她上街买东西。就在北四川路，她好好地走在人行道上。几个外国水兵喝醉了，拿着酒瓶一边走一边胡闹。他们看见我老婆，想调戏她，便朝她扔酒瓶。一个酒瓶打在我老婆的胸口，把她打倒在地上。有个水兵还拿脚踢她。幸好有两个行人搀起她来雇黄包车送她回家。从此她就不曾起床，病了不到两个月就死了。我一个人，白天要工作，还要带一个不满一岁的女儿，实在不容易。后楼有一家宁波人也姓王，只有两夫妇和一个儿子。

男的四十多岁，在工厂里做工，女的只有三十几，儿子十多岁了，念过小学，后来到印刷厂当学徒。这家人跟我非亲非故，可是他们对人热情，看见我遇到不幸的事，自动地出来给我帮忙。我这样也能对付过去了。可是小鬼还不到三岁，我就被捕了。起初关在提篮桥，后来关到苏州监狱里。我在提篮桥的时候，花了钱找人带信给后楼那位姓王的，托他照顾我的女儿。我说，我要是能出来，当然还给他一切的费用；要是我日久没有消息，那么女儿就归他们，由他们处置。那位姓王的居然到牢里来看过我。他教我放心，他说他们夫妇把我女儿当作自己的孩子，决不亏待她。我哪天出来，就哪天送还给我。我在苏州一直住到抗日战争爆发，苏州快要沦陷了，国民党反动派才把我放出来。可是去上海的路已经断了。我后来参加了部队打游击，始终没有到过上海。我曾经托人到上海照地址打听，可是听说那一带房子烧光了，什么都问不出来。这些年我始终一个人过活。我有时候也想念我那个孩子。我一直等着她。”

王主任又停下来。他搔了搔脸颊，忽然抬起来，提高声音说：“像这样的事情永远不会再有了。”

我很想知道以后的事，可是我又觉得我没有权利给他唤起那些痛苦的记忆。而且在他讲话的时候，我们的四周渐渐地暗下去了。我的眼睛也有点模糊了，我看见了小刘的身影。他大概是来找我的，远远地望见王主任和我都在这里，就站住了。我默默地等待着王主任的起立。

“去年年初我来到朝鲜，做梦也想不到居然找着了线索。”王主任并不站起来，却改变了语调继续讲他的事情，“当时我还在师里，在那次××山的阻击战中，在最紧张的时候，我到了×××团。这个团奉命坚守××山，仗打得激烈，敌人的炮火厉害，我们当时还没有现在这种坑道，只有些简单的临时工事。我们虽然打得好，可是伤亡很大。我们必须守住主峰。不用说，这是艰巨的任务。上级的命令是坚守三天，我们的战士说一是一，决不讲价钱。敌人进攻越来越猛，人越来越多，可是都给打下去了。第二天晚上阵地失掉过两次，但马上就夺了回来。到第三天下午情况更加严重，阵地上没有多少人了。我当时在团政委那里，他已经三天三夜没有睡觉了。前面指挥所接连来了几次电话。友军来不及赶到。需要人！已经从直属队中抽出一批送上去了。这里只剩下一些身体弱的同志。怎么办？我们正在考虑，忽然听见一声响亮的'报告！'，直属队的同志们拿着决心书进来了，一个个昂起头挺起胸膛，声音坚决地要求战斗的任务。一共二十五个人，是分几次进来的。团政委批准了十九个，留下了六个。六个中间有一个人再三要求，一定要到前面去，最后团政委也同意了。这个人叫王成，年纪不过三十多点，来到朝鲜，水土不服，身体不大好。我听他口音，看他相貌，觉得很熟，却想不起在什么地方见过。后来我忽然记起来了，就跑出去找他。他们二十个人拿起枪做好伪装，准备出发。我唤住他，问了两句话。他果然是后楼王家的儿子。他还记得我原来的名字。我们虽然没有谈话的时间，不过他还是讲了一件事情：王芳也参了军来到朝鲜。王芳这个名字是我起的。我总算知道我女儿的下落了。王成的话没有讲完，我们就分开了。这个团完成了上级给它的任务，友军也终于赶到了。只是王成没有能回来，他勇敢地在山头牺牲了。战事稳定以后，我常常想起我的女儿。我知道她在朝鲜工作，跟我离得近，这是多么好的事情。我真想见她一面。大概过了两三个月吧，我到军里开会，晚上文工团给我们表演节目。担任女声独唱的文工团员一出来就把我吸引住了。完全是我老婆结婚前的那个样子。我向坐在我旁边的宣传科长问她的姓名。科长说：‘她叫王芳。你听不出她还是上海人呢。’用不着怀疑了。明明是我的女儿。天大的幸福来得这么容易！我高兴极了。晚会结束，我看见她，跟她讲了几句话。我称赞她唱得好。我问她上海家里还有什么人，她说父母都在。我又问起她的父亲，她说父亲是个退休的老工人，叫王复标。我跟她拉拉手就告辞了。心里的话一句也没有讲出来。可是我放心了。以后我还听过她唱歌，看过她跳舞，我决不放过这样的机会。我高兴看见她，高兴跟她谈话。可是我始终没有对她讲过一句话，明说或者暗示她是我的女儿。她的父亲明明在上海，我怎么能说我是她的父亲呢？而且我自己的名字也改了。要是王成那天没有牺牲，他也许会告诉王芳真实的情形。现在只有写信到上海去找王复标帮忙。然而我不愿意这样做。说老实话，起初我也想过让王芳弄清楚谁是她的父亲。后来我自己放弃了这个打算，我看出来她多么爱她那个父亲。过了一些时候，我到军里来当政治部主任，经常跟她见面，她对我很好，只是不知道还有我这么一个父亲，我也下决心不让她知道。我看见她唱歌受欢迎，看见她工作积极，态度好，心情舒畅，我只有高兴。我再没有别的要求了。”

王主任忽然站起来，走到我身边，轻轻地拍我的肩头，我又听到了他的笑声：“老李，我什么都讲了，你该满意了罢。可是这些话你千万不能写出来啊！”

我也站了起来。我紧紧地捏住他那只手，表示了用简单的语言表达不出来的复杂的感情。夜早已来了。可是亭子外面到处闪着淡淡的白光。天也是一片灰白色，路白亮亮地横在我们的下面。

我跟着王主任走到下面的路上。我早就看出来小刘还在不远的地方等我。我在跟王主任分手之前，一直以为自己的那些疑问全得到了满意的解答。后来我看见王主任上了坡，自己一面往前走，一面听小刘讲话的时候，才想起来王主任并不曾答复我那句问话：她为什么不回到文工团去？不过我也并非喜欢打破砂锅问到底的人。我是来熟悉英雄人物、了解英雄事迹的，不能把王主任给我的大堆书面材料丢在一边，却在一件小事情上跟他纠缠。所以我打算不再向他提那一类的问题了。……

两天以后，吃过早饭，我去访问一位立了一等功的英雄连长，这是王主任给我安排的。小刘领我走一条小路，虽然东弯西拐，可是不到一会儿工夫就到了连部。我没有想到王芳已经在那里了。她参加了我和赵连长谈话，不但记了笔记，而且不时提出一些有启发性的问题。我们在连部吃了晚饭，她和我一路回来。我们三个人仍然走小路，路上还有泥水，但是也不怎么滑。两旁有不少矮松。小刘带头，我走在最后，我们走得慢，一面走，一面谈，起初谈的是赵连长的事情，从一个英雄又谈到其他好几个英雄，三个人你一句我一句，不用说还是两个“小鬼”讲得多。后来小刘忽然把话题转到了王芳的身上，热烈地称赞她唱歌好。王芳答道：“我已经改行了，还要你替我宣传？”我想起了王主任的话，可是我仍然静静地听他们讲下去。小刘说：“不管你改行不改行，群众需要你，你也得唱。”王芳噗哧笑道：“小鬼，我看你真要到宣传科去了。好像我是什么著名歌唱家似的。我哪里说得上唱歌？我不过喜欢哼几声。大家要我唱，我从没有说个‘不’字。”小刘笑道：“我相信你。我真该向你学习。可是我希望你不要改行。我不明白你为啥不回文工团去？”我注意地等着王芳的回答。她不马上答话，也不笑，脚步还是像先前那样。小刘回过头来看她，她声音平静地答道：“小鬼，并没有特别的原因。我讲出来，你就明白了。我的腿不大好，五号照顾我要我暂时到报社帮忙。他还说，过些时候就让我回文工团。”小刘又把他那张胖嘟嘟的皮球似的脸掉过来，带笑地问道：“那么你快要回去了？”王芳摇摇头，正经地说：“不一定。我现在对报社工作也很感兴趣，在报社还不是一样工作！”小刘固执地说：“不过战士们都喜欢听你唱歌，你唱起歌来真打动人的心。”王芳微微扬起头，笑着说：“谁相信你，你又在宣传。你说，人家朝鲜妇女谁不会唱，谁又唱得比我差？”小刘有点着急了，回过头，认真地嘟起嘴说：“我不会开玩笑，我讲的都是真话。你不信，你问这位首长。”他指的是我，他的眼光在找寻我。王芳也掉头来看我，两根粗辫子在我眼前晃了一下，两颗明亮的眼睛露了点诧异的眼光，也带了点笑意。我不会撒谎，我就说：“王芳同志，我虽然没有听见你唱过，可是小刘已经对我夸奖过好几次。”小刘满意地笑了。王芳掉开脸笑道：“李林同志，你已经受到宣传了。”我马上接一句：“王主任也是这样讲的。”她不作声了。小刘更加得意地说：“我的话是宣传。五号首长的话总不是宣传吧？”我想换一个话题，便问她：“王芳同志，你的腿没有问题吧？”她又回过头来，微笑道：“李林同志，谢谢你。你瞧，我不是走得很好吗？”我同意地点了一下头。小刘却在前面说：“有时候我看得出来，也有点吃力。”王芳嗔怪地批评他：“小鬼，就算你的眼睛尖！”小刘还在前面自言自语：“也应该注意啊。”王芳故意不理他，却对我解释：“腿刚好，关节炎又发了。我在锻炼。过一两个月天暖了，就好了。现在也没有什么困难。”我听她讲得坦白、诚恳，便想起了另一些事情，我又问她：“你上次回国养伤，到上海家里去过吗？”她答道：“我本来也想回去看看。五号也同意我回去。可是我一出院，就回到部队来了。在部队里住久了，心都留下来了。谁不想早一天回到朝鲜！”我听她的声音，感觉到一种能感染人的热情，每句话都显得很亲切，我忍不住再问：“那么你不想家吗？”出乎我的意外，她笑了，接着她反问我：“李林同志，你说你想不想家？”我爽快地回答：“我当然想家。”她接下去说：“我也想啊。爸爸妈妈也想我。不过我不是到朝鲜来旅行的，工作不结束，就是回到家里也待不住。”我又问：“你家里人都好吗？”她答道：“都好。除了我爸爸妈妈，还有一个弟弟，念高中。我有个哥哥，去年在朝鲜牺牲了。”她最后一句话教我们不好搭腔，慰问、同情一类的话在这个时候都是多余的……幸好我们快走到政治部，前面就是沟口了。我以为她不会再讲话，不想她又开口了：“说实话，我当初得到消息，还偷偷地哭过一场，哭得真伤心。我们兄妹感情好。他是刚解放就离开学堂参军的。他头一批报名参加抗美援朝。他当时在×××团。五号亲眼看见他出发上前线。他们都说他勇敢……我真不中用。人家朝鲜妇女死了多少亲人，从来不哭一声，她们反倒把头抬得更高，脚步也更坚定，照样地唱歌跳舞。”小刘忽然在前面插嘴道：“我看你也很乐观啊。”这句话把她惹笑了。她说：“小鬼，你不要表扬我了。人家朝鲜妇女才算乐观呢！你看她！”她朝前面一指。我看见沟外大树下两间简陋的茅屋，我知道她指的是柳老大娘的外孙女。外孙女今年十八岁，几个月前跟着母亲来看外婆，在路上母亲给敌人炮弹打死了。她亲手埋了母亲，一个人走到外婆家来，就跟着外婆一块儿生活，白天在外面种菜，晚上在家里纺线。正巧姑娘顶着水罐从院子里出来，高高兴兴地唱着朝鲜歌。她看见王芳，远远地含笑招呼一声。王芳带笑地讲了两句朝鲜话，姑娘也答了几句。王芳对我说：“她是我的老师。我跟着她学会了好些朝鲜歌。”后来小刘告诉我，她向那个姑娘学到的不仅是朝鲜歌，还有朝鲜话和朝鲜妇女的动作……

我们进了山沟，走了一段路，听见有人叫“王芳”。文工团的陈团长站在山坡上。王芳朝那里点点头，就离开我们上山去了。我听见她得意地说：“材料都有了。”山坡不陡，可是她的脚步也不慢。我望着她的背影，却看不出她的腿有什么不方便。我掉开脸正往前走，忽然听见小刘发出一声惊叫，声音并不大。小刘这时不在前面带路，他在我旁边，而且落后了一两步。我连忙抬头一望。我看见文工团团长搀着王芳的一只胳膊。他在讲话，王芳在笑。我着急地问小刘：“她摔倒没有？”小刘松了一口气答道：“还好。给陈团长搀住了。”我说：“她以后要多加注意啊。”小刘嘟起嘴说：“她就是这样，只会想到别人。对自己就糊涂了。”我觉得这两个字用得不对，便说：“她不是糊涂啊。”想不到小刘却生气似的反问我：“首长，你说不是糊涂又是啥？”

对这句问话，我想他自己一定比我更知道应当怎样回答，我就不再作声了。

这天晚上我在住室里整理笔记，常常想到王芳的事情，我担心她的腿又会出了毛病。第二天早饭以后，我正在住室前面跟小刘讲话，忽然看见王芳朝着我们走来，脚步轻快，满脸笑容，远远地就大声嚷着：“李林同志，你们好。”那么她的腿没有出毛病了。我真替她高兴，便走去迎她。

她走到我面前，拉住我的手说：“李林同志，你一定要给我帮忙，”就把一卷稿纸塞到我的手里来，“我写的大鼓词，请你替我看看，一定要认真地修改啊。”她笑得多天真。我打开稿纸，刚看到题目《猛虎连长赵生贵》，听见她说：“我走了，下午来取。我写不好，请你认真地修改啊!”她转身就走,教我来不及挽留。我只好在后面大声说:“你走路要注意啊。”

“她就是这个脾气,不接受意见嘛。”小刘在旁边自言自语。我看了他一眼,他那张皮球脸上有一种非常有趣的笑容。我便拿着稿纸走进住室去了。

稿纸上字迹清楚,文字也不错,我一口气念了两遍,字字上口。赵连长的英雄事迹全写出来了,也很生动。我们昨天一路去访问英雄,我刚刚把笔记整理好,她却已经写成了鼓词。我越念越满意,最后摘出几个不大恰当的字,又写了几条意见,不等她来找我,我先给她送去。

报社里有三个人工作。社长也是熟人。王芳正在看校样,我把我的意见对她讲了。报社在一个不算小的洞子里,是由天然洞挖大的,白天不用点灯。她坐在一张很小的木桌前,看见我进去,连忙带着歉意向我解释,她的工作马上就完了,正要到我那里去取稿子。我那些小意见使她满意。我完成了这个任务,又跟社长交谈了几句,便告辞出来。我走出洞口,听见社长大声说:“王芳,校样交给我,你快去吧。”我不知道他们在谈什么事情,可是我刚刚走到山下,王芳已经赶上来了。她笑嘻嘻地说:“李林同志,谢谢你啊!”

“王芳同志,你到哪里去?”我问道。

“到文工团排练节目去。”她短短地答道,把手里那卷稿子举了起来。

我就在这里跟她分了手,我满心高兴地想:我有机会听王芳唱歌了。王主任已经为我安排好一个星期内到连队去,我大概用不着推迟我的行期。

果然隔了一天，小刘给我打了晚饭来，就兴奋地对我说："首长，今天有晚会，你到底等着了。"他那张胖嘟嘟的脸好像包不住笑就要绽开似的。接着王主任又差人来通知：他五点前到我这里来陪我去参加晚会。

晚会在司令部一个地下的礼堂里举行。我们从政治部去要翻过一个土坡，山路不算窄，我们边走边谈，不知不觉间就到了那里。礼堂中没有凳子，矮矮的舞台下间隔地横放着十几根圆圆的木头，上面已经坐满了人。我们刚刚在前排找个空隙坐下，节目就开始了。

王芳的京韵大鼓排在第三。鼓词我已经念过几遍，现在由她口里唱出来却添了不少的光彩。我虽然不像王主任那样听得出神（他就坐在我的左边），可是我也让她的演唱吸引住了。我前两天见到的赵连长又在我的眼前出现了，他好像就在台上指挥全连打退敌人一次又一次的进攻。什么武器都用过了，子弹打完就用石头打。他们整整守了六天，只伤亡十六个人，却消灭了七百多敌人。最后赵连长把阵地交给友军，自己拖着打伤了的脚，抓着树枝，摇摇晃晃地往上面爬。战士们说："连长，山这么高，你挂了花怎么走？让我背你上去。"他说："我脚上只穿了一个眼，山再高也没有我共产党员的决心高！"他终于爬过了高峰，到了后面。太阳出来了，照亮了他的紫色脸膛，一双漆黑的眼睛闪露出胜利的喜悦。他看见向他走过来的教导员，严肃地敬一个礼，然后紧紧地握着教导员的手，仿佛握着最亲爱的亲人的手一样……

王芳进去了，大家还在热烈地鼓掌。王主任在我的耳边接连说了两遍："不错吧？是她自己编的。"我掉头往旁边看，我毫不费力地找到了小刘。他蹲在一个角上，一张胖脸笑得像孩子似的。

我不能不对王主任讲真话了："她的确有才能，要好好地培养啊。"

"我知道。"王主任满意地拍了拍我的肩头。

晚会结束，小刘打着电筒给我照路，走原路回去。翻过土坡的时候，我看见远远地有好些明亮的灯光，一下子全灭了。小刘站住倾听一下，说一句："不要紧。"又往前走了。一路上我很兴奋，不仅是王芳的演唱，所有的节目都使我激动。我接触到那么丰富的精神面貌，那么广阔的心灵。我以为在我看来是很新的东西小刘早已熟悉了。可是他似乎比我更兴奋。他一晚上都在讲梦话。我偶尔也听见了两句："我下了决心了。""我连心也可以挖出来。"我不知道这是什么意思。

我离开军政治部的那天，到王主任的房里辞了行回来，小刘给我打好了铺盖卷，在住室里等我。他要回到原来那个连队去，五号首长已经答应了，要另外派一个通讯员来照应我。他向我表示了歉意。他虽然高兴回连队，可是他的讲话和举动都流露出依依不舍的感情。我也不愿意这么匆匆地跟他分别。最后我同他约定，过两个月到那个连队去看他。

我并不曾失信。可是我去迟了些，已经是好几个月以后了。这中间我到过几个部队，也见过王主任几面，还听过几次王芳的演唱，也知道她已经回到文工团。我常常怀念小刘，因为我一直没有得到他的消息。我后来忽然听说小刘在的那个连队打了胜仗，把敌人占据的一个无名高地拿下来了。这些日子为了迎接国庆三周年，为了欢迎第二届祖国人民赴朝慰问团，志愿军前沿各个部队都在打胜仗，到处都听见这样的说法："争取立功，迎接亲人。"我听到了许多捷报以后，再得到那个连队的胜利消息，我很难制止想会见小刘的欲望。过了国庆节，我便动身到那个连队去。

我拣了个下雨天动身,因为在这样的日子敌人的炮兵校正机不大出动,炮也打得少些。通讯员小吴背上我那简单的行李,我穿一件雨衣,他披一幅雨布,我们安全地走到了五连连部。我们在坑道里见到了连长。他已经得到了通知,又热情又亲切地接待我。我和他交谈了半个钟头的光景,便提起小刘的名字,还说我想见见小刘。

“对,对,刘正清,是个好战士。”连长点头说。

我连忙说明我跟刘正清很熟,并且把那次分别的情景也讲了。

“不凑巧,他回国了。”连长略略皱起眉毛说。

我诧异地问道:“他回国去干什么呢?”我自己马上兴奋地接下去说:“参加国庆节观礼吗?”

连长摇摇头说:“他挂了花,送回去了。”

“他挂了花?伤重不重?”我愣了一下,惊问道。

连长看了我一眼,声音低沉地答道:“两条腿都断了。”

我变了脸色,着急地追问:“他……他没有危险吗?”

连长昂起头说:“这个小青年还嚷着要回朝鲜来打美国鬼子呢!”

“他能回来吗?”我顺口问了这一句。话出口我才觉察到它是多余的了。

连长看了我一眼,激动地说:“要是真依他的话,他一定会回来。这些小青年都有那么一股劲,你简直拿他们没办法。他是这样挂花的:那天他跟着我上去,打到最后,主峰上还有个敌人的大母堡攻不下来,火力猛得很,我们牺牲了几个同志。我十分着急,拿起一包炸药,打算自己冲上去炸掉它。刘正清在后面拉住我的衣服,要求我把任务交给他。他一上去就把母堡解决了。可是他自己满身是血,两条腿都完了。担架员来抬他,他还说:‘我要坚持,我要打。’我后来去看他。他皱着眉头,脸上没有一点血色,我却不听见他哼一声。我告诉他要给他请功,他还说自己没有好好完成任务,应当检讨。真是个有趣的小青年。战斗刚结束,军文工团的同志就来慰问我们。有位女同志还给刘正清输了两次血……”

“那位女同志是不是叫王芳?”我忽然打岔地问道,其实我的猜想也没有多大的根据。

“对,就是王芳!大家都喜欢听她唱。”连长点头笑答道。我看他的脸色,他好像奇怪我怎么会知道是王芳输的血,他又好像因为我知道这件事感到满意。

连长一口气告诉我这许多事情,都是我所想知道的。我一时想不到更多的问话,这天我们就谈到这里为止。小刘虽然回国,但是我总算践了约,我在这个连队住下来了。

我在这里睡的炕是两个通讯员让出来的,不用说,也就是小刘睡过的炕。头两三天我睡在炕上半夜里好像总听见小刘在讲梦话,其实这次跟我来的通讯员小吴一上床就安静地睡到天明,全是我自己在做梦。

我本来打算在这里多住些时候,可是不到一个星期,我忽然接到王主任的电话,说是祖国来的慰问团就要到了,教我马上回到军政治部去。

我到了政治部,还是住在从前住过的地方。我几个月不来,山沟里也有了不小的改变。人多了,路宽了,房屋增加了,树木也茂盛了。沟口用松枝搭了一个牌楼,上面有这样的九个字:“欢迎祖国人民慰问团”。我走了一段路,见到好些熟人,还隐约听见文工团同志们的歌声。我放好行李就去见王主任。

王主任在房里跟王芳谈话，一面在看手里的几张稿纸。他见我进去，高兴地大声笑道："老李，你来得正好，正要请你帮忙。你先看看再说。"他跟我握了手，就把稿纸塞到我的手里来。

我也跟王芳握了手，然后摊开稿纸一看，原来是一首欢迎慰问团的《献诗》。笔迹很熟。我朝王芳看了一眼，她对我笑笑。我知道诗是谁写的了，就站着小声念了两遍，觉得不错。我还看到王主任修改的句子。我没有提出什么具体的意见，只说了两声"很好"，便把诗稿交还给王主任。

可是等我告辞出来，在自己那个住室里刚刚坐定，王芳就进来了。她手里拿着诗稿，一边说，一边笑："李林同志，你一定要好好给我改一下。要在欢迎会上朗诵的啊。"

她又把诗稿交给我。看她那神情，她并不是在对我讲客气话。我只得接过诗稿认真地再念了一遍。

她看见我还是不提什么意见，便挑出几个她自己认为不大妥当的句子要我替她解决。这次我总算给她帮了一点忙。她满意地拿回诗稿就向我告辞。我要留她，她却笑着说："我还要准备节目，再不回去，我们陈团长可要急死了。下次来罢。"

我就说："那么我陪你走一段吧。"她还要推辞，我却跟着她走出了洞子。

出得洞来，我一开口就提起她给小刘输血的事情。她听到小刘的名字，马上说："小鬼有个东西要我交给你。"我连忙问："什么东西？"她侧过头看了我一眼，脸色马上变了，压低声音说："笔记本。小鬼还说——"

"他怎么说？"我打断了她的话。

“他说他等了你几个月，他还以为你回国去了呢。”她答道，埋下头往前走，也不再看我了。

我过了半晌，才再问一句：“他伤得怎样？”我心里不好过，我好像又看到小刘那张皮球似的脸，他那么高兴地说：“我一定等着你！”

王芳一面走，一面说，好像在自言自语：“小鬼从医疗所上车回国的时候，两条腿都锯掉了，他还在哼《歌唱祖国》，还说装好了假腿就回到前线来。他比我坚强多了。我上次回国，他送我……”她的声音变了，她立刻闭上了嘴。

她一直不讲话，我后来实在忍不住又问一句：“他没有危险罢？”

她忽然抬起头，提高声音说：“他一定会活下去，比我们还活得久。他没有腿，也能做许多、许多好事情。”她很激动，不过声音很坚决。但是这以后她又不作声了。

我们默默地走到了文工团的住室。我拿起笔记本，马上打开翻看，在第一页上，我看见小刘亲笔写的四行字：

忠于团
就要忠于自己的工作
爱祖国
就要爱自己的同志

王芳站在我旁边，低声念出了这两句话，然后解释道：“小鬼说，他以后不一定能再见到你，请你留下这个做纪念罢。这些字是他入团的时候写的。”

我郑重地放好了笔记本，跟王芳紧紧地握一次手，就走了出来。我表面上并不露出什么，我不愿意使她分心。

我一个人慢慢地走回去。一路上埋着头在想小刘的事情,也没有注意走到哪里了。忽然一只有力的手抓住了我的左胳膊。我吃惊地抬起头来,看见王主任一对带笑的眼睛和一张快要让胡须遮没了的脸。

“老李,你怎么啦?我对面走来,你都看不见;叫你,你也不应!”他大声笑问道。额上直冒热气,他把军帽朝上面推了一下。

我勉强笑了笑。我老实地告诉他我在想事情,我还想把小刘的笔记本掏出来给他看。可是他并不注意听我讲话,他眨了眨眼睛,笑着说:“老李,有个好消息,小鬼的父亲来了。”

“小鬼的父亲?……不就是你吗?”我惊疑地说。我没有懂他的意思,我还在想小刘。

他笑了:“你怎么搞的?我说的是她在上海的父亲王复标,参加慰问团,明天就要到了。”

我现在完全明白了,忽然高兴起来:“那么王芳一定很满意了。她知道吗?”

“我刚刚得到电话,正要去告诉她。我还想看看节目准备得怎样了。”他答道。

我看得出他很兴奋,我替王芳高兴,也替他高兴。我想到了另一件事情,又问一句:“他知道你在这里吗?”

王主任摇摇头说:“他怎么会知道呢?快二十年了。就是见了面他也认不出我来。”他忽然收了笑容,压低声音严肃地说:“我正在考虑,明天见到他的时候要不要告诉他我就是某某人……”他伸起手搔了搔右边脸颊,又在搔左边的。

我不等他讲完,就打岔说:“为什么不告诉他呢?”

“是啊,我也很想跟他谈谈。他要是知道我还活着,一定很高兴,"王主任不假思索地回答,脸上又露了点笑意,"不过要是他把小鬼还给我怎么办?"

"那么你们父女团圆了。"我这样说,只是因为我一时找不到另外的话。

"我们父女不是已经团圆了吗?我喜欢小鬼,不过我不愿意叫王复标难过啊。"

"那么你——"我插嘴讲了这三个字,就让他打断了:

"所以我打算不让他认出我是某某人。对我来说,她叫我五号,叫我爸爸,还不是一样?"他看见我不作声,又加上几句,"对王复标来说,可不同了。他是看着小鬼在贫苦中一天一天长大起来的。我不能逼着他对小鬼说:'我不是你的父亲。'我不能把小鬼从他手里抢走。"

他只顾谈话,不知不觉地跟着我走了一大段路,把我送到我的住室门口了。我停下来,他也停下来。我让他进去坐坐。他说要到文工团去看节目,我看见留不住他,便对他说:"要是王复标愿意把女儿交还给你,你怎么办?"

他愣了一下,搔了搔脸颊,忽然微微一笑,答一句:"让我仔细想一想。"就转身走了。我望着他的背影,他昂起头,挺起胸,迈着大步,哼起《歌唱祖国》来。

他的高兴传染给我了。我回到住室里翻看小刘的笔记本,除了第一页上那四行字以外,还有"刘正清,一九五二年八月"十个字写在书前衬页上。这个笔记本是新买来的,小刘还来不及在上面记录什么。我把他写的那些字反复地念了好几遍,合上本子,我又想到了小刘。然而我想来想去,总是看见他那张包不住笑的胖脸。我甚至想到他真的装好假腿带着笑走来了。我便拿起笔给他写了一封慰问、感谢和鼓舞的信。

晚饭后，我拿着信出去交军邮，回来经过文工团，便弯进去看王芳。文工团的洞子里很热闹。大家都在认真排练欢迎慰问团的新节目。王芳在练京韵大鼓《欢迎祖国来的亲人》，刚刚开头，我站在旁边听完它。她的脸色和声音告诉我一件事：她心情舒畅。我也看得出来她动了真感情。鼓词写得朴素而生动，我以为是她写的，她却向我介绍这是文工团陈团长的创作。接着她很高兴地对我说："爸爸明天要来了。"我立刻接一句："我早就知道了。"她笑道："一定是五号告诉你的，是不是？"我望着她那孩子似的得意神情，点了点头，算是我的回答，却再问她："你高兴吗？"她笑了，爽快地答道："我当然高兴。我离开他三年多了。我完全没有想到！"我心里想，你没有想到的事情还多着呢！

我看见她还有工作，也就不再往下问。我在这里待了好一阵，趁她忙着的时候，一个人静静地走了出来。一路上遇见的人都在谈慰问团的事情。我也在想慰问团的事，不过我想的尽是跟王主任和王芳有关的。我想了半天，却想不出一个结果来。

这一天我去过王主任的住室，可是听说他到司令部去了。第二天我找他三次，却始终不曾见到。第三天倒是他来找我了。

"老李，你昨天跑到哪里去了？我打电话找你，说是找不到。我想请你去看看我们的节目行不行。"他一进来就大声说。

我起初大为惊奇，我明明在这里，他却说找不到。后来问明白，我才想起昨天晚饭后赵连长来看我（他来参加欢迎慰问团的活动），我们谈了一会儿。他告辞的时候，我送他出去，还陪他走了一大段路。我便照事实回答了。

"这要我负责，我忘了早通知你。"王主任带笑解释道。"《献诗》的效果还不坏。听说你也出了力，倒要谢谢你。”

“哪里是我出力！都是你那个小鬼的功劳。”我笑答道，听说王芳朗诵的效果不坏，我自然也高兴。

他满意地笑道：“废话不说了，我来约你跟我一块儿到司令部去参加欢迎慰问团的宴会。”

“慰问团来了？那么你见到王芳的父亲了！”我急切地问道。

“见到了。还是从前那个相貌，变化不大，就是头发花白了。”他答道，“我们昨天半夜一点钟把他们接来的。大家真高兴。我跟他拥抱起来了。王芳也去了。她们还献了花。”他的脸上又现出了愉快的笑容。

“那么你们一切都讲明白了？”我连忙问道。

他哈哈笑了起来：“我什么也没有说。他高兴，我高兴，这就够了。我安排好小鬼给他献花。小鬼挽住她父亲的胳膊讲个不停，一直把她父亲送到招待所。他们两个都很高兴。我还要讲什么呢？”

我又问道：“你不是跟他拥抱过吗？难道他还认不出你来？”

他仍然愉快地笑着说：“他以为我在拥抱从祖国来的亲人，决不会想到这里还有他的老朋友。”

我摇摇头，正经地说：“我不同意你的想法。你们分别二十年见一次面并不容易。你至少应当让他知道你是谁。”

他并不考虑我的意见，仍然笑着，他批评我：“老李，你怎么这样啰嗦！不要再讲废话了。我们走罢。”

我诧异地看他的脸色。在他那张刚刚修过的脸上连一点点不愉快的表情也没有。我便闭上嘴跟着他到司令部去了。

司令部新修的礼堂在半山上树林中，比旧的地下礼堂大多了，亮多了。厅子里摆了十四张白木方桌，上面放好了碗筷。壁上贴了好几张欢迎慰问团的红字标语。台上静静的，台口有一张铺上红布的桌子。我们进去的时候，有几个干部在里面安排座位。他们看见王主任，便过来向他请示。我一个人在厅子里站了一会儿，知道了自己应该坐哪一张桌子，便悄悄地从另一道门出去。我站在门前看山景。对面也是山，树木很多，有一点点草花，有红叶，还有鸟叫，不大像在战地。我忽然听见人声，原来慰问团的同志们到了。他们是从上面走下来的。我注意地看那一行人。王芳挽住一位老人的胳膊，一边讲话，一边走。我不用问，也知道那个老人是王复标。我等着他们走近，打算找王芳谈话。王芳已经看见我了。她不等我开口，就把老人引到我跟前来。她十分欢喜地含笑说："李林同志，我爸爸来了。"我对老人讲了我的名字。老人脸红红的，眼睛不大，颧骨显得高些，穿着干净崭新的蓝布中山装，笑容可掬地用两只手握住我的右手。他说："同志，你辛苦啦。"他讲的是带点宁波口音的普通话。我客气地回答了两句，就跟着他们进去了。

军长和政委都已经在里面了，他们是从另一面的门进来的。他们亲切地接待客人。客人接连地来。上海杂技团的同志们也来了。后来大家都坐定了。我恰好跟王复标父女同桌，这当然是王主任安排的。王主任也坐在这一桌，他和王复标坐在一面，就在王复标的右边；在他右面坐的是一位不大讲话的农民代表。他高高兴兴地跟王复标父女交谈。在军长和慰问团分团副团长先后站起来致词的时候，老人常常掉过眼光看王主任的左边脸。我坐在他们对面，心里又在想他们的事，所以连这样的动作也注意到了。

在主客双方致了词以后，大家站起来敬酒。整个厅子里尽是带笑的讲话声。王主任举起盛了酒的搪瓷茶缸，首先跟王复标碰杯，碰得小茶缸直响。王主任跟全桌的人都碰了杯。他跟王芳碰杯的时候，还说："小鬼，你们父女见面，你要多喝酒啊！"王芳端起小茶缸点着头说："我喝，我喝。"她非常高兴地看了看王复标，然后喝了一小口酒。她坐在王复标的左边，接着她又端起小茶缸向王复标敬酒。王复标笑道："你敬主任的酒吧。"他自己满意地把小半茶缸的葡萄酒喝光了。王芳又一次含笑点头说："我要敬的，我要敬的。"

我注意到王芳跟王主任碰杯的时候，王复标轮流地看他们两个，脸上笑容淡了，他好像在想什么心事。王主任又高兴又关心地说："小鬼，我不要紧。你晚上还有节目，不能多喝啊。"王芳却笑起来了："五号，你今天怎么啦？你刚才叫我多喝，现在又叫我少喝。"她不等王主任答话，又端起杯子向我敬酒。我看见她那种衷心愉快的表情，我也很高兴，我为她的幸福喝干了酒，谁能够像她这样在一张饭桌上有两个真心爱她的父亲呢？

"你问得好。你们父女见面是桩大喜事，你的确应当陪你父亲多喝几杯。可是我现在想起来了，晚会上你还有重要的节目，你醉了怎么办？"王主任红着脸解释道。我懂得他的眼光，那是父亲的慈爱的眼光，他好像只想到女儿的幸福。他接下去补一句："你要照顾你父亲吃菜啊。"马上转过脸对王复标讲话，大大地夸奖王芳。这些时候他一直很兴奋，讲话的声音也有点变了。

王复标听得出神，不住地微微点头，笑容又出现了。他喝了酒，脸更红了，眼睛更小了。我看得出来他仍然在注视王主任的左边脸颊，有时他的眼光也会移到王芳那对闪闪发光的眼睛上。王芳微微摇头，微微笑着，她看看王主任，也看看王复标，同样的话她说过两次："阿爸，主任在表扬我，你不要全相信啊。"王主任却只管讲下去。

众人又喝了一阵酒，吃了一些菜，大家谈得十分高兴。王复标忽然收起笑容，没头没脑地向王主任问道：

"主任，有个人你认得不认得？"

"谁？"王主任惊愕地反问道。

"就是你们同乡，他叫王东，东南西北的东。主任，你，一定认得他。"王复标睁大眼睛，注意地望着王主任说。

王主任轻轻搔着自己的脸颊，迟疑地说："对，有——这么一个人。"

王复标连忙激动地再唤一声："主任！"王主任掉过脸去看他。王复标就在王主任的耳边说："主任，你就是王东吧，我认得。你左耳下面那颗痣还在。"他的声音在发抖，他把右手放在王主任的左胳膊上面。

王主任接连点了两下头，就端起代替酒杯的小茶缸，满脸通红地站起来，把茶缸送过去跟王复标碰了杯，又兴奋，又感动，带笑地望着王复标，热情地说："复标同志，我的老朋友，的确是我。想不到会在这里见到你。喝干这杯酒吧，我真要感谢你。"他大口喝干了酒，让王复标看见了茶缸底，还说一句："我干了，为你的健康。"

王复标也喝了酒，紧紧握着王主任的手哈哈地笑道："主任，你真是王东同志，我还以为见不到你了。原来你在这里！解放后我到处打听你的消息。我总算找到你了！喝酒，喝酒！我们干杯！"他笑得多快活！

他们又喝酒，又讲话，又笑，仿佛这张桌上就只有他们两个似的。别的人都诧异地望着他们，连王芳也不明白他们在讲什么事。

她那么关心地望着他们,她几次想插嘴,都插不进去。

不用说,他们讲的每一句话我都了解。我一直关心、一直想解决却无法解决的问题现在很自然地解决了,而且符合我的愿望。我感到十分轻松、愉快。同时我又在留意他们的举动,听他们的谈话。

王复标忽然侧过脸去看王芳,指着她对王主任说:"你还认得她吗?"

王主任两眼发光地点头说:"我知道,我知道。"他除了满意地、欢喜地笑着外,再没有其他的动作。

王芳又愣了一下,然后伸过头去,惊奇地问她的父亲:"阿爸,这是什么意思?"

王复标看见她的愣相,觉得好笑,他反问她:"你还不明白什么意思？你知道主任是什么人?"

王芳疑惑地看看王复标,她笑答道:"他是我们的主任嘛。"

王复标把嘴伸到她的耳边,小声说了几句话。王芳的眼睛睁得那样大,眼珠显得那样亮,她兴奋地问王主任:"五号,我爸爸的话是真的?"

我听不见王复标对王芳讲的话,我想王主任也不会听见的。可是王主任却激动地答了三个字:"是真的。"他还接连点了几次头。王芳又注意地看了看王主任,然后转过脸小声地向王复标问了几句话。

就在这个时候,军长和政委过来向王复标和那位农民代表敬酒了。接着慰问团分团的副团长又过来向王主任和别的人敬了酒。我注意到王芳一直在看王主任,不但脸在笑,连眼睛也在笑。敬酒的人走开了,王主任连忙站起来,端着小茶缸到别的桌去敬酒。王芳刚刚站起，手碰到小茶缸，马上又坐下了。她又把脸掉向王复标，小声地谈起话来。她很激动，也很高兴。可是她似乎并不着急。王主任也不着急。在这个短短的时间里倒把我一个人急坏了。我多么不能忍耐地等着听他们父女间的头两句对话！他们怎么能够那样地从容！

王主任终于端着空茶缸回来了。王芳立刻站起来迎着他。她满面含笑地站在他面前，高高地举起茶缸，倒了一点酒在他的茶缸里，然后跟他碰杯，亲热地唤一声："爸爸。"声音并不大。她喝干了酒，又说："我真的一点儿也不知道……再没有更教人高兴的事了。"她紧紧捏住王主任的手，埋下了头。

"小鬼，不要再喝酒了。"王主任干了杯以后温和地说。他看见她抬起头，眼睛里有泪水，便补一句："我早就知道了。"

"那么，你为什么早不告诉我？"王芳揉了揉自己的眼睛，带点埋怨的口气说。

王主任轻轻地搔了搔两边脸颊，慈爱地说："他才是你的父亲。他把你养到这样大，而且教育得这样好。我怎么能教你离开他呢？"他微微地笑了。

"我决不离开你们。"王芳只说了这一句，就回到座位上了。我仿佛听见她的带哭的声音。可是她刚刚坐下，又在小声跟王复标谈话了。我看见王复标红红的脸上又出现了满心欢喜的笑容……

晚会开始，政委致欢迎词以后，便是王芳朗诵的《献诗》。王复标、王主任和我都坐在第二排。王主任让我们两个坐在他的两边。谁都看得出来王芳今天晚上特别高兴。我却觉得她那对像擦过油似的亮眼睛一直朝着我们这一排。她笑得那么甜。她的声音里充满了感情。她朗诵的每一个字都进了人们的心。她那么愉快地、那么热情地朗诵下去，好像她打开了自己的心在迎接亲人一样。我很感动，可是我并不曾忘记观察那两位“父亲”的脸色。他们两位都是一样，脸上带笑，时时点头，不转睛地望着王芳，一直到她向观众敬了礼、转身走进后台的时候，他们才跟着别人鼓掌，而且比任何人热烈。

“她还有个更好的节目。”王主任笑着告诉了王复标。他又掉过脸来看我，好像也要我知道一样。我意外地发见他两只眼角上有泪珠，便轻轻地问他：“王主任，你怎么也流了眼泪？”我的声音并不是平静的，我也动了感情了。

“我太高兴了，”他激动地说，拍了一下我的肩头，但是他马上诧异地自言自语，“这是什么节目？”

我也不知道现在是什么节目。原来军文工团的陈团长陪着上海杂技团的丁团长走到台口来了。他先把杂技团的丁团长介绍给大家，然后说丁团长听了《献诗》以后要向大家报告一个消息。接着丁团长用响亮的声音说：

“我们慰问团第四分团的王复标代表委托我向同志们报告一个消息：他在这里找到了他分别了将近二十年的老朋友，他女儿的真正父亲。刚才朗诵《献诗》的王芳同志就是志愿军王主任的亲生女儿。我们慰问团第四分团周副团长要我代表全团同志祝贺王主任父女团圆……”

“老朋友，你怎么搞的？”王主任有点狼狈，他红着脸抓住王复标一只胳膊抱怨道。他来不及说第二句话，王复标已经站起来，第一个鼓掌了。

一刹时大家都站起来，王主任也只好起立。只听见一片欢呼和掌声。好多人都朝王主任这里看。军长大声在嚷：“王芳呢？叫她到这里来!”

王芳满脸通红,两眼发光,走到第一排,向军长敬了礼。军长拉住她的手连声说:“同志,给你道喜,给你道喜啊。”慰问团的周副团长也跟她握手。好些人围着她跟她拉手,向她问话。

“王主任! 王主任!”军长忽然回过头来大声唤道。可是王主任早已离开座位不见了。“王主任呢? 警卫员,去请五号来……”

我是看见王主任走出去的。这时我又想起了他,便悄悄地离开这个人声嘈杂的会场,掀起雨布门帘到外面去了。

会场里舞台上汽灯点得雪亮。可是外面一点灯光也看不见。幸好那一轮被白云遮尽了的秋月还洒下些朦胧的余光,让我一眼就看见王主任一个人静悄悄地站在树下。我向着他走去。他听见脚步声,回头看了看,说了一句:“你也出来了。”

“我是来找你的,”我小声答道,“大家都等着你去。”我忍不住又问:“王主任,你为什么躲在这里?”

他又搔起脸颊来。他说:“我想安静一会儿,我就出来了。老李,我想起了从前的事情……一切都来得不容易啊……我在想——”他突然闭了嘴,有人来了。王芳已经走到了我们的面前。

“爸爸!”王芳两只手拉住王主任的右手亲热地唤道。她停了半晌,才接下去说:“你一定要跟我讲你过去的事,我知道你吃了不少的苦。这些年你一直是一个人——”她的声音变了,她讲不下去了。

王主任把左手压在王芳的手上,感动地说:“孩子,我一定讲给你听。这些年我一直等着你。我并没有白等啊! 不过我想不到复标同志会来这一手。他怎么可以说他不是你的父亲呢? 不管他怎样说,你对他可不能改变称呼。至于我,你叫我‘五号’,叫我‘爸爸’,都是一样。你本来就是我的女儿。”

"爸爸,你放心,我一向都听你的话。你,你还是我的上级啊!"她说到这里忽然高兴地笑了。

父女两人以后的谈话我就没有听到了,因为我觉得自己并没有权利留在这里听他们讲下去,而且我刚刚走开,军长的警卫员就走过去,举起手敬礼,大声说:"报告!"……

慰问团的同志们在司令部一共住了三天。他们离开这里的前夕,司令部还为他们举行了舞会。我虽然不会交谊舞,却也让王主任拉了去。我坐在靠墙壁放的长板凳上看别人跳舞。王复标坐在另一根板凳上。他在那里坐了几个钟点,王芳就坐在他的身边,两个人一直讲个不停。她仍然叫他"阿爸",他仍然唤她"阿芳"。我觉得他们仍然是一对十分亲爱的父女。

到十二点钟,有人宣布舞会结束了。我站起来,正要走出会场,不知道由谁开始,人们忽然互相拥抱起来。我连忙躲到一个角上。我看见军长和周副团长都给人抬了起来,在会场上转来转去。我看见王主任同王复标抱在一起,王芳和上海杂技团的一位女同志抱在一起。人们大声唱着《志愿军战歌》,热情地转来转去。不是跳舞,只是简单地、没有节奏地打转!王主任和王芳碰到一处了。一个笑着叫"小鬼",一个笑着叫"五号"。他们叫得比从前更亲热,但是也更自然。

我还以为大家这样地转个几分钟就够了,却没有想到人们越转越热烈,不愿意停下来。后来连我也让上海杂技团的丁团长拖进圈子里去了。他看见我穿一身军装,把我也当成了志愿军。我起初还有点勉强,可是不到一会儿工夫,我也疯狂地转起来了。我只有一种奇特的感觉:我同祖国在一起,我的心紧紧地挨着祖国。我感到莫大的幸福。我甚至忘记了自己,我甚至觉得我跟大家合在一起分不开了。

我不知道别人是不是也有这样的感觉。可是大家就这样热情地转了一个多钟头,还不想分开。等到我和王主任同路回政治部去的时候,已经是第二天早晨两点多钟了。

我又兴奋又疲倦,一路上讲话不多。王主任大概也是这样。我们走了一段路,他才开口。他突然问我:“老李,我们是不是在做梦?”

我不明白他的意思,便反问道:“王主任,你为什么说是做梦?”

“太幸福了!”他好像在自言自语。

我也感动地说:“不是梦!梦哪里有这样美?”

过了几分钟,他忽然抓住我的右胳膊,恳切地央求:“老李,你替我写出来,王复标的事情你一定要写。这样一个好同志,不把他写出来,我的心永远放不下。你一定替我写吧。”

“我写,我写!”我不假思索,爽快地答道。

我送走了慰问团以后,就履行我这个诺言,开始写下我的一些见闻。我说是写王复标,可是我写得更多的却是王主任和王芳。我写了以上的两万多字,却不想马上送给王主任看,我担心他不满意,会把这几十张稿纸撕掉。

1961 年 7 月 20 日在上海

(原载《上海文学》1961 年第 8 期)

作者简介:巴金(1904—2005),原名李尧棠,四川成都人。曾任中国作家协会主席。著有长篇小说“爱情三部曲”《雾》《雨》《电》、“激流三部曲”《家》《春》《秋》与《憩园》《寒夜》,杂文集《随想录》等。

房　客

杨　沫

人的一生不会永远是平淡无奇的，有时会突然来一个急转弯，于是一泻千里地走上了另外一条意想不到的道路。因为，我自己就有这样一个急转弯……

我叫李天方，原来叫二妞。

一九三三年，十七岁那年，我是北平西单一家公寓里的使女。我原是河北省晋县的农家女儿，爹扛长工，荒年把我卖给了地主傅老爷家。傅太太受不了农村的寂寞，我十二岁上就被他们带到北平来。他们开了公寓，租给学生们住，于是我就成了丫头兼茶房。

阴历年刚过，我们公寓里住上了一位新房客。这是个青年学生。长圆脸，大眼睛，一头浓密的黑发刺猬似的蓬在脑袋上。他的行李简单，刚把一个小被卷往铺板上一扔，就急忙趴在桌上翻起书本来。照例，新房客一到，我就来打开水、抹桌子。这位新房客见我进来了，就放下书本，靠在桌边望着我。望着望着，他忽然走到我跟前，拉起了我的一双手。我吓了一跳，一边缩手，一边怒目望着这个无礼的人。只见他紧锁双眉，指着我的一双手轻声说：

“小姑娘，这是冻的，还是打的？”

啊，原来是这样！我错怪他了。因为我虽说已经十七岁了，但饥饿、凌辱，使得我的个儿只有十一二岁小孩那般高；我的手呢，它冻坏了,肿得好像两个紫红的萝卜。再加上我那身穿了五年、补了又补,已经不知是什么颜色的破棉衣,褴褛、丑小,他这么一个漂亮、干净的大学生,怎会对我有什么不好的意思呢?……想到这儿,我忽然羞愧得低下头来,不知不觉有两滴泪水流到破衣襟上。

接着,他又问起我家在哪里,父母做什么,怎么来到傅家的。他的声音柔和、亲切,那双亮亮的黑圆眼,总在我那身破衣裳和那双红肿的手上打转转。他不问还好,一问,我忽然想大哭了。但是我不敢,我忍住。心慌意乱地给他收拾好屋子,我赶快逃走了。

这位房客名字叫张桐,户口上写的是中国大学的学生。

过了两天,早晨,我到他屋里去送洗脸水,低头不语,规规矩矩。可是,他又拉住我的手,像哄小孩似的做了个滑稽的鬼脸,然后把他那刺猬样的头发抓了两抓,瞪着亮亮的黑圆眼,看着我说:

“二妞,看你的样儿,你大概还烧香、磕头、拜老天爷吧?”

这话问得多稀奇!但是他却说对了。傅太太有个小佛堂,每逢初一、十五,她都吃斋、烧香、叩拜。我呢,挨了打,受了气,难受得厉害时,也常偷跑到小佛堂去跪着,默默地向神们诉说我无告的悲苦。

我不好意思地笑了,对他点点头。

他又说:

“二妞,你这么苦,神仙怎么不来救救你呢?”

又是一个稀奇的问题!我抹着桌子低声说:

“是命吧?——神仙管不了这许多……”

他哈哈笑了起来,笑得那么天真、爽朗。我莫名其妙地望着这位新房客,这个人多么与众不同,又是多么和蔼可亲呵!笑罢了,他一边洗脸一边扭头对我说:

“二妞，你跪拜的那个神仙是不会管你的，可是另外有一个神可专爱管受苦人的事。以后，你拜拜这个神吧。”

“什么神？”我急忙问了一句。

他又笑了，摆着手：“现在不告诉你……嘿，有个玩意儿你要不要？”说着他从抽屉里拿出了一双羊毛手套塞到我手里，又睁大了那亮亮的圆眼睛：“二妞，手可是宝贝，你戴着它吧。”

我拿着手套的手哆嗦起来了，眼泪忽然簌簌地落到手套上。

“二妞，你今年有十二岁了么？”我正在呆想什么，他又问了我一句。

我赶快抹掉眼泪，小声说：

“不，十七啦。”

“啊？……”他的眼睛瞪得更大更圆了，惊奇地上上下下地打量着我，笑着说：

“啊，原来是个大姑娘啦，对不起，失敬啦！”

这个人说话真有味儿，挨着他，就像挨着一个正在爆着火花的大火盆。

这天夜晚，我做了一个奇怪的梦。我一个人走在漆黑寒冷的野地里，冻得我抱着双肩慌急地跑。跑着跑着，跑到一座老高老高的山上。这时丛林、荆棘包围着我，豺狼虎豹四处嗥叫。我正吓得无处可逃，突然黑云中出现了万道霞光，一尊菩萨在云霭中冉冉出现了。我跪下来，眼睛不敢看那耀眼的明光，心里说，“这就是房客张桐说的那位救人的神仙吧？”我正要跪下祷告，猛地一只凶狠的手卡住了我的喉咙。我要喊，喊不出；要动，动不了。我猛一挣扎，一下子掉进了万丈冰窟中。啊！又黑又冷。我正惊慌间，有两只温暖的大手把我拉了上来。一看原来是我的妈妈——五年多不见的妈妈。我抱着妈妈哭起来了——哭醒了。

几年来，挨打受气，我的心仿佛麻木了。这样一个梦，忽然唤醒了我对父母、对家乡、对亲人的深深思念。在黑洞洞的小屋里，我紧裹着单薄的破被，想着梦里的妈妈，眼泪像泉水样涌到枕头上。啊，爹娘、弟妹，你们现在在哪儿？你们也想二妞吗？……眼泪流多了，我想用手去擦拭，原来手上还戴着两只厚厚的羊毛手套，怨不得梦里两手发暖呢。这时我又想到了那位送我手套的房客，心里感到了一种从未有过的温暖。这温暖只有小时候有过。唉，那是多么舒心、多么暖和的日子呀！冬天，我们一家五口共盖着一条破被，我和两个弟妹为争盖被子常打架。打一阵我们还是哆哆嗦嗦地睡着了。当我醒来时，外面刮着吓人的西北风，可是我身上却是又暖和又舒服。睁眼一看：爹盖着一条破麻袋睡在炕角，娘在月光下像个黑影似的纺着线，我们姐弟三个的身上却盖着全家所有能盖的东西。

从爹妈想到张桐，我不流泪了，一种隐隐的幸福感，充塞在心头。真的，那是一种巨大的快乐。

但是，我的幸福和快乐是那么短暂，它像夏天美丽的云彩，瞬息即又逝去……

一天午后，我正在张桐屋里擦玻璃，傅太太一脚跨了进来。这位太太虽说四十开外了，却常打扮得花枝招展，还爱故意一笑，好露出嘴里的几颗金牙。

见她进屋，张桐放下手里的书本，笑笑说：

“房东太太请坐。”

傅太太把胖身子一扭，嘴一张，露出了大金牙。

“张先生呵，您来到了我这个小公寓，就跟到了自己的家一样。

有什么活儿……”她忽然用手向我一指，“只管支使她。不听话，您就打她的脖儿拐！”

我正在玻璃上转动的手发抖了。这不是因为害怕，这是因为张桐的目光，随着傅太太的“脖儿拐”正落在它上面。这是什么样的目光呵，我忽然想起了那个奇怪的梦，想起闪着万道霞光的菩萨。

“您就是北京人吧？娘家贵姓？”张桐的问话把我从迷离的梦境中惊醒来。

傅太太用手帕捂着嘴回答：

“对啦，是啊！北京人。咱娘家姓金，人们都叫我金不换。”

张桐把大拇指向傅太太面前一伸：

“呱呱叫的名字，好一个金不换！”

傅太太受到夸奖，张嘴一笑，又露出那叫人恶心的大金牙。可是，张桐并不讨厌她，反而有一搭没一搭和她闲扯起来。

“您这公寓买卖好吧？一共住着多少位房客？”

“呀，您问这个呀，不多不少，连您整整二十位。”

“都是学生么？可有混官面的？”张桐的问话总是常常出人意外。

“学生，都是学生。”傅太太连忙回答，“混官面的谁肯住咱这个小地方呀！”

“那么，有这号人么？”张桐随手从桌子上捡起一本红皮书，向书皮一指。

傅太太惊疑地盯着张桐：“您说什么？叫您见笑——我不明白……”

张桐满不在乎地指着红书皮：“红色的。您这群房客里可有共字号的?”

傅太太如释重负般露着金牙笑了:

“哎呀,人家谁的脑门上贴着字号——我是共产党呀!张先生,我这地方可不许住那些死不了的东西……畋,我明白啦,您是、您是……”她竖着大拇指,突然神秘地蹑手蹑脚地走到张桐身边,放低了嗓门,“您是侦缉队上的?”

“侦缉队?”嗡的一声,像有人在我头上猛然打了一拳。我又看了张桐一眼——他正摇头晃脑地冲着傅太太笑呢。

唉,我不知我是怎么离开张桐的屋门的。我像驾了云,又像一头栽到了泥坑里。

我讨厌侦缉队就像讨厌傅家两口子一样。有好几次,住在公寓里的房客——都是些正派的好心眼的学生,突然叫侦缉队鬼鬼祟祟地弄走了,再也不知下落了。如今听傅太太说张桐也是侦缉队,再看他们两个说话的那个神气,我心里真是又气愤又难过。那天午后,在没人地方,我捏着张桐送给我的手套,忍不住痛哭了。

我不再理这个“侦缉队”了。傅太太对他好起来,我却连看都不愿看他。除了打水、扫地,我不进他的屋。进了屋也是低着头一言不发。开头,他好像不大理会;后来,他大概有点奇怪了。有一次,他见我一进屋,就放下正在写字的笔,又拉住我这双红肿的手,又用那使我激动的目光默默地盯着我的手,轻轻地说:

“二妞,手怎么还是肿?怎么精神不好?是想妈妈么?”

我把手慢慢缩回来,心里说不上来地纷乱和难受。这是个好人呀!可是,为什么他一见了傅太太就变成讨厌的“侦缉队”了呢?他到底是个什么人呢?我心里忽然产生一股强烈的欲望——我要了解他!

这天晚上，我到后面去弄煤，从一位名叫魏云清的房客的后窗下面经过。听见张桐在里面说话的声音，我站住了。过去，傅太太常叫我去偷听房客们的谈话，我从来都讨厌做这种事情。现在，忽然自动站在人家的窗下了，由于害羞，忍不住心跳起来。

这是张桐的声音："老魏，毕业就失业，这不是你个人的倒霉，这是社会问题……振作起来，看看现代有意义的书，总钻在你那古书堆里，它就要把你霉坏啦!"

魏云清三十岁上下，大学文科毕业生。苍白的脸，瘦长个子，高颧骨上戴着一副深度的近视眼镜。张桐说完话，只见他那瘦长影子在窗纸上晃来晃去，半天才摇头叹气说：

"张仁兄，生不逢时，奈何奈何？谢谢你仁兄的关切。我既没有权贵亲朋做靠山，又不会拍马逢迎投人所好。因此，毕业两年，竟贫无立锥之地……"

张桐打断他的牢骚，笑道："老魏，你真是个迂夫子，学了满腹文章，你就叫它们烂到肚里么？你以为离开仕途，人生就再没有别的道路可走了么?"

我喜欢念书，有个大小空，我就偷着念书写字，不会时，就问问房客们。(我还问过张桐两次，他比别人教我更热心。还说以后多教我呢。)傅太太为了买卖上的方便，对这点倒也不拦阻。因此，张桐和魏云清那些文绉绉的谈话，我还能听出个大概来。

魏云清停止了走动，仰面朝天张大嘴巴想要说什么，却只"啊、啊"两声便不言语了。我的眼前忽然闪过他那苍白瘦长的脸；他那成天锁着眉头坐在桌前唉声叹气的愁容。他欠了房饭钱，傅太太停止供给他伙食，每天还到他屋里连骂带挖苦地和他大闹几次。他呢，只是陪着苦笑。傅太太一走，他就哼唧着什么"呜呼！生不逢时……”

想起这些，我再没心思偷听他们的谈话了。然而，张桐究竟是个什么人呢？我还是没有弄明白。

我们公寓里还住着一位来投考大学的女学生，名叫胡玉洁。才来时，挺用功，成天抱住书本啃。后来，她和张桐认识了，他们常在一起谈谈扯扯，她就不那么用功了。看的书也变了。我很想向胡玉洁打听张桐是不是好人，可是，又不好意思张嘴。一天晚上，我去给胡玉洁送水，张桐正在她屋里，我扭身刚要走，张桐拦住我说：“二妞，歇一会儿。你们公寓的活儿哪有个完。”我的腿就真的不动了，心想正好听听他们谈什么。

胡玉洁说：“老张，我不想考大学了。”

“为什么？”张桐把他那刺猬头发往后一抹，睁大亮亮的圆眼。

胡玉洁黄黄的长脸，因为激动泛起红晕。她指着隔壁魏云清的屋子，说：“那位老先生大学毕了业又怎么样？社会问题不解决，个人怎么也是没有出路，这不是你说的么？”

张桐笑起来，露出一嘴白牙。那股活泼洒脱劲儿和对待傅太太的俗气样儿完全两个样。他不笑了，指着我对胡玉洁说：

“看看这孩子，在现时的中国到处多得很呵！为了这些受苦难的人，也为了我们自己，知识阶层不应当另寻找一条道路吗？”

“什么道路？”胡玉洁庄严地问。

“你们说呢？”张桐看看胡玉洁，又看看我，严肃的脸上露出调皮的微笑。

我傻子似的站在屋角，听到张桐的问话，不禁吓了一跳。胡玉洁刚来时是不太搭理我的，后来态度就比较好了。现时，她忽然拉住我的手，亲热地摇晃着，说：

“二妞,你听懂了张先生的话吗?”

还没有从嗓子眼里说出“不”字,我猛地打了个冷战,傅太太在门外骂起来了:

“二妞,你个小挨刀的!浪到哪儿去啦?”

下面一顿毒打我不愿叙述了。我的身上、脸上又多了无数的血印和紫斑。傅太太一边用藤条抽我,一边骂道:

“姓张的、姓胡的是你的亲爹亲娘?你,你想叫这些探子把你拐跑啊?”

我有个怪脾气,不管傅家两口子怎么打骂、凌辱,我从来不掉一颗泪,也不哼一声,任凭他们喊我傻子、哑巴、倔牛……如今,当我听到傅太太又喊张桐“探子”的时候,我发出了声音——我猛地把傅先生按着我的那双干枯的手一甩,伸直脖子大声喊道:

“他不是探子!”

我这从未有过的举动,把这两口子吓了一跳。他们停止了手中的动作,瞪着四只眼睛望着我足有半分钟。当傅太太醒过劲来又举起藤条的时候,傅先生摆摆手,说:

“别打了,我有话说。”

傅先生是个老刀笔,说话酸溜溜的:

“二妞,傻丫头,说句讨主子喜欢的话,何致如此……你年轻不懂世事,人心莫测,凡是暗探、侦缉队之流,必然都有正反、阴阳、好坏各种面孔。那张某人所说所做我们都看在眼里,必非善良之辈。你、你切不可信了他的甜言蜜语。”

傅先生人称“赛诸葛”,他料事常常很准。听了他的话,嗡的一声,我的头上又像挨了一棒。

我又不再理张桐了,连胡玉洁也少理,因为他们常常在一起谈什么。可是，我的心是多么寂寞呀，一看见张桐，我就说不上来的伤心，好像什么人把我欺骗了似的。

清明节过了，已经是风和日暖的好时候。冬天，我挨冻；这时，我那身破烂棉衣又叫我挨热了。一个傍晚，我才说喘口气凉快一下，傅太太又打发我上街买东西。回来时，天黑下来，我正走在西单附近的一条胡同里，忽然听到了刺耳的警笛声，接着一辆洋车迎面飞快地跑过来，那车跑到我面前不远处，突然停住了。从车上跳下一个汉子急匆匆一闪身就窜进斜对面的小胡同里。剩下一辆空洋车和拭着汗珠子的洋车夫走向我面前还在大口喘着气。我正奇怪地望着这辆洋车和洋车夫，忽然洋车夫向我低声喊道：

“二妞，快上我的车！”

我一听声音，大吃一惊。想不到这车夫竟是张桐！我的心立时翻搅起来了。傅先生的话在我耳边轰响着：“凡是暗探之流，必然都有正反、阴阳、好坏各种面孔……”平常，他穿着西装皮鞋，戴着鸭舌帽，浑身的学生味；现在呢，戴着破毡帽，穿着破烂的短袄，一下子竟又变成了一个穷苦的洋车夫。他的面孔可变得真快呀！

小胡同里，我和他面对面地站住了。我愣愣地瞪住他，他也看着我。多么奇怪，他的脸上没有羞惭，也没有被识破真面目后的凶气，仍然是那么安详、亲切。我们彼此对望了几秒钟。这时，警笛声又响起来，几辆摩托车亮着吓人的灯光同时从远处笔直地冲了过来。听见这声音，张桐在黑影里突然用一种坚决的命令般的口气对我说：

“二妞，快坐上我的车！”

“什么？……”我拔起腿就走。我才不愿跟这号人凑趣呢。

张桐赶上来，一把拉住我，在黑胡同里，他用闪闪发光的眼睛盯住了我：

“二妞，帮帮忙！我可不是坏人。”

那是什么样的眼睛呀，我又看见了那柔和、亲切、蕴藏着深深同情的纯正的目光！于是，傅家夫妇给我童稚的心灵蒙上的灰尘一下子扫光了，二话没说，我抱着一堆油瓶子就跳上了洋车。张桐立刻撒开腿如飞般跑了起来。

坐在车上我像做梦一样迷迷糊糊。似乎摩托车从身边驰了过去，似乎有巨大的风声响过耳边。我不知坐了多久，也不知走过什么地方。后来车停住了，张桐低沉而又亲切的声音在我耳边响道：

“二妞，下来吧。谢谢你。”

在一条黑胡同口，我下了车，呆呆地看着张桐——他一边大口喘气，一边用毛巾擦着满头大汗。这时，一种深深怜悯的情感突然占据了我的心。“他也是受苦人呀！”于是，我开始在口袋里摸索起来。平日，邻居们看我从不曾有过一文零花钱，常劝我把替傅太太买东西的钱赚起几个来。可是，我可不做这种事。现在，我一下子从口袋里掏出了所有的钱，仰起脸，使劲往张桐手里一塞，也许那声音只有我自己才能听得见：“车钱……”

张桐把钱塞回我手里，笑笑说：“怎么要你的钱。二妞，你认得回家的路么？这是地安门附近的胡同，你赶快回家吧。”

我看看手里的几角钞票，点点头刚要迈步，张桐又凑近我低声说：“见了傅太太他们可不要说碰见了我。”

那还用嘱咐！我对他点头笑笑，算是我的回答。张桐用毛巾当扇子扇着自己，也对我笑笑。他好像还有事情，立刻拉起车把要走了，忽然有一股不可遏制的、奇怪的力量推动着我，我一把紧抓住他的车把，慌急地说：

“张先生,我要问您……”

张桐望望左右无人,轻轻说道:

“二妞,有什么话,你说吧!”

“您是好人么?”我的声音那么低,可是又那么固执而有力。

噗哧一声,我们的房客笑起来了。他做了个鬼脸,把头向我面前一伸,说:

“二妞,你看我这脑袋瓜长得不像人样么?——你怎么问起这个来啦?”

我似乎有点惭愧,可是仍然执拗地说:

“因为我看您像个好人,又像个侦缉队。”

“啊,原来如此呵!大概是你那两位东家对你说的吧?”

我点点头,不知怎的,眼泪一下子盈上了眼眶,我只得低下头来。

“二妞,你想想看,”张桐的声音变严肃了,他说得又低又慢,“我要是侦缉队,那侦缉队还会来捉我们么?”

我一下子想起刚才那阵紧张景况——吓人的警笛,那个从车上跳下来飞跑了的汉子,张桐求我上车的焦急情形;也想起他拉着洋车不停气地奔走如飞的急情。这样一想,我仿佛一下子聪明起来了。我明白张桐绝不是侦缉队之流,而正是和那些人相反的人。于是悲伤的眼泪,变成了快活的眼泪,我让它自由地涌流下来。

张桐看见我流泪,似乎有点奇怪,他迟疑一下说:

“二妞,你的生活太苦啦,你怎么不想个法子逃跑呢?”

我赶快抹掉眼泪,连连摇着头:

“可不行!爹娘花了傅家的钱。再说,我、我在北平一个亲人也没有……这，这是命……”

张桐打断我的话，笑道：

“又是命！二妞，以后可别信这一套啦！这样你就只能一辈子当奴隶……呵，对不起，我还有事，以后再谈吧。”说完，他向我点点头，拉起车把走进了一条小胡同里。

我一个人站在空寂的小胡同口，对着张桐消失了的背影望着，望着，忽然，我望见了圆圆的闪耀着清辉的月亮；望见了雾蒙蒙的天空笼罩着一层美丽的轻纱。啊，多么美丽的夜啊！我来到北平好几年了，可从来不知道这个大地方还有这么好看的夜晚……

回到傅家公寓已经快半夜了，当然又免不了一顿毒打。可是这次挨打的时候，我心里却是乐滋滋的。我死死盯着傅家两口子，似乎尝到了一种复仇的愉快。

这几天张桐好像很忙，他不常回公寓来。可是，只要他一回来，傅太太就要偷听他的谈话。这时候，我就又急又气。我虽然还不清楚张桐究竟是干什么的，不过我已经肯定他作的事都是好事了。为了叫张桐知道有人偷听他谈话，我忽然灵机一动，立刻大胆地跑到傅太太隐身的地方喊道：

“太太，大师傅不在，猫把您那块猪肉叼去啦！”

“那还了得！”傅太太一听，三步并做两步跑走了。

再看见她偷听，我又匆匆跑来大喊道：

“太太，四号李先生要借您的洗衣板子。”

她觉得不是大事，我跑来泄露了她的机关，一个脖儿拐打来，我却在心里高兴地笑了。

张桐知道了我的意思，在这时候常提高声音说笑起来，或者唱起了好听的歌子。

听到了他的歌声，我多么快活呀！仿佛，我又找到了自己的亲人。

四月二十三日，张桐已经出门三天没有回来了。开过早饭，傅太太打发我上街买香烟。我走到西单大街，不知出了什么事，街上人山人海，挤挤攘攘。马路当中，一排排长袍大褂或者西服革履的念书人，不断地从南往北移动着。有的手里举着长竹竿，竿子上扎着写着黑字的大白纸；有的拿着各式各样的纸花束或花圈；同时还有一些全副武装的警察和大兵也跟在后面。我好奇地站在马路旁边观望着，问旁边的一位年轻人：

“这是干什么的呀？”

“李大钊先生出殡。”

“李大钊是干什么的呀？”我又好奇地问。因为这样的出殡我从来没有看见过。

那青年说：

“小姑娘，你认字么？你看那上面写着什么？”

我顺着他的手指一望，望见离我不远处，有一副高高举着的——大概是挽联吧，上面写着大黑字：

“先生为共产主义而死，死得伟大，亿万民众永记在心头。”

“我辈为中国解放而生，生得坚强，破烂国家一定要复兴。”

“呵，李大钊是个共产党？……”我惊奇地想着，正想迈步走开，突然，马路两旁的小胡同里，又跑出了一群群手拿长竿、白布或白纸的人。人群潮水似的奔向马路当中，把我一下子冲到马路上，我竟身不由己地跟着人群走了下去。

“看呵，棺材抬过来啦！”旁边有人这样一喊，我竟把给傅太太买东西的事忘得干干净净了。回过身望着抬过来的一个大棺罩，棺罩上面还盖着一面奇怪的大红旗——上面镶着镰刀锤子的旗子。更奇怪的是这些成千上万的人，不像平常送殡人那样哭丧着脸、默不做声；他们却在棺罩前面、后面、四面八方，举着拳头高呼口号。有的人还用力向天空撒着纸钱。这些雪白的随风飘荡的纸钱落了下来，马路两旁看热闹的人就惊奇地把它们抢到手中。我也抢到一张。一看，原来上面还写着字……

"李大钊先生的革命精神不死！"

"打倒国民党的不抵抗主义！"

"中国共产党万岁！"

"中华民族解放万岁！"

我忽然想起了张桐。这些话好像从他嘴里听说过。可是，他现在为什么不在这里呢？

突然，我的眼睛发亮了！因为在前面的人群里我看见了胡玉洁。她高高地挥舞着手臂，发疯似的大喊着口号。那样子跟她刚搬来傅家公寓时，成天抱着书本闷声不响，可完全是两个人了。不知怎的，这时，我又想起了张桐——那是因为他，胡玉洁才改变的呀！这么一想，我好像更加明白张桐是个好人了！一阵热血冲上心头，我忽然想跟胡玉洁一样——也站到人群里面去。于是我横冲直撞地向前紧跑——我要去找胡玉洁。

"喂，你这小孩站到旁边去！"队伍里有人在驱逐我。

我瞪了他们一眼，"什么小孩？……"不管他们，我还是拼命往前挤。终于我挤到前面的队伍当中了。

我没有找到胡玉洁。可是，一抬头，我看见了什么呀？在那黯旧的西四牌楼前，在几张桌子垒起的高高的台子上，那昂然站在上面的不是张桐么？他刺猬样的头发梳得那么光洁，学生服也穿得整齐干净。他挥舞着手臂，脸上喷射着动人的光彩，两只圆眼睛像星星样闪闪发光。他在大声讲话，向着四面八方拥过来的人群讲话。我看傻了！简直像在梦里。可是我却清清楚楚听见了他那豪壮的高声：

“同胞们！不甘心做奴隶的父老兄弟们！中国伟大的共产主义者，我们‘五四’运动的先驱者李大钊先生，他被反动派杀死六年啦！……”

话没完，突然响起了枪声——原来，我以为也是送殡的那些军警开起枪来啦！砰砰砰的子弹一个劲朝着张桐的头上飞过去。我更加傻了，吓得闭上了眼睛。可是只一刹间，我又大睁开眼，看见张桐仍然高高地站在台子上。我立刻挥动着我那短瘦的手臂，跳起脚，朝着他大声喊道：

“张先生，下来呀！”

我的声音淹没在巨大的糟乱声中，好像落叶淹没在烈风中。人们已经乱跑、乱嚷，可是张桐仍然挺立在高高的台子上，好像一尊神像，而且他嘴里还在继续讲说着，手臂还在继续挥舞着。子弹更加密集地在他头上飞着，他好似毫不知觉。我真急了，拼着我弱小胸膛的全副力气，死命挤到台前大喊道：

“张先生呀！有子弹呀……”

一刹间，他也许听见了我的喊声？扭头向我这边张望了一下。可是，头一转，他立刻又去讲话了。这时有些人在乱跑，有些人也和他一样凝然不动。接着大批举着刺刀、大枪的黑衣人、灰衣人包围上来……人群一阵大乱。我瘦小的身躯被冲离开牌楼下面的高台，我再也看不见张桐了……

我终于冲出了重围。送殡的行列不见了，我走在冷清的马路旁,这才想起给傅太太买东西的事。我正向两旁关闭的店门张望,猛地两只大手狠狠地卡住了我的脖子。我使劲一回头——傅太太一连几个巴掌打在我脸上。

“死不了的小贱货!你浪到哪儿去啦?……”

她再骂些什么,我听不见了。我的心还在西四牌楼的高台上——那上面站立着挥舞手臂的张桐。

我被傅太太连推带打,向他们公寓走去。快到了的时候,傅先生气喘吁吁地迎面赶来,他慌促地对傅太太说:

“不、不好!那个魏云清自杀了!”

“啊?”傅太太也吓住了。我们飞跑回公寓里。

魏云清直挺挺地躺在木板床上。屋子里四壁空空。墙上唯一的一件装饰品——装着他那张大学毕业文凭的精美大镜框,已经打碎在地上,文凭也已扯烂得满地碎片。只有那架黑边玳瑁眼镜还耀眼地戴在他黄蜡般的瘦脸上。傅太太在屋子里略一巡视,立刻鹰抓小鸡般,一把从魏云清的脸上抓下那副眼镜,举在手上狠狠地说:

“他妈的,这也能顶几块房钱!”

接着她一返身就朝张桐的房间奔去。一边噔噔地跑,一边对跟在身后的傅先生说:“这小子敢情是个共产党!打开他的屋门先扣下东西再说!”

这时,我不知从哪儿来了一股力气,猛地窜到张桐的屋门口,用背抵住屋门,高声喊道:

“你们不能打开他的门!”

傅家两口子都吓愣了!伸出的手掌又缩回去了。我被卖到他家六年多,叫我做啥就做啥,我是个顺从的奴隶。可是,此刻,从我那瘦小的身躯里却迸发出了这般坚定的、毫无畏惧的、命令般的声音，这怎么能不叫他们惊奇得失措呢？傅太太狠狠地盯着我，好像不认识我；我也狠狠地盯着她。我的眼睛一定和我的心一样——冒着熊熊的仇恨的火焰。终于，她还是恢复了她那主子的威严，一阵猛烈的巴掌打到我脸上。打就打吧，我紧紧地靠在锁上怎么也不动，并且大声喊道：

“人家不欠你们的房钱，你们为什么偷开人家的锁？”

这么大声一吵，别的房客都出来了，傅家两口子只好搭讪退走，赶紧为魏云清报案去了。

我怕他们再报告张桐是共产党，就抽空趁人不注意，赶快打开张桐的房门，把屋里所有的字纸、书籍一股脑儿收拾干净，藏在后院煤堆里。不久，警察局果真来搜查他的房间，当然，他们什么也不会搜出来。

张桐从此没有再回公寓来。胡玉洁不久也搬走了。没过一个月，我也从傅家公寓逃跑出来。我找到胡玉洁，她经过组织把我介绍到一家小纺织工厂去做工。一年后，我成了共产党员，参加了革命斗争。现在我是新中国一个大棉纺厂的厂长。

人怎么能够忘掉过去呢？每当我回顾自己走过的道路，我就想到了张桐——那个傅家公寓里奇怪的房客。从李大钊同志出殡那天，我看见他在弹雨中屹立在高高的台子上之后，就再也没有见过他——听说他被捕后早已牺牲了。然而，这又有什么关系！他在我心上点起的革命火焰，随着岁月的推移，却越燃烧越旺盛；他在我心上培育的生命的花朵，随着岁月的流逝，更年年月月，永不凋谢地越开越美丽。我现在还保存着他送给我的那副羊毛手套，每当看见它，我的心就荡漾起一种深沉而美好的激越情感……我不仅自己十分珍视它，我还要郑重地把它传给我的子孙后代。

（原载《北京文艺》1963 年第 7 期）

作者简介：杨沫（1914—1995），女，原名杨成业，湖南湘阴人。著有长篇小说《青春之歌》《芳菲之歌》《英华之歌》等。

基　石

路　遥

一

青刚山的高峡深谷中，锤声、钎声混合着巨大的爆炸声，日日夜夜地喧吼着。公路，像一条游龙，在陡峭峻险的峰仞间伸展盘奔。

中午，我从工程指挥部出发，去红岗公社民工营负责修建的十六号桥梁，检查工程进展的情况。

盛夏的太阳火辣辣地烤炙着大地。我迎着一股股刺鼻的沥青味，在软颤颤的公路上艰难地跋涉着。汗水把衣服全粘贴在身上，刺痒痒地难受。望着沟里那一湾清湛湛的流水，真想跳下去痛痛快快地洗个澡。但是，听见前面那一片火爆爆的锤钎声，我反而走得更快了。

等我赶到建桥工地时，民工们已去吃午饭。河边的场地，摆满了大大小小的料石。刚錾打过的新石茬子上，不知一些什么颗粒闪耀着银灿灿的光芒。我望了望架桥的地方：桥基全部挖好，第一层基石已经铺设一大半了。我不禁自言自语地啧啧称赞："'老虎营'真是名不虚传啊！"我正想迈步去营指挥处，突然被一阵"叮叮咣咣”的锤钎声拉住了。我赶忙四下搜寻，连个人影子也不见，不觉纳闷了：是谁连午饭都不吃，在敲打什么？

我撵着传来的声音，走向一个小坡下。现在看见了：在远远的小河边，那棵乱石缝里长出的老柳树下，一个光着上身的人正在那里锉打一块石头。他是多么地聚精会神啊！连树阴移开了他一丈多远，都好像没有发觉似的，一股欢实地抡着锤儿。背上一串串的汗珠，就像新石茬上那些颗粒一样，在闪闪发光。

我好奇极了，想尽快看看这是怎样一个人，但他背朝着我，又离得很远，看不清楚。于是，我像要发现一件秘密似的，紧张地走过去，站在了离他十来步的地方——我不愿意马上打扰他的工作。

这时，我看清了：这是一个五十开外的老头，稍有点驼的背，被太阳晒卷起一层层皮鳞，黑黧黧的。花白的头发，让汗水浸拧成一些小绳捻。那握钎的胳膊肘上，亮晶晶的汗珠一滴接着一滴滚落下来，浸湿了地上一小摊石末末，随着锤钎的起落，他面前的石头上，冒起了一股股白烟……不一会儿，他放下锤钎，拿起铁方尺子仔细量了量那块石头，然后，又挺起腰板左顾右盼地看了一遍又一遍。那个神态呀，就像绣花姑娘端详着自己的刺绣品一样，完全陶醉在无比的甜蜜中。我的心一热，不由自主地走近了他。老人发现了他面前出现的倒影，蓦地一个猛回头！我不觉一怔：在他那张皱纹密布的脸上，只有一只灼热、深邃的眼睛在忽闪，而另一只分明是受伤失明的眼睛，深深地陷进了眼眶内。这时，他用右手摸了一把汗渍渍的脸，侧着身问：“哪来的？”

“工程指挥部。”我回答。

“噢，小伙子，过来在树下歇会儿。”他漫不经心地说完后，仍回过头去，操起锤钎“叮叮咣咣”地敲打了起来。

我踌躇了一下，绕过去蹲在了他的对面。啊，刹那间，我吃惊得几乎要跳了起来——老头握钎的左手，只有三个指头！那无名指和小拇指处，只有一块红粉粉的疤。三个握钎的指头，包裹着一层厚厚的老茧，显得格外粗糙、壮实。

“大伯！……”我忍不住叫出声来。

“什么事？”他听见我的叫声，停下手中的活计，用那只深邃的眼睛看着我。

我一时不知说什么是好，结巴地问：“大伯，这……这石头硬吗？”

“硬。”

“这叫什么石头？”我接着问。

“碇石。”

“您打的这块石头是桥上哪个部位的？”

“基石。”他一边说，一边从旁边拿起旱烟锅，点着“吧嗒”了两口递给我，我赶忙掏出“三门峡”牌香烟双手递给他一支，他摇了摇手说：“那不足劲，各抽各的吧。”

这时，我细细地观察了那块基石：它有二尺见方，蓝里透黑的切面上，锉刻下整齐美观的几何图案，每一条锉纹都像墨线打过去一样笔直……谁能想到，这活路出自一个一只眼睛、八个指头的老人手里啊！

我想很快知道眼前这个人物的一切，便按捺住一阵心的跳跃问他：“大伯，您什么时候成了残废的？”

“受伤吗？早啦。”说完这句话，他又拿起锤钎“叮叮咣咣”地打了起来，一锤子一股白烟，一股白烟一片石碴飞溅。“喂，小同志，以后不准你说我是残废！”他补充着说。

看来这是一个不爱表白自己的人，他把全部精力都倾注在了他的工作上。然而正是这一点，却紧紧地攫住了我的心！

我知道再不能多发问了，就对他说："大伯，咱们一块儿回去吃午饭吧！"

他抬起头来，手里还摇晃着锤钎，但并不打下去，对我说："我的饭一会儿有人带来，你快去吃吧！"

从那只灼热、深邃的眼睛中，我感觉到他的感情是那样真切、实在。但是，我没弄清楚：在他身上究竟发生了一些什么事？

在去营指挥处的路上，耳边一直响着"叮叮咣咣"的锤钎敲打声。老人那张碇石般的脸，那只灼热、深邃的眼睛，以及那块红粉粉的疤，不时在我眼前闪现着……

二

红岗公社民兵营的营长，由这个公社的党委副书记高峰同志担任。他是个顶顶爽快的人。由于经常在指挥部见面，我们已是老熟人了。

他听我说明来意后，一脸络腮胡子笑得直颤："欢迎啊！"说着便把我拉进指挥处。

指挥处是一间木柴和拧条编织成的简易房子，里外糊了两层泥巴，进了房子，就像钻进热蒸笼一样，闷得厉害。

文书小杨拿了一个大铝盆去给我打饭，我和老高便汗淋淋地在一张脱了漆皮的桌子旁坐下来，攀谈起关于十六号桥梁的建筑情况。

我兴致勃勃地听完他的介绍后，便向他问起那个老头的情况。

老高的那两道粗眉毛一扬："你碰见他啦?"

"他叫什么名字?"我很快地问。

"硬过钢!"

"硬过钢?"我正要回味这个特殊的名字时，老高却滔滔不绝地讲起"硬过钢"的故事来了……

"硬过钢"大名叫宁国钢，"硬过钢"是他的外号。

他是苦蔓蔓上结出的苦瓜，父母在他五岁的时候，就一前一后被地主"宁老扒"折磨死了。他这个孤苦伶仃的孩子夏天光着屁股翻山过沟去讨饭；冬天，穿着邻居做的破皮袄，还是去讨饭。日煎月熬，他的身上，就像那根讨饭棍一样，被地主的犬牙咬得伤痕斑斑。

没等他满十三岁，就又被"宁老扒"拉去扛长工，重复着折磨死他父母的那种苦生活。

历尽磨难的孤儿生活，把他变成一个沉默寡言的人，他全部的精神世界都深深地埋藏在心底，从不随便流露。

毛主席率领红军来陕北的那年，他心中长久积蓄的烈火被点燃了！一个漆黑的夜晚，他抡起劈柴的大偏斧，砍死"宁老扒"的看门狗，翻墙逃出了地主的院坝，赤脚来到延安，参加了革命。

在革命队伍中，他什么都干过，勤务员、马夫、伙夫……不论做什么，他总是默默地捡重头子扛。

八路军东渡黄河，开赴抗日前线的时候，他已是一名威武的战士了。

踏上河西的土地，他紧咬着嘴唇，看着荒芜的田园、浓黑的烟火，手中的钢枪都捏出了汗！

战斗马上打响。不到两个月，他就参加了几十次搏斗，一声不吭地在枪林弹雨中冲杀，那根挑弯了的刺刀下，丧了几十个鬼子的命。渐渐地，“硬过钢”的外号就在部队中传开了。

在一次激烈的攻坚战中，宁国钢所在的班负责炸毁敌人阵地的一个前沿碉堡。

他们冒着密集的炮火，爬过一道道铁丝网，来到碉堡下。可是，这座碉堡建筑在一个土墩上，干硬溜光的崖有一人多高，很难爬上去。下面甩上去的手榴弹，马上又滚了下来，只得赶忙用脚踢到坡下。

怎么办？总攻的时间马上就要到了，而敌人的机枪还在疯狂地叫着。

这时，只见宁国钢脸上的肌肉抽动了几下，两手往崖上一托，脊背对着大家，只吼了一个字：“上！”

大家踩着他的脊背一个个冲了上去。他肩胛渗出了血，牙把下嘴唇都咬破了……但当他听见“轰隆”一声巨响后，又抓起了枪，跟着冲锋部队，攻过了山包！可是，就在这次战斗中，敌人的炮弹炸伤了他的右眼，当即被抬回了后方医院……

伤愈后，党为了照顾他的身体，派他回家乡做地方工作。这个从来不爱动感情的人，第一次流下了眼泪：他并不是难受自己失去了一只眼睛，而是难受他不能上前线作战了！

到了红岗乡政府后，共产党员宁国钢还和以前一样，话不多。他给自己做了一条扁担，一把镢头，串走在红岗的几百座大山间，给互助组掏地，给烈军属背柴、挑水……

一九四七年，蒋胡匪猖狂进攻陕甘宁地区，宁国钢马上组织起红岗游击队，重新扛起钢枪，又投入了战斗。

一个风雪弥漫的夜里，他们的游击队被敌人包围了！当时人少弹缺，情况万分危急。宁国钢命令其他人立即突围，自己操起一挺机关枪掩护。

后半夜，当他扛着机关枪奔回宿营地的时候，就一头倒在了战友们的怀里，鲜血染红了衣袖，染红了枪身，他的左手失去了两根指头……

“高营长，饭！”小杨端着一盆黄灿灿的小米饭不知什么时候就站在了我们身边。

“哈哈，你看，我都忘了你还没吃午饭呐！”老高笑着从小杨手里接过铝盆。

我心里翻腾得厉害，没有动筷子。

“老高，宁大伯后来呢？他怎么到这里来了？三个指头怎样学会打锤钎呢？”我连串地问他。

老高笑了笑说：“后来还能‘软’了！解放后，他被评为一等残废军人，组织打发他回宁家山修养。他一回去就把残废金交给了集体，从早到晚身子不闲一下，给集体放牛，锄菜，务果园，什么都干。等庄稼一收割，他就把铺盖卷往场里一搬，拿一根柳木棍，给集体的庄稼站岗放哨……‘农业学大寨’运动一开始，他跑到大队书记家里说了一声‘我要学石匠！’，还没等书记说什么，就跨出门槛，跑到城里买了一副锤钎，来到大队水库工地……”

“那三个指头怎样握钎打石头呢！”我不禁脱口说了一句。

“当时，水库工地上的社员都和你一样看待这问题。”老高随手拿起一把蒲扇递给我，自己也拿起一把，先用扇边刮了刮脸上的汗珠子，然后扇着说，“嘿嘿，钢硬不过他，石头哪能是他的对手！他咬着嘴唇，一声不吭，就在那里练，练，钎把上的血磨掉了一层，又染上一层……就这样，终于练成了一名呱呱叫的好匠工！哈哈，谁能想到，这个看来笨手笨脚的老头子，还能在石头上刻花花哩！”老高越说越上劲，手里的扇子也一下赶不上一下地扇着。“水库去年落成，上面留下了‘硬过钢’锉刻的八个大字：‘愚公移山，改造中国’。”

“他怎么来到工地呢？”我问。

“那很自然，他们大队水库修成不久，抽调民工的任务就下来了，他听说是修备战路，没二话，报了头名，第一个来公社集合……”

电话铃响了，老高走了过去。

我呆呆地坐着，耳边仿佛响起了“叮叮咣咣”的锤钎敲打声，那张碇石般的脸，那只灼热、深邃的眼睛，那块红粉粉的疤，又一齐浮现在了我的眼前！

三

吃过午饭，老高到指挥部开会去了。文书小杨引我去建桥工地进行具体检查。

太阳像一团火球，高挂在偏西的天上，山野里风尘不动。

路旁，一簇簇拧条子耷拉着枝叶，小雀雀躲在树丛深处，垂下眼帘，张大着嘴巴。

我和小杨从半山坡上的营指挥处起身，沿着一条盘山小路走着。

两人的手绢都湿透了，脸上还是汗珠直淌。我们索性把手绢装进口袋，任一道道汗水在下巴汇合，然后滴在石末、尘土覆盖的小路上。看见滴在地上的汗点打卷起一粒粒泥团，我们不时相视而笑,一个心照不宣的名词是——挥汗如雨。

“小杨,你熟悉宁大伯吗?”我问。

“怎能不熟悉,我来民工营第一个认识的就是他!”小杨一边说着,一边用右手在下巴上接了一滴汗水甩在地下。

“噢,你第一个认识的就是他?”我感兴趣地问。

“那还是修九号桥梁的时候,我从公社调来在民工营当文书。刚来的那天晚上,我站在一个小石峁上,很有兴致地观看青刚山的雄伟壮丽,说真的,当时我真想写一首歌颂祖国大好河山的诗歌,哟,可惜咱肚里墨水少,心不能如愿,写不成。”他笑了笑继续说,“突然,我发现左边一个小山坳里,有一团红火一闪一闪的。我觉得很奇怪:大家都睡了,谁还在那儿干什么呢?我三脚两步跑过去,一看:嘿,一个右眼失明,左手只有三个指头的老汉正在那里捻钎。我说:‘大爷,您这么大年纪了,又是残……’那个‘废’字还没说出口,只见他猛地一下抬起头,瞪了我一眼说:‘以后不准你那样说!’我吐了下舌头,再没敢说什么。”小杨说到这里,我不觉会心地一笑。

“第二天,我才从高营长那里知道了他的全部情况。随后又去打造基石的一连,了解到他很多动人事迹。比如,收工后,大家都走了,他还在工地上转来转去捡秃钎、钉钉、铁丝,晚上又点起炉子,把那些秃钎捻好,第二天送给别人;中午他从不回灶房吃饭,总是让大家吃完后给他带来一点,他利用来回走路这段工夫,还要多打几场基石……当时,我观看青刚山时那种想写诗的激情又来了,不过,这回转到‘硬过钢’身上了。诗写不成,干脆就来了个‘顺口溜’!”小杨异常兴奋地叙说着。

“你写了些什么呢?”我问。

"我能背下来。"他的脸一红,然后熟溜溜地念了起来:

咱营有个宁国钢,
外号又叫"硬过钢";
当年战场建功勋,
如今还是老闯将!
不光基石打得好,
其他事也该表扬:
捡铁钉,捻旧钎,
修斗车,编土筐;
上工下工一个样,
大家歇下他还忙!
这真是——
人老心红志更坚,
青刚山高比不上!

"编得挺好啊,而且把'残废'两个字也避免了。"我称赞地说。

"不好了!"

"怎么?"

"'顺口溜'抄出去的第二天,我去工地送水。刚走到工地黑板报前,宁大伯正站在那里。他见我来了,就说:'把水放下!'我一愣,见他表情冷冷的,只好放下担子。他指着黑板报说:'谁干的?'我说:'是我。'只见他把手中的锤子一扬,大声说:'擦了!'我惊得一后退,他又赶忙过来一把抱住我:'小心水!'我朝脚下一看:乖乖,险些把一桶开水碰翻,就冲着他吐了一下舌头。他笑了,在我的肩头轻轻打了一拳:'快送水去!'"小杨说完后,乐得"咯咯咯"地笑起来,从裤口袋里掏出湿手绢拧了一把,一下又一下擦着脸上的汗珠子……

我顺手扯下路边的一片苦菜叶,放在嘴里嚼着。苦味一刺激,浑身一阵清凉。

我在反复思忖:宁大伯这样的人,为了我们的今天,曾付出过血和生命的代价;而今天,今天照样为建设社会主义流血流汗。但他们从不因此而炫耀自己,只是一步一个实脚印地为革命操劳着,年年如此,日日如此……这是一种多么伟大的精神啊!我们中国革命的大厦,不正是这样的精神、这样的英雄建造起来的吗?而我们这一代人,又怎样才能把这种精神接过来,传下去呢?!……

"你看!"小杨兴奋的呼叫声,把我从沉思中拉回。

在我们的眼前,展现出了工地那种特有的热烈场面:空中飞旋着斗车,地上跳跃着夯桩;河滩上,料石、毛石摆得密密麻麻,每一块料石前,都坐着一个飞锤晃钎的匠工。夯工、运石工的号子声夹着炒爆豆似的锤钎声在轰鸣,而这些声音又在山峡石谷中响应起回声,组成了一部伟大的劳动进行曲!

我的眼睛左右扫视着,从近处一直到远处,张望,寻找,极力想在繁忙的人群中,发现那张碇石般的脸——我是多么想看见他啊!

离工地还有点远,我没有能发现他,但我知道他一定会在人群里,于是火急急地对小杨说:"走,快到工地去!"脚步没等话音落,就冲了出去。

小杨理会我的心思,在我的身后气喘喘地说:"宁大伯一定在铺基石,咱先到桥基上去!"

我们一路小跑来到铺桥基的地方,独独不见宁大伯。

小杨先把我介绍给一连长,并说明了来意,然后就冲着问他:"宁大伯哪里去了?"

“医务所。”

“什么?!”我俩同时吃惊地叫了起来。

一连长一字一板地说:“刚才两个后生抬来一块石头,刚要往下放,石头就偏溜下来,眼看要打在老周的脚上,老宁一步冲过去把老周推开,自己的脚背却叫石头削了一块皮肉。不管他愿意不愿意,硬把他拉走了。”

听完他的话,我和小杨的眼睛都热了。我极力控制住自己的激动,对一连长说:“咱们开始工作吧!”

四

深夜十二点了。

我把十六号桥梁工程进展情况以及存在问题的书面报告写完后,走出了营指挥处的拧条门。

漆黑的夜空搅拌着浓重的乌云,天气更加闷热了。

我站在房门前,心里牵挂着宁大伯的伤势,没一点睡意。

“轰隆隆……”西方传来一声暮沉沉的雷。

“要下雷雨了。”我轻叫了一声,准备回去睡觉。刚要转身,脑子里突然冒出一个念头:宁大伯在老柳树下打的那几块基石离河那样近,稍微起个水,不就会被冲走吗?……不行,得赶快搬到高处!我想马上把小杨叫起一同走,但听见房子里那香甜的鼾声,不忍心打动他,于是,就一个人向山下走去。

“嘎啦啦!……”一串炸雷从头上滚过,接着,狂风呼啸着卷来了。

我尽量凭白天的印象,跌跌撞撞地在这崎岖小路上攀摸、行走。

天空划过一道明晃晃的闪电，接着，又是一串“嘎啦啦”的响雷。雷声一过，头上像打漏了千百只水缸——大暴雨来了！

我恨不得一步飞到老柳树下，心急如火，竟跑了起来。还没跑两步，就不知被什么东西绊了一下，一个跟头，“骨碌碌”地滚了下去。

我昏糊糊地停落在一个积满了泥水的小坑里。雨水泼得连眼睛都睁不开，脸上什么地方大概摩擦掉几块皮，火辣辣地痛。我顾不了多少，一闪身爬了起来！

河水已经开始呜咽。我仔细辨认了一下：已经到了沟底！心里不觉暗暗感谢刚才那一跤呢！

我跑着、跳着向老柳树下冲去。

不知摔了多少跟头，终于来到了我急切要到的地方。

河水已经在咆哮，但还没有到达老柳树下。

我急忙蹲在地上去摸那几块基石。摸来摸去，身上不觉出了一身冷汗：一块也没啦？！

我站起身来，一阵恍惚：基石哪里去了？收工时，我还特意来过这里，在宁大伯今中午打的那块基石上坐了一会儿呢！

“哗啦……”洪水已经扑到了脚下，溅我一身泥。

“河水在上涨，看来很快就要到坡上的，那大片打好和没有打好的基石就要……”想到这里，我又跑着、跳着向坡上冲去。

天，像锅底一样墨黑，雨，在猛烈地倾倒着。脚下的平地上，奔窜着无数条溪流。

我的脚碰上了第一块基石！接着，我就闭着眼睛（即使睁开也无用），摸着一块块基石，慢慢地向河边走去。我多么希望洪水和基石间有一段距离啊!

水吼声越来越大,我感到面前的压力也越来越大。

终于走在空滩上了! 我不由一阵高兴。

“哗……”一个浪波在我脚下漫过,我一后退,猛然,身上像触了电:脚下有块基石! 我腰一弯就去扛,又一个浪波打了过来,我“啊呀”了一声,就被洪水吞没了!

大学游泳池里学会的游泳技术,在这狂咆的洪水里一点也无用。我在岸边的泥水里挣扎着,两只手在空里乱抓,极力想抓住什么,却不知被什么钩住了领口。我立即用双手抓住了它,就在这一刹那间,我的心“腾”的一下:手! 一只三个指头的手!

只听见岸上那熟悉的口音说了一句“冒失鬼”就一把把我拉了上来。我一下扑在他的怀里,搂住他的脖项。“刷”的一道闪电劈照过来——啊,我看清了:那张碇石般的脸,那只灼热、深邃的眼睛!

“宁大伯,您的脚?”我在河涛的暴吼声中大声问。

“不要紧!”他大声回答。

“柳树下的……”

“搬啦!”

“啊? ……”一切,我都明白了。

“哗……”,洪水已经涌到了脚下,宁大伯一把推开我,命令似的喊道:“快叫人!”

“你……”

“快!”他吼了我一声,扛起一块基石一跛一跛地向坡上走去。

我刚跑了几步,就听见一阵“嘀嘀答答”的号声在暴风雨里传播开来!

一道道手电筒的光柱，切割开了漆黑的夜空，人群排山倒海地冲到了锻石场！顿时，沸腾起一片喊声、脚步声、“吭唷”声……

我扛着一块基石，一边跑着，一边向身旁的人吆喝着“小心，小心”。突然，肩上的石头被一个人抓了过去，我一回身：“啊，老高！你什么时候回来的？”

“刚才。你见老宁了吗？”他喘着气问我。

“见啦！”我把刚发生的事简单向他说了一下。

“哈哈，这个人！”老高一边笑，一边大声说，“半夜里医生向指挥部‘报案’，说他偷跑了！”

老高收住了笑，对我说：“指挥部让你马上回去，有紧急事！”

“现在就回去？”我问。

“嗯。”老高把手电筒塞到我手里，一转身就不见了。

大部分基石已经脱险，但是战斗并未停歇。人们继续来回奔跑着。

我用手电筒照着每一个从身旁跑过的人，仔细瞅看是不是宁大伯。

十来分钟过去了，还没发现他。我的嗓门眼不由得一阵热辣辣的。望着人影晃动的锻石场，我喃喃自语：“夜黑，人稠，今晚上是很难和您相遇了！……”

我一步一回头地离开了十六号桥梁工地。

一个月以后，十六号桥梁胜利竣工了。

我跟随指挥部祝贺团，来参加通车典礼。

一根根矗立的桥墩，在山峡间托架起一道长虹。宽阔的桥面上，锣鼓雷吼，红旗飘飘，一辆披红挂彩的大卡车，穿过欢呼的人群，徐徐驶过了大桥。接着，一辆，两辆，三辆……一条车的长龙飞过了雄伟的十六号桥梁！

人群里，我找到了高营长，一把拉住他的手，第一句就问："宁大伯呢？"

"前几天已经走了！"高营长笑着说。

"什么？！去哪里啦？"我着急地问。

高营长朝东指了一下："到关键工程长流河桥梁准备基石去了。"稍停一下，他又说："他们是'先头部队'，再过两天，我们全部人马就都要开过去啦！"

我伫立在大桥上，向着东方极目远眺——青山无边沿，大路望不断……这时，一个强烈的感想已经在脑海里形成：宁国钢，不正是革命大道的长桥上，一块比钢铁还坚硬的基石吗？而这样的革命基石，在我们伟大的社会主义祖国，何止千千万万！

（原载 1973 年 5 月 23 日延川《山花》第 15 期）

作者简介：路遥（1949—1992），原名王卫国，陕西榆林人。著有中篇小说《惊心动魄的一幕》《在困难的日子里》《人生》，长篇小说《平凡的世界》等。2018 年被授予"改革先锋"称号。

取　经

贾大山

在举国欢庆伟大历史性胜利的日子里，县委要在李庄村北召开农田基本建设现场大会。数千名农村干部，早早赶到披红结彩的会场上，一个个舒眉展眼，喜气洋洋，就好像才解放、庆翻身那年头儿一样。他们把自行车一放，有的站在路口，观看李庄的老头们撒欢儿似的敲架鼓；有的聚在滹沱河大堤上，互相交谈村里的情况；有的挤在花花绿绿的大批判漫画专栏前面，嘻嘻哈哈地指点着嘲笑着那四个龇牙咧嘴的怪物……

王清智到底是个有心人。他不光是欢乐，更主要的是把注意力集中在李庄的工程上。他倒剪双手，漫地里兜着圈子，望着那一排排新搭的大窝棚，自言自语地说："呵！李黑牛这家伙真有两下子！呵！李黑牛这家伙真有两下子！"

我跟在他的身旁，不由笑着问："老王，你说什么？"

他站住了，两道浅淡的眉毛向上一挑，演讲似的说："我说人家李黑牛真有两下子！一、开工的时机抓得好，有它特殊的意义。二、开工的声势造得大，有它典型的意义。三、三是什么呀？这里的沙岗，平啦；这里的沙壕，垫啦；在这又打高粱又收豆子、平平整整、镜面儿似的河滩地里，谁知人家又有了什么鲜招儿？莫非……"说着，两手一背，又迈开那两条有力的长腿……

半月前,我随县委工作组一到王庄,就发现了老王这个特点:嘴快腿快,脑子灵活,说话有条有理有声有色。也许是解放初期当过一段民校校长的缘故吧,笔杆儿也很利落。我总觉得他在我所结识的农村支部书记当中,算得上最有水平的一个。可是,王庄既然有这么一个领导人,为什么在农业学大寨的行列中总是跟在李庄的后面跑呢?李黑牛是怎样的一个人?老王那话,在这又打高粱又收豆子、平平整整、镜面儿似的河滩地里,他们到底又有了什么鲜招儿?

大会开始好半天了,我一直在思考这些问题……

"现在,请李庄大队支部书记李黑牛同志介绍经验!"

在一片热烈的掌声中,李黑牛站起来了。我踮起脚尖一看,他有五十多岁年纪,小矬个,瘦巴脸,身穿粗布小棉袄,头扎一条旧毛巾,是个土眉土眼的庄稼人。只见他手提一把明晃晃大镐,笑眯眯地朝人群里走去。人们莫名其妙地向后闪开,好像看变戏法儿似的,围了个大圈儿。他照手心吐了口唾沫,把手一搓,抡圆大镐,呼哧呼哧刨了个大坑,然后捧起一捧沙子,高高举过头顶,让沙子从手缝里慢慢流着,厚嘴一张,说:"各位领导,各位同志们!大伙看见了吧,这就是俺村的差距。这九百亩河滩地,表面挺平整,肥土层太薄,底下尽沙子,好比筛子眼儿,又漏水又漏肥,种嘛长嘛,嘛也长不好。这怎能叫大寨田呀?去年,俺们从……从兄弟大队学来一手:开膛破肚,掏沙换土,重新治理它。当时俺们打了个谱儿,一年治它三百亩,两年治它六百亩,苦干三年,叫它变成旱能浇、涝能排、又蓄水又保肥、高产稳产的大寨田。去年治了三百亩啦,今年怎么着?打倒'四人帮',人民喜洋洋,思想大解放,生产打胜仗。三百亩太少啦,李庄人民说,大干一冬,全部完工,要用实际行动落实抓纲治国的战略决策，打‘四人帮’一个响亮的耳光子！完啦！”

会场上响起一片热烈的掌声、笑声。我使劲拍着巴掌，扭头一看，咦，老王呢？四下找寻，只见他呆呆地蹲在人群的最后面，脸上红一块儿、白一块儿的。什么原因呢？

王清智为什么脸红

中午休息的时刻，县食品公司的大卡车送来熟食。我和老王买了几个麻花儿，找了个僻静的地方，一面吃，一面问起他刚才离开会场的缘由。他的脸色很不好看，愣了半晌，突然说：“果然不出我的所料！李黑牛介绍的，本是咱王庄创造的经验哪！”

“什么？”我惊奇地睁大眼睛。

老王叹了一口气，吃着麻花儿，慢慢叙说起来：

“咱村村北，也有一片河滩地，表面挺平整，肥土层太薄，底下尽沙子，庄稼长不好。去年十月，全国农业学大寨会议一散，县委立刻召开了四千人大会。你记得吧，在那次会上，县委书记批判了‘潜力挖尽，生产到顶’的错误思想。当时我想，咱县地处大平原，又是先进县，这种思想有代表性，非破不可。如果抓住这个题目，好好做做文章，肯定会引起县委的重视，那是毫无疑问的！凑巧，我一回村，咱们的老贫协和几个老农琢磨出个开膛破肚、掏沙换土、重新治理河滩地的方案。我一听，可乐啦，一拍脑瓜儿，立刻想了个口号：‘挖地三尺找差距，建设高标准大寨田！’

“李黑牛耳朵长。我们开工没几天，他就来到工地上，悄悄地转了一上午。收工时，我才发现他。一见面他就笑眯眯地说：‘老王，你的招数就是比俺多，今儿个可开了俺的心窍啦，有工夫俺得好好请你喝一壶！’回去以后，他们才照葫芦画瓢地打响了重新治理河滩地的战斗。他刚才介绍的，不就是这一套？”

“后来呢？”我插问道。

“唉，别提啦！”老王又叹了一口气，“头年里，我到县里参加一个座谈会。报社的小于同志听说了，找到招待所里，要我写一篇批判唯生产力论的稿子。我闭目一想，立刻总结出唯生产力论的十大表现八大危害。稿子写成了，小于说太空洞，要我联系一些实际，增添一些内容。联系什么呢？小于开导说：‘目前压倒一切的任务是什么？在这当口，你们把大批劳力拉到河滩里去，这叫什么？现身说法对读者的教育更大呀！’我一听，不由吸了一口冷气：天哪！搞农田基本建设，也成了唯生产力论啦？拉倒吧，不写啦，咱不能自己往自己头上扣屎盆子！可是我又一想，一、一级是一级的水平。看看报纸，一个理儿；听听广播，一个音儿。自己不理解，说明自己水平低。二、这两年，王庄的各项工作起色不小，开始有了一点名气，在这么大的政治运动中，怎能不显山、不显水呢？三、小于同志亲自找上门来，说明咱在人家的脑子里挂着号儿哩，如果不写……写吧，不写不好，叫人家说癞狗扶不上墙去。可是，笔尖一扭，那不是自己往自己头上扣……唉，算啦算啦，羊随大群不挨打，人随大流儿不挨罚……”

“你到底写了没有？”我急切地问。

老王忽地跳了起来，右拳击着左掌，呱唧呱唧山响，急眉急眼地说：“不写，不写王庄的工程就自消自灭啦？不写，不写今天的大会得到咱王庄开去，不是吹哩！”

老王脸红的原因引起我的深思。沉默了一会儿，我说：“你想过没有呢，你那篇稿子发表以后，当时会在李庄引起什么反响呢？”

"一……"老王眨巴眨巴眼睛,"咱们顺便了解一下吧!"

张国河的介绍

散会以后,我和老王来到农田基本建设指挥棚里。李黑牛忙去了,只见一个胖壮大汉正和几个女孩子收拾桌凳。老王向我做了介绍,那大汉名叫张国河,是李庄大队的支部委员。

看来,他俩是老熟人了。当老王提出了我们所关心的问题,张国河一屁股坐在稻草地铺上,毫不客气地说:"还问哩,去年你小子那篇稿儿一登报,俺村差点儿也乱了套!一天大早,大队门口糊了一片没落款儿的大字报,好听的劝黑牛悬崖勒马,难听的骂黑牛是这个那个的孝子贤孙。支委们的思想也不一致。有的说:'他写他的,咱干咱的!'有的说:'咱这一手是从王庄学来的,人家都在报上做检查啦!'也有的说:'他批咱也批,他登小报,咱还争取登大报哩!'争到半夜,黑牛站起来了,俺们都想听听他的意见。谁知他把胳膊一伸,厚嘴一张,对着房顶打了个哈欠,慢慢憨憨地说:'干的有干的根据,散的有散的理由。干也罢,散也罢,眼下到了年根儿,社员们谁家不做点年菜磨点豆腐?闪过年儿再说吧!'"

听到这里,老王忍不住捂着嘴笑了。

"你笑什么?"张国河不满地瞪了老王一眼,"别看黑牛性子慢憨,心里自有主意。他常说:'咱招数少,有事得请教马列和毛主席著作;咱嘴拙,有事得调动全村千张嘴。'他叫社员们做年菜磨豆腐,他可没那心花儿。大年三十黑夜,俺一家子正在炕头上包饺子,他来了,把我拉到没烟火的西屋里,问我怎么办。我早憋了一肚子气,一拍桌子,没好听话:'光听蝼蛄叫就别种地啦,光听蛤蟆叫就别过河啦,咱干咱的,揪不了脑袋!’黑牛说:‘谁是蝼蛄,谁是蛤蟆呢? 如果人家说,你就是蝼蛄,你就是蛤蟆,怎么着?’‘我……’‘你得拿出根据来!’我说:‘拿什么根据呀? 咱是庄稼人,养种好地,多打粮食,多给国家拿贡献,这是咱的本分! 哼,尽他娘的王清智搅闹的!’当时,黑牛脸如铁,眼似锥,嗓门不大,句句话有斤秤:‘国河! 你别光咋唬。王清智写了那么一篇稿儿,报上就那么一登,那是闹着玩儿的? 如今的事你还没有看透? 小报看大报,大报听谁的?’我把脖子一拧:‘它愿意听谁的听谁的!’‘反正,咱该听谁的听谁的!’黑牛说着,从怀里拿出一本《共产党宣言》,打开指给我一条语录看:‘无产阶级将利用自己的政治统治,一步一步地夺取资产阶级的全部资本,把一切生产工具集中在国家即组织成为统治阶级的无产阶级手里,并且尽可能快地增加生产力的总量。’我眼前一亮,说:‘咱们马上开个支委会吧!’‘不忙。’黑牛又从怀里拿出两本书,是列宁的《伟大的创举》和毛主席的《实践论》,放在我脸前。我说:‘这里面也有根据?’黑牛说:‘有!’我说:‘在哪儿呀?’黑牛把脸一沉,说:‘过年吃好的,我还喂喂你不?’嘿嘿,他的意思我明白!”

谈到这里,张国河喝了一碗水,看看老王说:“当然啦,找几条语录,要是搁在你身上,那不成问题。你肚里有墨水儿,脑瓜儿又活,看个文件什么的,只要拿眼把题目一扫,里面的内容便能猜个大概。黑牛可没你那本事! 他十三上放羊,十五上打铁,十九上就在民兵游击组里扛枪杆,斗大的字认不了一升。他看一本书,比锄十亩地还费劲呀!”

“你们的支委会开了没有?”我问。

张国河想了想,说:“当时黑牛还是说不忙。正月里,他又花了几天工夫，专门找人聊天。至于谈了一些什么，你们最好是回村打听打听三队的饲养员赵满喜去，办社的时候他就是黑牛的一个膀臂。”

赵满喜的介绍

赵满喜坐在喂牲口的大院里，咿咿呀呀地哼着小曲儿，正在筛草。为了谈话方便，我只向他做了自我介绍，说明了来意。老人一听，呵呵笑了，嘴里虽然缺牙少齿，说话有点跑风，听着却更幽默引人。

“不错，我这牲口棚里，黑牛常来常往。习惯成自然啦，有了什么难心的事，他总是先来摸摸俺们的心思，然后再拿到支委会上讨论。他好跟我聊天，可舍不得占用生产时间，总是对着吃饭的工夫来。一边吃，一边聊，吃完了，把碗一撂，就去忙工作。他来得勤，他媳妇也就来得勤。来干什么？敛饭碗！哈哈哈！

“话休絮烦。去年大年初一那一天，我一没待客，二没请友，约了几个对心儿的老头，打算赶上大车到工地上拉几遭土。也许你们要说，过年哩，一群老家伙撒什么欢儿呀？同志，你们哪里晓得当时的情况？对村北的工程，有添柴的，有撤火的，还有泼凉水的！俺们套上大骡子大马满街里这么一转，干多干少，也算是表了表态、亮了亮相儿呀！

“我刚把车套好，黑牛就端着饭碗来了，一边吃一边说：‘满喜叔，干吗去呀？’‘大干社会主义去！’我说着，叭一声，脆实实地甩了个鞭花儿，吓得家雀满院飞。谁知他把胳膊一乍，拦住了马头：‘这一阵的广播你没听见？’‘我不聋！’‘大队门口的大字报你没看着？’

‘我不瞎！’‘那你怎么还要干呀？’‘不干，村东的乱泥洼就能打出高产稻？不干，村西的响白沙就能长出麦子苗？’‘哎呀呀，你老人家真是老啦，思想跟不上啦！’当时不知他从哪里听来那么几句混账话，耸了耸鼻儿，挤了挤眼儿，做了个怪相，拿捏着嗓门说：‘一个是社会主义的草，一个是修正主义的苗，你要草，你要苗？’我越琢磨这话越别扭，没好气地说：‘你说的那叫个蛋！怎么社会主义尽长草，修正主义倒长苗哇？咱要社会主义的苗！’‘那也好办！’黑牛仍然拿捏着嗓门，‘只要革命搞好了，生产自然而然地就上去了！’哦，这时我才醒过味儿来，他是拿反话试俺的心眼儿哩。我把他的饭碗一夺，气冲冲地说：‘黑牛黑牛你别吃饭啦，革命搞好了，自然而然地就饱啦！’黑牛嘿嘿嘿地笑了，然后把脸一沉，说：‘人是铁，饭是钢，一顿不吃饿得慌。我不吃饭不行，八亿人口不吃饭更不行。’我说：‘着哇！当年打江山，光有步枪不行，还需要小米子呢，何况如今建设社会主义现代化强国？’黑牛听了这几句话，乐得直咂嘴：‘满喜叔！这话为贵！你敢不敢把这观点拿到支委会上亮亮去！’我说：‘拿到中央亮亮咱也不怕！’黑牛说：‘咱一言为定啦！’”

“你也参加了支委会？”老王问。

“扩大到俺身上啦。”

“那次会上……”

“黑牛倒没多说话，国河水平倒不低。”

“村北的工程……”

“没过破五儿，又开工啦！”

“那一片大字报呢？”

“两个人写的！”

“两个什么人？”

“问得怪，好人谁反对大干社会主义呀？”

老王点点头，看了看我，叹服地说：“黑牛真有两下子！”

“唉，就那么回事呗！”好像听见别人夸奖自己的孩子，老人脸上美滋滋的，嘴里却又褒贬几句，“他这个人，文没文才，口没口才，又好咬死理儿。可话又说回来啦，有这么个好咬死理儿的人，村里倒是不吃亏。前些年，林彪兴妖作怪的时候，斗争尖锐是尖锐，俺村到底没背多大的伤。”

谈到这里，牲口棚里传出一阵马叫声。老人让我们等一等，他要照看一下刚满月的马驹儿。

王清智的结论

从老王的神色来看，他的心里很不平静。在院里转了个圈儿，两手向我一摊，说：“你看，今天咱向李庄学习的经验，正是去年李庄向咱学习的经验；也就是说，人家今天所坚持的，正是我去年所扔掉的。这是什么原因呢？”

是啊，什么原因呢？当然，万恶的“四人帮”的干扰破坏是最主要的原因，这是他们不可开脱的一条罪责。可是，李庄呢，不是处在同样的干扰破坏之下吗？

要说老王有水平，真是有水平。我正苦想，他便有了结论，两道浅淡的眉毛向上一挑，演讲似的说：“其实，原因也很简单。我这个人善于务虚，人家黑牛善于务实。回去以后，咱们得马上采取措施，赶上去！一、统一部署，层层动员；二、全力以赴，投入会战；三、凡与会战无关的一切活动，什么政治夜校哇，俱乐部哇，是不是先……”

"同志,跟我吃饭去吧!"老人照看了马驹儿,从牲口棚里走了出来,一手拉住我们一个。我看看天色说:"这么早就吃饭?"

老人说:"你们不知道。昨儿个黑夜,黑牛检查了各队的政治夜校;今儿个黑夜,又要闹批判'四人帮'文艺大评比,各队都要出节目。趁牲口们还没回来,早点吃了饭,化装不化装,总得换换衣裳刮刮脸呀!"

"你也登台演戏?"我惊喜地打量着老人。

老人笑了:"老胳膊老腿的啦,演什么戏,拉四股弦呗!走,吃饭去,吃了饭看节目。"老人再三挽留,我们连连道谢,才告辞了。

太阳落入紫红色的云层里。滹沱河大堤两旁,一株株高峻挺拔的白杨树染上了美丽的晚霞。老王慢悠悠地骑着自行车,走了二三里路程,一言不发。

"老王,三是什么,你还没说完呢!"

要说老王有水平,真是有水平。他那两道浅淡的眉毛向上一挑,又产生了新的结论,一张嘴,竟然念出两句诗文:

要学参天白杨树,
不做墙头毛毛草。

(原载《河北文艺》1977 年第 4 期)

作者简介:贾大山(1942—1997),河北正定人。著有短篇小说《取经》《花市》《梦庄纪事》等。

我们的军长

邓友梅

光荣北伐武昌城下，
血染着我们的姓名。
孤军奋斗罗霄山上。
继承了先烈的殊勋。
…………

初春，黎明。随着晨风，不知从何处传来了新四军军歌的旋律。

这时候，有一位头上初生白发的男人，正从中南海红墙外走过。“四人帮”粉碎后，他接到重新走上工作岗位的命令。第一天上班，他决定步行，以便把载负着他满心崇敬感激、希望和幸福的目光，送入那亿万人民倾心向往的红墙深处。

军歌的旋律使他停住脚步。他靠在满披新绿的树下，倾听着，倾听着，让那战斗的旋律把他带到数十年前，沂河边上的一个小城中。

一

宣传队在小城的小教堂里演戏。这小教堂只有一个门，人坐满后出入很不方便。有些战士就拿舞台当通道，上去乱跑。十四岁的小赵接受任务在台上撵他们。她感到这工作很有权威，就挺直腰板，满脸正经。

倏地跳上一个人来。小赵横身一拦，厉声问："哪儿去？"

这是个十七八岁的小战士，背着皮转带、驳壳枪。他指指台下说："我们有事要回去……"

小赵往下边一看，后边还跟着两个人。就说："不行，一个都不让过，别说三个了。"

"同志，"小战士着急地指着下边一位年纪大的人说，"那是三〇一，他还想顺便到后台，看看你们杜队长和马夫老张。"

"谁也不行！"小赵没听清小战士说的代号。就是听清了也不知道这个数字代表谁，因为她参军才半个月。"这是我们的制度！上后台也要从外边绕。"

小战士还想争辩。台下那个年纪大的人说话了。一口的四川乡音："小杨，下来吧。既然人家有制度，我们就不要破坏。"

小战士瞪了小赵一眼，转身跳下了舞台。年纪大的人从上衣兜里掏出小本，写了几个字，撕下来叠成一条。又从另一个战士手里拿过一个草绿色绸布小口袋，举起来说："小同志，劳驾你把这个交给杜队长。"在小赵弯下身去接东西的当儿，他拍了拍她的头说："小鬼，你执行命令很认真，这很好咧！刚才是我们不了解情况，无意犯了错误。我们改正它！"说完他就带头挤进穿军装的人群中。

开幕之后，小赵到后台烧开水的炉灶旁找到队长杜宁。杜宁看完字条，打开小口袋，掏出来两个皮盒子。

张德标挑来一担水往锅里倒。杜宁招呼他说："喂，你看，老总给咱们送来了战利品！"

张德标凑过来一看，眉开眼笑，“好漂亮的围棋！不用说是缴获日本太君的！老总人呢？”

杜宁指指小赵：“她给顶回去了。”

张德标问怎么回事，小赵把原委说了一遍，问他：“怎么，我做错事了吗？”

张德标说：“没错。可你知道他是谁？”

“我没听清。像是山什么。”

“三〇一？”

“是这个音。”

“瞧你个兵当的！”张德标拍了下大腿说，“三〇一是老总的代号你都不知道？”

“哪个老总？”

“陈毅老总！我们的军长！”

小赵吐了下舌头，愣了半天。又摇摇头说：“不对，我拦住他，他不光没发脾气，还向我作了检讨呢！”

“那就更没错了！”

杜宁笑着对张德标说：“陈总今天没来，对你有点小小的好处，逃掉一顿骂。”

张德标问：“为什么？”

“组织部调你去当排长你不去，他已经知道了，信上说要找时间跟你谈谈。”

张德标忙问：“连我讲怪话的事他也知道了？”

“信上没有说。”

张德标把扁担横在水桶上，无精打采地坐了下去。从腰里拔出烟袋，使劲地在烟荷包里拧来拧去。

二

过了个把月情况紧张起来了。李先念师长在中原突围成功；济南一小撮逃亡地主围攻执行小组中的我方代表；蒋介石的军队在解放区边沿不断挑衅……

有一天各单位接到通知，去飞机场给军调执行小组的美蒋代表送行。

半个机场站满了打着大旗、小旗、三角旗的人。全是军队和民兵。大小旗子上写着：

“武装保卫解放区！”

“反对内战阴谋！”

“人不犯我，我不犯人；人若犯我，我必犯人！”

开来了两辆美国吉普和一辆草绿色日本轿车。吉普上下来的是大高个美国代表和矮黑胖国民党军代表。轿车里下来一男一女，穿着新四军粗布军装。

机场上吼起了口号声。口号里喊的和旗上写的是一样的话。

张德标用胳膊碰碰小赵：“陈军长今天好威武呀！”

“在哪儿？”

“和女同志并肩走的，扎着皮带打着绑腿。”

小赵重新把视线投到那人身上，一时仍然认不出是陈军长。两条浓眉像剑一样，眉梢扬了上去，中间拧成了一个结。嘴唇紧闭着，显得下唇更突出了。两眼闪着凛然的光芒。

他们似乎并不听那震耳的口号声，闲谈着走近飞机。恰好走到宣传队前边时，美国人停下来指指人群，笑嘻嘻地说了几句话。

女同志翻译说:“他说这场面很意外!”

陈毅微笑一下:“不比济南的场面更意外。”

国民党军代表赶上来说:“那可是老百姓自发的行动,政府并不知情哟!”

陈毅说:“这是我下令叫他们来的。所以你可以放心,决不会出现那种不讲礼貌的行为!”

他们又说笑了几句,都没听清。然后美国人和陈毅握握手,抢先上了飞机。矮胖的国民党军官也向陈毅伸出了手,冷冷地笑着说:“谢谢您的款待啰。陈毅将军什么时候驾临兄弟的防地,请吩咐一声,我马振武亲自驱车相迎!”

“一言为定!”陈毅握了一下他的手,然后两眼逼视着他说:“老兄再到我的防地时,我也备车恭候!”

马振武也在口号声中上了飞机。螺旋桨在草坪上卷起尘埃和草屑,把飞机拖进灰色云层。口号声变成了笑骂声。值勤人员站到一个立起来的石磙上吹响哨子,两手作着手势,把队伍往中间靠拢了一下,宣布首长讲话。他跳下来去扶陈毅,陈毅用手挡开他,一个箭步迈上了石磙。

“同志们,稍息。”

他把军帽摘下来,并且解开风纪扣,双手叉着腰,不紧不慢地谈起来:“为什么今天要搞个送行的阵势呢?一是他们在济南搞了我们一下,无理取闹!我们就还他一箭!这叫作‘来而不往非礼也’。第二,他们这次走后,不会再来了。给他留个纪念。他们要我们从枣庄退出来!从张店退出来!从临城退出来……一句话,要我们把从日本人手里解放的大片地区都退出来送给他们!说是我们要不照办,他们就不谈了。大家说我们能把这些地方拱手送给他吗?”

广场里怒吼起来:“寸土不让!”“武装保卫解放区!”

像是群众的怒火感染了他。或者说是他自己迸射着的火花燃起了群众的怒火,而这火势又反转来引起他更大的爆发。他怒吼了一声,如晴空霹雳把全场的声音都盖了下去!

“蒋介石王八蛋!他发了昏,欺侮到老子的头上来了!”

他脱掉上衣,连同帽子摔给下边的警卫员。他向左右扫视着,仿佛蒋介石就在哪个角落里躲着。

“这里的一城一地都是我们用血换来的!我们的罗副军长,捐躯在兰陵前线,我们的战斗英雄安保全牺牲在枣庄城头!此山是我开,此树是我栽!你想要,可以,拿蒋介石的头来换!”

他接过警卫员递上来的毛巾,擦了下满头汗水。

“我早晓得他龟儿子要起飚啰!美国飞机军舰把他的队伍送到解放区门口了呀!美国的枪炮子弹塞满他的内战仓库了呀!好啊!来嘛!老子等着打这场仗都等得手发痒了!现在我宣布全军动员,进入一级战备!”

为了压制一下自己的怒火,他停下来,沉默地叉着腰站在石磙上。然而又终于压不住那烧天怒火,他扬起一只手喊道:“你们中间有怕死的没有?哪一个怕死给我出来!”

广场上静得像是空气都凝结了。

“哪一个怕死,你出来,现在就走,我不留你!”

他睁圆剑眉下的一双大眼睛,目光由左至右从每一个人脸上掠过。

“没有人走吗?既留下来,那就铁下一条心,跟着毛主席革命到底!不打到南京不罢休!不打倒蒋介石不罢休!流血也罢,牺牲也罢，硬是要把春秋之笔夺到手，中国的历史要由我们来写！散会！”

他跳下石磙的时候，距他上去时不过十多分钟。在这十分钟内，二次大战后那短暂的和平时期结束了。人们进场时虽然活跃、欢快，但多少也带些松散。退场时则变得面色严峻、步伐整齐。军歌唱湿了每个人的双眼。

日本轿车发动起来，开到他身旁。他摇摇手说：“这是坐来在敌方代表面前摆摆架子的，现在用它不着了。”他和两个警卫员就近插入到宣传队的行列中，随着一二一的口令声跨步前进。

队伍很多，走走停停。出门前要等一阵。在队伍停下来的时候，陈毅环视了一下周围，大声问道：“张德标有没有？”

“有！”张德标在排尾答道。

“出列！”

张德标从队伍中走出，站到大队前面。陈毅也出了列，站在他对面，先上下打量了他一阵，不慌不忙地问：“你近来在搞什么名堂？”

“报告军长，我喂马。”

“我不晓得你喂马？我问你犯了什么错误！”

“组织部调我，我没去。”

“还有什么？”

“有点自由主义。”

“具体讲！”

“我讲怪话，说要再逼我当干部去，我就开小差。”

“那我叫怕死的人出来，你怎么不出来？”

“军长，你批评我，我接受，可不能侮辱同志呀！我张德标哪一阵怕死过?”

“怕困难,当自由兵,不求上进和怕死一样可耻!”

“这么说,我没意见!”

“你要往哪里去?”

“我也没想真走,是说说痛快的!”

“乱弹琴!”陈毅大喊一声。张德标低下了头。

“你以为你的错误不大呀!今天我就是有意叫你在全队面前照个相!看你这个老革命有没有脸皮!老革命?老油条!”

“我,我……”

“你怎么样?你天天和骡子打交道,就看不出骡子和人有什么区别!骡子四条腿着地,总是头朝下,只能看到蹄子前边一点点地方。人呢?人的两只手解放了,站起来了,他就仰起头,看得远!”

“我落后。”张德标抬起手去擦眼睛。

“哪个给你权利落后的?”陈毅仍然声音很大,可是口气缓和了许多,“罗霄山上的老伙伴还剩几个呀?皖南的同志不在了多少?我们活着的有权利落后吗?”

张德标擤了擤鼻子。

“你文化低,当干部有困难,这个我知道。干革命哪能没困难,你以为我这个老总就当得很安逸呀!我能打报告给毛主席请求调换工作吗?回去收拾一下,上组织部报到。”

“是。”

“下去当排长。你还想在党外游逛多久?到连里向支部讲清楚,说你爱犯自由主义,要支部监督你改正。”

“是,下去当排长……”

“只许干好,不许干坏!不然一辈子都不要再见我!”

下午张德标背起背包走了。不久,蒋介石向解放区发动了全面进攻,轰轰烈烈的解放战争开始了。宣传队也开上了前线。

三

宣传队在前线演戏、唱歌、带担架、管俘虏,从苏北,鲁南,进入沂蒙山区,匆匆过了七八个月。大伏天在沂蒙山腹地又摆下战场,把敌人一四九师包围在摘星崮上。包围部队身后,狙击部队组成了另一个环形战线,挡住四面八方来增援的敌军。两条战线最近处不过十多华里。敌人增援部队的炮弹落在一四九师的头上,在报话机里可以听到他们互相骂祖宗。

宣传队分成小组在摘星崮战场工作。战斗的第三天晚上,杜宁被叫到团指挥所,接受一项特殊任务。

敌人前沿阵地的一个旅长,原来约定好这一天起义,临时又变了卦。派出个姓于的参议来联络,说要求增加优待条件。上级叫把他送到总部去。正在打仗,团里抽不出合适的人,就把这任务交给了杜宁。

杜宁陪着于参议在两个战场当中的夹道里,走了七八里地,遇到了迎接他们的两个参谋。一同走到一座不断有通讯员出入的破庙门口,一个参谋领着于参议进了庙门,另一个带杜宁绕过破庙,走下十几丈远的一段石级。参谋回答了哨兵的口令,就顺着哗啦啦流水的山涧走去。拐了几个弯,来到一个宽阔去处,就看到有一大一小两间石洞。大石洞里悬着一盏手提式煤气灯。墙上挂了地图。灯下一只用公文箱搭成的方桌,蒙了白布。桌两旁有两只和这环境不相称的红漆椅子。石洞一端,用门板支起一张床,床上挂着军用蚊帐。一个体格魁梧，略有些脱发的人，只穿件白布衬衣，戴着花镜站在灯下看书。他一只手举着书本，另一只手机械地摇动一把破蒲扇在轰蚊子。杜宁他们踢动石子的声音惊动了他。他转过头，从眼镜的上缘往洞外看过去。参谋立刻喊道："报告，杜队长到了。"

"来来来！"那人放下书，摘去眼镜，大声喊，"小杨，搞点开水来！"杜宁一眼瞥见那书的封面上有三个墨写的大字："矛盾论"。

杜宁认出来是陈毅军长，惊喜地站下，举手敬礼。

参谋离去了。陈毅领杜宁走到洞前一小块草坪上说："坐吧，这里凉快些，蚊子也少。洞里不成样子，滴水，蚊子成集团进攻！"说着，先听杜宁报告了一下子参议来的情况，随后就打听宣传队半年多来在前线的工作：参加过哪些战勤工作？编演了什么节目？在火线上怎么演出的？每个人表现怎样？女同志在战壕里有什么不方便没有？他一边扇着扇子，一边把眼眯起来，高兴地听着杜宁的种种描述，并且不断地发问和评论。当说到有一个宣传队员牺牲得很英勇时，他郑重地站了起来。

"这个同志我记得。有一次联欢晚会他拉小提琴。拉了个小夜曲。演完后我批评他不该在前线上拉这种软绵绵的东西，他脸红了。"

杜宁说："他在日记上记了这件事。"

"过后我觉得批评得太急躁、太冒失了。人家是音乐家嘛！打算另找个机会和他谈谈，可没想到就此永别了。"

"他日记上说，对军长那次批评很感激，认为受到很大启发。"

"我还是太急躁了！人家从上海扛着小提琴到新四军的战壕里来拉，这一步就走得很可贵！至于拉什么，只要不是反动的东西，慢慢改进来得及呀。看一看毛主席待人处世！有的人犯了严重错误，他还是耐心对待咧！那一次在飞机场，我骂张德标也骂凶了些。我总以为老同志嘛，不妨严格些，不用在方式上打圈圈，其实这是错的！越是老同志越是要尊重嘛！"

杜宁不愿看着首长在自己面前自责，虽然他很为陈老总严以律己的精神感动。就有意岔开话题，问道："张德标现在怎样了？我们一直没见到他。"

"他很好。"陈毅说，"仗打得很勇敢，老毛病改掉不少，上个月入的党，今天早上提升营长了。只是他眼下的处境很困难。"

陈毅走到洞内地图前，指着标有"胡桃峪"三字的一个山头说："他在这里打狙击。本来满有把握的，昨天蒋介石忽然空运来一个整编师，全投在这一线了。昨天在胡桃峪东邻阵地，撕开了个裂口，为了堵这个裂口，抽走了胡桃峪一多半兵力。现在他一个营顶着当面的两团敌人，压力很大。附近又抽不出部队去增援他，他那里是当前的要点。敌人要提去我们这颗棋子，就把摘星崮的死棋接出去了。"

陈毅走到桌前，点起一支香烟，吸了几口说，"我正想明天到他那里去一趟！"

"军长亲自去？"

"看看能不能找到块钢材，给老蒋弄个接不归①。"陈毅笑笑说："至少为那里的同志分担一点压力吧！"

杜宁说，"军长亲自去，会给同志们很大鼓舞！不过……"

"对蒋介石孤注一掷的流氓手腕估计不足，布局时少放了两颗，我是责无旁贷的。"陈毅望着杜宁说，"你愿不愿陪我去胡桃峪看一看啊？我想主攻部队的情况，你掌握一些了。狙击战线也经历一下吧，将来你好写作品。另外也许我还用你帮帮忙呢。”

“那好，不过我怕帮军长做不了什么。”

“到时候再看。我们去那里，既要和大家共命运，又不能束缚了指挥人员的手脚，怕要找个合适的方式才好。我正为此伤脑筋。”接着问杜宁说，“你是不是困了？”

杜宁说他白天在防空壕里睡了一大觉，现在不困。

“那我们来下盘棋吧！我等着处理几件事，不能睡，眼下正是个空闲。”

陈毅喊小杨取来棋盘棋子，摆在小桌上。他俩对面坐下来，小杨给他们每人倒了一杯冷开水。

棋走到中盘，参谋送来几份电报和文件请陈毅签署。随后又报告和于参议谈判的情况说，高处长叫报告军长，看样子敌人并不是真要增加优待条件，而是找借口拖延时间，观望形势。至于这个代表本人，倒像是有起义的诚意。问他一些敌情，谈得大体真实，与我们掌握的情况一致。另外还提供了一些有价值的情报。其中一条，就是肯定了新空运来的增援部队是马振武的整编十八师。

“真是马振武？”陈毅兴奋起来。并不等人回答，又问杜宁：“你记得这个矮胖子吗？”

“记得。军调执行小组时他来过我们这里。那次送行不就是送的他吗？”

“看来我真要准备一辆吉普车了！”陈毅大笑起来，“可惜他是增援部队，不是我们的歼灭对象。”

陈毅叫参谋把高处长、于参议都请到他这里来。说完，和杜宁坐下来，又走了十几步棋，刚刚入港，一阵脚步声，高处长和于参议到了。陈毅只好放下棋，迎出洞外。于参议连忙行礼，陈毅招呼大家随便坐到石头上，就摇着蒲扇，像谈家常一样说："昨天在狙击线上，我们吃了一点亏。你们起义的决心，这就有一点动摇。"

"是的喽，啊，也不一定，不一定。"

"要观望一下也没什么不可以。只是可供观望的时间不多了。你们起义，我的部队要上摘星崮；你们不起义，我的部队也要上摘星崮！可是，起义对人民有好处，对你们自己有好处。"

"那是的，那是的喽……"于参议一面答应着，一面心不在焉地考虑着什么。突然他出其不意地又站起身来敬了个礼，说："我斗胆要求总座开恩，放我一条生路。"

在场的人都愕然而视，陈毅也愣住了。

"我不想回去了。"于参议僵笑着，以致脸上的肌肉抽动了几下，"穿过火线是一道鬼门关，而且……"

真是哭笑不得。高处长说："唉，你是受命来谈判的呀，不把我们谈的结果带回去怎么行呢？"

"不不不，我可以写封信，你们派个俘虏兵送回去好了。我回去，就是不在火线上打死，我往返两军之间，特务们发现了也饶不过我的。"

陈毅停下手中的扇子，认真思考。谁也不再出声。于参议不断地擦汗。静了好一会儿，陈毅又把扇子摇起来，主意打定了。他诚恳地说："你起义也好，投诚也好，我们都欢迎！这是头一条，先讲清楚。"

"是是是。"

"第二条呢，我劝你不要放弃一次立功的机会。你在反动阵营混了这么久，事到如今，应该学着想想替老百姓做好事了。争取立一点功劳，就更能取得谅解和优待。你还在盛年，来日方长，以后还可以为人民作事情嘛!”

“我没有兵权,想立功,心有余力不足啊。”

“我可以直说:我是希望你们全旅起义的,可并没有相信它会全拉过来!”陈毅点着一支烟,吸了一口又说,“你回去,把我讲的话原原本本告诉他们,把谈判的结果也告诉他们,不论他们起义与否,你这一条功劳都算数。我叫参谋处给你写一个证明,证明你投诚以后已经在为我们工作。打响以后不论哪个部队收容了你,他们看到证明会把你送到总部来,决不拿你按一般战俘对待。这样如何?”

“这,这真是恩比天高了!”于参议连连鞠躬说,“我若不竭力效劳,天地不容。”

“你好自为之吧,不久我们还会见面的。”

高处长和于参议走后,陈毅来回踱了几步,举起双臂上下伸了伸,看看表说:“已经过了十二点,我们这盘棋走了两天还没完,接下去下完它!”

他们重新坐到桌前。杜宁说:“这个于参议利己得如此不加掩饰,也算是难得。”

陈毅只顾走棋,并不马上回答。过了一会儿,他像不在意地讲起他参观榨油作坊的事来。他说那些工人不光对油和饼细心收藏,就连那又黑又臭的油脚子也不轻易扔掉。工人说“物尽其用”,把它随便扔掉,脚踩上要污鞋,鸡吃了会生病,弄不好还会引起火灾。不如收起来,上上地,膏膏车,烧烧水,引引柴,把它用到正道上去。

这盘棋下完,一数子,陈毅输了两颗。

“你是跟我胡扯,分散了我的精神!”他拉住杜宁的袖子说,“不行，再下一盘！不能就这样叫你赢了！”

警卫员小杨装作倒水，先到杜宁身后，拉了一下他的衣襟，杜宁会意，忙说：“老总，我困得撑不住了。”

小杨说：“首长也该睡了。明天你要去胡桃峪，不睡一觉还行！”

“你里通外国！”陈毅有点气恼地冲小杨大声说，“你和杜队长串通一起不让我翻梢！”

“随便你吵！保证你休息好，是我的责任！”小杨说完噘起了嘴。陈毅也噘起了嘴。两人对看了一阵，陈毅终于认输地笑起来：“好，好，睡觉！睡觉！你也该睡了。唤小吴起来值班。”

四

第二天清晨，陈毅到了作战处，向指挥人员交代完摘星崮方面的作战方案，就带着警卫员去胡桃峪。临上马前嘱咐，叫杜宁赶去。

杜宁匆匆吃过早饭，也上了路。从小道拐到公路上，远远看见陈毅的三匹马，在前边小跑着前进。马蹄扬起黄色薄雾。

由远而近，传来了飞机马达声。杜宁手搭凉棚，朝天上一看，是蚊式。

他立即跳进路边的沟里。两架蚊式飞机擦着树梢，在公路上投下巨大的黑影，风驰电掣地滑了过去。身后响起一阵撕裂空气的噪音。飞机到了三匹马的上方，从两腋窜出一串串火球，当它扬头向上拔起时，又投下两颗黑色圆球，腾起的烟柱立即把三匹马吞没了。传来扫射声和爆炸声。

杜宁心里叫了一声“军长!”,两眼紧盯住烟尘腾起的地方。

一阵风吹过,烟尘向西北移动着散开来。透过轻纱般的尘幔,看到那三匹马悠悠闲闲,不紧不慢地在信步前进。杜宁擦了擦满头的汗。

飞机自西南到西北兜了半个圈子,又一头扎下来,顺着公路去追那三匹马。看看螺旋桨碰到马尾巴了,那三匹马似乎听到一声号令,一齐转过头,迎着飞机奔跑过来。转眼之间,一上一下和飞机交错而过。随即又刷的一声停下,掉转马头观察它们刚才转身的地方。这时,飞机上倾泻下来的炮弹正叭叭响着,在他们跑过的路上炸开一团团白色火球。随之,又是两颗炸弹在更前一点的地方爆炸了,烟尘再次遮断了前方的视野。

三匹马迈开不慌不忙的步子,进入到烟尘之中。待到烟尘再次散开,公路上已经没有马匹了。只见向东弯去的山沟里,青纱帐间闪过一串棕色的影子。

杜宁一下跳了起来,在陈毅拐进山沟的地方下了公路。经过一条涧水,他洗了洗脸,又手捧着喝了个够,这才穿过隐蔽着马匹辎重的胡桃林,登上胡桃峪山顶。

山顶,是沂蒙山人民称作“崮”的大石岩。崮下石洞里设着团指挥所。可是只有一个参谋和一个通讯员在值班。团长随陈毅到前沿阵地去了。参谋介绍了一下当前的战况。这里往南,是一个椅子背形的山坡。左边扶手尽头凸出一个山头,是三〇〇高地。右边的扶手伸出去远得多,直伸到河水的半中间。那里有半截塌了的砖塔。塔基四面,一面连着椅背,三面是削壁悬崖。从左扶手到右扶手,拉开了四道弓弦形的防线。

最下边河滩上的那道堑壕,昨天已被敌人占去。第二道工事在河滩与三〇〇高地之间，沿着山脚展开。为了缩短战线，集中兵力，黎明前我们主动从那里撤了出来。敌人也没占领它，现在成了两军之间的真空地带。我们最重要的防线，就是以三〇〇高地为起点的这道工事。这一线上布满了真真假假的地堡、机枪阵地和单人掩体。它后边是炮兵阵地，隔着树丛可以听见战士们的笑语声和擦炮引起的金属撞击声。

杜宁没心思再休息，谢过参谋就继续前进。在三〇〇高地西边找到陈毅军长一行人，加入了这个十多人的行列。陈毅在营团干部陪同下，走走停停。一会儿站下来用望远镜看看敌方阵地，一会儿和加固工事的战士闲谈几句。堑壕有的地方并不深，人头会露出地平线，敌人常打冷枪。陈毅挺着胸大摇大摆不慌不忙地走着，陪同的干部们不时交换焦急的目光。

张德标发现了杜宁。急忙赶过来，摇着杜宁的胳膊问："你怎么来了？队上的同志们都在哪里？"

杜宁一一回答着，并且祝贺他升了营长。

"呀呀乌！"他作了个无可奈何的手势。

他们来到一个丁字形的交叉点。有几个战士坐在背阴地里擦枪和抽烟，看见他们走来，正要站起来敬礼，陈毅摆摆手叫大家坐着别动。战士们又原地坐下。有的用眼溜着军长，有的低着头，谁也不吭声。

"团长同志。"陈毅站下来，故作惊讶地问，"你怎么把我们的战士都带成这个样，打了胜仗倒像丢了二百大钱？"

团长正不知如何回答，一个矮个子、湖南口音的战士站起来说："老总别挖苦我们了。你批评几句，我们心里倒好过些。我们吃了败仗！"

“哪个说你们吃了败仗?”陈毅说,“这倒奇怪了。前天我给你们任务,要守住这个胡桃峪。那时候你们是两营人,对面的敌人是一个团!今天我来一看,你们只留下不到一营人了,敌人增加到两个团,可你们还守在胡桃峪上!你们分出去的人又守住了另一座山头。你们完成的任务比我下达的多一倍,这是胜仗呀还是败仗?我也有点糊涂了。”

有的战士笑了。可是湖南战士固执地说:“我们撤了两条防线呢!”

“那有什么了不起?我们是军队,又不是棋盘上的小卒,只许进不许退。防线丢了再拿回来就是,那算个屁事!我今天来,就是知道你们会拿回来的。”

说到这里,一个苏北口音的战士,不好意思地问:“什么时候我们能打出去呢?”

“那要看你们了。”陈毅说,“没有你们,我就是个光杆司令!你们打得好些,我们离开沂蒙山区就快些。”说到这里,他看到周围有几个穿带勾勾头老山鞋的战士,就说:“你们沂蒙山参军的同志们,怕不急着打出去吧?”

一个满脸胡楂的战士说:“我们更急咧!打了这半年仗,山里连一间正装房子都不剩了!种庄稼也趁不上节气。老乡们把粮食省给咱们吃,自己光啃糁子榆皮煎饼,早一天打出去,乡亲们好缓口气呀!”

陈毅说:“对头!不能老拿我们的厅堂作把式场!我们也去捅他的坛坛罐罐!这样吧,你们把这个阵地给我守到半夜十二点,我保证十天之内打出沂蒙山!有人会说,你这个老总说话怎么这样决断?我就是决断!哪个不信我们来打赌!”说着他伸出手作个要和谁击掌的架势,“哪个来嘛?”

说话之间,人已经围多了。教导员代表大家说:“人在阵地在,坚决守住胡桃峪。”

陈毅点点头说:“硬是要有这个决心。我告诉你们,毛主席现在都站在地图前,望着我们这个巴掌大的胡桃峪!我们能不能很快打出沂蒙山,要看能不能吃掉摘星崮的一四九师;能不能吃掉一四九师,要看我们胡桃峪能不能把敌人的援军挡住!”

战士们说:“你打个电报,叫毛主席放心吧,我们这面墙是铁打的,钢铸的。”

“哎,这才像我们的兵!”陈毅高兴地挥挥手,继续向前走去。他们来到三〇〇高地一座地堡前边,这里有个小天井,顶上用树枝作了伪装。已经准备下了开水。大家坐下休息,团长趁机叫张德标报告他们的作战方案。

张德标说,有半截塔的山头,三面悬崖,只有一条鱼脊背通道和三〇〇高地防线相连,一旦通道卡断,就成孤岛。所以我们没在那里设防,敌人除去火力侦察过两次,也没有要占领它的意思。今天拂晓前,我们暗暗派去两挺重机枪,几门六〇炮,埋伏在那里。他们,任务是平时不许暴露。等到敌人向我三〇〇高地发起进攻,步兵接近我前沿之后,他们就从敌人的侧后方倾力射击,两面夹攻,不愁敌人不退。

陈毅考虑了一会儿说:“这个办法蛮好,可惜只能用一次!下次敌人就会集中力量切断鱼脊背,把那个支点搞掉。那时会有更多的敌人渡过河来参加战斗的。刚才不是发现河滩上的敌人有几个在用望远镜观察河面吗?他们准备派更多人过河来呢!”

团长说:“我们按上述计划打垮敌人一次冲锋,天就下午了。他再组织一次对鱼脊背的强攻,已是日落。再要攻击三〇〇高地,只好在天黑以后了。夜间作战我们一人能顶他五个。拼出全部力量,怎样也守到天明。天明摘星崮的战斗该结束了。”

陈毅认为这方案牺牲太大,而且不利于完成任务后甩掉敌人。他问:“你们现有两个连对不对?”

团长说:“实际上是五个排,加上炮兵连。”

“放一排步兵,有炮兵协同,河这岸的敌人倾巢来攻,能守几分钟?”

张德标说:“可守四十分钟到一小时。”

“半小时拿不拿得稳?”

团长说:“有这么好的工事,绝对不成问题!”

“好!那你还有一个整连!一连人在半个小时之间不能搞出点什么名堂来吗?不要光撅起屁股来挨打,也琢磨琢磨打人呀!你们估计,敌人对三〇〇高地展开攻击后,河滩阵地上他们还有多少人做后卫?”

张德标说:“按昨天的情形看,至多一个连。”

陈毅说:“假定战斗开始的时候,你那一连人埋伏在宝塔山脚下,敌人接近三〇〇高地后,这一连人突然袭击他的河滩阵地,打他个措手不及,会怎么样呢?占领河滩之后再以工事为依托,和三〇〇高地的我军夹击敌人,他还吃得消吗?三〇〇高地上的两排人,坚守到占领河滩应当不成问题吧?”

“如果能够运动到宝塔山底下,就不成问题。”团长说着和张德标对视了一下,就不再言语。

陈毅脸上掠过一丝不易察觉的微笑。见他们不再往下谈,就说:“我认为这个方案你们会考虑到的。肩膀上长脑壳,不仅仅为了戴帽子,是吧?”

团长说:“张营长提出过这个方案,我给否决了。”

张德标说:“因为我提不出到小山下边的通道,团长才否决它。我派人去侦察了,从宝塔山往下去实在没有路。河底是石头,硬往下跳会摔坏。而且扑通扑通一响,敌人立即会发觉。”

陈毅说:“你们考虑得很全面,特别是团长同志,否决得很有道理。”

他端起水碗喝了两口,眼睛闪出狡黠的火花,看了张德标一眼。张德标警惕起来,知道老总要作他的文章。

陈毅不慌不忙地问:“小杨,年初我们来这里宿营,是接的哪个队伍的防啊?”

张德标心说:“来了!”忙答道:“我们连给你腾的住地嘛!”

“你驻在这里时,到砖塔附近看过地形没有?”

“……”

“没有敌情,又很忙,不看算了!”陈毅学着张德标的口气说完,笑着问,“对不对,我没叫你吃冤枉吧?”

张德标只是笑,不吭声。

“好!”陈毅说,“我要是给你个向导,给你条通道,那个方案能不能完成好?”

团长和张德标都笑了,忙说:“首长,只要有道路,我们一定完成任务。”

“好,给你们个见面礼,免得下次来不欢迎。”陈毅回身喊道,“小杨,你去给张营长当向导,把他的队伍领到宝塔山脚下,占领了河滩你再回来!”

小杨才答应了一声。空中一阵呼啸，一连三颗炮弹掠过堑壕，在后边一百多米处炸了。天上也传来了飞机声。

团长说："警卫员同志画个路线图给我们就行了，不必亲自去。敌人要进攻了，请首长放心回去吧。"

"咦！收下礼赶客人呀？哪有这个道理。我哪里也不去！"

"那就请军长到山顶指挥部去。"

"为什么要赶我走？我妨碍你们作战吗？"

团长看看张德标。张德标鼓鼓勇气说："报告军长，你在这里是有点碍事哩！"——他不敢提"不安全"三个字。

"乱弹琴！我碍什么事？"

"你蹲在这里，我们指挥战斗请示不请示你？请示吧，老实讲，这么个小战场用不着你来亲自指挥，而且事事请示也耽误工夫。不请示吧，有上级首长在，下级指挥员怎么好自己做主？"

"我并没有要你们事事问我呀！我一来就讲明了，仗你们自己打，我一不是来代你们指挥，二不是来督阵……"

"说是说，真干起来……"

"好，我宣布，从现在起这个地堡借给我使用，没有我的命令谁也不要来找我谈问题。来，我也不见！小吴，把棋子给我！"小吴从挎包掏出一袋围棋子和折叠的棋盘，陈毅接过去，躬身钻进地堡，在里边喊道："杜宁同志，来做个伴呀！我要报昨晚上那两子之仇哟。"

看看没有商量余地，团长只好说："咱们走吧。不过，警卫员同志，你还是不必亲自去吧？"

小杨说："我悄悄告诉你，这一切他昨晚上都计划好了。套两条牛也拉不转，赶紧出发是正经！"

走在堑壕里，团长问小杨怎么知道这里有道路。小杨说，去年他们驻军在这里，曾到宝塔山头看过地形。发现塔后边有一口枯井，井底与河水相通。井很窄，脚蹬两面石壁，人就可以下到井底。钻出去就是山后背阴处。只要从河水里绕过山脚，就到河滩上了。陈毅当时看了这情形，命令人用石板把井口盖死，上边堆了瓦砾。他说："多掌握地形上一个秘密，对敌人就多一手招数。"团长说："可也未免太巧，偏偏今天就用上。"张德标说："也并非是巧。早在罗霄山上，他就教育大家，当军人的，不论多疲劳，宿营下来头件事是先看地形。在一个地区走两遍，肚子里就要有张活地图。这样打起仗来才心中有数。不然，等有了情况再侦察地形，往往来不及的。这一次我又吃了懒的亏，碰上他今天高兴，居然没有骂咧！"大家听到都笑了。

团长问张德标，准备派哪个连去？张德标说："不用一个连，给我两排人，我亲自带去。这里交给团首长吧。老总在阵地上，多留一个排安全些。"

团长问："你带两个排够吗？"

"一个排也能完成任务，这已经是双保险了。把阵地上的马刀收集一下全给我！狗娘养的，我不杀他个刀刀见红，不回来见老总！"

张德标和小杨整理队伍向砖塔出发。团长和教导员分头走遍了整个堑壕，向一个个战士交代："一定要守住阵地！陈毅老总在我们阵地上呢！"这句简单的话，像一把火，烧沸了每个战士的英雄热血。陈毅在阵地上！这就是号召，就是保证！既不必有后顾之忧，也没有任何后退余地。一定要把敌人挡在陈毅面前。胡桃峪是不可逾越的。

五

杜宁被亮光刺得睁不开眼,随即又陷入一片暗黑中,两个耳膜呜呜直叫。对面的陈毅已经看不见了。他张开双臂朝陈毅原来坐着的位置扑过去,用身体护住陈毅的上半身。等到重新恢复视力,地堡比先前亮堂多了。顶棚的一角横梁折断,上边覆盖的谷草和松枝都已不翼而飞。像是开了个多角形的天窗。围棋也不见了。他和陈毅都倒在半尺深的尘埃中。

他气喘吁吁地问:“老总,你安全吗?”

“娘的,安全倒安全,就是帽子乘风飞去了! 你怎么样?”

“帽子倒还在头上,可鼻孔和嘴里呛得都是土啦!”

“那就快爬起来。”

警卫员小吴慌忙钻进来喊道:“首长,首长!”

“不要大惊小怪!”陈毅用手掸着脸上的土说:“还是去放你的哨。有人来问,说我没有事,叫他们只管去指挥战斗,不要进来打扰我下棋!”

等小吴出去,他和杜宁互相看着对方泥菩萨似的脸,哈哈大笑。杜宁从尘土中扒出围棋来,陈毅在墙角找到了他的帽子,帽檐被炮弹皮穿了鸡蛋大一个洞了,而且噗噗地冒烟。他把火捻死,在腿上摔打了两下,又扣到头上,两手扶着帽檐把它戴正。杜宁把自己的帽子摘下来说:“咱们换一下吧,你戴那个破的,同志们看着不好。”陈毅犹疑了一下,摘下自己的和杜宁换了说:“打完仗,你可以换个帽檐,我那顶还是黄桥发的哩!”

地堡开了天窗后,虽然比较亮了,可大不如以前安静了。枪炮声吵得对面说话都听不清。

炮弹爆炸声、冲杀声、坦克马达声、步机枪射击声混成一片。陈毅叫小吴拿来望远镜，从天窗探出身去。

杜宁也想看看外边的情景，但怕加大目标，增加陈毅的危险，就从折断的横梁旁探出头去，这才发现望远镜是多余的东西了。凭肉眼连敌人呐喊着的嘴脸都能看清楚。三辆坦克，炮口喷着火舌向我们的阵地疾进。步兵随着它蝗虫似的汹涌着。

有几发炮弹嗖嗖响着从头皮上飞过去。杜宁下意识地缩了缩脑袋。

“秀才，沉着些哟！”陈毅压低声音说，“全阵地的眼睛在盯着我们，慌张不得！”

杜宁脸上一阵发热，把胸挺直了些。

三〇〇高地往下二百米处，山势陡峭，坦克停下来了。改为横向往返巡行，用炮火轰击我们的阵地。敌人步兵一批卧倒，一批前进，轮番冲锋。我们阵地上却枪也不回他一声，只见刺刀的刀尖在工事上端闪着寒光，不见战士们的身影。陈毅正察看着，眼前一晃，发现团长正站在他身后不远处。

陈毅问：“你怎么在这里？”

“报告，我的指挥岗位移到这里来了。”

“啊……”

“军长，在我的阵地上，下令反击之前，是不允许把身体暴露在工事之外的。”

“接受批评，我下去。”

陈毅退了下去。杜宁也要缩回身，可是团长叫住了他。

“杜队长，老总的安全交给你了！”团长激动地说，“你替我们大家多操点心吧！刚才那颗炮弹就炸在地堡墙边，战士们的心都提到嗓子眼了！”

杜宁会心地点点头，退进了地堡。

陈毅拉杜宁坐下说：“人家把指挥所安到我们鼻子下边来了，安分守己一点吧。来，下棋。”

先是听到团长发口令。随着整个阵地就震动起来。炮弹出口声和爆炸声混在一起，冲锋的杀声和抗击的杀声搅成一团，步枪已分不出点数，机枪像狂风怒号。整个阵地成了翻滚咆哮的大海。地堡就在腾空骇浪中颠簸。顶棚的土，哗啦啦不断下落，所有的横梁支柱都发出轧轧欲断的声音。杜宁手里捏着一颗棋子，可是眼睛分不清棋盘上的横线竖线，再也找不着合适的落子处。

“秀才，秀才！”陈毅叹口气说，“你怎么连纸上谈兵也稳不住神呀？”

“老总，你还是派我去参加战斗吧！”杜宁声音都变了，“叫我守着你，又不为你的安全担心，这是办不到的！这棋我走不下去了。”

“小声一些！”陈毅看看地堡门口说，“你知道，我来这里是得到前委同意的。”

“我知道。”

“这里同志们担子很重，虽然我们没去直接冲杀，可是有我们在这里和没有我们在这里，我们是从从容容还是慌慌张张，对于大家来说，完全不一样啊！”

“这我也理解。”

“那就稳稳当当地把棋走下去！这也是战斗！”

杜宁定住神，把注意力努力集中到棋局上，厮杀声仿佛离开他远一些了。走了几十步，出现了一个契机，杜宁赶紧投下一颗子，如果陈毅应错一步,他就要满盘输了。

陈毅捏起一颗棋子,把手高高地举在空中,晃来晃去好久没有落下。杜宁头也不抬,两眼只盯住棋盘上的要点。

突然,陈毅狠狠地在杜宁肩上拍了一掌,喊道:“你听,你听啊!”

杜宁被弄得蒙头蒙脑,还没明白过来,陈毅一下站起,把地上的棋子都弄乱了,高兴地大声叫道:“你听见没有,张德标这个鬼东西冲上去了呀!”他兴冲冲地两手攀住横梁,一跃登上地堡的顶盖。等杜宁也把身体探出,山坡上的敌人已经像捅掉窝的马蜂,乱成一团了。占领了河滩的张德标,把全部火力对准冲锋的敌人后背,呼呼地猛扫。三〇〇高地上的守卫部队跃出了阵地,端着刺刀冲进了敌群。敌人一边倒下,一边向河水里溃退,拼命地往河对岸逃去。

杜宁说:“张德标怎么不把退路封死,叫敌人跑了!”

陈毅说:“张德标搞对了！这么多敌人,要逼着他在这山坡上顽抗起来,解决战斗很费工夫的,也难免把河对岸的敌人吸引过来。这样像放出带病菌的耗子,把他们连同恐惧、懊丧一起放过河去,敌人今天再想组织攻势就办不到了!”

陈毅倒背起双手,看了好一阵,才长长地舒了口气说:“摘星崮,一四九师,完了。”

他把手中的望远镜交给杜宁,自己跳下地堡,找团长谈什么去了。杜宁举起望远镜朝河滩上望去。那里还在战斗,但我们的人已经转过身去面朝河面射击了。战士们叉巴着腿朝敌人火力追击,几个敌人到了水边,又转回身来举着枪投降了。

杜宁十分兴奋。从门口钻出去找陈毅。陈毅拿着电话筒正作着手势叫喊:“张德标,有鬼在抓你的脚跟吗?你讲慢些行不行?哇啦哇啦我什么也听不清!什么?马振武!叫你捉住了!不会的,你弄错了吧!不错?嗯,嗯,他过河来视察阵地,战斗打响他回不去了!确实是他?什么?已经派人送上来了?不要送,马上把他喊回去!在哪里抓到的还送到哪里去!原地看押,我马上就到!”说完,他按了下电话,又摇了一阵,对话筒喊:“要司令部。你是哪一个?听出是我来了?好。马上派一辆吉普车来,到胡桃峪山后等着拉马振武!喂,挑一辆好一点的、不在路上抛锚的哟。”

陈毅扔下话筒,一挥手,跳出战壕,直奔河滩。他并不挑选道路,跨过弹坑、火堆和敌尸大步走去。路上碰到小杨和张德标正迎了上来,就领着走到一个破掩体门口,对哨兵说:“叫马振武出来!”

穿了一身士兵服的马振武,半年不见瘦下去一圈,个子更矮了。一见陈毅,失声叫了一下,手足无措地举手敬礼。

“振武将军!”陈毅伸出手去,极力把话说得平淡,“有约在先,我是备车恭候了。”

马振武握了一下陈毅的手,连连摇头:“惭愧,惭愧。”

陈毅命令把马振武送到山后吉普车上去。他自己走到阵地中段,举起望远镜观察河对岸的动静。暝色四合,天暗下来了。一个跑得满头大汗的通讯员送来一份代电交给团长。团长看过后说:“请军长过目。”

陈毅说:“你讲一下吧。”

“敌人的旅长不肯起义,于参议把守卫前沿的一个营拉过来了,阵地交给了我们。进攻摘星崮的大门打开了,马上就要总攻。”

“我该回去了。”陈毅说,“你们加强警戒!看到摘星崮信号升起,立即全线撤离。沿河水逆流而上,三里地外有个河汊,是两部分敌人衔接处，防备松懈。你们从那里插入敌后，沿途不可停留，两天后到达沂蒙山外的鲁南平原，再相机休整。我会在那里会合你们的。”

陈毅带领杜宁等人，向山顶攀登。张德标追上来说：“小杨同志战斗得很勇敢，战士们要我替他请功。”

陈毅说：“应该为全体指战员请功，这沂蒙山就是一座丰碑，将永远铭刻着你们的丰功伟绩！”

他们登上胡桃峪山顶，天完全黑下来了。河南岸营火炊烟，绵延数十里。摘星崮方向，满天信号弹腾空而起。炮声枪声一阵比一阵强。夜风带着雾一般的细雨迎面吹来，隐隐听到人喊马嘶。

陈毅站在崮顶岩石上，解开了的衣襟，被风吹得呼呼飘舞，像是展开了一双巨大的翅膀。他深深呼吸了一口清爽的空气，放声吟道：

淄博莱芜战血红，
我军又猎泰山东。
百千万众擒群虎，
七十二崮志伟功。
……
……

初生白发的男人重新回到现实世界时，歌声仍在耳边飘荡。他明白了，这不是幻觉。战士们仍然在战斗。就像当年他们唱着军歌，为建立人民的国家而冲锋陷阵一样，今天他们唱着军歌，为保卫和建设人民的国家而厮杀！他们永远是无产阶级的战士，永不背叛自己敬爱的军长。

于是他放开喉咙，和着空中飞翔着的旋律，歌唱着，走向他的新岗位。

东进东进,我们是铁的新四军!

东进东进,我们是铁的新四军!!

东进东进,我们是铁的新四军!!!

1977 年 11 月初稿

1978 年清明,改完于北京

注释:

① 下围棋的术语,堵住的意思。

(原载《上海文艺》1978 年第 7 期)

作者简介: 邓友梅(1931—),山东平原人。1942 年参加八路军。著有中短篇小说《在悬崖上》《我们的军长》《话说陶然亭》《追赶队伍的女兵们》《烟壶》《那五》等。

保京上任

贾平凹

一

抓纲治国的第二个年头，礼泉县委接到通知：王保京任县委书记。

但是，已经是第五天了，县委机关里还没有见到王保京的面。

这时候，正是礼泉县北部山区遭受着一场百年罕见的大旱：十七个月，五百零十几天了，没下过一场透墒雨！

因为缺水，麦苗好不容易从地缝里钻出来，却发不了枝，分不了蘖；因为缺水，麦苗刚长到五寸高便要吐穗，许多穗却又吐不出来，卡死在脖子里了；因为缺水，挣扎着出了穗的，只能顶个蝇头般大的瘪壳壳，在热风中摇晃。

井舀干了。泉舀干了。河舀干了。人们的汗水几乎也舀干了。日头，还是焦，焦得像一盆火！

中午。北山的田埂上，走着一个戴草帽的人，一个地道的，泾河岸上的庄稼人：敞着怀；一个裤腿挽在膝盖上，一个裤腿吊在小腿上；反抄着手，手里捏着一块土疙瘩；土疙瘩捏碎了，细细的土面儿从指缝间流出来，一股热风，立刻就吹散了。一条一条埂坎整齐，地面平顺的田里，白光，不出穗的干麦草已经犁掉点上玉米了。他跪下来，立即有几滴汗珠甩在土里，砸起三四柱土烟儿。他双手刨起土来，快，狠，像一对铁耙子。终于，几颗黄色的玉米籽被刨出来了：捏，捏不动；塞一颗在牙缝里咬咬，"嘣"的一声，有铜的音响……汗水湿了他的眼睛，喉咙憋得像塞块东西，他卸下了头上的草帽，又焦躁地扣在头上，伸开蒲扇般的大手，狠狠在地上打了一下，就一动不动了；但立即又跳起来，顺着田埂走去，一脚踢碎了一块翻起的土块。这土，这原是长庄稼的土呀！现在，绕着北山，缠上了一条一扯百里长、十几万亩面积的旱腰带，在勒着北山，勒着全县，勒着他的心：一九七八年，抓纲治国的关键一年，难道能允许这"旱腰带"捆住了手，缚住了脚？！

他忽然想抽一支烟，他本来没有这种嗜好，但现在却想抽得厉害。掏出个纸片片，就近扯了一片干枯的树叶，揉碎了，卷起个喇叭头来叼在嘴角，却苦于没有火。火，他抬头看一眼那悬在空中的一盆火，火！火一样的土地上，什么东西能长绿呀？摸锄头，和土疙瘩打交道的人，脑子里总思谋着一片绿油油的颜色。可是，这旱得冒火的坡地里，哪里有半星星绿呀？！一个老汉从山包后转出来，他喊了一声，老汉没听见，又走过山包去了。他追过去，他突然忘记了要火，他看见山包那边有一片绿！火焰山上还真有绿地啊？！他扑过去，跪在地边，嘿嘿嘿地笑。这是红苕苗呀，这是旱地里的勇士呀，苗儿正绿，那薄薄的叶上，看得出叶脉，有深绿的汁水在流动。他喜欢得要去逗那叶儿，又怕撞坏了它。老汉过来说：

"长得疼人不？"

他给老汉甜甜地笑着，他问老汉为啥红苕长得这么好？老汉告诉他：红苕最耐旱，只要能逮住苗，就有收成。他乐了：

“这是宝！这是宝！咋不大量种红苕呢？”

“可惜大家都不注意这玩意，往年只种一点尝个鲜。”

“要大种，不大种不行！咱们就在这红苕上打它个翻身仗！”

他说得十分认真，然后就在边地转着看。老汉问他来干什么，他才记起应该向老汉讨个点烟的火。但一摸嘴，那喇叭头烟卷早不知遗到哪里去了。而且怪得很，竟连一点想抽烟的欲望也没有了。他对老汉笑笑，拍拍手上的土，一个猛子跳过地头；一到大路，就奔跑起来了。

当他从东坳里爬上来，坐在坡垴上喘气的时候，他的嘴唇已经干裂了，他瞅瞅左右，看哪儿有什么井没有。突然他听到了人的吵闹声。扭头看时，左边的山洼里，有一片房子，这是一个小村子；村口的一眼井边，长长地排着一队打水的人。他走了过去。

那一搂粗的轱辘，三个人在抱着绞，已经绞了半天了，打上来了半桶黄泥水。众人见他过来，都拿眼睛看他，当目光落在他干裂的嘴唇上时，一个妇女舀了半碗水递给他。他喝了一口，水是咸的；再喝第二口时，他看见旁边有三四个光屁股的娃娃看着他的碗，小肚皮在起伏着，他才要弯下腰去让水时，那妇女早一人一巴掌赶他们逃进巷口里去了。这时候，打水的那个小伙子死盯着水桶发呆，突然一拳狠狠地砸在桶上，桶立即裂了一条缝，有指头粗的一股水涌出来。一个中年人忙上去用手捂住，大声训斥；那小伙子并不后退，痛苦扭歪了他的脸，喊道：

“二叔！说啥我也不担水点玉米了，这么红的天，就凭这点眼药水，能出苗吗？卖树！”

中年人看着他，叹口气说：

“又是卖树，这符合政策吗？就算是把北梁上的那片柏树林子全砍地卖了，又能买回来多少粮食？再说能拿砍树卖树向党中央交待吗？”

那小伙子呜呜呜地哭起来了。太阳下，那酱紫色的脸上滚着汗和泪的水道。

众人围过来，都说小伙子心里难受啊，他是一员虎将呀，他有决心要在这大见成效的三年中大干一场，他黑瘦的脸上都起了黑痂，可这老天，却在煎熬着小伙子的心啊！

戴草帽的人喝不下去了，他放下碗；看见那井边块块被井绳磨下深渠的石头；看着人们担着水从面前走过时，那光脚在地下留下的汗脚印；看着每一个人肩头上隆起的、被太阳晒成黑疙瘩的肩膀；他的手发抖了。走过去，将自己的草帽扣在了那小伙子的头上，说：

“咱都要在一棵树上吊死吗？”

人们都瞧起他来，听他往下说：

“卖树买粮，那是向老天投降；可眼下担水点玉米，那又是拿肉包子打狗！”

“哪？……”人们看着他，那小伙子也抬起了头。

“栽红苕嘛！”他提高声音说，“红苕咱都栽过吧？那是个耐旱的家伙！以前咱们这儿种得太少。当然它没有馍馍吃着美气，可是地里长不出馍馍，我们就让地里往出长红苕饸饹，红苕粉条，红苕窝窝，红苕凉粉！东坡后垴那里的生产队，栽的红苕水灵灵的；我们为什么不让地里长绿呢?!”

人们黑瘦的脸上，由苦愁变成惊疑，由惊疑变成喜悦，最后竟互相对看着，就嘿嘿嘿地笑起来了。那小伙子从地上鱼打挺而起，扑到中年人面前，叽咕起来了，作着各种手势，在地上画各种符号，末了，站起来说：

“大家都到树下边来，来，快来！”

一场很激烈的讨论就在一棵老得弯了腰的古槐下展开了。于是，无穷无尽的喜悦和举动就在这些人身上表现出来了，他们提起桶来，痛痛快快地喝着水，张开双臂，让关节发出咯叭咯叭的响声；他们“呼”的一声，把一个破了的铁勺踢出去一丈多远；他们甚至把一个小伙子压在地上，让他盘脚而坐，当一个大红苕，众人将他推来摇去。

当人们尽情地欢乐，立即要分几路人马，下山去采买红苕苗时，才记起那个给他们出主意的、戴草帽的人来。但是，谁也找不见他了。有人寻到大路上，瞧得见对面山梁上，碧蓝的天幕上，正印着他：戴着草帽；一个裤腿挽在膝盖上，一个裤腿吊在小腿上；风把敞开的衣襟吹在后边；他正在上一个坎儿，肩膀在扭动着，脚有些瘸，显出很用劲的样儿。

二

天黑的时候，戴草帽的人已经站在山下的烽火大队的村口了。烽火，这是他的所在队。在这片埋葬着他祖宗的土地上，他滚爬奋斗了几十年，领着全村的贫下中农，硬把一个穷得苍蝇不拉蛋的荒滩，变成了全省有名的农业学大寨的先进队。眼下，麦子已经灌过浆，密扎扎地长得有半人高，风在上边打滚，涌起一扯几里长的波浪。透过路南的林荫道，看得见那里是百亩丰产棉田，棉苗已经半尺高了，水灵灵的。县平原各社的负责人，正在那儿参观。

他突然在水渠上奔跑起来了，一步跃起，摘下了头顶上的一片杨树叶。这是感情的冲动，这是运动的需要。他一下子跳在水渠里的石头上，捧起一掬清亮亮的水花喝起来，末了，干脆把头伏在水面上喝了个痛快。但是再抬起头来，再捧起一掬水时，望着北山那光秃秃的山梁，那火云的蒸汽，水就从指缝间漏出来，在渠水里溅起一层浪花……

在棉田里参观的各社负责人，已经得知这个大队的支部书记就是新上任的县委书记了。但是，他们在大队里没有见到他。他们担心这个书记，在这么严重的时刻上任，这将是一场多么严峻的考验呀！他，该要从哪儿抓起？抓些什么呢？这当儿，他们发现他了，立即跑着围上来，人们亲热地喊着他的名字：

"保京！"

有人提议为他鼓掌。因为他有双喜：一、今年大旱，烽火粮棉却丰收在望；二、他担任了礼泉县委书记。热烈的掌声立刻爆发出来。

王保京，在掌声中并没有眉开眼笑，他冷静地站在水渠里，看着这些战友，胸部起伏。他感激战友们的祝贺，他从他们的掌声中得到了一种鼓励；他从他们的眸子里看出了一种期望。他看着面前的麦浪在翻涌，整个平原都仿佛在颤动；但山上呢？他眼前出现了那几个光屁股小孩看他喝水的眼睛，那井绳拉磨的石头上深深的渠印；那小伙子晒得起了黑痂的脸……过去，他领着一个大队，一个大队搞上去了。如今，面前摆着礼泉县这辆战车，要从被"四人帮"干扰破坏所造成的废墟上，开始新长征的行驶，他这个赶车的，将要使出多少劲呢？他觉得胸口有一团热乎乎的东西在翻腾，他突然说：

“伙计们！党把县上担子让我挑，挑得咋样，全凭伙计们的帮劲呀！用不着客套，用不着寒暄，谁也知道谁能吃几老碗饭。在这抓纲治国的年头，咱们肩上挑的是几万人口的嘴，是社会主义的大旗啊！

“今年山下丰收在望，为啥大旱之年丰收？是前几年山上山下的贫下中农，合力修了宝鸡峡渠的结果！因为‘四人帮’的干扰破坏，山上的一个水利工程没有开工，遭了大旱，麦子无收，点玉米又干得出不来苗。眼下只有栽红苕！栽红苕又缺苗子、人力，这是礼泉县眼前火烧房子的急事啊！”

紧急大事，就要迅速动员全县人民抗旱救灾！

这些各个公社的带头人，这些降龙伏虎的“干家子”，沉默起来了，新县委书记的话砸在他们的心窝里，丁当价响！北山遭灾，他们是知道的；北山的灾情，他们也曾耳闻目睹；他们也为北山人民着急过。但是，他们根本没有想到北山还有长绿的希望，山下还可以支援去栽红苕?！这位身穿粗布褂子的泥腿子书记，上任的第一把火，是从这儿点起的！他们几乎没有再作什么考虑，就大喊起来：

“帮！当裤子脱袄也要帮！”

保京说：

“帮，怎么个帮法？平原社队，一是要寸土必争，进行增种，每条田埂，每条路旁，村口，巷院，凡是能种的，都种；能种一苗的，算一苗。二是组织劳动力，带上红苕苗，带上水，带上干粮，上山！栽它四万亩红苕，收它个几千万斤，看看是什么火色？谁家没有红苕苗?”

“有！”

“都有！”

保京笑了。他思谋一路的方案，获得了有力的支持，他感到一点轻松了，立刻就恢复了他那个爱说爱笑的性格。当下就伸手按了一下一个公社副书记翘起的鼻子，说：

“回去了，给你老婆汇报一下，让早点做好饸饹床子呀！”

众人快活地大笑起来。保京就说：

“我上任的第一次公社干部会议就算结束了，都回村，我给咱搞场电影看看，吃的，住的，烽火包了！”

但是，没有一个公社干部在这里过夜。他们只拿了简单的行李，都跑回去了。边远公社的一个老书记也要走，保京生气了，强命留下，因为他知道这老汉有肝炎病。但是，当晚上保京来请他去吃饭时，人不见了，桌上留个纸条：

“保京，你不要怪我，这是啥时候呀，能待能住吗？我走了！”

保京捏着纸条，没有再说什么。他打开了窗户，窗外，星月当空，满地银白。顿时，他感到浑身每一块肌肉都凸鼓鼓的了，他在心里说：

礼泉县，是大有希望的呀！

三

连续五天五夜了。这是风风火火的五天五夜啊！平原上的公社组织了浩浩荡荡的支援大军上北山栽红苕去了。那是十分壮观的场面：

成百成千辆机动车、人力车，从二十里以外的山下把水运上山。车辆上，肩头上，架起了一道流动着汗水和河水的渠；

成千成万的人，把红苕苗栽到地里，发红的北山坡染上了绿的颜色，长出了生命的希望。

北山人民是永远记着这难忘的日子的。当他们看见红苕秧果然在发烫的土地上扎了根，冒出新叶的时候，他们挺起了被干旱几乎要压弯的脊梁，他们流在血管里的血液陡然加速了，在地头干活的，鞋早别在腰上了；在锅台上做饭的，因为不发愁吊锅的日子，他们的眉头都舒展了；准备好行李要下山靠手艺挣钱混日子的人，悄悄把捆被褥的草绳刹成节节，送给下山去运红苕苗的人了，说：就拿这绳绑，结实，散不了把儿！

有个拄了拐杖的白胡子老汉，在村口堵住一个外地窜来搞投机倒把的粮贩子，指着鼻子骂：

“谁狗日的敢说没指望了?! 谁个狗日的说社会主义不好?!”

当王保京挑着水桶，来到第一次上山见到的那个中年人和小伙子面前时，他们才知道，原来他就是新任的县委书记，他就是王保京呀?! 他们告诉保京，他俩就是这个大队的正副书记。他们苦干了一星期，已经担水栽了二百多亩山地了。保京看着他们，他们已经失了形：黑，瘦，疲劳得随时都可能栽倒；头发长，盖住了半只耳朵，土和汗胶了头发丝，像毡片子顶在头皮上；眼睛红，红得像两块火炭。

保京心里疼，疼得揪心，拉着他们的手，颤着声，说：

“眨个眼吧！快找个地方眨个眼吧！”

他们不，他们说：只求你能放一句口话，让支援的队伍都吃碗稀饭吧，他们再困难，还管得起大家一顿稀饭呀。他们说，好赖还做出了粗面菜包子，熬了豆稀饭；要是大家再不吃，他们可真的眨不下眼了。

保京扭头看时，只见层层梯田埂上都坐着人，一堆一堆的，各自解开腰带上系着的干粮袋子，就着大蒜、生葱吃干粮呢。繁重而紧张的劳动，很开他们的胃口，他们大嚼大咽的响声逗惹得任何人也会流口水。他们对着书记笑，有人顺手向他怀里撂过一个馍来，保京一掰三份，塞给他俩，香香地咬一口，说：

“算了！秋天来吃你们的红苕吧，到那时候，可别太小气呀！”

一位老汉捂着怀，颤巍巍地从一旁走来，他打问：哪个是保京书记呀？当保京扶住了他的时候，他原来是个瞎子，他伸开双手，将保京上下摸了一遍，摸到保京发烫的小腿时，便喃喃地说：

“保京呀，你咋想得这周到呀，你是给山上人定心呀；人心不乱了，世事就好办了……”

他摸着，眼角就涌出泪来，一点一点洒在胡子尖上。他突然从怀里掏出来五个大苹果，说这是他在地窖里保存下来的，说这原先是给在西藏工作的儿子和媳妇准备的。说：

“你咬一口吧！咬一口，让我听那脆脆的响声！”

保京眼角湿润了，他接过苹果，让人把四个送过去给支援的专业队，自己留下一个，用小刀切成几瓣，和大家分着吃了。苹果真甜！北山的苹果竟这样甜呀！可是，今年北山的果树全旱得枝干叶黄了。

北山，一定要再长出金谷银棉，一定要再长出红花甜果！保京说：

“大叔！咱大干一家伙，往后的日子，要让它和这苹果一样甜！”

老人点着头，在一片吃饭声中，他从腰里的一个小口袋里，摸索着抓出一把炒面，塞进了口中。

保京看见了，硬要尝尝，老人不肯。保京猛地伸手抓了一把，塞进口里：粗、涩，不是粮食的味儿。这是掺着谷糠和包谷棒芯芯磨了炒的呀！保京鼻子紧吸起来，他记起早晨上山来时，见一群小孩都在地里干活，问他们为啥不上学去，他们说：

“没啥背呀！”

“背什么呀？”

“背干粮呀！”他们说，“学校远，早晨去，晚上才能回来，中午没得干粮背呀！”

保京心里在绞疼着。他站起来，找见县委副书记，激动地说：

“咱是县长，古时候百姓叫咱衣食父母官，可咱们的群众，咱们社员，吃的啥呀？！咱有罪呀！”

他说着，手在心口直抓，流着眼泪，继续说道：

“干旱灾年，一方面要抓生产，一方面要安排好群众的生活，要想办法，要让每一个人都有饭吃！农民是种粮食的，到头来却没有粮食吃，那咱当的是什么共产党的干部，还叫什么社会主义的国家？！”

当天夜里，王保京又回到了烽火大队，他要动员烽火的贫下中农拿出救灾粮，他讲了话：

一、民国十八年，遭旱灾没有今年严重，咱村上饿死了多少人？

二、五四年遭灾，咱给国家交售了三万斤公粮，却吃了国家四万斤返销粮，那一万斤是从哪儿来的？

三、如今北山遭了灾，群众没啥吃。咱该咋办？

一切都不用再说了，一切都不用再讲了，烽火人一声吼：支援！

——我报一百斤！

——我报二百斤！

——二百五十斤！

——五百斤！

报一百的没言语，先回去了。他要请示一下媳妇，媳妇正在家里往口袋里灌玉米。问他报了多少，他说一百，她用手指头捣着他，骂道：

“七尺汉子，红口白牙，好意思开口！”

他挨了老婆的骂，却高兴地跑到会场喊：

“再加二百五十斤！”

保京回到家里，母亲和媳妇正从楼上往下卸玉米棒。那一嘟噜一嘟噜的玉米棒，掉在地上，便溅起金黄色的浪花。他掬起一把来，左手倒在右手，右手倒在左手，他爱听这唰啦啦的响声，似乎是玉珠落盘，山泉冒泡。

他让儿子取来剪刀，就坐在脚地上，开始咔嚓咔嚓地铰那半个月来长得又长又硬的胡子来了。突然，他又放下剪刀，摸了摸那长短不齐的胡楂子，就迈腿走出了门：他要连夜再到平原各公社去动员送支灾粮呀。

一连三天，王保京坐着车在平原各社队间奔跑，一斤一两的救灾粮，他都要落到实处，当他看见一队队社员扛着、背着、抬着、拉着各式各样的、上边写着各家户主姓名的口袋，一齐朝集中点拥去时，他感动得又一次流泪了。

当小车第一次把新书记王保京拉进了县委大院时，人们都围上来问候他，祝贺他。可他实在没有力气来支应这一切了，他一杯水没喝完，一歪头就伏在桌子上睡着了。水杯歪倒了，水从桌子角流下来，在裤子上湿了一片，那被汗水浸得发白的黄军裤上，立即就出现了一个有白印的地图式的图案来。

电话丁零零地响起来了。

他惊醒了，抓起话筒，一连听了五个公社的汇报：运救灾粮的车都出发了！

王保京叉开双腿，站在桌子边上，敞开怀，一手在空中挥舞着，大声喊：

“好！好！北山的各公社早准备好迎接你们了；下午，我要用小车把你们都接到县上来，洗个澡，理个发，让县剧团给你们唱《十五贯》！”

司机小杜在沙发上打盹，涎水湿了前襟。

保京喊醒他，又给他泡了一杯浓茶喝了，让马上出发。

小车从街道驶过，刚走到十字路口，迎面开过来上百辆支援灾区的粮车，前不见头，后不见尾。顿时，车上车下，锣鼓喧天，鞭炮齐鸣，巨大的声浪使整个县城几乎要浮动起来了。一位北山下来的老汉，走不动了，他站在路旁，两只手使劲地抹眼泪，突然，他夺过路旁边锣鼓队一个小伙子手中的鼓槌，使劲擂了起来。小车从他面前开过，他向车里的保京笑着，却老泪纵横。一时鼓声大作，好像那鼓槌擂下去，敲的不是鼓面，而是大地；好像那震耳的声音不是从鼓槌下发出的，而是从他心里跳出来的！

保京从车中钻出来，直夸他的鼓点敲得好，他说：

“书记！山上人今年吃山下人一口粮，明年会给国家贡献多出粮一斗呀！”

锣鼓声太大，保京听了两遍，才听清是吃一口，收一斗。

是啊，今年给山上送百车粮，明年山上就会给国家送万车粮！保京点着头，说山上马上就要开始修东庄水库呀，在新长征的伟大年月，要拿出一个狠劲来，为咱们的肚子，为咱们的国家泼出命大扑腾一场哩！等水在不久的时候上了山，山上准会出现大丰收的。

“到交公粮的时候，我一定推选你坐第一辆车敲大鼓！”

小车穿过十字路口，却拐进水电局大院去了。保京已和水电局负责人商量好了要在北山修水库、接水渠、弄喷灌的方案，他今天特意要领这位“水官”到山上去呀！

四

车一上路，他一下子就睡着了，车子行走在坎坷不平的红胶泥山路上，颠簸得很厉害，他没有醒，瞌睡终于战胜了他，而且鼾声也响起来了。水电局负责人要摇醒他说话，小杜制止了。

车到北山根时，下起了一场暴雨。

这是一场久旱的喜雨！十八个月来，北山的上空没有聚过这么多的乌云，北山的梯田里没有见过这么多的雨水。那雨愈下愈大，铜钱大的雨点儿，先是在土地上砸起了一股一股的烟尘，那烟尘弥漫了十几分钟，地上便显出麻脸状的小坑儿，就听见到处是干土吸水的滋滋声，像遍地秋虫齐鸣。接着，地面上就开始有了潭，立即，浮起千万个水泡，满世界一片闪光。从车窗里看出去，满山遍地，人们都光着头，扬着衣服，奔跑着，欢呼着，各人都淋得精湿，各人却互相报告着：

下雨了！真下雨了！

小车在泥路上死命地吼叫，好容易才冲上一个慢坡。这时，有三个老太婆，从梯田地里跑过来了，站在路中间，要车停下。

车停了。

小杜跳下车来。三个老太婆，都是六十左右年纪，水淋淋，每人脚下是一摊水。小杜解释：是新来的县委书记，他有急事要赶路。她们就拿指头点着他说：正是书记的车才挡呢！我们已经等了他好几天了。小杜说：这车不能搭，因为他有急事，不能影响他的工作。她们就笑着说：我们挡车，是专门要见见书记哩，看看他到底是个什么样的人，因为人们都在传说，说他可以七天七夜不眨眼，说他一个人有五个人的力气。小杜哈哈大笑，说书记很普通，如果你们大队开社员会，他往人群里一站，谁也认不出他了。她们不信，说要是那样的话，这么大的年馑，他能撑了县上的竿子？小杜有些哭笑不得了，解释说书记太疲劳了，才在车上睡着了。她们就手捂了嘴，压低嗓门说：那就让他睡吧，我们等他睡醒好了。这当儿，车里的鼾声停了，咔的一声车门响，王保京下了车，见是下了雨，仰脸儿先让淋了一通，哈哈大笑：

"哈，真个是老天低了头了！"

就张开四方大口，仰天接雨，咂着嘴唇往肚里咽。三个老太婆看呆了，三双手合掌一拍，叫道：

"果然是个庄稼人！"

保京回过头来，看见她们，说道：

"大娘，这雨下到节骨眼上啦！"

"王书记，大家都说你把龙王爷治住了！"

"是大家把上帝感动了！"保京打趣说，问她们干啥去了，淋得这么湿的。

老太婆们说到红苕地里去了，保京问红苕长得怎么样，她们乐了，争着说：

"扑棱棱地乖得很哟！乖得很哟！"

老太婆们反复唠叨着，唠叨着，眼泪就流下来了。她们说，民国十八年遭年馑，她们都逃荒到甘肃去，在甘肃的土地庙里，她们的父母双亲就丢没了。她们说，今年的干旱，比十八年还厉害，可红苕有人来栽，粮食有人来送，现在又组织人力物力修水利呀！

该让她们说些什么话呢？她们说，听说这几件事，领头人就是新上任的书记，共产党有这么好的干部，中国也该兴旺了！她们嘛，花甲老人了，就是来等他的，她们要代表她们全村人来谢书记呀！

保京扶住了老人，眼角又一次湿润了。他告诉她们：要感谢共产党！是“四人帮”的干扰破坏，使北山的水利工程没有开工，才遭这样的灾害，现在，要拿出十二分干劲，大干一场啊！他把水电局负责人从车里边拉出来，给她们介绍说：

“你们只要拿出干劲，他会给你们方案、器材。再过两年看吧，北山旱腰带非解不可，非大见成效不可！”

老太婆们点着头，抖抖头上的雨水，给保京说：

“书记！你记下我们的名字吧！我们三个叫：王秀花，李桂绒，刘长女。明年大见成效的庆祝会上，我三个不戴上丰收成果上台报喜，你来在我们脸上唾好了！”

保京说：

“那好呀！到那一天了，我请你们的客，披红戴花，用小车拉你们在礼泉县游行一匝，再到县委，让全县的干部为你们敬杯酒！”

老太婆们乐的哟！

“上车吧，回村找你们队长去，好好筹划一下下一步的生产安排吧!”

三个老太婆上了书记的小车。小车,轧着雨花,撵着风云,向山上冲去了。

1978 年 6 月于礼泉北山索村

1978 年 7 月改于西安北郊方家村

(原载《延河》1978 年第 9 期)

作者简介:贾平凹(1952—　),陕西丹凤人。著有长篇小说《浮躁》《商州》《废都》《白夜》《怀念狼》《秦腔》《古炉》《带灯》《山本》,中短篇小说集《小月前本》《腊月·正月》《天狗》《逛山》《美穴地》等。

散文纪实

由三藩市到天津

老　舍

到三藩市(旧金山)恰好在双十节之前,中国城正悬灯结彩,预备庆贺。在我们的侨胞心里,双十节是与农历新年有同等重要的。

常听人言:华侨们往往为利害的,家庭的,等等冲突,去打群架,械斗。事实上,这已是往日的事了;为寻金而来的侨胞是远在一八五〇年左右;现在,三藩市的中国城是建设在几条最体面、最重要的大街上,侨胞们是最守法的公民;械斗久已不多见。

可是,在双十的前夕,这里发生了斗争,打伤了人。这次的起打,不是为了家族的,或私人间利害的冲突,而是政治的。

青年们和工人们,在双十前夕,聚集在一堂,挂起金星红旗,庆祝新中国的诞生。这可招恼了守旧的,反动的人们,就派人来捣乱。红旗被扯下,继以斗殴。

双十日晚七时,中国城有很热闹的游行。因为怕再出事,五时左右街上已布满警察。可惜,我因有个约会,没能看到游行。事后听说,游行平安无事;队伍到孙中山先生铜像前致敬,并由代表们献剑给蒋介石与李宗仁,由总领事代收。

全世界已分为两大营阵,美国的华侨也非例外:一方面悬起红旗,另一方面献剑给祸国殃民的匪酋。

在这里,我们应当矫正大家常犯的一个错误——华侨们都守旧,落后。不,连三藩和纽约,都有高悬红旗,为新中国欢呼的青年与工人。

就是在那些随着队伍,去献剑的人们里,也有不少明知蒋匪昏暴,而看在孙中山先生的面上,不好不去凑凑热闹的。另有一些,虽具有爱国的高度热诚,可是被美国的反共宣传所惑,于是就很怕“共产”。

老一辈的侨胞,能读书的并不多。晚辈们虽受过教育,而读不到关于中国的英文与华文书籍。英文书很少,华文书来不到。报纸呢(华文的)又多被二陈所控制,信意的造谣。这也就难怪他们对国事不十分清楚了。

纽约的华侨日报是华文报纸中唯一能报导正确消息的。我们应多供给它资料——特别是文艺与新政府行政的纲领与实施的办法。此外,也应当把文艺图书,刊物,多寄去一些。

十月十三号开船。船上有二十二位回国的留学生。他们每天举行讨论会,讨论回到祖国应如何服务,并报告自己专修过的课程,以便交换知识。

同时,船上另有不少位回国的人,却终日赌钱,打麻将。

船上有好几位财主,都是菲律宾人。他们的服饰,比美国阔少的更华丽。他们的浅薄无知,好玩好笑,比美国商人更俗鄙。他们看不起中国人。

十八日到檀香山。论花草,天气,风景,这真是人间的福地。到处都是花。街上,隔不了几步,便有个卖花人,将栀子,虞美人等香花织成花圈出售;因此,街上也是香的。

这里百分之四十八是日本人,中国人只占百分之二十以上。这里的经济命脉却在英美人手里。这里,早有改为美国的第四十九州之议，可是因为东方民族太多了，至今未能实现。好家伙，若选出日本人或中国人作议员，岂不给美国丢人。

二十七日到横滨。由美国军部组织了参观团，船上搭客可买票参加，去看东京。

只有四五个钟头，没有看见什么。自横滨到东京，一路上原来都是工业区。现在，只见败瓦残屋，并无烟囱，工厂们都被轰炸光了。

路上，有的人穿着没有一块整布的破衣，等候电车。许多妇女，已不穿那花狸狐哨的长衣，代替的是长裤短袄。

在东京，人们的服装显着稍微整齐，而仍掩蔽不住寒伧。女人们仍有穿西服的，可是鞋袜都很破旧。男人们有许多还穿着战时的军衣，戴着那最可恨的军帽——抗战中，中国的话剧中与图画中最习见的那凶暴的象征。

日本的小孩儿们，在战前，不是脸蛋儿红扑扑的好看么？现在，他们是面黄肌瘦。被绞死的战犯只获一死而已，他们的遗毒余祸却殃及后代啊！

由参观团的男女领导员（日本人）口中，听到他们没有糖和香蕉吃——因为他们丢失了台湾！其实，他们所缺乏的并不止糖与香蕉。他们之所以对中国人单单提到此二者，倒许是为了不忘情台湾吧？

三十一日到马尼拉。这地方真热。

大战中打沉了的船还在海里卧着，四围安着标帜，以免行船不慎，撞了上去。

岸上的西班牙时代所建筑的教堂，及其他建筑物，还是一片瓦砾。有城墙的老城完全打光。新城正在建设，还很空旷，看来有点大而无当。

本不想下船，因为第一，船上有冷气设备，比岸上舒服。第二，听说菲律宾人不喜欢中国人；税吏们对下船的华人要搜检每一个衣袋，以防走私。第三，菲律宾正要选举总统，到处有械斗，受点误伤，才不上算。

可是，我终于下了船。

在城中与郊外转了一圈，我听到一些值得记下来的事：前两天由台湾运来大批的金银。这消息使我理会到，蒋介石虽在表面上要死守台湾，可是依然不肯把他的金银分给士兵，而运到国外来。据说，菲律宾并没有什么工业；那么，蒋自己的与他的走狗的财富，便可以投资在菲律宾；到台湾不能站脚的时候，便到菲律宾来作财阀了。依最近的消息，我这猜测是相当正确的。可是，我在前面说过，菲律宾人并不喜欢中国人。其原因大概是因为中国人的经营能力强，招起菲律宾人的嫉妒。那么，假若蒋匪与他的匪帮都到菲律宾去投资，剥削菲人，大概菲人会起来反抗的。一旦菲人起来反抗，那些在菲的侨胞便会吃挂误官司。蒋匪真是不祥之物啊！

舟离日本，遇上台风。离马尼拉，再遇台风。两次台风，把我的腿又搞坏。到香港——十一月四日——我已寸步难行。

等船，一等就是二十四天。

在这二十四天里，我看见了天津帮，山东帮，广东帮的商人们，在抢购抢卖抢运各色的货物。室内室外，连街上，入耳的言语都是生意经。他们庆幸虽然离弃了上海天津青岛，而在香港又找到了投机者的乐园。

遇见了两三位英国人，他们都稳稳当当地说：非承认新中国不可了。谈到香港的将来，他们便微笑不言了。

一位美国商人告诉我："我并不愁暂时没有生意，可虑的倒是将来中外贸易的路线！假若路线是走'北'路，我可就真完了！"

我可也看见了到广州去慰劳解放军的青年男女们。他们都告诉我："他们的确有纪律，有本事，有新的气象！我们还想再去！"

好容易，我得到一张船票！

不像是上船，而像一群猪入圈。码头上的大门不开，而只在大门中的小门开了一道缝。于是，旅客，脚行，千百件行李，都要由这缝子里钻进去。嚷啊，挤啊，查票啊，乱成一团。"乐园"吗？哼，这才真露出殖民地的本色。花钱买票，而须变成猪！这是英国轮船公司的船啊！

挤进了门，印度巡警检查行李。给钱，放行。不出钱，等着吧，那黑大的手把一切东西都翻乱，连箱子再也关不上。

一上船，税关再检查。还得递包袱！

呸！好腐臭的"香"港！

二十八日夜里开船。船小（二千多吨），浪急，许多人晕船。为避免遭遇蒋家的炮舰，船绕行台湾外边，不敢直入海峡。过了上海，风越来越冷，空中飞着雪花。许多旅客是睡在甲板上，其苦可知。

十二月六日到仁川，旅客一律不准登岸，怕携有共产党宣传品，到岸上去散放。美国防共的潮浪走得好远啊，从三藩市一直走到朝鲜！

九日晨船到大沽口。海河中有许多冰块，空中落着雪。离开华北已是十四年，忽然看到冰雪，与河岸上的黄土地，我的泪就不能不在眼中转了。

因为潮水不够，行了一程，船便停在河中，直到下午一点才又开动；到天津码头已是掌灯的时候了。

税关上的人们来了。一点也不像菲律宾和香港的税吏们，他们连船上的一碗茶也不肯喝。我心里说：中国的确革新了！

我的腿不方便，又有几件行李，怎么下船呢？幸而马耳先生也在船上，他奋勇当先地先下去，告诉我：“你在这里等我，我有办法！”还有一位上海的商人，和一位原在复旦，现在要入革大的女青年，也过来打招呼：“你在这里等，我们先下去看看。”

茶房却比我还急：“没有人来接吗？你的腿能走吗？我看，你还是先下去，先下去！我给你搬行李！”经过这么三劝五劝，我把行李交给他，独自慢慢扭下来；还好，在人群中，我只跌了“一”跤。

检查行李是在大仓房里，因为满地积雪，不便露天行事。行李，一行行的摆齐，丝毫不乱；税务人员依次检查。检查得极认真。换钱——旅客带着的外钞必须在此换兑人民券——也是依次而进，秩序井然。谁说中国人不会守秩序！有了新社会，才会有新社会秩序呀！

又遇上了马耳和那两位青年。他们扶我坐在衣箱上，然后去找市政府的交际员。找到了，两位壮实、温和、满脸笑容的青年。他们领我去换钱，而后代我布置一切。同时，他们把我介绍给在场的工作人员，大家轮流着抽空儿过来和我握手，并问几句美国的情形。啊，我是刚入了国门，却感到家一样的温暖！在抗战中，不论我在哪里，“招待”我的总是国民党的特务。他们给我的是恐怖与压迫，他们使我觉得我是个小贼。现在，我才又还原为人，在人的社会里活着。

检查完，交际员们替我招呼脚行，搬运行李，一同到交际处的招待所去。到那里，已是夜间十点半钟；可是，滚热的菜饭还等着我呢。

没能细看天津，一来是腿不能走，二来是急于上北京。但是，在短短的两天里，我已感觉到天津已非旧时的天津；因为中国已非旧时的中国。更有滋味的是未到新中国的新天津之前，我看见了那渐次变为法西斯的美国，彷徨歧路的菲律宾，被军事占领的日本，与殖民地的香港。从三藩市到天津，即是从法西斯到新民主主义，中间夹着这二者所激起的潮浪与冲突。我高兴回到祖国来，祖国已不是半殖民地半封建的国家，而是崭新的，必能领导全世界被压迫的人民走向光明，和平，自由，与幸福的路途上去的伟大力量！

（原载《人民文学》1950年第2期）

作者简介：老舍（1899—1966），原名舒庆春，满族，北京人。新中国成立后被授予“人民艺术家”称号。著有长篇小说《老张的哲学》《二马》《猫城记》《骆驼祥子》《牛天赐传》《鼓书艺人》《四世同堂》，话剧《茶馆》《龙须沟》等。

谁是最可爱的人

魏　巍

在朝鲜的每一天,我都被一些东西感动着;我的思想感情的潮水,在放纵奔流着;它使我想把一切东西,都告诉给我祖国的朋友们。但我最急于告诉你们的,是我思想感情的一段重要经历,这就是,我越来越深刻地感觉到谁是我们最可爱的人!

谁是我们最可爱的人呢?我们的部队,我们的战士,我感到他们是最可爱的人。

也许还有人心里隐隐约约地说:你说的就是那些“兵”吗?他们看来是很平凡、很简单的哩,既看不出他们有什么高明的知识,又看不出他们有什么丰盛细致的感情。可是,我要说,这是由于他跟我们的战士接触太少,还没有了解到我们的战士:他们的品质是那样的纯洁和高尚,他们的意志是那样的坚韧和刚强,他们的气质是那样的淳朴和谦逊,他们的胸怀是那样的美丽和宽广!

让我还是来说一段故事吧。

还是在二次战役的时候,有一支志愿军的部队向敌后猛插,去切断军隅里敌人的逃路。当他们赶到书堂站时,逃敌也恰恰赶到那里,眼看就要从汽车路上开过去。这支部队的先头连——三连就匆匆占领了汽车路边一个很低的光光的小山冈,阻住敌人。一场壮烈的搏斗就开始了。敌人为了逃命,用了三十二架飞机、十多辆坦克发起集团冲锋，向这个连的阵地汹涌卷来。整个山顶的土都被打翻了。汽油弹的火焰把这个阵地烧红了。但勇士们在这烟与火的山冈上，高喊着口号，一次又一次把敌人打死在阵地前面。敌人的死尸像谷个子似的在山前堆满了，血也把这山冈流红了。可是敌人还是要拼死争夺，好使自己的主力不致覆灭。这场激战整整持续了八个小时。最后，勇士们的子弹打光了。蜂拥上来的敌人占领了山头，把他们压到山脚。飞机掷下的汽油弹，把他们的身上烧着了。这时候，勇士们是仍然不会后退的呀，他们把枪一摔，身上、帽子上呼呼地冒着火苗，向敌人扑去，把敌人抱住，让身上的火，把要占领阵地的敌人烧死……据这个营的营长告诉我，战后，这个连的阵地上，枪支完全摔碎了，机枪零件扔得满山都是。烈士们的遗体，留着各种各样的姿势，有抱住敌人腰的，有抱住敌人头的，有掐住敌人脖子、把敌人摁倒在地上的，和敌人倒在一起，烧在一起。还有一个战士，他手里还紧握着一颗手榴弹，弹体上沾满脑浆，和他死在一起的美国鬼子，脑浆迸裂，涂了一地。另有一个战士，嘴里还衔着敌人的半块耳朵。在掩埋烈士们遗体的时候，由于他们两手扣着，把敌人抱得那样紧，分都分不开，以致把有些人的手指都掰断了……这个连虽然伤亡很大，但他们却打死了三百多敌人，特别是，使我们部队的主力赶上，聚歼了敌人。

这就是朝鲜战场上一次最壮烈的战斗——松骨峰战斗，或者叫书堂站战斗。假若需要立纪念碑的话，让我把带火扑敌和用刺刀跟敌人拼死在一起的烈士们的名字记下吧。他们的名字是：王金传、邢玉堂、井玉琢、王文英、熊官全、王金侯、赵锡杰、隋金山、李玉安、丁振岱、张贵生、崔玉亮、李树国。还有一个战士已经不可能知道他的名字了。让我们的烈士们千载万世永垂不朽吧！

这个营长向我叙说着以上的情形，他的声调是缓慢的，他的情感是沉重的。他说他在阵地上掩埋烈士的时候，他掉了眼泪。但他接着说：“你不要以为我是为他们而伤心，我是为他们而骄傲！我觉得我们的战士是太伟大了，太可爱了，我不能不被他们感动得掉下泪来。”

朋友们，当你听到这段英雄事迹的时候，你的感想如何呢？你不觉得我们的战士是可爱的吗？你不觉得我们的祖国有着这样的英雄而自豪吗？

我们的战士，对敌人这样狠，而对朝鲜人民却是那样的爱，充满国际主义的深厚热情。

在汉江北岸，我遇到一个青年战士，他今年才二十一岁，名叫马玉祥，是黑龙江青岗县人。他长着一副微黑透红的脸膛，高高的个儿，站在那儿，像秋天田野里一株红高粱那样的淳朴可爱。不过因为他才从阵地上下来，显得稍微疲劳些，眼里的红丝还没有退净。他原来是炮兵连的。有一天夜里，他被一阵哭声惊醒了，出去一看，是一个朝鲜老妈妈坐在山冈上哭。原来她的房子被炸毁了，她在山里搭了个窝棚，但窝棚又被炸毁了……回来，他马上到连部要求调到步兵连去，正好步兵连也需要人，就批准了他。我说：“在炮兵连不是一样打敌人吗？”“那，不同！”他说，“离敌人越近，越觉得打得过瘾，越觉得打得解恨！”

在汉江南岸的日日夜夜里，有一天他从阵地上下来做饭。刚一进村，有几架敌机袭过来，打了一阵机关炮，接着就扔下了两颗大燃烧弹。有几间房子着火了，火又盛，烟又大，使人不敢到跟前去。这时候，他听见烟火里有一个小孩子哇哇哭叫的声音。他马上穿过浓烟到近处一看，一个朝鲜的中年男人在院子里倒着，小孩子的哭声还在屋里。他走到屋门口，屋门口的火苗呼呼地已经进不去人，门窗的纸已经烧着。小孩子的哭声随着那滚滚的浓烟传出来，听得真真切切。当他叙述到这里的时候，他说："我能够不进去吗？我不能！我想，要在祖国遇见这种情形我能够进去，那么，在朝鲜我就可以不进去吗？朝鲜人民和我们祖国的人民不是一样的吗？我就踹开门，扑了进去。呀！满屋子灰洞洞的烟，只能听见小孩哭，看不见人。我的眼也睁不开，脸烫得像刀割一般。我也不知道自己的身上着了火没有，我也不管它了，只是在地上乱摸。先摸着一个大人，拉了拉没拉动；又向大人的身后摸，才摸着小孩儿腿，我就一把抓着抱起来就跳出门去。我一看小孩子，是挺好的一个小孩儿啊。他穿着小短褂儿，光着两条小腿儿，小腿乱跳着，哇哇地哭。我心想：'不管你哭不哭，不救活你家大人，谁养活你哩！'这时候，火更大了，屋子里的家具什物也烧着了。我把他往地上一放，就又从那火门里钻进去了。一拉那个大人，她哼了一声，再拉又不动了。凑近一看，见她脸上流下来的血已经把她胸前的白衣染红了，眼睛已经闭上。我知道她不行了，才赶忙跳出门外，扑灭身上的火苗，抱起这个无父无母的孩子……"

朋友，当你听到这段事迹的时候，你的感觉又是如何呢？你不觉得我们的战士是最可爱的人吗？

谁都知道，朝鲜战场是艰苦些。但他们是怎样想的呢？有一次，我见到一个战士，在防空洞里，吃一口炒面，就一口雪。我问他："你不觉得苦吗？"他把正送往嘴里的一勺雪收回来，笑了笑，说："怎么能不觉得！咱们革命军队又不是个怪物！不过咱们的光荣也就在这里。"他把小勺儿干脆放下，兴奋地说："就拿吃雪来说吧。我在这里吃雪，正是为了我们祖国的人民不吃雪。他们可以坐在挺豁亮的屋子里，泡上一壶茶，守住个小火炉子，想吃点什么，就做点什么。”他又指了指狭小潮湿的防空洞说：“再比如蹲防空洞吧，多憋闷得慌哩，眼看着外面好好的太阳不能晒，光光的马路不能走。可是我在这里蹲防空洞，祖国的人民就可以不蹲防空洞呀。他们就可以在马路上不慌不忙地走呀。他们想骑车子也行，想走路也行，边溜达边说话也行。只要能使人民得到幸福，也就是我们最大的幸福，所以，”他又把雪放到嘴里，像总结似的说，“我在这里流点血不算什么，吃点苦又算什么哩！”我又问：“你想不想祖国呀？”他笑起来：“谁不想哩，说不想那是假话，可是我不愿意回去。如果回去，祖国的老百姓问：‘我们托付给你们的任务完成得怎么样啦？’我怎么答对呢？我说‘朝鲜半边红，半边黑’，这算什么话呢？”我接着问：“你们经历了这么多危险，吃了这么多苦，你们对祖国对朝鲜有什么要求吗？”他想了一下，才回答我：“我们什么也不要。可是说心里话，我这话可不定恰当呀。我们是想要这么大的一个东西——”他笑着，用手指比个铜子儿大小，怕我不明白，又说：“一块‘朝鲜解放纪念章’，我们愿意戴在胸脯上，回到咱们的祖国去。”

朋友们，用不着繁琐的举例，你们已经可以了解到我们的战士，是怎样的一种人。这种人是一种什么品质，他们的灵魂是多么的美丽和宽广。他们是历史上、世界上第一流的战士，第一流的人！他们是世界上一切善良人民的优秀之花！是我们值得骄傲的祖国之花！我们以我们的祖国有这样的英雄而骄傲，我们以生在这个英雄的国度而自豪！

亲爱的朋友们，当你坐上早晨第一列电车走向工厂的时候，当你扛上犁耙走向田野的时候，当你喝完一杯豆浆、提着书包走向学校的时候，当你安安静静坐到办公桌前计划这一天工作的时候，当你向孩子嘴里塞着苹果的时候，当你和爱人悠闲散步的时候，朋友，你是否意识到你是在幸福之中呢？你也许很惊讶地说："这是很平常的呀！"可是，从朝鲜归来的人，会知道你正生活在幸福中。请你意识到这是一种幸福吧！因为只有你意识到这一点，你才能更深刻了解我们的战士在朝鲜奋不顾身的原因。朋友！你是这么爱我们的祖国，爱我们的领袖，你一定会深深地爱我们的战士，他们确实是我们最可爱的人！

1951 年 4 月 1 日夜草

（原载 1951 年 4 月 11 日《人民日报》）

作者简介：魏巍（1920—2008），原名魏鸿杰，河南郑州人。1938 年赴延安参加革命。著有小说《地球的红飘带》《东方》，散文集《谁是最可爱的人》，诗集《两年》《黎明风景》等。

挥手之间

方　纪

一九四五年八月二十八日清早，从清凉山上望下去，见有不少的人，顺山下大路朝东门外飞机场走去。我们《解放日报》的同志，早得了消息，见博古、定一同志相约下山，便也纷纷跟了下来，加入向东的人群，一同走向飞机场去。

人们的心情很不平静。近两个星期来形势的发展，真如天际风云，瞬息万变，表现了一个历史转折时期特有的复杂关系。记得十日夜间，新华社的译电员带着刚刚收到的日本投降的消息，一路喊着从我们的窑洞门前跑过，不到天亮，这个消息便像一阵风传遍了延安。第二天晚上，南门外新市场上便出现了群众自发的庆祝集会。卖水果的农民，把一筐一筐的花红果子抛向空中，喊着要人们吃"胜利果实"。有些学校的学生，把棉袄里的棉花掏出来，扎在棍子上，蘸着煤油点起火把来，在大路上游行。

当时群众对抗战胜利的热烈心情，是谁也不会觉得过分的。但是过了两天，令人气愤的消息便接连传来：蒋介石下命令不准八路军、新四军受降，阎锡山派兵进攻上党解放区……新的内战危机，忽又迫在眉睫了！毛主席八月十三日做了报告（即《抗日战争胜利后的时局和我们的方针》），指出"内战危险是十分严重的，因为蒋介石的方针已经定了"。

这几天，不要说那些烧棉袄的人不免后悔，许多人心里都憋了一肚子气；把胜利的欢喜，化做对蒋介石的愤怒，早从精神上百倍地警惕起来。

前天延安飞机场上飞来一架美国飞机，这是美国特使赫尔利和国民党政府的代表张治中来了。来做什么？"还不是缓兵之计！"人们私下这样议论。昨天夜里，支部忽然传达了中央关于和国民党政府进行和平谈判的通知，思想上说什么也转不过弯来；并且是，毛主席要亲自去重庆！当时，心里像压上一块石头，点着一把火，又沉重，又焦急，通夜不能入睡！

也许，那天夜里，延安的许多同志，各个解放区的许多同志，都是在一种焦急和不安当中度过的吧？谁不知道蒋介石是个最无信无义的大流氓？谁不知道是美帝国主义在支持蒋介石政府挑动中国的内战？虽说赫尔利假惺惺地跑到延安来，难保不是一伙强盗做就的圈套！

回想起当时的情形，真是令人不安！不少同志义愤地说：谈判自然可以，这无非表示了蒋介石和美帝国主义，不能不承认党所领导的人民力量的强大；不能不承认中国人民的强烈的和平愿望；不能不承认苏联战胜法西斯以后，国际形势更有利于和平民主罢了。但是，毛主席不能去！要谈判，请他蒋介石自己到延安来，咱们保证和"西安事变"一样，有来有去；谈不成不要紧，要打仗，战场上去见高低！

更有不少老同志，感情深重地说：自从上了井冈山，毛主席就没有离开过我们一步！五次"围剿"，万里长征，八年抗战，毛主席和我们在一起，没有离开过自己的军队，自己的根据地，如今，却要亲自去重庆，和他蒋介石谈判。

但是，中央决定了；通知也说得清楚：这是斗争！在当时形势下，我党中央提出了和平、民主、团结三大口号，是符合全国人民的要求的。要是蒋介石竟敢冒天下之大不韪，拒绝和谈，发动内战，无非是他自取灭亡，革命胜利来得更快一些，如后来的历史所证明的那样罢了。

这正是我们党在决定国家命运的重要关头，所采取的唯一正确的方针，所表现的大公无私态度。毛主席的亲自去重庆，更是为国家民族，置个人安危于度外的大义大勇的行为！单是这一点，已大可以昭革命之信义于天下了。

送行的人群，陆续朝飞机场走去。出了东关大街，转过一个山嘴，不远就是飞机场。机场上停了一架绿色的军用座机。记得去年修飞机场时，延安的许多同志都参加了劳动，把凿得平平整整的大石头，一块块从山上拖来，一块块按直线铺平，放稳，砸结实，几十个人拉着大石磙子碾来碾去。朱总司令和许多其他领导同志都参加了劳动，和大家一起唱着歌，喊着号子。当时人们都很兴奋，劳动得特别卖力气，心里想着，在延安修飞机场了，这就是说，咱们也要有飞机了，抗战形势要发生重大变化，胜利快来了。

是的，胜利来了。人们所盼望的，所流血争取的独立自由和平民主的生活，又要被蒋介石和美帝国主义破坏！为了制止这种灾难，保卫人民的权利，实现人民的愿望，毛主席现在要从这里，从延安的同志们亲手修造的飞机场上，动身到斗争的最前线去！

飞机场上人越来越多，一会儿就聚集了上千人。但是，谁也不讲话，沉默着：整个机场上空气十分严肃，就像是在前线，战斗将要打响前的一刹那。

汽车的马达声清晰地传来，人们一齐转过头，望着大路。一辆吉普车驶出山嘴，驶入机场。车上跳下周恩来同志、王若飞同志，后面跟了穿着整齐、身佩短剑的张治中将军。按照当时的情形，张治中将军在延安人眼睛里只能是一位尴尬的角色；何况他那一套标准的国民党将官制服，在飞机场上出现，就显得十分不自然了。这种不自然，大约他自己也感觉到了，站在汽车跟前犹豫了一下。这时，博古同志迎上前去，和他握手寒暄，似乎还开了一句什么玩笑，引得他突然高声地大笑起来。

接着又是一辆吉普车驰来。车上跳下一个美国人，戴黑眼镜，叼着纸烟，衣服特别瘦，特别短，这使他显得脸比胸膛宽，腿有上身的两倍长，这就是美国的所谓"特使"赫尔利了。

人们转过身去，鼓起眼睛望着他——当然不是表示欢迎的意思。这一点，赫尔利是分明地感觉到了。他犹疑地站在吉普车前，一手扶着车门，一手叉在腰间，像是在估量当前的形势。等了一会儿，看到人群只是静静地，望着他，于是挥一挥手，纸烟也不拿下来，朝人们喊了一声"哈罗"，便急匆匆地朝飞机走去。

谁也不再注意他，人们又听到了汽车的马达声：一辆延安人都熟悉的带篷子的中型汽车正转过山嘴，朝飞机场驶来。立刻，人群像平静的水面上卷过一阵风，成一个整体地朝前涌去。接着，又停下来；正当汽车站住，车门打开的时候，机场上响起了一阵雷鸣般的掌声。

毛主席走下车来。和平日不同，穿一套半新的蓝布制服，皮鞋，头戴深灰色的盔式帽。整个装束，完全是像出门做客一样。这立刻引起人们一种深切的不安，和离别的情绪，眼泪不由得涌了出来。

在延安人的记忆里，主席永远穿一套总是洗得很干净的旧灰布制服，布鞋，灰布八角帽。他的伟岸的身形，明净的额，温和的目光，和热情的声音，时时出现在会场上、课堂上、杨家岭山下散步时的大道边。主席生活在群众中间，生活在同志们中间。主席的音容笑貌，举手投足，人们是熟悉的，理解的，怀着无限信任和爱戴，团聚在他的周围，一步不能离开，一步不曾离开！如今，主席穿起了做客的衣服，要离我们远去了！

一霎时，人们心里，像海上波涛般起伏汹涌。千百双眼睛，热切地投向主席身边。主席在汽车边站定，目光平视，望着全体送行的人，经过每一个人的脸；好像所有在场的人，他都看到了。这时，他眼睛里露出一种亲切的、坚定的微笑，向人们点了点头。

站在前面的中央负责同志们，迎上前去。主席伸出他那宽大的手掌，和大家一一握手道别。主席的脸色是严肃的，从容的，眼睛里充满了无限的关切和鼓舞之情。然后，又停下来，望着所有送行的人，举起右手，用力一挥，便朝停在前面的飞机一直走去。

机场上人群静静地立着，千百双眼睛跟随着主席高大的身形在人群里移动，望着主席一步一步走近了飞机，一步一步踏上了飞机的梯子。

这一会儿时间好长啊！人们屏住了呼吸，一动不动地望着主席的一举手，一投足，直到他在飞机舱口停住，回转身来，又向着送行的人群。

人群又一次像疾风卷过水面，向着飞机拥了过去。主席站在飞机舱口，取下头上的帽子，注视着送行的人们，像是安慰，像是鼓励。人们不知道怎样表达自己的心情，只是拼命地一齐挥手，像是机场上蓦地刮来一阵狂风，千百条手臂挥舞着，从下面，从远处，伸向主席。

主席也举起手来，举起他那顶深灰色的盔式帽；但是举得很慢很慢，像是在举起一件十分沉重的东西。一点一点地，一点一点地，举起来，举起来；等到举过了头顶，忽然用力一挥，便停止在空中，一动不动了。

主席的这个动作，给全体在场的人，以极其深刻的印象。它像是表达了一种思维的过程，作出了断然的决定；像是集中了所有在场的人，以及不在场的所有革命的干部、战士和群众的心情，而用这个动作表达出来。这是一个特定的、历史性的动作，概括了当那个伟大的历史转折时期到来的时候，领袖，同志，战友，以及广大革命群众之间，无间的亲密，无比的决心，无上的英勇。

请感谢我们的摄影师吧，为人们留下了这刹那间的、永久的形象；这无比鲜明的、历史的记录！正是在这挥手之间，表明了一种深刻的历史过程，表现了主席的伟大性格。愿所有的人，通过这张照片，能够理解和体会，那当抗日战争胜利，我们的国家处在十字路口，处在两种命运、两个前途决定胜败的斗争的严重时刻，我们的党和毛主席，为国家和人民做出了怎样的贡献！

飞机的发动机响了，螺旋桨转动起来。随着这声音，人们的心猛烈地跳动，人们的眼睛一刻也不离开这架就要起飞的飞机；任凭螺旋桨卷起了盖地的尘砂，遮住了人们的眼睛。这架飞机该有多大的重量啊！它载负着解放区人民的心，载负着全中国人民的希望，载负着我们国家的命运！

主席的面容出现在飞机窗口，人们又一次拥上前去，拼命地挥手。主席把手抚在机窗的玻璃上，手指无声地弯动。直到飞机转了弯，奔上跑道，起在空中，在头顶上盘旋，然后向南飞去，人们还是仰着头，目光越过宝塔山上的塔顶，望着南方的天空，久久地不肯离去。

以后的事，大家都知道了。毛主席在重庆住了四十三天，最后才签订了“双十协定”。从《毛泽东选集》四卷《关于重庆谈判》一文的注释里，我们可以看到，当时为了顾全大局，为了实现全国人民要求的和平、民主的生活，我们党是做了怎样的有原则的让步，进行了怎样的针锋相对的斗争。如果不是九月间的上党战役消灭了阎锡山的三万五千人，恐怕连这样的“双十协定”也不会有的！

现在，重读《抗日战争胜利后的时局和我们的方针》，《中共中央关于同国民党进行和平谈判的通知》，以及《关于重庆谈判》等等伟大的历史文献，想起了当时在延安机场上为毛主席送行的情景，真如同是一面历史的镜子，照亮了过去，也照亮了今天和未来……

以后，是在战争中了。蒋介石撕毁了他亲手签订的“双十协定”，在美帝国主义支持下，向解放区大举进攻。解放战争全面打响了。一个夜晚，在承德前线，读到一位从北平“军调部”来的同志抄在一个小本子上的毛主席的《沁园春·雪》——这首诗第一次在重庆发表出来，震动了整个所谓“大后方”的人士，他们从这里看到了决定历史命运的真正力量，听到了革命进程的脚步声音！而我们，在前线，在炮火声中，在闪耀的火光里望着战士们持枪跃进的身形，这诗里的思想、情绪，完全变成伸手可触的形象，身置其中的境界了。于是，诗的每一个字，如同火炬一般，燃烧起来。刹那间，整个前沿阵地，仿佛一片通明！解放战争的炮火，正在摧毁旧中国的一切黑暗势力。当时的敌人，看来是强大的；但是，正如诗里所写，决定历史命运的不是秦皇汉武、唐宗宋祖，而是人民自己，是当代的“风流人物”！

记得初到前方时，部队的同志告诉我：八月二十八日清早，部队上传达了毛主席亲自去重庆谈判的通知，当天十点钟，所有的战士都翘首西望，在天空中寻找那架从延安起飞的飞机，谛听着飞机的声音；并且当真，他们像是听到了这架飞机的沉重的隆隆声响！那时，我们的战士怀着怎样的心情啊！他们握紧手里的武器，等待事情的结局。如今，战士手中的武器，正在发挥自己的威力了。于是，在震耳的炮火声中，我们不禁高声朗诵起来——

…………

俱往矣，

数风流人物，

还看今朝！

延安机场上送行的情景，又出现在眼前了：主席伟岸的身形，站在飞机舱口；坚定的目光，望着送行的人群；宽大的手掌，握住那顶深灰色的盔式帽，慢慢地举起，举起，然后有力地一挥，停止在空中……

在他面前，是无数的战士，正朝着他所指引的方向，奋勇前进。

1960 年 10 月

（原载《人民文学》1961 年第 10 期）

作者简介：方纪（1919—1998），原名冯骥，河北辛集人。著有长篇小说《老桑树底下的故事》，散文特写集《长江行》《挥手之间》等。

县委书记的榜样——焦裕禄

穆　青、冯　健、周　原

一九六二年冬天，正是豫东兰考县遭受内涝、风沙、盐碱三害最严重的时刻。这一年，春天风沙打毁了二十万亩麦子，秋天淹坏了三十多万亩庄稼，盐碱地上有十万亩禾苗碱死，全县的粮食产量下降到了历年的最低水平。

就是在这样的关口，党派焦裕禄来到了兰考。

展现在焦裕禄面前的兰考大地，是一幅多么苦难的景象呵！横贯全境的两条黄河故道，是一眼看不到边的黄沙；片片内涝的洼窝里，结着青色的冰凌；白茫茫的盐碱地上，枯草在寒风中抖动。

困难，重重的困难，像一副沉重的担子，压在这位新到任的县委书记的双肩。但是，焦裕禄是带着《毛泽东选集》来的，是怀着改变兰考灾区面貌的坚定决心来的。在这个贫农出身的共产党员看来，这里有三十六万勤劳的人民，有烈士们流鲜血解放出来的九十多万亩土地。只要加强党的领导，一时有天大的艰难，也一定要杀出条路来。

第二天，当大家知道焦裕禄是新来的县委书记时，他已经下乡了。

他到灾情最重的公社和大队去了。他到贫下中农的草屋里，到饲养棚里，到田边地头，去了解情况，观察灾情去了。他从这个大队到那个大队，他一路走，一路和同行的干部谈论。见到沙丘，他说："栽上树，岂不是成了一片好绿林！"见到涝洼窝，他说："这里可以栽苇、种蒲、养鱼。"见到碱地，他说："治住它，把一片白变成一片青！"转了一圈回到县委，他向大家说："兰考是个大有作为的地方，问题是要干，要革命。兰考是灾区，穷，困难多，但灾区有个好处，它能锻炼人的革命意志，培养人的革命品格。革命者要在困难面前逞英雄。"

焦裕禄的话，说得大家心里热乎乎的。大家议论说，新来的县委书记看问题高人一着棋，他能从困难中看到希望，能从不利条件中看到有利因素。

"关键在于县委领导核心的思想改变"

连年受灾的兰考，整个县上的工作，几乎被发统销粮、贷款、救济棉衣、烧煤所淹没了。有人说县委机关实际上变成了一个供给部。那时候，很多群众等待救济，一部分干部被灾害压住了头，对改变兰考面貌缺少信心，少数人甚至不愿意留在灾区工作。他们害怕困难，更害怕犯错误……

焦裕禄想："群众在灾难中两眼望着县委，县委挺不起腰杆，群众就不能充分发动起来。'干部不领，水牛掉井'，要想改变兰考的面貌，必须首先改变县委的精神状态。"

夜，已经很深了，焦裕禄躺在床上翻来覆去睡不着。他披上棉衣，找县委副书记张钦礼谈心去了。

在这么晚的时候，张钦礼听见叩门声，吃了一惊。他迎进焦裕禄，连声问："老焦，出了啥事？"

焦裕禄说:“我想找你谈谈。你在兰考十多年了,情况比我熟,你说,改变兰考面貌的主要问题在哪里?”

张钦礼沉思了一下,回答说:“在于人的思想的改变。”

“对。”焦裕禄说:“但是,应该在思想前面加两个字:领导。眼前关键在于县委领导核心的思想改变。没有抗灾的干部,就没有抗灾的群众。”

两个人谈得很久,很深,一直说到后半夜。他们的共同结论是,除“三害”首先要除思想上的病害;特别是要对县委的干部进行抗灾的思想教育。不首先从思想上把人们武装起来,要想完成除“三害”斗争,将是不可能的。

严冬,一个风雪交加的夜晚,焦裕禄召集在家的县委委员开会。人们到齐后,他并没有宣布议事日程,只说了一句:“走,跟我出去一趟。”就领着大家到火车站去了。

当时,兰考车站上,北风怒号,大雪纷飞。车站的屋檐下,挂着尺把长的冰柱。国家运送兰考灾民前往丰收地区的专车,正从这里飞驰而过。也还有一些灾民,穿着国家救济的棉衣,蜷曲在货车上,拥挤在候车室里……

焦裕禄指着他们,沉重地说:“同志们,你们看,他们绝大多数人,都是我们的阶级兄弟。是灾荒逼迫他们背井离乡的,不能责怪他们,我们有责任。党把这个县三十六万群众交给我们,我们不能领导他们战胜灾荒,应该感到羞耻和痛心……”

他没有再讲下去,所有的县委委员都沉默着低下了头,这时有人才理解,为什么焦裕禄深更半夜领着大家来看风雪严寒中的车站。

从车站回到县委,已经是半夜时分了,会议这时候才正式开始。

焦裕禄听了大家的发言之后，最后说："我们经常口口声声说要为人民服务，我希望大家能牢记着今晚的情景，这样我们就会带着阶级感情，去领导群众改变兰考的面貌。"

紧接着，焦裕禄组织大家学习《为人民服务》《纪念白求恩》《愚公移山》等文章，鼓舞大家的革命干劲，勉励大家像张思德、白求恩那样工作。

以后，焦裕禄又专门召开了一次常委会，回忆兰考的革命斗争史。在残酷的武装斗争年代，兰考县的干部和人民，同敌人英勇搏斗，前仆后继。有一个区，曾经在一个月内有九个区长为革命牺牲。烈士马福重被敌人破腹后，肠子被拉出来挂在树上……焦裕禄说："兰考这块地方，是同志们用鲜血换来的。先烈们并没有因为兰考人穷灾大，就把它让给敌人，难道我们就不能在这里战胜灾害？"

一连串的阶级教育和思想斗争，使县委领导核心，在严重的自然灾害面前站起来了。他们打掉了在自然灾害面前束手无策、无所作为的懦夫思想，从上到下坚定地树立了自力更生消灭"三害"的决心。不久，在焦裕禄倡议和领导下，一个改造兰考大自然的蓝图被制订出来。这个蓝图规定在三五年内，要取得治沙、治水、治碱的基本胜利，改变兰考的面貌。这个蓝图经过县委讨论通过后，报告了中共开封地委，焦裕禄在报告上，又着重加了几句：

"我们对兰考的一草一木都有深厚的感情。面对着当前严重的自然灾害，我们有革命的胆略，坚决领导全县人民，苦战三五年，改变兰考的面貌。不达目的，我们死不瞑目。"

这几句话，深切地反映了当时县委的决心，也是兰考全党在上级党组织面前，一次庄严的宣誓。直到现在，它仍然深深地刻在县委所有同志的心上，成为鞭策他们前进的力量。

“吃别人嚼过的馍没味道”

焦裕禄深深地了解，理想和规划并不等于现实，这涝、沙、碱三害，自古以来害了兰考人民多少年呵！今天，要制伏“三害”，要把它们从兰考土地上像送瘟神一样驱走，必须进行大量艰苦细致的工作，付出高昂的代价。

他想，按照毛主席的教导，不管做什么工作，必须首先了解情况，进行调查研究。“没有调查就没有发言权”。要想战胜灾害，单靠一时的热情，单靠主观愿望，事情断然是办不好的。即使硬干，也要犯毛主席早已批评过的“闭塞眼睛捉麻雀”“瞎子摸鱼”的错误。要想战胜灾害，必须照毛主席的指示办事，详尽地掌握灾害的底细，了解灾害的来龙去脉，然后作出正确的判断和部署。

他下决心要把兰考县九十多万亩土地上的自然情况摸透，亲自去掂一掂兰考的“三害”究竟有多大分量。

根据这一想法，县委先后抽调了一百二十个干部、老农和技术员，组成一支三结合的“三害”调查队。在全县展开了大规模的追洪水、查风口、探流沙的调查研究工作。焦裕禄和县委其他领导干部，都参加了这场战斗。那时候，焦裕禄正患着慢性的肝病，许多同志担心他在大风大雨中奔波，会加剧病情的发展，劝他不要参加，但他毫不犹豫地拒绝了同志们的劝告，他说：“吃别人嚼过的馍没味道。”他不愿意坐在办公室里依靠别人的汇报来进行工作，说完就背着干粮，拿起雨伞和大家一起出发了。

每当风沙最大的时候，也就是他带头下去查风口、探流沙的时候，雨最大的时候，也就是他带头下去冒雨涉水，观看洪水流势和变化的时候。他认为这是掌握风沙、水害规律最有利的时机。为了弄清一个大风口，一条主干河道的来龙去脉，他经常不辞劳苦地跟着调查队，追寻风沙和洪水的去向，从黄河故道开始，越过县界、省界，一直追到沙落尘埃，水入河道，方肯罢休。在这场艰苦的斗争中，县委书记焦裕禄简直变成一个满身泥水的农村"脱坯人"了。他和调查队的同志们经常在截腰深的水里吃干粮，有时夜晚蹲在泥水处歇息……

有一次，焦裕禄从杞县阳堌公社回县的路上，遇到了白帐子猛雨。大雨下了七天七夜，全县变成了一片汪洋。焦裕禄想："嗬，洪水呀，等还等不到哩，你自己送上门来了。"他回到县里后，连停也没有停，就带着办公室的三个同志出发了。眼前只有水，哪里有路？他们靠着各人手里的一根棍，探着，走着。这时，焦裕禄突然感到一阵阵肝痛，时时弯下身子用左手按着肝部。三个青年恳求着说："你回去休息吧。把任务交给我们，我们保证按照你的要求完成任务。"焦裕禄没有同意，继续一路走，一路工作着。

他站在洪水激流中，同志们为他张了伞，他画了一张又一张水的流向图。等他们赶到金营大队，支部书记李广志看见焦裕禄就吃惊地问："一片汪洋大水，您是咋来的？"焦裕禄抡着手里的棍子说："就坐这条船来的。"李广志让他休息一下，他却拿出自己画的图来，一边指点着，一边滔滔不绝地告诉李广志，根据这里的地形和水的流势，应该从哪里到哪里开一条河，再从哪里到哪里挖一条支沟……这样，就可以把这几个大队的积水，统统排出去了。李广志听了非常感动，他没有想到焦裕禄同志的领导工作，竟这样的深入细致！到吃饭的时候了，他要给焦裕禄派饭，焦裕禄说：“雨天，群众缺烧的，不吃啦！”说着就又向风雨中走去。

送走了风沙滚滚的春天，又送走了雨水集中的夏季，调查队在风里、雨里、沙窝里、激流里度过了一个月又一个月，方圆跋涉了五千余里，终于使县委抓到了兰考“三害”的第一手资料。全县有大小风口八十四个，经调查队一个个查清，编了号、绘了图；全县有大小沙丘一千六百个，也一个个经过丈量，编了号，绘了图；全县的千河万流，淤塞的河渠，阻水的路基、涵闸……也调查得清清楚楚，绘成了详细的排涝泄洪图。

这种大规模的调查研究，使县委基本上掌握了水、沙、碱发生、发展的规律。几个月的辛苦奔波，换来了一整套又具体又详细的资料，把全县抗灾斗争的战斗部署，放在一个更科学更扎实的基础之上。大家都觉得方向明，信心足，无形中增添了不少的力量。

“榜样的力量是无穷的”

夜已经很深了，阵阵的肝痛和县委工作沉重的担子，使焦裕禄久久不能入睡。他的心在想着兰考县的三十六万人和二千五百七十四个生产队。抗灾斗争的发展是不平衡的，基层干部和群众的思想觉悟也有高有低，怎样才能把毛泽东思想红旗高高举起？怎样才能充分调动起群众的革命积极性？怎样才能更快地在全县范围内开展起轰轰烈烈的抗灾斗争？……

焦裕禄在苦苦思索着。

他披衣起床，重又翻开《毛泽东选集》。在多年的工作中，焦裕禄已养成了学习毛主席著作的习惯，他从毛主席的著作中汲取了无穷的智慧和力量。县委开会，他常常在会前朗读毛主席著作中的有关章节。无论在办公室，或下乡工作，他总要提着一个布兜儿，装上《毛泽东选集》带在身边。每次遇到工作中的困难，他都认真地向毛主席的著作请教，严格地按照毛主席的指示去办。他曾对县委的同志们介绍自己学习毛主席著作的方法，叫做“白天到群众中调查访问，回来读毛主席著作，晚上‘过电影’，早上记笔记。”他所说的“过电影”，主要是指联系实际来思考问题。他说：“无论学习或工作，不会‘过电影’那是不行的。”

现在，全县抗灾斗争的情景，正像一幕幕的电影活动在他的脑海里，他带着一连串的问题，去阅读毛主席《关于领导方法的若干问题》那篇文章。目光停在那几行金光闪耀的字上：

“我们共产党人无论进行何项工作，有两个方法是必须采用的，一是一般和个别相结合，二是领导和群众相结合。”

“从群众中集中起来又到群众中坚持下去，以形成正确的领导意见，这是基本的领导方法。”

毛主席的话给了他很大的力量，眼前一下子豁亮起来。他决定发动县委领导同志再到贫下中农中间去。他自己更是经常住在老贫农的草庵子里，蹲在牛棚里，跟群众一起吃饭，一起劳动。他带着高昂的革命激情和对群众的无限信任，在广大贫下中农间询问着、倾听着、观察着，他听到许多贫下中农要求“翻身”、要求革命的呼声，看到许多队自力更生、奋发图强对“三害”斗争的革命精神。他在群众中学到了不少治沙、治水、治碱的办法，总结了不少可贵的经验。群众的智慧，使他受到极大的鼓舞，也更加坚定了他战胜灾害的信心。

韩村是一个只有二十七户人家的生产队。一九六二年秋天遭受了毁灭性的涝灾，每人只分了十二两红高粱穗。在这样严重的困难面前，生产队的贫下中农提出，不向国家伸手，不要救济粮、救济款，自己割草卖草养活自己。他们说：摇钱树，人人有，全靠自己一双手。不能支援国家，心里就够难受了，决不能再拉国家的后腿。就在这年冬天，他们割了二十七万斤草，养活了全体社员，养活了八头牲口，还修理了农具，买了七辆架子车。

秦寨大队的贫下中农社员，在盐碱地上刮掉一层皮，从下面深翻出好土，盖在上面。他们大干深翻地的时候，正是最困难的一九六三年夏季。他们说："不能干一天干半天，不能翻一锨翻半锨，用蚕吃桑叶的办法，一口口啃，也要把这碱地啃翻个个儿。"

赵垛楼的贫下中农在七季基本绝收以后，冒着倾盆大雨，挖河渠，挖排水沟，同暴雨内涝搏斗。一九六三年秋天，这里一连九天暴雨，他们却夺得了好收成，卖了八万斤余粮。

双杨树的贫下中农在农作物基本绝收的情况下，雷打不散，社员们兑鸡蛋卖猪，买牲口买种子，坚持走集体经济自力更生的道路，社员们说："穷，咱穷到一块儿；富，咱也富到一块儿。"

韩村，秦寨，赵垛楼，双杨树，广大贫下中农自力更生的革命精神，使焦裕禄十分激动。他认为这就是在毛泽东思想哺育下的贫下中农革命精神的好榜样。他在县委会议上，多少次讲述了这些先进典型的重大意义，并亲自总结了它们的经验。他说："榜样的力量是无穷的，我们应该把群众中这些可贵的东西，集中起来，再坚持下去，号召全县社队向他们学习。"

一九六三年九月，县委在兰考冷冻厂召开了全县大小队干部的盛大集会，这是扭转兰考局势的大会，是兰考人民自力更生、奋发图强的一次誓师大会。会上，焦裕禄为韩村、秦寨、赵垛楼、双杨树的贫下中农鸣锣开道，请他们到主席台上，拉他们到万人之前，大张旗鼓地表扬他们的革命精神。他把群众中这些革命的东西，集中起来，总结为四句话：“韩村的精神，秦寨的决心，赵垛楼的干劲，双杨树的道路。”他说：这就是兰考的新道路！是毛泽东思想指引的道路！他大声疾呼，号召全县人民学习这四个样板，发扬他们的革命精神，在全县范围内锁住风沙，制伏洪水，向“三害”展开英勇的斗争！

这次大会在兰考抗灾斗争的道路上，是一个伟大的转折。它激发了群众的革命豪情，鼓舞了群众的革命斗志，有力地推动了全县抗灾斗争的发展。它使韩村等四个榜样的名字传遍了兰考；它让毛泽东思想的伟大红旗，在兰考三十六万群众的心目中，高高地升起！

从此，兰考人民的生活中多了两个东西，这就是县委和县人委发出的“奋发图强的嘉奖令”和“革命硬骨头队”的命名书。

“当群众最困难的时候，共产党员要出现在群众面前”

就在兰考人民对涝、沙、碱三害全面出击的时候，一场比过去更加严重的灾害又向兰考袭来。一九六三年秋季，兰考县一连下了十三天雨，雨量达二百五十毫米。大片大片的庄稼汪在洼窝里，渍死了。全县有十一万亩秋粮绝收，二十二万亩受灾。

焦裕禄和县委的同志们全力投入了生产救灾。

那是个冬天的黄昏。北风越刮越紧，雪越下越大。焦裕禄听见风雪声，倚在门边望着风雪发呆。过了会儿，他又走回来，对办公室的同志们严肃地说:“在这大风大雪里,贫下中农住得咋样?牲口咋样?”接着他要求县委办公室立即通知各公社做好几件雪天工作。他说,“我说,你们记记。第一,所有农村干部必须深入到户,访贫问苦,安置无屋居住的人,发现断炊户,立即解决。第二,所有从事农村工作的同志,必须深入牛屋检查,照顾老弱病畜,保证不许冻坏一头牲口。第三,安排好室内副业生产。第四,对于参加运输的人畜,凡是被风雪隔在途中的,在哪个大队的范围,由哪个大队热情招待,保证吃得饱,住得暖。第五,教育全党,在大雪封门的时候,到群众中去,和他们同甘共苦。最后一条,把检查执行的情况迅速报告县委。”办公室的同志记下他的话,立即用电话向各公社发出了通知。

这天,外面的大风雪刮了一夜。焦裕禄的房子里,电灯也亮了一夜。

第二天,窗户纸刚刚透亮,他就挨门把全院的同志们叫起来开会。焦裕禄说:“同志们,你们看,这场雪越下越大,这会给群众带来很多困难,在这大雪拥门的时候,我们不能坐在办公室里烤火,应该到群众中间去。共产党员应该在群众最困难的时候,出现在群众的面前,在群众最需要帮助的时候,去关心群众,帮助群众。”

简短的几句话,像刀刻的一样刻在每一个同志的心上。有人眼睛湿润了,有人有多少话想说也说不出来了。他们的心飞向冰天雪地的茅屋去了。大家立即带着救济粮款,分头出发了。

风雪铺天盖地而来。北风响着尖厉的哨音,积雪有半尺厚。焦裕禄迎着大风雪,什么也没有披,火车头帽子的耳巴在风雪中忽扇着。那时,他的肝痛常常发作,有时痛得厉害,他就用一支钢笔硬顶着肝部。现在他全然没想到这些,带着几个年轻小伙子,踏着积雪,一边走,一边高唱《南泥湾》。他问青年人看过《万水千山》这个电影没有?他说:“你们看,眼前多么像《万水千山》里的一个镜头呵!”

这一天,焦裕禄没烤群众一把火,没喝群众一口水。风雪中,他在九个村子,访问了几十户生活困难的老贫农。在梁孙庄,他走进一个低矮的柴门。这里住的是一双无依无靠的老人。老大爷有病躺在床上,老大娘是个瞎子。焦裕禄一进屋,就坐在老人的床头,问寒问饥。老大爷问他是谁,他说:“我是您的儿子。”老人问他大雪天来干啥,他说:“毛主席叫我来看望您老人家。”老大娘感动得不知说什么才好,用颤抖的双手上上下下摸着焦裕禄。老大爷眼里噙着泪说:“解放前,大雪封门,地主来逼租,撵得我串人家的房檐,住人家的牛屋。”焦裕禄安慰老人说:“如今印把子抓在咱手里,兰考受灾受穷的面貌一定能够改过来。”

就是在这次雪天送粮当中,焦裕禄也看到和听到了许多贫下中农极其感人的故事。谁能够想到,在毁灭性的涝灾面前,竟有那么一些生产队,两次三番退回国家送给他们的救济粮、救济款。他们说:把救济粮、救济款送给比我们更困难的兄弟队吧,我们自己能想办法养活自己!

焦裕禄心里多么激动呵!他看到毛泽东思想像甘露一样滋润了兰考人民的心,党号召的自力更生、奋发图强的精神,在困难面前逞英雄的硬骨头精神,已经变成千千万万群众敢于同天抗,同灾斗的物质力量了。

有了这种精神,在兰考人民面前还有什么天大的灾害不能战胜!

“县委书记要善于当‘班长’”

焦裕禄常说,县委书记要善于当“班长”,要把县委这个“班”带好,必须使这“一班人”思想齐、动作齐。而要统一思想、统一行动,就必须用毛泽东思想挂帅。

他是这样想的,也是这样做的。

县人委有一位从丰收地区调来的领导干部,提出了一个装潢县委和县人委领导干部办公室的计划。连桌子、椅子、茶具,都要换一套新的。为了好看,还要把城里一个污水坑填平,上面盖一排房子。县委多数同志激烈地反对这个计划。也有人问:“钱从哪里来? 能不能花?”这位领导干部管财政,他说:“花钱我负责。”

但是,焦裕禄提了一个问题:

“坐在破椅子上不能革命吗?”他接着说明了自己的意见:

“灾区面貌没有改变,还大量吃着国家的统销粮,群众生活很困难。富丽堂皇的事,不但不能做,就是连想也很危险。”

后来,焦裕禄找这位领导干部谈了几次话,帮助他认识错误。焦裕禄对他说:兰考是灾区,比不得丰收区。即使是丰收区,你提的那种计划,也是不应该做的。焦裕禄劝这位领导干部到贫下中农家里去住一住,到贫下中农中间去看一看。去看看他们想的是什么,做的是什么。焦裕禄作为县委的班长,他从来不把自己的意见,强加于人。他对同志们要求非常严格,但他要求得入情入理,叫你自己从内心里生出改正错误的力量。不久以后,这位领导干部认识了错误,自己收回了那个“建设计划”。

有一位公社书记在工作中犯了错误。当时,县委开会,多数委员主张处分这位同志。但焦裕禄经过再三考虑，提出暂时不要给他处分。焦裕禄说，这位同志是我们的阶级弟兄，他犯了错误，给他处分固然是必要的；但是，处分是为了达到治病救人的目的。当前改变兰考面貌，是一个艰巨的斗争，不如派他到最艰苦的地方去，考验他，锻炼他，给他以改正错误的机会，让他为党的事业出力，这样不是更好吗？

县委同意了焦裕禄的建议，决定派这个同志到灾害严重的赵垛楼去蹲点。这位同志临走时，焦裕禄把他请来，严格地提出批评，亲切地提出希望，最后焦裕禄说："你想想，当一个不坚强的战士，当一个忘了群众利益的共产党员，多危险，多可耻呵！先烈们为解放兰考这块地方，能付出鲜血、生命；难道我们就不能建设好这个地方？难道我们能在自然灾害面前当怕死鬼？当逃兵？"

焦裕禄的话，一字字、一句句都紧紧扣住这位同志的心。这话的分量比一个最重的处分决定还要沉重，但这话也使这位同志充满了战斗的激情。阶级的情谊，革命的情谊，党的温暖，在这位犯错误的同志的心中激荡着，他满眼流着泪，说："焦裕禄同志，你放心……"

这位同志到赵垛楼以后，立刻同群众一道投入了治沙治水的斗争。他发现群众的生活困难，提出要卖掉自己的自行车，帮助群众，县委制止了他，并且指出，当前最迫切的问题，是从思想上武装赵垛楼的社员群众，领导他们起来，自力更生进行顽强的抗灾斗争，一辆自行车是不能解决什么问题的。以后，焦裕禄也到赵垛楼去了。他关怀赵垛楼的两千来个社员群众，他也关怀这位犯错误的阶级弟兄。

就在这年冬天，赵垛楼为害农田多年的二十四个沙丘，被社员群众用沙底下的黄胶泥封盖住了。社员们还挖通了河渠，治住了内涝。这个一连七季吃统销粮的大队，一季翻身，卖余粮了。

也就在赵垛楼大队“翻身”的这年冬天，那位犯错误的同志，思想上也翻了个个儿。他在抗灾斗争中，身先士卒，表现得很英勇。他没有辜负党和焦裕禄对他的期望。

焦裕禄，出生在山东淄博一个贫农家里，他的父亲在解放前就被国民党反动派逼迫上吊自杀了。他从小逃过荒，给地主放过牛，扛过活，还被日本鬼子抓到东北挖过煤。他带着家仇、阶级恨参加了革命队伍，在部队、农村和工厂里做过基层工作。自从参加革命一直到当县委书记以后，他始终保持着劳动人民的本色。他常常开襟解怀，卷着裤管，朴朴实实地在群众中间工作、劳动。贫农身上有多少泥，他身上有多少泥。他穿的袜子，补了又补，他爱人要给他买双新的，他说：“跟贫下中农比一比，咱穿的就不错了。”夏天，他连凉席也不买，只花四毛钱买一条蒲席铺。

有一次，他发现孩子很晚才回家去。一问，原来是看戏去了。他问孩子：“哪里来的票？”孩子说：“收票叔叔向我要票，我说没有。叔叔问我是谁？我说焦书记是我爸爸。叔叔没有收票就叫我进去了。”焦裕禄听了非常生气，当即把一家人叫来“训”了一顿，命令孩子立即把票钱如数送给戏院。接着，又建议县委起草了一个通知，不准任何干部特殊化，不准任何干部和他们的子弟“看白戏”……

“焦裕禄是我们县委的好班长，好榜样。”

“在焦裕禄领导下工作，方向明，信心大，敢于大作大为，心情舒畅，就是累死也心甘。”

焦裕禄的战友这样说，反对过他的人这样说，犯过错误的人也这样说。

他心里装着全体人民，唯独没有他自己

县委一位副书记在乡下患感冒，焦裕禄几次打电话，要他回来休息；组织部一位同志有慢性病，焦裕禄不给他分配工作，要他安心疗养；财委一位同志患病，焦裕禄多次催他到医院检查……焦裕禄的心里，装着全体党员和全体人民，唯独没有他自己。

一九六四年春天，正当党领导着兰考人民同涝、沙、碱斗争胜利前进的时候，焦裕禄的肝病也越来越重了。很多人都发现，无论开会、作报告，他经常把右脚踩在椅子上，用右膝顶住肝部。他棉袄上的第二和第三个扣子是不扣的，左手经常揣在怀里。人们留心观察，原来他越来越多地用左手按着时时作痛的肝部，或者用一根硬东西顶在右边的椅靠上。日子久了，他办公坐的藤椅上，右边被顶出了一个大窟窿。他对自己的病，是从来不在意的。同志们问起来，他才说他对肝痛采取了一种压迫止疼法。县委的同志们劝他疗养，他笑着说："病是个欺软怕硬的东西，你压住他，他就不欺侮你了。"焦裕禄暗中忍受了多大痛苦，连他的亲人也不清楚。他真是全心全意投到改变兰考面貌的斗争中去了。

焦裕禄到地委开会，地委负责同志劝他住院治疗，他说："春天要安排一年的工作，离不开！"没有住。地委给他请来一位有名的中医诊断，开了药方，因为药费很贵，他不肯买。他说："灾区群众生活很困难，花这么多钱买药，我能吃得下吗？"县委的同志背着他去买来三剂，强他服了，但他执意不再服第四剂。

那天，县委办公室的干部张思义和他一同骑自行车到三义寨公社去。走到半路，焦裕禄的肝痛发作，痛得骑不动，两个人只好

推着自行车慢慢走。刚到公社，大家看他气色不好，就猜出是他又发病了。公社的同志说："休息一下吧。"他说："谈你们的情况吧，我不是来休息的。"

公社的同志一边汇报情况，一边看着焦裕禄强按着肚子在作笔记。显然，他的肝痛得使手指发抖，钢笔几次从手指间掉了下来。汇报的同志看到这情形，忍住泪，连话都说不出来了，而他，故意做出神情自若的样子，说：

"说，往下说吧。"

一九六四年的三月，兰考人民的除"三害"斗争达到了高潮，焦裕禄的肝病也到了严重关头。躺在病床上，他的心潮汹涌澎湃，奔向那正在被改造着的大地。他满腔激情地坐到桌前，想动手写一篇文章，题目是：《兰考人民多奇志，敢教日月换新天》。他铺开稿纸，拟好了四个小题目：一、设想不等于现实。二、一个落后地区的改变，首先是领导思想的改变。领导思想不改变，外地的经验学不进，本地的经验总结不起来。三、榜样的力量是无穷的。四、精神原子弹——精神变物质。

充满了革命乐观主义的焦裕禄，从兰考人民在抗灾斗争中表现出来的英雄气概，从兰考人民一步一个脚印的实干精神中，已经预见到新兰考美好的未来。但是，文章只开了个头，病魔就逼他放下了手中的笔，县委决定送他到医院治病去了。

临行那一天，由于肝痛得厉害，他是弯着腰走向车站的。他是多么舍不得离开兰考呵！一年多来，全县一百四十九个大队，他已经跑遍了一百二十多个。他把整个身心，都交给了兰考的群众，兰考的斗争。正像一位指挥员在战斗最紧张的时刻，离开炮火纷飞的前沿阵地一样，他从心底感到痛苦、内疚和不安。他不时深情地回顾着兰考城内的一切,他多么希望能很快地治好肝病,带着旺盛的精力回来和群众一块儿战斗呵!他几次向送行的同志们说,不久他就会回来的。在火车开动前的几分钟,他还郑重地布置了最后一项工作,要县委的同志好好准备材料,当他回来时,向他详细汇报抗灾斗争的战果。

"活着我没有治好沙丘,死了也要看着你们把沙丘治好!"

开封医院把焦裕禄转到郑州医院,郑州医院又把他转到北京的医院。在这位钢铁般的无产阶级战士面前,医生们为他和肝痛斗争的顽强性格感到惊异。他们带着崇敬的心情站在病床前诊察,最后很多人含着眼泪离开。

那是个多么阴冷的日子呵!医生们开出了最后诊断书,上面写道:"肝癌后期,皮下扩散。"这是不治之症。送他去治病的赵文选同志,决不相信这个诊断,人像傻了似的,一连声问道:"什么,什么?"医生说:"你赶紧送他回去,焦裕禄同志最多还有二十天时间。"

赵文选呆了一下,突然放声痛哭起来。他央告着说:

"医生,我求求你,我恳求你,请你把他治好,俺兰考是个灾区,俺全县人离不开他,离不开他呀!"

在场的人都含着泪。医生说:

"焦裕禄同志的工作情况,在他进院时,党组织已经告诉我们。癌症现在还是一个难题,不过,请你转告兰考县的群众,我们医务工作者,一定用焦裕禄同志同困难和灾害斗争的那种革命精神,来尽快攻占这个高峰。”

这样，焦裕禄又被转到郑州河南医学院附属医院。

焦裕禄病危的消息传到兰考后，县上不少同志曾去郑州看望他。县上有人来看他，他总是不谈自己的病，先问县里的工作情况，他问张庄的沙丘封住了没有？问赵垛楼的庄稼淹了没有？问秦寨盐碱地上的麦子长得怎样？问老韩陵地里的泡桐树栽了多少？……

有一次，他特地嘱咐一个县委办公室的干部说：

“你回去对县委的同志说，叫他们把我没写完的文章写完；还有，把秦寨盐碱地上的麦穗拿一把来，让我看看！”

五月初，焦裕禄的病情进一步恶化了。在这种情况下，他的亲密战友、县委副书记张钦礼匆匆赶到郑州探望他。当焦裕禄用他那干瘦的手握着张钦礼，两只失神的眼睛充满深情地望着他时，张钦礼的泪珠禁不住一颗颗滚了下来。

焦裕禄问道：“听说豫东下了大雨，雨多大？淹了没有？”

“没有。”

“这样大的雨，咋会不淹？你不要不告诉我。”

“是没有淹！排涝工程起作用了。”张钦礼一面回答，一面强忍着悲痛给他讲了一些兰考人民抗灾斗争胜利的情况，安慰他安心养病，说兰考面貌的改变也许会比原来的估计更快一些。

这时候，张钦礼看到焦裕禄在全力克制自己剧烈的肝痛，一粒粒黄豆大的冷汗珠时时从他额头上浸出来。他勉强擦了擦汗，半晌，问张钦礼：

“我的病咋样？为什么医生不肯告诉我呢？”

张钦礼迟迟没有回答。

焦裕禄一连追问了几次，张钦礼最后不得不告诉他说：“这是组织上的决定。”

听了这句话，焦裕禄点了点头，镇定地说道：“呵，那我明白了……”

隔了一会儿，焦裕禄从怀里掏出一张自己的照片，颤颤地交给张钦礼，然后说道：“钦礼同志，现在有句话我不能不向你说了，回去对同志们说，我不行了，你们要领导兰考人民坚决地斗争下去。党相信我们，派我们去领导，我们是有信心的。我们是灾区，我死了，不要多花钱。我死后只有一个要求，要求组织上把我运回兰考，埋在沙堆上，活着我没有治好沙丘，死了也要看着你们把沙丘治好！”

张钦礼再也无法忍住自己的悲痛，他望着焦裕禄，鼻子一酸，几乎哭出声来。他带着泪告别了自己最亲密的阶级战友……

谁也没有料到，这就是焦裕禄同兰考县人民，同兰考县党组织的最后一别。

一九六四年五月十四日，焦裕禄同志不幸逝世了。那一年，他才四十二岁。

在他生命的最后时刻，中共河南省委和开封地委有两位负责同志守在他的床前。他对这两位上级党组织的代表断断续续地说出了最后一句话：“我……没有……完成……党交给我的……任务。”

他死后，人们在他病榻的枕下，发现了两本书：一本是《毛泽东选集》，一本是《论共产党员的修养》。

他没有死，他还活着

事隔一年以后，一九六五年的春天，兰考县几十个贫农代表和干部，专程来到焦裕禄的坟前。贫农们一看见焦裕禄的坟墓，就仿佛看见了他们的县委书记，看见了他们永远也不会忘记的那个人。

一年前，他还在兰考，同贫下中农一起，日夜奔波在抗灾斗争的前线。人们怎么会忘记，在那大雪封门的日子，他带着党的温暖走进了贫农的柴门；在那洪水暴发的日子，他拄着棍子带病到各个村庄察看水情。是他高举着毛泽东思想的红灯，照亮了兰考人民自力更生的道路；是他带领兰考人民扭转了兰考的局势，激发了人们的革命精神；是他喊出了“锁住风沙，制伏洪水”的号召；是他发现了贫下中农中革命的“硬骨头”精神，使之在全县发扬光大……这一切，多么熟悉，多么亲切呵！谁能够想到，像他这样一个充满着革命活力的人，竟会在兰考人民最需要他的时候，离开了兰考的大地。

人们一个个含着泪站在他的坟前，一位老贫农泣不成声地说出了三十六万兰考人的心声：

“我们的好书记，你是活活地为俺兰考人民，硬把你给累死的呀。困难的时候你为俺贫农操心，跟着俺们受罪，现在，俺们好过了，全兰考翻身了，你却一个人在这里……”

这是兰考人民对自己亲人、自己的阶级战友的痛悼，也是兰考人民对一个为他们的利益献出生命的共产党员的最高嘉奖。

焦裕禄去世后的这一年，兰考县的全体党员，全体人民，用眼泪和汗水灌溉了兰考大地。三年前焦裕禄倡导制订的改造兰考大自然的蓝图,经过三年艰苦努力,已经变成了现实。兰考,这个豫东历史上缺粮的县份,一九六五年粮食已经初步自给了。全县二千五百七十四个生产队,除三百来个队是棉花、油料产区外,其余的都陆续自给,许多队还有了自己的储备粮。一九六五年,兰考县连续旱了六十八天,从一九六四年冬天到一九六五年春天,刮了七十二次大风,却没有发生风沙打死庄稼的灾害,十九万亩沙区的千百条林带开始把风沙锁住了。这一年秋天,连续下了三百八十四毫米暴雨,全县也没有一个大队受灾。

焦裕禄生前没有写完的那篇文章,由三十六万兰考人民在兰考大地上集体完成了。这是一篇人颜欢笑的文章,是一篇闪烁着毛泽东思想光辉的文章。在这篇文章里,兰考人民笑那起伏的沙丘"贴了膏药,扎了针"①,笑那滔滔洪水乖乖地归了河道,笑那人老几辈连茅草都不长的老碱窝开始出现了碧绿的庄稼,笑那多少世纪以来一直压在人们头上的大自然的暴君,在伟大的毛泽东时代,不能再任意摆布人们的命运了。

焦裕禄虽然去世了,但他在兰考土地上播下的自力更生的革命种子,正在发芽成长,他带给兰考人民的毛泽东思想的红灯,愈来愈发出耀眼的光芒。他一心为革命,一心为群众的高贵品德,已成为全县干部和群众学习的榜样。这一切宝贵的精神财富,今天已化为强大的物质力量,推动着兰考人民在自力更生、奋发图强的大道上继续奋勇前进。兰考灾区面貌的改变,还只是兰考人民征服大自然的开始,在这场伟大的向大自然进军的斗争中,他们不仅要彻底摘掉灾区的帽子,而且决心不断革命,把大部分农田逐步改造成为旱涝保收的稳产高产田,逐步实现"上纲要"(达到农业发展纲要规定的产量要求),"过长江",建设社会主义新兰考。

焦裕禄同志,你没有辜负党的希望,你出色地完成了党交给你的任务,兰考人民将永远忘不了你。你不愧为毛泽东思想哺育成长起来的好党员,不愧为党的好干部,不愧为人民的好儿子!你是千千万万在严重自然灾害面前,巍然屹立的共产党员和贫下中农革命英雄形象的代表。你没有死,你将永远活在千万人的心里!

注释:

① 这是焦裕禄生前总结兰考人民治沙经验说过的两句话。"贴了膏药"是指用翻淤压沙的办法把沙丘封住;"扎了针"是指在沙丘上种上树,把沙丘固定住。

(原载1966年2月7日《人民日报》)

作者简介: 穆青(1921—2003),回族,河南周口人。著有通讯作品《县委书记的好榜样——焦裕禄》《为了周总理的嘱托》《一篇没有写完的报道》等。冯健、周原,原新华社高级记者。

忆 铁 人

魏钢焰

一

一九七六年十月六日这个伟大的时刻，是中国革命的一座新的高峰。我们立在朝霞染红的峰顶，看见那从南湖的小船到不尽的未来，有一条如何漫长、曲折而壮丽的征途啊！

每当处于这种关键的时刻，我们就会看到，那革命历史的每座里程碑，每一章转折性的诗篇，每一位伟大的人民英雄，都闪烁着新的异彩，放射出新的光芒。如今，我心头油然涌现出与铁人相处的时光，回忆起一九七三年——铁人逝世后我在大庆度过的日子。

一九七三年的春节前夕，我正在大庆一二〇五钻井队的列车式板房里。这是我在大庆断续度过的第三个冬天了。

夜，已深了。在这里畅谈终日的铁人的老战友们也都走了，我却毫无倦意。北风，吹拍着铁皮屋顶，雪花，像被屋内灯光吸引似的，向小小的窗户扑来。我的笔记本上，记述着他们参加新区会战的急切愿望，对铁人的深切怀念。当他们述说到敌人的残酷迫害和铁人的不屈形象时，这些在井喷烈火中连眉都不皱一下的钻工们，滴滴热泪滚落在工服前胸上！

一个早就潜伏在心头的问题，又跳了出来：铁人罪在哪里？大庆错在何处？为什么直到此刻，祖国大地上，大庆红旗下，还有着黑影憧憧，阴风嗖嗖？他们究竟是谁？他们要把中国引向哪里？我胸中，似团团风雪卷飞，我一把推开房门，向雪原走去。

铁人啊，不就在这样一个严冬的深夜么，在一次敌人煽动的围攻之后，你从空荡的台上醒过来，挪到门外，伸手从檐下掰了根吊垂的冰条，靠墙坐下吮吸着，瞭望着，这是什么地方？忽然，一个系着围裙的素不相识的老师傅，从暗中走到他面前，递过一碗热腾腾的面条，铁人端过来用筷子一挑，两个嫩白的荷包蛋露了出来，只觉心中一震……老师傅蹲下来急切地说："你快走吧，铁人！他们对你要下毒手啊！"随着围来的几个同志也插上了话："到北京去，找总理去！""没路费不要紧，我们给你凑下了。"铁人抬起头来，深情环望这些陌生的阶级弟兄的面孔，摇摇头沉静地说："我不走！"随即昂起头，射出剑刃似的目光，铿锵地说："我不能走！"

凛冽的寒风伸出利爪，撕扯着我的大衣，飞旋的雪花，模糊了视线，我转身向回信步走着……铁人，你为什么要说"我不走"呢？你是怎么想的呢？就在有人要把会战的主要领导同志打成黑干将，对大庆和铁人狠下毒手的时候，敬爱的周总理挺胸而出，在一九六七年元月八日召见了铁人和石油职工代表。铁人，当你坐在向北京驰去的车厢的时候，见到总理慈祥的面容，握住那双温暖的手掌的时候，你脑海里涌现着什么？当你在接见大厅里，看到总理的浓眉下，怒射出电似的目光，愤慨抨击那些妄图砍倒大庆红旗的阴谋家的时候，你心中翻腾着什么？

积雪，在脚下吱吱作响，我穿过茫茫雪幔缓行。铁人啊，我再也听不到你那肝胆相照的谈话了。我那时为什么要匆匆离开你呢？在和你一起生活的日子里，我又是多么漫不经心，浑浑噩噩啊！

从板房的窗口射出的灯光，把垂在檐下的冰条照得通体晶莹，我折了一根，回到房中，把它靠在桌上的铝盔旁，凝望，沉思，眼前又重新展现着，我与铁人相处的那些日子……

二

一九六四年的春夏之际，大庆拥来了大批记者和采访的同志。在新盖的招待所里，出出进进，熙熙攘攘。人们，一个个步子轻捷，眼睛发亮，都像年轻了一截似的。人们笑说："又到'抗大'啦！"我们的老师——标兵们一个个忙得团团转，至于众目所注的铁人，更是很难找到了。在我正收拾行李准备下去的时候，一位服务员跑来告诉我："铁人正作报告咧，你不是想见见他么？"我急忙赶去，挤进那水泄不通的小会议室里。

噢，这就是那一声大吼地球三抖的铁人么？你看他，面对满屋子的仰慕目光，那么自如，毫不作态，就像蹲在井架旁边唠家常。他，戴一顶折断了帽檐的鸭舌帽，敞着衣领，棉工衣的袖口膝盖都已磨破。随处可见汗水、油渍、铁锈的痕迹。后来我才知道，除了出国和参加典礼，他从来就是这么一身可以随时踏泥踩油、赴汤蹈火的战士服。而最吸引人的，是在这个中年人的额头眼角，过早出现的密密的深深皱纹！

听来，报告已到了尾声，他前倾着敦实的身躯，诚恳地说："没有共产党和毛主席，我早叫扔到玉门东岗上喂狼了。像我这样的工人，全国哪里没有？要没有革命的炉火，我们还不是毛矿一块？

要没有毛泽东思想点卤，还不是浆水一锅？就说立井架吧，我过去也是个烧火剥葱各管一工的，钻窟窿归我，搬井架归你派车来。在玉门有一次为了抢时间搬家，调度派车少了，我就找上门去大闹天宫……”听众们被他那坦率调皮的语调感染，都笑了。“就是啊，我干了不少低标准的事。那时光想党救了我，我就要狠上猛干多打井！但到底工人阶级扛的什么担子，不那么知底。一九五九年国庆观礼，叫汽车上的煤气包，一下把我压醒了！好嘛，都卡到咱喉咙上来了！呼的一下肩膀上就放上了国家的压力，革命的压力！不知哪儿冒出那么大的劲儿，不要说井架了，就是座铁塔也能把它立起来！没吊车么？抬！一个抬字就是这样喊出来的嘛！”

会散了，我送铁人出去。他听说我要下去，很高兴，说：“水有源树有根，多到基层跑跑，光听我们几个说不行。大庆，无非是不怕鬼不信邪，敢承认矛盾，解决矛盾。工委今年的口号就是按两分法前进嘛！谁要说他天生正确，不是骗子就是油蒙了心。依我说，下去了，不要光听高标准的，还要听听怎么从低标准来的，现在还有什么低标准……你什么时候到钻井去？好好儿帮帮我们，我老家那个苦戈壁你去过，解放前，过大年连个对联都没人写，拿碗朝红纸扣几个黑圈就贴出去了！如今翻开毛主席著作，恨不得一口能咽到肚里！可是，学篇文章比打口井还难，笑什么？真的，写一会儿，要七个地方疼！”我俩都放怀大笑了。这，就是我们第一次会面。

不久，他来开会，顺便来看我，我喜出望外地站起来迎他，他走近桌边像举钻头似的，双手端起那叠厚厚的材料瞅摸着，又掂了掂，笑问道：“怎么样，‘开钻’了吧？”我皱眉苦笑着：“和你一样，恨不得一口吞下去，可就是上得太迟了，又兴奋又着急，叫人睡不着！”他憨厚地笑了：“噢，觉着压力了，那井架嘛，就快立起来了！……你要写大庆，有人开绿灯，也肯定有人要扒道钉……那也没什么，鬼挡路，打鬼！妖缠身，破妖！让压力成为动力，把油喷出来，要光发愁，就被压力压成泥饼了，成了死油田了，老粗说话，你说对不？……”就这么站着说了几句，他便匆匆告别，我忽然动念问：“你去哪里？是急事么？”他手握车门，扭身高兴地说：“怎么，要和我一块儿转转？好，上车！”

一上路，就见一条条醒目的标语扑面而来：“以两分法前进！”“展开岗位责任制大检查！”“好字当头，自觉从严！”铁人点了支烟，拧脸问我：“你会唱秦腔么？喜欢么？那里头有些故事，叫人动脑子。一个人嘛，不能光唱过五关，更得常记着走麦城。那位姓关的脑子呀，光有个五虎上将，光记得过五关，尾巴翘到天上去了，末了，怎么样？垮啦！”说着小车一拐，离开公路，在草原上那七股八岔的辙痕里穿行着。他一会儿停车在草丛里查看什么，一会儿像孩子似的喊着：“好嘛，这里还埋伏着几根钢管，该成立个回收队哩！趁我们这些老钻工还在。一九六〇年会战，分散，车少，上得急，来不及扫光战场……”他像沙漠上的老牧人，在辽阔草原上，向着只有他知道的目标奔驰着。

“到了！”我下车一看，是一座白色井房，四面一望，原来是一九六三年铁人领着一二〇五队打出的一口直井。我边向井场走去边说：“我来过一次。”铁人却挥手说：“不是这儿，咱看那边去！”我随他走到离井场约二十米的地方，这个废井场有什么可看的呢？铁人走上废井口，用脚跺了跺说：“这儿就是一二〇五队填掉的一口报废井！”“为什么？”“打斜了，四度七。前边那口直井就是填了这口井以后，总结了教训接着打成的。”

铁人盘腿坐在草地上，用手拍着脑门说：“这里头，就是指挥部，不住个红指挥，就要钻进去个坏指挥，指挥部一垮，你有漂洋过海的本事，也要淹死！一九六三年，形势好转了，有点儿松弦。井队领导光惦着夺小红旗，忽视了大红旗；只抓进尺、钻头，不抓人头；结果，心散了，井，也斜了。这事，根子还在我这儿，天不怕，地不怕，不实事求是，不管人头，最可怕！填井的时候，井队的人是噙着眼泪去背洋灰的，有人难过地说：‘队史上还没这么一笔！’我说：不记这一笔，队史就是假的，就写不下去！怕的是你不刻在心上！发冷发热，天阴刮风都来这儿看看，学两论么，这就是个活教材！”

接着，铁人领我又看了几个“失蹄”“栽跤”的现场。忽地，我觉着身边坐着的这位朴实钻工的棉工衣下，蕴藏着个深远博大的世界！在他额上的皱纹里，蕴蓄着多少艰苦战例和宝贵思想啊！他见我靠在车座上沉默着，便笑问道：“累了么？以后再看吧……看这些东西是不轻快，可咱们这些人，能成天抱着奖旗咧嘴笑么？不能用几十万职工的汗水，洗自己的脸呀！共产党员嘛，不靠卖膏药过日子！”

三

铁人的阶级感情之强烈，曾数次震动了我，但我比较懂得这感情的内涵与根底，却是以后的事。

一天晚上，去找他，他从桌上拿起帽子，在腿上甩掸了两下，对我说，“走！到井队看看。一天不去，心就慌！”

高竿上的“小太阳”灯光，把整个井场照得亮如白昼，井队正在为高速优质地打出直井而战斗。铁人和队干部打开刚从井下提出的测斜仪，取出表格紧张地看着，虎背熊腰的队长高兴地叫起来："有门儿！还不到一度！"铁人望着他满眼红丝、脸上的油污，疼爱地笑道："辛苦没枉费吧，猛虎队会捏着钻杆绣花了！……甭光咧着大嘴笑，鬼地层还没闯过去咧！"说着便脱下棉袄干活去了。一会儿滚钻杆，一会儿拉猫头，那么洒脱欢快，活像鱼见了水，虎上了山。要不是大队部来电话催，谁知他要干到什么时候！

直到走出井场，他还恋恋不舍地回头望着说："你注意这个队长了没有？这是个铁胆英雄。那年，拖井架挂断了采油树，油冒了几十米高，人上不去。他和三个工人拿个闸门，一下就冲进去了。到我跑去，他已经安好了闸门，自己可淋得成了个油柱子。我们的工人多好呀！"

吉普车在洒满月光的公路上飞驰着。他像是看见了什么，就减速停车，下去向谁招呼着。下车一看，原来是一位瘦高挑儿钻工，抱着个发烧的孩子要到医院去。铁人吩咐司机去送他。我俩便步行回大队部去。

草原上的秋风，吹得人头脑清爽，我俩踏着从树行里洒下的斑斑月光，边走边谈。铁人笑道："甭看他都当了爹，在我心里，他还是个娃，一九六〇年打生产试验区的时候，我连病带累昏了过去。忽听耳边有人哭，睁眼一看，是他和几个老战友，正蹲在我身旁落泪。他们说：'你不能再这么拼了，看你的脸都失形了，再这么拼，你就要……'我说：'不就是个死么？一个死字就顶破天了！说句骨头里的话吧，我是豁出来了，只要上午拿下油田，下午倒在钻台上也是痛快的！'……那会儿想，这就是个大考验了吧，可谁知道，世界上还有比那更艰苦的仗火，还揪心的考验咧！"

在寂静的公路上，铁人突然对我说："在枪林弹雨里眉都不皱的人，可不一定受住委屈和误会。你看，我是个轻易掉泪的人么？……眼泪，当不了子弹，顶不了油烧，流那有啥用？可有时也不由人啊！一回，我气不过，到工委去了。推门一看，首长正站在开发大图前头出神哩，我心里嗡一下！心里说：‘王进喜啊，领导的肩膀上扛着多重的担子啊，他们都是两鬓苍苍的人了，你不说给分担点儿压力，还去打搅他们么？’我把门轻轻关上走了。在荒草甸子上我就想着：是敌人，我扑上去拼，是大火，我冲进去救，可这算怎么回事？我该咋办？不知怎么，眼泪就冒出来了……哎，去他的，流这咸水子做啥？袖子一把擦干，干我的！”

当斗争进入后期的时候，我接到了一项新任务，去向铁人辞行。他的关节炎又犯了，却硬要送我，我望着他不灵便的腿脚，不禁心头一热，劝他注意身体，他爽朗地笑笑，说：“倒不了，还能再拽它几十年犁哩！有人给我说：你别拐着拼命了，黄牛力尽刀尖死。我说：我还忙着哩，顾不上去死！”他把我说得也解开眉结，放声大笑了。

四

一九六五年秋，我一腾出身子，便搬到铁人房中去住。这时，他已担任了钻井指挥部副指挥，但仍像他在井队那样，他在家，屋子里川流不息；他出去，身边是团团人群。他们，有的是来谈心的老战友，“告状”的家属；有的是要他伸手相助的各方职工，要他排解矛盾的干部。我笑说：“你走到哪儿，哪儿就是接待站。”他苦笑着说：“有什么办法？咱们是共产党嘛！这些不上串的事，没头官司，总得有个人管嘛！别人听来，不过是百分之零点几的事，他本人就是个跨不过去的大事。同志啊,家属大嫂没油烧,几十里外的钻工就觉着冷了。咱不能把马列主义、党的政策光放在书架上、文件夹子里嘛! 对不?”

一天,他带我去家属基地。路上,望到个高大背影,他刹车下去喊一声,那人扭过头来,发出惊喜的憨笑。铁人把他拽在树下,二人吸着烟唠家常。原来,他俩是在旧玉门一块儿喝过沙子稀饭的苦弟兄咧,铁人关心地询问他的生活和困难。他不是嘿嘿一笑,就是简短地回答一两个字,只是在送铁人上车时,才深情地说了句:“你拿的印重了,摊场也大了,不懂的多问问人,多拜几个师傅!”车子开动后,铁人叹口气说:“这才是那老黄牛呢,吃的青草,出的死力。你想从他嘴里听个‘苦’字,提点儿个人困难? 难! 就靠这些人撑咱的江山呢! 对这样的好同志,我们要不主动关心他们,光让奸人、骗子捞油水,还算什么社会主义? ……你说对了,年纪大了,也没个文化……把他们集中起来,搞技术革新? 好! 就集中到管子站去,三结合,搞钻机改革,还学点儿文化! 他们不只是对钻机熟悉,还知道工人疾苦。就说那个‘猫头’吧,不知害过多少钻工,可就是改不了,有些同志就是不知工人的心咧!”

来大庆学习的人们,不是从会议和电话里认识这里的党委和领导同志的,而是在队伍的作风里,活在家属和职工心中的形象中,深知和热爱他们的。就说这个钻井家属基地吧,从幢幢干打垒到节节捡来焊起的水管线,从孤儿身上的棉衣到白手起家的小学校,哪一处不洒下钻井党委和铁人的心血!

我俩来到托儿所,刚踏进外门,就听见一个小娃的号啕哭声,铁人疾步推开保育室的门进去,只见一个小娃正坐在地上哭鼻抹泪。铁人提高声音问:“阿姨呢?”一个敦实淳朴的中年职工家属,抱着个孩子匆匆走来。铁人激动地批评她，历数钻工们在一线如何苦战，为啥你却任由他们的孩子哭？……她宽厚地望着铁人笑着、听着，不做声，不辩解，倒像是铁人在表扬她似的……赶我们回去的时候，一位干部随车到前边办点儿事，当他到了地点下车时说："老铁同志，那阿姨是个好同志，她抱的是别人的孩子，坐在地下哭的那个娃，倒是她的亲骨肉啊！"铁人睁大了眼："噢？……咳！"车子正起步前驶，他喊道："掉头，回去！"小车急扭过头，冲向托儿所。一下车，铁人就闯进门，四下找看，发现那小娃已洗净了泪脸，正坐在小凳上抱着球玩，他一把举起来看着，看着，紧紧地搂在胸前。

晚上，我正在写日记，铁人开完会回来，抖落身上的雪花，坐在那里默默地卷烟抽。忽然，他问道："写什么？日记？你该把今天的事写一下。""写什么？那位阿姨么？我了解得太少了。""并不在多，喷油就好！写我，我有多少好写的？看今天那位大嫂，把自己的亲骨肉放在地上哭，手里头可抱的是阶级弟兄的娃！这不说，叫我乱轰了一通，把功当过地批，她不还嘴，不生气，就那么笑呵呵地听着。老兄啊，你我能办得到么？天天说英雄，这才是那英雄啊！"说着他站起来，向我历数着一位位无名英雄，一个个良师诤友。从老首长到普通钻工，从玉门的师傅到大庆的老乡，凡是对他严格要求，深刻教育的人，他都记着，怀念着。原来，他心上刻印着这么一卷辉煌的无产阶级名册！最后，他长出口气说："我一想起这些同志，想起这些活着和死了的无名英雄，我就问自己：你能达到这些同志的要求么？你能代表他们的心愿么？你不能少做点儿低水平的事么？"

熄灯时，夜已深了，好一阵子我还听见他在床上辗转反侧。铁人啊,你在想什么呢?工人们说:砸碎了铁人的骨头,也找不出“我”字的渣渣来!哪个想革命的人,不为你的无私无畏感动?不在你一向严于律己的精神前深省?你自己就是千万无名英雄的代表啊!……要不,你是太累了,关节炎又在折磨你了吧?!……啊,是了,是那位阿姨,那些你热爱的无名英雄,又站在你眼前了,和你在无声地亲切交谈了。

风,擦屋拍窗地飞过。草原上,又该是雪舞长空,风撼井架了。我仿佛看见:茫茫雪原上,横贯着一支前进的大军,铁人和他的战友们正挽手携臂,同生共死,面迎暴风雪走着,走着。

再过几天,我就要暂时离开大庆了。铁人约我去看一个人。“谁?”“今年我还托你给他家捎过粮票和钱的。”啊,是那位在一九六三年牺牲的钻工张启刚同志。我自然很愿意去,可为什么铁人要在我临行时去扫墓呢?车,行驶在洁白的雪原上,今儿天大放晴,白雪红日。阳光下,公路边树行的雪枝冰挂,发出异光;茫茫雪原上,像撒下根根银针,闪烁夺目。

铁人今天也兴致勃勃,话头不断:“你那首写玉门的诗,我看了。为什么要把采油树写成圣诞树?咱中国工人没那么叫的,也没那么想的。‘那个卖火柴的女娃’是怎么回事?”我结结巴巴地介绍了这个外国童话。他笑了:“故事编得还有点儿意思。可就是没劲,娃娃到死都是稀里糊涂的。看咱们的白毛女!”尽管我深知铁人是不分生熟场合,耿直刚正、死认真理,但这一军将得也够我想半天的。这个来自工人阶级的严正批评,像烙印似的,虽有些疼,却印得很深。铁人看看我,接着说:“工人们伸手等着你们写的好书咧,这文章,要叫人看得坐不住,站起来!不能把人看得腿软了,躺下了。就说写风雪吧,也不能叫人怕。杨靖宇同志不就是在大雪封山时候战死的？死了脊梁还直着。日本人把肠胃剖开一看，尽是棉絮草根，同志，尽是棉絮草根啊！咱们，是杨靖宇同志的后代呀！”

到了坟前，铁人走过去，默默地望着盖满白雪的坟丘。那目光，就像射穿了土层，望见了战友的亲切面容似的。这时，我想起了那位鬓有白丝的烈士的母亲坐在炕上向我倾诉的情景。铁人好像看见了我的心思，问道：“老人的身体怎么样？粮食富余么？你揭开面缸米瓮看过没有？……该揭开看看，那咱就放心了。”说毕，他向坟边一所小学大步走去，告诉迎出来的老师，要在坟上栽树，带学生来祭奠。他说：“要告诉咱的后代们，大庆不是地下蹦出来的，红旗不是从天上飘下来的。要忘了这些烈士，忘了毛主席和党，还得去当杨白劳！谁反红旗、反党、反大庆，就和他拼。要不就对不起烈士洒在这儿的鲜血！”

归途中，我不禁想了许多。那些我曾看护和掩埋的烈士，那些从我身边摩肩接踵扑向战火的战士，那些无药可治眼睁睁病逝的同志，又一一涌向心间。我曾像铁人这样经常地怀念他们么？这样经常站在烈士坟前去汇报么？……直到下车的时候，我才发现铁人一直沉默着。他，在想些什么呢？

当晚，我打开日记本，思索着今天的一切。忽然觉得：我对身边的铁人，理解得何等肤浅！在他肩上，不只是国家缺油的压力；在他心中，也不只是阶级的友爱和同情，他那朴素的工服里，胸怀着一颗包藏整个无产阶级和革命人民的红心！他身上的细胞、神经，强烈地反映着他们的甘苦，心愿，感觉，悲喜！所以，他才有如此敏锐的政治目光，坚韧不屈的脊骨，彻底清醒的头脑，扎实坚定的脚印。

五

我抚摸着那泪痕未干的笔记本，铁人那面迎黑风前进的身影，临终前以生命之火燃着的光辉火炬，又一一在我面前出现。

铁人啊，在那黑云翻滚的时候，你为什么要冒险步行几十里又去“第一口井”呢？当你又摸着卸车台、水井的时候，难道，仅仅在回顾战斗岁月么？

铁人啊，为什么在你担任了中共中央委员以后，一回大庆就亲自去成立回收队呢？不错，你心疼失散的钢管、器材，但，你更心疼的是被林彪一伙否定破坏的“两论”起家传统，是敌人妄图腐蚀的大庆队伍。你是挺胸去进行一场特殊战斗，是在捍卫那革命阵地啊！

在一九七三年刚过了春节的时候，我乘车到回收队去，天阴得很重，不时撒下细碎的散霰，越向前去，公路上就越冷落；车窗外，只有间或闪过的灰色井房，我眼前，似又重见铁人领着回收队职工，肩扛废木料，挑起旧砖瓦，面迎白毛黑风，一步一个脚印地向荒草甸子走去！

下车后，举目四眺，好啊，排排工房、库房，修复的井架、车辆，回收的堆堆钢管器材，铁人在这块荒草甸子上，带领职工靠着铁肩大手，又打出了一个新世界！到屋里，我听着同志们朴素而动人的介绍，他们的语言、思想，都流露出铁人的气质风格。我望着头上那弯曲的旧椽，木板钉成的长凳，恍惚觉得，铁人就在身边，那紧闭的风门就会一下推开，铁人又披着满身霜雪，向我伸出大手朗朗大笑地走来……

这里，处处都能觉察到铁人那急促而坚定的脚音。我站在正在修复的井架旁，它的每个螺丝，每寸钢管，都是他和工人、当地社员，从各处点点滴滴收集来的。这一个像多节竹竿似的扶梯栏杆，仅仅八米长就焊了二十三节的废钢管，也可以叫做百衲井架吧！我望着这井架，就又想起第一次见到的铁人，那么朴实、刚强、敦实。他，就像这座井架，渗透着群众的血汗，生根于大地，俯望着山河，迎雷电、逆狂风、挺钢骨，屹立于天地间！

这儿，是一九七〇年冬末为支援新区装配活动房架的地方。天寒地冻，野外作业，调谁呢？铁人回去领着他亲手带出来的有名的一二〇五钻井队，踏着冰雪来了，把会战的篝火又点起来了。周围有人说：老队长怎么叫标杆队弄这个？有的说：要弄也该给点儿好料，是一二〇五队出的活儿呀！铁人正在抬钢架，听见这议论就放下钢架说："什么是废料？只有废人哪有废料！要用好料干露脸活，还用着咱们来？！"他走近向他围来的钻工们说："同志们，一二〇五队的标杆队是怎么打出来的？没有后勤同志的点点汗水，兄弟单位的颗颗红心，党和人民的奶水心血，能从地里蹦出个标杆队？要光喜欢戴红花、上台子，学了那说空话、卖假药，就非毁了不可！叫你们来，不是为了焊几座房架，是要咱再点起会战的篝火，烧烧骄气，逼逼邪气，再炼炼无产阶级的正气！"如今，在我脚下，只留下篝火的灰烬，而那不灭的火光，却照透了林彪一伙密室内暗搞宗派的黑心，酒宴前收买党羽的丑态，腐蚀队伍的妖风。

天空，开始飘落着雪花，暮色，也降临了。我在屋中靠床歇息，手摸着粗糙干燥的墙壁……在刚垒起房开始搬家的时候，铁人就硬要搬进湿房子里，直到关节炎犯了，半身发麻，也不搬走。是啊，他什么时候管过自己呢？就连我住在他对面的时候，也只有在我醒来，才能听到他几声呻吟呀！可是，就在他临终前，癌疼折磨难忍的当儿，他还记着家属基地有了臭虫，他叫人买了几十公斤敌敌畏，并详细叮咛用时要注意安全，撒过以后给他汇报。可是，他再也见不到这份汇报了！他郑重嘱托要把大庆所有的烈士和工伤同志，登记造册，按期慰问查访家属和解决困难，并要把名册送去过目。可是，他再也见不到这份日夜牵心的阶级弟兄花名册了！

雪，越来越大，天，阴得奇黑。我打开灯，坐在桌边，用手抚摸着这张铁人用过的桌子。在这里，你接待过多少远道来访的战友！一九七〇年春，在你听到老采油工向你反映无政府主义和浮夸作风，引起生产损失的时候，脸都气白了，说："要顶住！大庆，是毛主席的大庆，七亿人的大庆！就是舍出这一腔血去，也不能丢掉'两论'起家、三老四严的命根子！也不能看着不管！"不也是在这样一个风雪之夜，就在这张桌上，你向周总理义无反顾地上书直言！什么井喷灾火，什么敌人围攻，你举铁笔向那庞然大物战斗的气概，"英勇"二字岂能表述！你那封挟雷带电的报告，到今天还轰鸣大地，灿照长天啊！

从一个含着感激热泪走上钻台，为报答党的恩情而舍身苦战的钻工，到肩负国家压力，以生命和鲜血进行会战的闯将，到胸怀工人阶级、中国人民，为共产主义理想征战的高度，这就是王进喜同志的灵魂所在。

（原载 1977 年 6 月 5 日《人民日报》）

作者简介：魏钢焰（1922—1995），山西繁峙人。著有散文《船夫曲》《绿叶赞》《艳阳漫步》，诗集《赤泥岭》《灯海曲》等。

地质之光

徐　迟

一

一九四七年的年底，李四光接到国际地质学会寄给他的通知，邀请他出席即将于一九四八年夏天，在英国伦敦举行的第十八届大会，照例要他在大会上宣读论文，发表他这些年的科学成果。

这一届大会是因为第二次世界大战的原因而推迟了七年之久的。上距一九三七年在苏联莫斯科召开的第十七届大会将近十一年。在这长的时间内，地质科学在许多方面都有了很大的进展。其中喷薄欲出的是李四光创建的一门科学：地质力学。

这一理论科学，始萌于二十年代，成长发展于三十年代和四十年代。经过了将近三十年刻苦的钻研和艰辛的工作——区域性的和全球性的，野外调查的和实验室里的，生产实践的和基础理论的极其浩瀚和繁重的工作，李四光创建的这门科学，是介乎地质学和力学之间的边沿科学。第一次，一个中国人，开辟了一门活生生的、有生命力的自然科学。历年来，他在国内和国外的许多重要的论文，不能不引起国际地质学界越来越大的兴趣和重视。但在国内，只有很少的人知道。

知道的人虽少,具有真知灼见的人却是知道的,而且曾这样热忱地关怀过他!一位他敬爱的人,前几年在重庆就接见过他,曾劝告过他再到国外去进行考察,可以继续他那些研究,免得在国内徒然受到迫害。

抗日胜利,他从重庆回到了上海。他不愿意去地质研究所所在地的南京这个国民党控制着的黑暗城市。他往来于沪杭之间。他想要出国,而环顾世界,似乎也没有一个去处,一个可让他的理论得到进一步发展的适当环境。因此,当他在杭州接到了通知书,他觉得还是一个比较合适的机会来了。他有点高兴了。但是也颇有一些遗憾。

人民解放战争正打得激烈。战争使他和他所敬重的人远远地隔开了。就在那天深夜,他和夫人许淑彬关上了房门,紧闭窗户,还放下了窗帘,从短波无线电收音机里,小声地,听着了陕北电台的新闻广播。每天只有这个时候,他才觉得又和远离的人们亲近起来。恰好正是那一天,他们听到了春雷一样的声音,宣布人民革命战争已经达到了一个转折点!他如饥似渴地倾听着,这最雄浑的檄文,最壮美的音响,直到这篇雄文的结语:曙光就在前面,我们应当努力!他激动得几乎认为他的心绞痛病又要发作,然而不是,他真是太欢喜了。

他关上收音机,推开窗户,又打开了门,任凛冽的寒风吹进房间来。好像在跑野外时的极度劳累以后,他站上山顶,登高远望,已查明了构造线,看清楚了大地位移,感到无比的畅快。黑暗的国民党统治区,动乱的中国,顿时充满了无限的希望,闪耀着未来的光明。

早在本世纪的黎明,李四光只有十四岁,从湖北黄冈家乡到汉口。两次投考，都以第一名考上；派送日本留学，学造船。那时候，他就参加孙中山先生领导的旧民主革命。后来辛亥革命失败了。他并没有幻灭，只是发愤专心于科学技术的研究。他本来是造船的专家，后来决心改了行，成为地质学家，是有着深刻的原因的。他祈愿着有朝一日，得见政治清明之世。他就可以真正贡献自己的一生心血了。他深信那样的日子一定会来临，果真那样的日子快来临了。

在三十年代，他也曾经和志同道合的学生结伴来到野外，足迹曾踏遍闽西、赣南、湘南、粤北，几次横断南岭中部。当然这是比不上十年内战的革命斗争，根本不能比。但是野外勘测，餐风饮露，地质工作也是艰苦卓绝的。如其中的湘桂一路，有一次由武冈城步行，越过界岭，直达龙胜的一段。若干区域几乎无路可走了。时值严冬，人烟稀少。毒蛇猛兽横行，饮食困难。而他们查看各种地质构造线，观测所及，严肃认真，绝无丝毫马虎苟且之处。当时他最有希望的学生和好友朱森，穿过八十里南山之后，得了重病，不治而死，终于献身于地质事业。他号哭失声，思念无穷，做过一首悼念的诗："崎岖五岭路，嗟君从我游。峰峦隐复见，环绕湘水头。风云忽变色，瘴疠蒙金瓯。森兮复何在？石迹耿千秋。"在旧社会里，一些爱国的老一辈的地质工作者是怎样的孤独、寂寞、惨淡，而又何等地勇敢、坚强、有志气呵！

自从另一个好友杨铨遭蒋贼枪杀，李四光懂得了血海深仇。从此和那个独夫民贼势不两立了。抗日战争时期，因他是同盟会老人，又因他的古生物纺锤虫的研究解决了世界许多国家的中石炭纪地层问题，而享有崇高的国际声誉，蒋贼几次想拉拢他。他一回也没有给予理睬，避之若蛇蝎。一次蒋贼到广西，大摆宴席，也邀请他，将他的席位安排在自己旁边。就是这天早晨，李四光听到音讯，他断然拒绝，跳上一辆运送矿砂的大卡车，跑到宾阳城东南，黎塘古辣一带，历尽艰辛，自去查看广西台地上的山字型构造和新华夏系的褶皱如何形成了一个次要弧的原因去了。

这样，在解放战争期间，国统区里是没有他的立足之地的。人身安全都成了问题。无声手枪已经在昆明夺去了李公朴和闻一多的生命。而在北平的清华园中，不为救济粉折腰，朱自清贫病而死。不但许淑彬，还有许多老友，都在为李四光担心。他却不动声色，还在浙江大学的试验室里做他的模拟试验，从变形泥巴中找寻着构造形式的规律。

接到国际地质学会的通知后，考虑了两天，李四光对他的妻子说："我们一同去国外吧。要尽快地动身。英国虽然也很讨嫌，伦敦还是有些学术研究的条件可以利用的。欧洲的资料现在真多。可惜他们竟然什么也没有提出来。去那里可以对世界地质作全面考察，更广泛地认识世界构造体系也有可能。人民将要迅速地赢得这场战争了。我又真有点不想出去，快要胜利了。然而我们还得出去。开完那个会再看情况。一旦需要，就飞奔回来，祖国快要开展大规模的经济建设了。我已接近六十岁了，还能赶上它呢。多么好呵！中国革命，胜利在望了！"

二

一九四八年的夏季，李四光夫妇是在伦敦郊外的租屋中度过的。一面准备参加国际地质会议，写出论文和它的节要，一面治病。

在他们住所的周围，风景优美。地点幽静，有成片的绿色森林。起伏的小丘陵，柔软的草地，有时他觉得这地方和庐山差不多。这是因为牯岭有些建筑物有着英国建筑的特点。对这个老牌帝国主义，李四光并没有好感，但对于英国山水、风物以及一些友好的朋友还有些感情。如所周和，他对于英国地质的构造体系是了若指掌的。他曾经运用了从单一区域的扭动形式来查明应变形迹的方法，阐明了英格兰的隐伏煤田。结果同地面观测和磁测记录符合得很好。

此外他有一些英国的友好同行。十五年前他在英国讲学时，十年前在出版英文《中国地质学》时，他们也帮过不少忙。他在出版前言中致谢过。一经战乱，恍如隔世。久别重逢，也是愉快的。他在英国大学里讲中国地质，劈头就讲西藏高原。他有意要讲点儿中国的西藏给英国绅士淑女听听。一些外国的御用学者在中国做了不少地质考察，他不宣扬这些人，就被某些外国评论家认为是他的一个缺点。可是，宣扬他们干什么！他讲学中又不谈中国矿产的分布，也被评论为一个显著的缺点。可是，中国的资源为何要告诉外国人？有些英国的学者却反而因此对他尊重和钦佩起来。

一九三三年在美国华盛顿举行的第十六届国际地质会议上，他发表了《东亚构造格架》一文。他讲明了中国的地质构造与地球自转的明确的不变的关系。当时日本已对我国发动侵略。完全是地质学的论文，其中却隐伏着凛然不可侵犯的中华民族精神。

一九三七年在莫斯科举行的第十七届会议上，他发表的《中国震旦纪冰川》一文，讲到中国元古代冰川问题。当时日本帝国主义正向我国大举入侵。

这前两届的报告在国际讲坛上的发表，灭了帝国主义的威风，大长了中国人民的志气。李四光早就看清楚了,帝国主义要开拓殖民地,需要地质学家当急先锋。外国地质学家在中国横行霸道,专搞经济和文化侵略:掠夺我国的资源;把持中国学术机关,使之成为外国学术机构的附庸。如果中国学者有了发明创造,他们不是攫为己有,就是肆意地诽谤和扼杀。这一切,李四光是深有体会的。不过,这一届大会的情况已经有所不同了。

第十八届大会是八月底,在伦敦皇家亚尔培大厦的庄严的管风琴音乐声中开幕的。李四光已从郊区迁入市内,住在一家旅馆里。每天都去开会,夜晚也有活动。济济一堂,战后欧洲还没有这样热闹过。当时中国的革命战争震撼全球。人民军队席卷美蒋残匪。几乎每一天都要解放几座城市。其时法西斯轴心国家已经战败投降。德国代表,本来是声誉很高的地质学者,往日也是骄横不可一世的,现在灰溜溜地坐在会场角隅,再也不敢神气了。日本地质家目光无神地注视着地板。人们却以极大的敬意看着李四光。凡是胸无偏见的真正有成就的科学家,毕竟是有正义感的。他们未必理解中国人民的解放运动,但都感觉到中国人民气势磅礴,中国正在发生翻天覆地的变化。因此当中国这一位著名学者宣读他的论文时,比平日还要拥挤的会场上发出热烈欢迎的掌声,仿佛是向正从炮火中站起来的中国人民鼓掌。

这一届会议上,他发表了《新华夏海的诞生》一文。大会演讲厅的设备很好。一边演讲,可以一边放映幻灯片。他手持着一支细长的木棒,指点江山。这时,银幕上映出了一幅新华夏构造体系的简图。他说:

“请看一看,这是从太平洋中隆起的,像一串珍珠似的圆弧形的九州群岛。日本群岛,也是珠串形的琉球群岛,以及从台湾到菲律宾直至加里曼丹岛那样的大圆弧形。它们构成了新华夏体系的第一隆起带。

“在它们之西,依次的是鄂霍次克海、日本海、黄海、东海、南海,它们是新华夏系的第一沉降带。

“再往西去,便是第二隆起带。朱格朱尔山脉、锡霍特山脉,斜贯朝鲜半岛的紧密褶皱带,中国东南丘陵的武夷山脉。

“再往西去,又出现了一条第二沉降带,包括黑龙江下游流域、松辽平原、华北平原、江汉平原,它穿过南岭,直到北部湾。

“再往西去,大兴安岭、太行山脉、贵州高原东部的褶皱山脉,是第三隆起带。

“再往西去,三个盆地:呼伦贝尔——巴音和硕盆地、陕北——鄂尔多斯盆地、四川盆地,构成第三沉降带。”

他说明,并指点着这三对互相间隔着的山川:隆起带和沉降带。似乎毫无规律可寻的大地构造显示出严密的规律,自成了完整的体系。一幅又一幅的幻灯片上的图景闪过去。他讲了新华夏系,讲了山字型构造和宏伟的东西褶皱带。这些构造体系,最终必然涉及地质力学,惊动了整个会场。

许多关键的问题上,欧美派的传统地质学受到了像地震一样的强烈冲击。同样,苏联的正统派地质学,也被震撼了。听众之中,有的是赞许之声。欢喜的脸色,闪耀在另一些惊愕甚至发怒的脸色之中。传统派和正统派的力量不仅在天主教中,而且在自然科学中都是强大而且是特别顽固的。而李四光的地质力学却对整个世界上一二百年来的地质学的传统思想和工作方法起到了真正的革命的作用。当时地质力学还处于朴素辩证法阶段。可是它洋溢着革命的精神。国际地质界完全感到了它的无限生命力。他在热烈的掌声中结束了他的宣读。

李四光的论文,文句精炼,逻辑严密,抗战时期,他还给《广西日报》写过若干篇不署名的社论呢。他尤擅长的是天衣无缝的妙语双关。他叙述和论证了这个新华夏海的起源。他的用语丝毫没有越出地质科学的范围。但每一个听众似乎都听到了字里行间另一种火辣辣的深意:新华夏海的起源,即新华夏构造体系的诞生,隐伏着何等强烈的感情,也就是在预告新中国的诞生。

三

国际地质会议闭幕之后,他们没有立即回国。他们在英伦三岛上又住了一年。国内正在进行大会战,三大战役是一个胜利接一个的。北平的解放,紧接着是北平的和谈。谈判无成,渡江之战。三天后就解放了南京。一连串的胜利,直到解放上海,如何地振奋了这个国外游子之心。他的心早就飞回祖国去了。但他还没有起程。

出席世界和平大会的中国代表团中,几位老同志老朋友托人从布拉格带过一封信给他。这封信由郭沫若领头签名,请他早日返国。接信之后,他就奔走起来,争取尽快回国了。但他还是走不动。主要是他正进行着的几个专题研究拖住了他。其次他有点病,在博恩默思的海边疗养。还有就是从英国到远东的客轮船票很不好买。大战后的情况是船少了,要一年前预订船票。后来总算他们订好了船票,也要年底才能上船。这又提供了时间,让他继续养病,并把科研方面的事情办完。

这样拖延时日,没有想到历史发展突然加速,似乎是地球轴的自转加速了。九月二十一日中国人民政治协商会议刚开了幕，一瞬之间，已到了三十日宣告闭幕。一九四九年十月一日就举行了中华人民共和国的开国大典。五十万人参加了。

伟大领袖和导师毛主席从天安门城楼上发出了震撼世界的声音。李四光深深地为自己不能参与盛会和开国大典而遗憾。

十月二日，格林威治时间的零点，英国广播公司播送的世界新闻节目中，头条就是从北京发来的路透社电讯，报道了新中国的诞生。其时，夜深人静，李四光在博恩默思的一座旅馆里。他收听到开国的消息，再也按捺不住了。便和淑彬商量，要另想办法，换一条船，货轮更好，早早赶回祖国。果真他如愿以偿了，却是另一种想不到的方式。

当黎明来临，他还睡着时，被一阵电话铃声惊醒，从伦敦打来了一个长途电话，他穿着睡衣接听。对方一个女性的声音问讯他。

“是我。”他说，又问，“你是哪一位？”

“凌叔华。”

“你好，什么事？”

早年在国内的一位女作家凌叔华把一桩紧急的事情告诉了他。昨夜她得知了国民党外交部给它的大使郑天锡的一份电报，密令郑天锡立即找到李四光，要他向全世界发表一个公开声明，否认中华人民共和国，并拒绝接受人民政协给他的全国委员的任命。

李四光并不知道他已当选为新政协全国委员的事。他惊讶了。敬爱的人一闪间出现在他的脑海，他被深深地触动了。

“你的名字已出现在全国政协委员名单中。台湾命令它的驻英使馆，如果你不肯发表公开声明，可以采取必要措施，将你们扣留在国外，不放你们回国。”

李四光特别冷静地感谢对方的好意,同时浮起了轻蔑的笑容。

凌叔华又接着说:

“昨晚我们商量了。一清早就给你打电话。你得赶快离开你的旅馆。他们知道你的地方。他们是会不择手段的。最好你从瑞士去。到了瑞士我们就放心了。你单独先走。到瑞士再让淑彬去和你会合。然后你们回国去。”电话里传来了最恳切的音调:“你答应我们快走吧。”

事情来得突然。叔华是可信的。李四光当下表示同意。他本已下了决心用最快的速度回国了。并不是因为国民党的阴谋,这只是使他气愤。也不是因为那恳切的声音,虽然这使他高兴。

许淑彬已从电话线上的细声中听到这全部对话了。无须多说,时间很紧迫。郑天锡随时可能出现在他们面前。也许他已经坐在火车上,前来博恩默思了。简单地交换了意见,他们就决定下来了。他穿衣服时,淑彬给整理行装。他不肯带上皮箱,只取了一只地质背囊和一只公文皮包,装上几件衣服和主要的论文手稿,还不忘记带上地质锤和罗盘,又把放大镜系在腰间。淑彬取出他们手头的全部现款。他却又坐在桌子前,略一沉吟,写了一封信,交给了淑彬。

再不能耽误时间了。他必须立刻出走。她不愿意他离开,但目前还必须催他快走。走到门口,相对凝视,他说:

“他来了的话,你就说,我前天就出门去了。到土耳其去作野外调查了。过了两天以后,再把这封信邮给他。”

事情的突然发生,起到了促进他们回国的良好作用。他一转身,匆匆走出大门。四面一看,一切都和平时一样。出租汽车把他送到火车站。上了火车,只一大站,就到了南安普敦。从南安普敦，他上了一条货轮，只一个夜晚，就渡过了英吉利海峡，到了瑟堡。在瑟堡，上了火车，经过冈、巴黎、南锡……他到了瑞士，选择了靠近法国边境的巴塞尔住下，打了电报给许淑彬，让她前来会合。

四

当淑彬由他们在伯明翰大学留学的女儿陪同，来到巴塞尔的那个旅店时，旅店主人说李四光一清早就跑地质去了。到中午还没回来，旅店主人让她们吃午饭。到晚间还没回来，旅店主人招呼她们吃晚饭。夜深了还没回来，旅店主人就让她们先睡了。她们已经睡着了以后，李四光回来了，背来了好几个口袋的石头标本。他高兴地发现她们已经来到了巴塞尔。他们又会合在一起了，说不出来的欢快。

那一天，在李四光出走以后约两个小时，国民党的驻英大使馆派来了一个秘书。郑天锡自己没有来。秘书听说李四光到土耳其去了，冷笑一声。还以为金钱可以诱惑任何人的，他掏出了一张五千元美金的支票来，打躬作揖递给许淑彬，受到她的严峻拒绝。她厉声呵叱他，“这干什么！”秘书发窘了，便拿出台湾来电的一个抄件，请她转给她丈夫。抄件上果然要李四光发表个声明，但删去了后面一段的“如若不从，应即设法将其扣留”等等的话。她更是厌恶地推掉了。“等他从土耳其回来，”她说，“你给他自己吧。”秘书没有法子，悻悻然走了。

两天以后，许淑彬寄出了李四光留下的给郑天锡的信，李四光在这封信中庄严声明：中华人民共和国是我多少年来，日思夜盼的理想的国家。中央人民政府政务院是我竭诚拥护的政府。我能当选为中国人民政治协商会议全国委员会的委员,我认为是莫大的光荣。我已经起程返国就职。他并向郑天锡临别赠言,劝他还是脱离了这个祸国殃民的国民党政府,从此重新做人,早日回到光明祖国的温暖怀抱……

过了几天,凌叔华跑来看望了她。在李四光出走的时候,还有一部分不便带走的东西。她交给凌叔华保存了,其中包括巨幅的图件。凌说她以后设法带回给他们。后来她果然给他们带到了。

这一意外遭遇使他们迅速走上了归途。但现在已经是在开国以后,也就没有必要匆促地赶路了。今后他们也不会再出国旅游了。女儿回英国去了,他们就在瑞士和意大利观光游览,不!不如说,他们在阿尔卑斯山脉作了野外查勘。他们从瑞士的冰碛湖和冰碛丘陵踏勘到阿尔卑斯山南坡的利古里亚海岸。这样不知不觉又进入了一九五〇年了。在国外又过了春节。终于,他们在热那亚登上了一条驶往香港去的英国货轮。李四光早年学过造船,有航海知识,和货轮打交道很有经验。他碰上了一个好船长。又结交了船上的几个宁波人的老海员,很熟悉印度洋的基底情况,更使他高兴不过。

他们终于起程回国了。当货轮装货完毕,起锚出航,他们站在甲板上眺望南欧的透亮的天空,白皑皑的山间滑雪场和蔚蓝色的滨海浴场。这部分的欧洲是花花世界。第二次大战以后欧洲正处于精神崩溃的状态。它在地质上也是相当破碎的,半岛、岛屿、岬角、港湾相间。土耳其的海岸更支离破碎得十分剧烈,苏伊士运河狭窄而闷郁。红海海岸北部,包括西奈半岛西部,连带着非洲大裂谷,显然是依棋盘格式构造的。似乎可以假定,由于南北向的挤压，这部分的地壳先是被剪切，然后又被张裂了。南红海和亚丁湾是一个实例。东非破裂带的现象使他激动了。他想起了殖民主义对非洲的挤压。

船到孟买，停留时间较长。他得以观察印度半岛。他想起了一九四五年秋天，当他在重庆卧病时，一天早晨忽然接到印度的萨尼教授来信，饱含着友谊的温暖，对于有希望的科学事业，又含有富于启发性的暗示。它在不小的程度上，曾给他正为现实生活而烦恼的心灵恢复了生机。新的希望闪耀在被折磨得几乎绝望的眼前。现在他来到了印度。记忆犹新，萨尼博士却已不在人间。有此回溯，并身临其地考察了地质，他想好了，要写出一篇文章来，展示印度作为一个次大陆，如何在整个的地质时期，曾坚强地承受了从古海域兴起的强烈的构造风暴的袭击。

他在印度洋上航行并着手写作。心情坦荡，思潮汹涌。搞地质的人总是开朗豪爽，因为他们经常感受着大自然的宏伟。货轮有时傍着海岸在灯塔的照耀下行驶。有时在大洋中间，四顾茫茫，依靠罗盘、经纬仪和满天的星座，来定方向，货轮虽显得又小又弱，旋卷的风暴可以把它腾空抛起，又一下子将它掷下深渊，然而它总能昂首起，出没在蓝色的波涛中，飞出雪白浪花的尖顶。他多少个小时地凝望着海洋的变化，听着海水的微语，构思他的文章。他多么爱海洋！他也爱山脉、岩石、凹陷、湖泊，但最爱那强有力量地运动不息的神秘而富饶的海洋。

悼念着亡友，憧憬着新中国，就在那条货轮上，展望未来，他写下了一篇辉煌的学术论文，题目叫《受了歪曲的亚洲大陆》。另又写了一篇节要。这纯粹是一篇地质力学的论文，但热情洋溢，特别在节要的结尾处，他借用了地质的语言，宣告了祝福伟大祖国诞生的强烈感情。

所谓受了歪曲的亚洲大陆，他写道，难道指的只是自然界的各种应力——压力、张力、扭力造成亚洲大陆的各种形变，仅仅指此而言的呢？还是为了指责欧美地质人员，因为他们用狭隘的眼光来解释亚洲的造山运动，而使亚洲枉受了许多的歪曲和冤屈呢？作者在文中，含蓄地回答：这是问题的两方面，都得照顾，也自然而然地会照顾的。

文章描述了亚洲的、中国大陆的、印度半岛的若干有关的构造问题。它节要描述了中国大陆上的山字型弧形、新华夏系等等体系。李四光放眼全球，指出欧亚大陆，自古生代以来，就在往南推动。亚洲东部则向着印度方向推动。那些向太平洋突出的边缘弧形，却又可以证明，坚强的亚洲大陆，正对着太平洋的底盘施加压力。

假如地球自转的速率增加了，到了一定的程度，欧亚就要向赤道方向推动。全世界的大陆也将同时发生向西滑动的趋向。由于各大陆粘在基底上的松紧不一，这一块还紧粘着，那一块却滑动了。滑动较大的一块的西边不免发生了向西或西南突出的弧形。东南亚、伊朗、印度洋西部和东南欧西面临海的边缘都有这一类的弧形山脉。南北美洲西岸也有科迪勒拉山系和安第斯山脉。道理是一样的。对自转的地球而言，美洲也是向西滑动。但它的滑动速度落后于自转速度，它落伍了。看起来，大西洋是比东非的大破裂带更大的一个裂口。

他纵论了地质时代中的世界地质发展形势。他严厉地批判了传统地质学。这篇严密的地质科学论文结尾处，李四光写着：

“这样，我们的结论是，随着地球旋转加快，亚洲站住了，东非西欧破裂了,美洲落伍了!”

惊人的科学预见!它和成群的海鸥一起,尾随着这艘货轮,飞翔起来了。

五

这艘货轮靠上了香港的油麻地码头。一个朋友把他们接送到石澳的一所隐僻的别墅去住下来。专程从北京前来迎接他们的政务院的人员最后和他们联系上了。经过缜密的安排,从深圳,他们进入祖国之怀,完成了从伦敦到广州九千七百六十海里的行程。

一九五〇年五月六日,李四光到了北京。这年他六十岁。新的生活开始了。

他们住在北京饭店四楼。推开西窗,便是金光灿灿的天安门城楼。延绵的燕山褶皱带作了首都的苍翠的屏障,南窗之外,可以望见正阳门和崇文门的城楼和古老城墙上升起的天坛圆顶。北京太可爱了!开国之初,生机蓬勃。虽然百废待兴,已经是万紫千红的局面。各种印象,新鲜而又庄严,使他目不暇接,驰魂夺魄。许多老友闻讯赶来,叙旧话新。

第二天的下午四时。他真正没有想到,他简直认为这不可能,周恩来总理亲自来看望他们了。总理满面笑容,英姿勃勃,目光闪闪地大踏步走进房间来,紧紧地握住了他的手,一股暖流遍布了他的全身,他还不相信这是真的。但是总理抓住他的手不放。总理又环顾室内,和许多在座的老同志点头招呼,谈笑风生:

你到底回来了,这里竟还有人说你不会回来了。我说你是一定会回来的。你一定是遇到了什么困难。果然。那些情况我都已经知道了。你看,是我,提名要你当全国政协委员的,不想这给你添了许多麻烦了。好呵,你不是回来了吗?

说到这里,他才放开了紧握不放的李四光的手掌。在座的一些同志便一个个告辞,退出了房间,知道他们要倾心长谈了。

……我记得你有心绞痛不是?在国外发过吗?肺结核!治好了吗?不要紧了,我们现在有了我们自己的、最好的医院了。你索性去住院检查一次。这一件事是要给你安排一下的。检查结果和治疗方案我是要过目的。淑彬的病也要彻底治好。

总理问寒问暖,悉心关怀。他们谈话中不时爆发出大声的笑,使邻室的人听了也受感染。李四光这一生中还从来没有过一次这样舒畅和快乐的谈话。他们回忆了重庆时代。他们曾在两路口那个英国科学家的研究室里有过两次秘密的会见。李约瑟是最佩服李四光的。在李约瑟的五百万言巨著卷三的扉页上,写有献给李四光的献辞。他们谈到了李约瑟、肖伯纳和约里奥居礼,许多欧洲人士,无所不谈。甚至还回忆到早年留学日本的情况。总理的记忆力惊人,竟还留有他当年的印象,毫厘不爽。总理记得李四光早年是在日本学过造船工业的。总理说到前不久,地质学家积极地要求召开地质工作会议。我没有批准这件事,因为你还没有回来。我说要等你回来了再开。现在你已经回来了,就可以请你参加筹备并且主持这个会了。地质工作必须先行,走在其他工业的头里。不过地质人员也还有一个自我改造的问题。也还有一个整顿队伍的问题。也还有一个大发展的问题,旧中国留给我们的地质人员太少了。能不能就来成立一个地质部呢?看来还成立不起来,人手太少。可不可以先成立一个地质工作指导委员会,请你先当一段时间的主任,往后再请你担当地质部部长。你同意吗?你看好不好？你有什么意见请告诉我。我可是给你留下了好几个位置。将来我们还要成立原子能委员会呢。你要给我找矿。你会给我们找到油和铀的……

谈话逐渐地严肃起来了。转到了地质力学方面。总理仔细地听取了他的理论要点。东西纬向复杂构造带、南北经向构造带，同新华夏构造体系、河西系、西藏大高原，如何地相互影响和结合。基础理论科学应当如何地应用于生产技术上？矿产资源怎样勘探和开发？等等。

总理听完了他的描述以后，也就讲起来了。讲到了恩格斯的《自然辩证法》，还背诵了《反杜林论》里面关于莱伊尔是第一个把理性带进了地质学的一段语录。讲了恩格斯在他这一段注解里批评了莱伊尔的静态的缺陷。总理认为地质力学是第一次把运动、把应力、把力学带进了动态的地质学。但也婉转地评论李四光不懂得地球旋转运动和否定之否定的辩证法规律，在许多自然现象发展过程中的重要性。要求他要把朴素的辩证法和自发的革命性提高到自觉的有意识的辩证唯物主义和历史唯物主义的高度。他具体地建议李四光精读恩格斯那两本著作和列宁的《哲学笔记》以及关于唯物主义和马赫主义那部书中的第五章。并说，毛主席不久将有哲学著作发表。

这一席话，说得听者动容，低首心折。敬爱的周总理神采奕奕地辞去，驰车回中南海去了。李四光送他上车，又目送他的车在长安街头的闪烁灯火中远去，直到看不见了为止。

他对许淑彬说："万万没有想到，总理还来看望我们。更没有想到，总理懂得地质，很精通！哎，他分析得多么深刻、透彻！怎么他会懂地质的呢？又怎么懂得这么多？你想，我们是这许多年的摸索,摸索着接近我们的目的。可是总理一眼就看清楚了地质力学的终极目的了,这是怎么的呢?”

六

一九五一年十二月三十日,中国地质学会举行成立三十周年的大会。理事长李四光做了《中国地质工作者在科学战线上作了一些什么》的报告。那天天气很冷,漫天大雪。但会场上热气腾腾。李四光总结了我国地质界的三十年经验和教训。他尖锐地批判了外国帝国主义的地质学者和中国买办式的知识分子,最后庄严地指出:

地质学本来是西北欧和北美发展出来的一门科学。可是,西欧、北美是两块屡受张力作用而支离破碎的区域。那是不能够作为构造地质的基本事实的。

在我们伟大的祖国,这个困难并不存在。亚洲大陆的地质构造,从来是统一的。主要的部分,完整、清楚。

那么,是用我们自己这里发现的事实为基础来探求地质构造的规律,比较地更靠得住呢?还是用西欧、北美那种破烂局面,来作基础靠得住呢?

我们要在自己的基础上,用我们自己的方法,解决我们自己的问题。

李四光在那个飞雪的冬天里,在那天的会上,明确地提出了我国地质学要走自己的道路的思想。这是伟大领袖和导师毛主席的思想。李四光这一年多以来,勤恳地学习了马列主义和毛泽东思想。多次和周总理会见,亲受总理的启发教育。虽然他没有进过华北革命大学,这北京就是一座革命大学。三十多年地质方面的切身经验,受到过西北欧北美地质家的欺骗和欺侮,使他不能不得出这样的结论。现在伟大的经济建设工作即将开始,而地质工作必须走在前面。任务非常具体地提到日程上。多种要求十分紧迫地提到他面前来。

飞雪过去,春天来临。雪融冰消的一九五三年的一天,毛主席在中南海的一座客厅里接见了李四光。接见时,周总理在座。海水溢浪,映上晴窗。

谈话中间,毛主席关切地问到他,我国天然石油的远景怎么样?

李四光早在一九三二年就注意了这个问题。在一九三三年的《东亚构造格架》一文中,他已作出回答。因此,他用乐观的,十分肯定的语气答复毛主席的垂询。

那是怎样的一个回答呵!多好的一个回答!李四光说,整个新华夏体系就是一个巨大宏伟的“多”字型构造体系。它是在一定的范围内,两个对面的部分发生对扭的结果。新华夏系有三条隆起带和三条沉降带互相间隔着。它们从北北东的方向走向南南西。隆起带的群岛和山脉,以及沉降带里的浅海海域、平原盆地,全都排列得整整齐齐,像在天空中飞行而过的大雁,排列成一系列的“多”字形状。在其山脉和群岛上,蕴藏着多种矿藏。在其浅海、平原、盆地——这就说到石油的题目上来了——蕴藏着极其丰富的天然石油和天然气。

李四光向毛主席汇报,在我国,第三沉降带的呼伦贝尔——巴音和硕盆地、陕北——鄂尔多斯盆地、四川盆地;第二沉降带的松辽平原、包括渤海湾在内的华北大平原、江汉平原和北部湾;尤其是第一沉降带的黄海、东海和南海，都有“有经济价值的沉积物”。这句话，因为过去是在外国讲的，所以故意说得含糊些。其实，它们就是说的天然石油和天然气，说的生油区。而“多”字型构造的对扭性质，使它们有条件成为雁行排列的良好储油构造。

李四光这样回答了毛主席提出的问题：仅就新华夏体系而言，仅就石油而言，且不说其他构造体系和其他资源，新华夏体系的沉降带，既生油，又储油。这就可以说明我国天然石油远景辉煌。我们地下的石油储量确是很大的。希望很大。

听到这里，周总理笑着说：我们的地质部长很乐观。我很拥护你。

毛主席也笑了。他用柔和的眼睛看着他说，我们拥护你。这时，中南海上，轻尘不飞，勤政殿前，纤萝不动。毛主席，红太阳，作了关于地质和石油的一系列指示，李四光听了心潮澎湃。

毛主席和周总理当然知道，这些话是就我国石油的远景而言的。他们要知道的就是远景问题。远景问题明确了，可以下决心，定计划，集中优势兵力来打大的歼灭战。

真的，李四光用智慧，为我国描绘了多么美丽的石油、煤炭、金属、非金属、稀有元素、分散元素等矿产资源的远景啊！

一九五二年，地质部成立了。根据苏联专家的意见，石油普查队伍集中到西北的甘肃、新疆和青海。而且，还没有很好普查，苏联专家就总结出来了一个“中国贫油”论，和帝国主义国家的地质学家唱一个腔调。

一九五四年，地质部在李部长主持下重新组织队伍，要在全国范围内展开战略性的石油普查勘探。主要力量，则部署在新华夏系第二沉降带的松辽平原和华北平原上。一九五五年，普查队伍出动。一队队的侦察兵走上前沿阵地。地球物理勘探队伍也上阵了。寻找油区的地震队在松辽和华北平原上放炮。他们在艰苦情况下展开了大量工作。到一九五八年六月二十六日,《人民日报》上发表了新华社记者的通讯:《松辽平原有石油!》报道大庆长垣构造初步发现了厚达几十米的油砂层。

一九六〇年,中央批准石油部在大庆会战。地质部立即把在松辽平原上已经完成了侦察兵任务的队伍转移到渤海湾和黄河下游的冲积平原上去了。在六十年代里,华北大平原上捷报频传。以后大港油田、胜利油田,其他油田相继建成。地质部又转移到其他的平原,其他的盆地和浅海海域上继续侦察。

一九六九年,在他的办公室里举行的一次会议上,八十高龄的李四光说:当初毛主席曾经指示我们,地质部是地下情况侦察部。在整个工业战线上,地质部的任务是侦察。在石油战线上,主力军是石油部。石油部的贡献很大。我们当时对石油远景是有一个设想的。我们从事了侦察工作。我们在松辽侦察到大庆长垣以后,我们交出松辽,就转移阵地,到了华北和其他地区。以后华北出油,渤海出油,我们又转移到其他的油区。其他的油区都出了油,就冲破了苏联地质家那种形而上学的中国贫油的谬论。我们是开路的先锋。今天,我国天然石油和天然气的远景已完全肯定了。咱们的工人有力量。石油工人已经,并将进一步给我们证明,新华夏构造体系的石油储量确实很大。宋朝的大科学家沈括,在《梦溪笔谈》中写着,中国的石油将“大兴于世界”。虽然他说的其实只是要肤施油墨来代替黄山松墨而已,但他说了这个很好的预言。经过八百多年,我们给他证明了。今天的科学预言,我们的共产主义事业就不用这么长的时间了吧。说到这里,白发苍苍的李四光映眏眼睛,笑了一笑,轻轻拨动他桌上一个地球仪,一下子使小小寰球急速地旋转了起来。

（原载《人民文学》1977 年第 10 期）

作者简介:徐迟(1914—1996),原名徐商寿,浙江吴兴人。著有报告文学《地质之光》《哥德巴赫猜想》《祁连山下》《生命之树常绿》,诗集《二十岁人》,文艺评论集《诗与生活》等。

建党百年
百篇文学短经典